Sarah Morgan

Im Sommer treffen wir uns wieder

Roman

Aus dem Englischen von
Judith Heisig

HarperCollins

Die Originalausgabe erschien 2023 unter dem Titel
The Island Villa bei Canary Street Press,
an imprint of HarperCollins *Publishers*, US.

1. Auflage 2024
© 2023 by Sarah Morgan
Deutsche Erstausgabe
© 2024 für die deutschsprachige Ausgabe
by HarperCollins in der
Verlagsgruppe HarperCollins Deutschland GmbH, Hamburg
Published by arrangement with
HarperCollins *Publishers* L.L.C., New York
Gesetzt aus der Minion Pro
von GGP Media GmbH, Pößneck
Druck und Bindung von CPI books GmbH, Leck
Printed in Germany
ISBN 978-3-365-00586-6
www.harpercollins.de

Für meine Familie als Dank
für all die glücklichen Urlaubserinnerungen an Korfu
und für die Einheimischen, die uns willkommen hießen.

Prolog

Zum ersten Mal im Leben hatte sie vor, jemanden umzubringen.

Niemals hätte sie von sich gedacht, zu so etwas fähig zu sein – schließlich war sie eine Autorin von Liebesromanen! Liebesroman-Autoren brachten keine Menschen um. Doch sie musste jetzt die beunruhigende Möglichkeit in Betracht ziehen, dass sie sich eventuell nicht so gut kannte wie bislang geglaubt. Vielleicht war sie doch nicht der Mensch mit freundlichem und liebenswürdigem Charakter, für den sie sich immer gehalten hatte, tippte sie hier doch gerade eine Reihe sehr unfreundlicher Fragen in ihre Suchmaschine – und interessierte sich brennend für die Antworten. Ihre Finger auf der Tastatur bebten.

Wie man jemanden umbringt, ohne eine Spur zu hinterlassen.

Der beste Weg, jemanden umzubringen.

Morde, die nie aufgeklärt wurden.

Es musste wie ein Unfall aussehen, hatte sie entschieden. Die Leute wären traurig und vermutlich schockiert, weil der Tod immer schockierend war – sogar, wenn er erwartet wurde. Nur argwöhnisch würde niemand sein, denn sie würde schlau vorgehen. Man würde von einem tragischen Unglücksfall ausgehen. Niemand würde die Wahrheit erfahren.

Doch war die Wahrheit so schlimm? War es tatsächlich falsch, wenn sie Gerechtigkeit übte?

Der Mann verdiente es nicht anders.

Obwohl, wenn man es recht bedachte, was er wirklich verdiente, würde ihre Suchanfrage anders lauten: *Wie man jemanden auf die denkbar schmerzhafteste Weise umbringt.*

Sie sah durch das Fenster auf die ruhige Wasserfläche des Mittelmeers, das in den verschiedensten Blautönen im Sonnenlicht glitzerte. Korfu war ihr Paradies, das hatte sie schon vor langer Zeit entschieden. Sonnendurchflutete Olivenhaine, weicher Sand, das Meer, geruhsame Tage, wunderbare Träume – die Zutaten für ein perfektes Leben. Ein Ort, an dem Probleme eine Auszeit nahmen, ein Ort des Glücks, der Entspannung, der ausschließlich guten Dinge des Lebens. Doch das war natürlich eine Fantasie. Das wusste sie jetzt, ebenso, dass Licht und Schatten nebeneinander existieren konnten. Das Dunkle war oft verborgen, lauerte unter der Oberfläche, bereit, die Leichtgläubigen und Vertrauensseligen zu verletzen, diejenigen, die an ein Happy End glaubten. Sie war so ein Mensch gewesen. Sie hatte so viel falsch gemacht.

Versunken in ihren Gedanken und der Aussicht, hörte sie ihn nicht eintreten. Sie bemerkte ihn erst, als er ihr die Hand auf die Schulter legte und sie ansprach.

»Catherine?«

Sie zuckte zusammen und klappte rasch den Laptop zu. Ihr Herz schlug in ihrer Brust wie eine Faust gegen einen Boxsack.

Wie viel hatte er gesehen? Warum hatte sie nur nicht daran gedacht, die Tür zu verschließen?

Unvorsichtig.

Sie musste besser werden, wenn sie das wirklich tun wollte. Sie musste wie ein Mörder denken. Unergründlich sein und sich nichts anmerken lassen.

Sie drehte sich lächelnd um (lächelten Mörder? Sie hatte keine Ahnung). »Ich wusste nicht, dass du schon auf bist. Es ist früh.«

»Ich wollte dich nicht erschrecken. Ich weiß, dass du nicht gern bei der Arbeit gestört wirst, aber ich wurde wach und habe dich vermisst. Was hältst du von einem starken Kaffee?« Er strich ihr über die Wange. »Du wirkst angespannt. Ist irgendwas?«

So viel zum Thema unergründlich.

Sie war nicht für ein kriminelles Leben gemacht, doch zum Glück dachte sie nicht an ein ganzes Leben, sondern nur an diesen winzigen kleinen Mord. Das war alles. Sie erwartete nicht, dass es ihr Spaß machen würde, und zur Gewohnheit würde es wohl auch nicht werden.

»Alles in Ordnung.« Sie konnte nicht mal lügen, ohne sich schuldig zu fühlen. Kein gutes Zeichen.

Sie teilten alles – nun, fast alles –, doch dies würde sie auf keinen Fall teilen. Noch nicht. Vielleicht eines Tages, wenn sie es in die Tat umsetzte. Wenn alles lief wie geplant, würde er es natürlich herausfinden, doch bis dahin musste sie schweigen. Das hier musste sie allein tun.

Was würde er sagen, wenn er wüsste, was ihr wirklich durch den Kopf ging?

Würde er versuchen, es ihr auszureden? Ihr sagen, dass ihr Plan dumm und gefährlich sei? Eine Predigt halten, dass sie es einfach akzeptieren und loslassen müsse? Dass dies nicht die richtige Antwort sei? Vermutlich würde er ihr raten, neu anzufangen.

Und genau das würde sie tun.

Dies war ihre Art, neu anzufangen. Und genau rechtzeitig.

Er beugte sich zu ihr hinunter, um sie zu küssen. »Ich liebe dich, Catherine Swift.«

Sie spürte seine Lippen und die aufwallende Wärme in ihrem Körper.

Es schien merkwürdig, sich so abrupt vom Tod der Liebe zuzuwenden, doch so war das Leben, oder? Brutal in seinen Extremen. Und Mörder waren auch Menschen. Sie durften ein Liebesleben haben.

Zum ersten Mal seit Wochen war sie optimistisch und voller Hoffnung. Lange hatte sie unter einer schwarzen Wolke von Trübsinn vor sich hin gebrütet, getrieben von bitterem Groll. Sie hatte sich als Versagerin gefühlt, weil sie es so weit hatte kommen lassen, und keinen Ausweg gesehen. Doch nun sah sie ihn.

Die Zukunft lag klar vor ihr. Sie brauchte nur Mut.

Es war Zeit für einen Neustart. Zeit, die Vergangenheit hinter sich zu lassen und sich neu zu erfinden.

Es war nur schade, dass dafür jemand sterben musste.

Teil eins

1

Adeline

Adeline Swift telefonierte gerade mit der Kulturredakteurin von *Woman Now*, als der Brief unter ihrer Wohnungstür durchgeschoben wurde.

»Die Sache ist die«, sagte Erin, »deine Ratgeberkolumne wird von allen Rubriken der Zeitschrift am meisten gelesen. Die Leute scheinen wirklich darauf zu reagieren. Auf dich. Unsere jüngste Marktbefragung ergab, dass siebzig Prozent der Leserinnen lieber dich um Rat fragen würden als ihre beste Freundin. Kannst du dir das vorstellen?«

Ja, das konnte sie sich vorstellen. Nur wenige Menschen landeten ohne emotionale Altlasten im Erwachsenenleben. Verletzung. Ablehnung. Scham. Enttäuschung. Trauer. Reue. Das Leben hinterließ Narben, und man musste einen Weg finden, mit diesen Narben zu leben. Manche Menschen wählten die Strategie der Verleugnung. *Ignoriere es. Lass es in der Vergangenheit. Mach weiter.* Andere nahmen diese Emotionen in Angriff und verbrachten Stunden in Therapie, um zu verstehen, wie die Vergangenheit die Gegenwart beeinflusste, und irgendwann einen Punkt der Akzeptanz zu erreichen. Die meisten schlugen sich einfach allein durch, gingen voran und stolperten gelegentlich, durchschritten die Höhen und Tiefen des Lebens, so gut sie eben konnten. Nach ein paar Drinks zu viel vertrauten sie sich vielleicht einem Freund an, doch meistens sagten sie nichts. Schließlich war es ein Risiko, diese tiefen Geheimnisse und Ängste, diese persönlichsten Teile seines Selbst zu offenbaren. Es bedeutete: *Dies ist der Mensch, der ich wirklich bin,* statt: *Dies ist der Mensch, der ich vorgebe zu sein.*

Es waren diese Menschen, die allein mit ihren Ängsten blieben, die Adeline oft schrieben.

Liebe Dr. Swift ...

Sie breiteten ihre Probleme aus in der Hoffnung, dass Adeline in ein paar wohlgesetzten Worten ihre Krise löste oder ihnen zumindest zu einem besseren Gefühl verhalf.

Adeline lieferte eine besonnene Analyse, Mitgefühl und ein paar aufmunternde Worte. Wenn sie an ihren Antworten feilte, ließ sie eine Mischung aus Empathie, Lebenserfahrung und Direktheit einfließen. Sie übernahm die Rolle einer mitfühlenden Fremden, die zuhörte, ohne zu bewerten, und die die Anonymität respektierte. Doch diese Rolle bedeutete, dass sie in einer Welt von Problemen lebte. An jedem Arbeitstag war sie von den Herausforderungen des Lebens umgeben, ertrank im Schmerz anderer Menschen und musste sich von Untreue bis Arbeitslosigkeit mit jedem Kummer auseinandersetzen. Wenn Menschen sie fragten, wie sie damit fertigwurde, wies sie darauf hin, dass es leicht war, mit einem Drama fertigzuwerden, das nicht das eigene Drama war.

Wenn es um ihr eigenes Drama ging? Das war etwas anderes.

Sie starrte auf den Umschlag

Er lag unschuldig auf dem Boden, das strahlende Weiß hob sich von den breiten Eichendielen ab. Auch ohne ihn aufzuheben, bemerkte sie das hochwertige geprägte Papier. Name und Adresse waren in einer geschwungenen Schrift verfasst, die sie sofort erkannte.

Ihr Herz schlug etwas schneller. Emotionen wallten in ihr auf und drohten sie wie eine Windbö umzuwerfen. Sie legte die Hand aufs Zwerchfell und zwang sich, langsam zu atmen. Sie war eine Erwachsene mit eigenem Leben, einem guten Leben, und dennoch raubte ihr dieses kleine leblose Objekt die Ruhe des Tages.

Dabei hatte sie den Umschlag noch nicht einmal aufgemacht.

Zuerst hatte sie ihn ungeöffnet zerreißen wollen, doch das wäre kindisch, und sie bemühte sich sehr, nicht kindisch zu sein und sich unter Kontrolle zu haben.

Sie versuchte, der Mensch zu sein, als den sie sich in ihrer Ratgeberkolumne darstellte.

»Adeline?« Erins Stimme brachte sie in die Gegenwart zurück. »Bist du noch dran?«

»Ja. Ich bin noch dran. Ich höre.« Doch ihre Aufmerksamkeit galt nicht Erin.

Sie sollte den Umschlag sofort öffnen. Oder ihn direkt ins Altpapier geben. Sie stellte sich vor, was »Dr. Swift« dazu sagen würde. *Vermeidung.*

Seufzend hob sie den Umschlag auf. Sie konnte ihn zur Seite legen und später öffnen, doch dann würde sie den ganzen Nachmittag darüber nachdenken. Wenn sie jemanden in dieser Situation beraten müsste, würde sie sagen, dass es nie von Nutzen war, das Unausweichliche aufzuschieben, und dass die Befürchtungen oft schlimmer waren als die Realität. Egal was in dem Brief stehen sollte, sie hatte das Werkzeug und die mentale Stärke, damit umzugehen.

Hatte sie die wirklich?

Mit dem Umschlag in der Hand ging sie durch ihr Apartment zur Balkontür und trat auf den kleinen Balkon hinaus. Die Anspannung in ihrem Nacken und den Schultern löste sich. Sie sog den intensiven Duft der Heckenkirsche ein, die Süße des Jasmins. Bienen summten um dünne Stängel violetten Lavendels herum. Der Platz war begrenzt, doch sie hatte die Pflanzen sorgfältig ausgesucht. Das Endergebnis war ein Meer von Blüten und Farben, das eine Oase der Ruhe darstellte inmitten der geschäftigen, lauten Stadt, die sie zu ihrer Heimat gemacht hatte. Sie liebte London, doch sie genoss es, sich von dem Getöse der Autohupen, den vielen Menschen und der Hektik zurückziehen zu können. Manchmal hatte sie den Eindruck, als ob alle ihr Leben im Schnelldurchlauf absolvierten.

Mit der Anlage des Balkongartens war sie einem Rat gefolgt, den sie einer Leserin gegeben hatte, die vom Land in die Stadt gezogen war und in der Folge Angststörungen entwickelt hatte.

Adeline hatte einen Gärtner befragt und ihre Antwort entsprechend seinen Angaben formuliert.

Liebe Sad in the City, auch wenn Sie vielleicht nicht auf dem Land leben, können Sie sich die Natur in Ihr Leben holen. Ein paar gut ausgesuchte Zimmerpflanzen verleihen noch dem kleinsten Raum eine Atmosphäre der Ruhe, und ein Topf duftender Kräuter auf einem sonnigen Fenstersims bringt einen Hauch Mittelmeer in Ihr Zuhause und in Ihre Küche.

Danach hatte sie sich selbst ebenfalls Pflanzen gekauft. Außerdem hatte sie für andere Magazine zwei Artikel zu dem Thema verfasst. So verdiente sie ihren Lebensunterhalt.

Sie hatte als klinische Psychologin gearbeitet und war sechs Monate im Job gewesen, als ein zufälliges Treffen mit einer Journalistin zu einer Interviewanfrage führte. Es ging darum, im Frühstücksfernsehen zu erklären, wie man mit Stress am Arbeitsplatz fertigwurde. Das Interview hatte weitere Anfragen nach sich gezogen, und diese wiederum hatten zu ihrer Tätigkeit als Journalistin geführt, die ihr besser gefiel als die Arbeit als Psychologin. Das Schreiben erlaubte ihr das Aufrechterhalten einer Distanz, die sie im persönlichen Gespräch mit Klienten vermisst hatte.

Adeline zog es vor, auf Distanz zu bleiben.

Sie legte den Umschlag auf den kleinen Tisch und zwang sich, sich auf das Gespräch zu konzentrieren.

»Das freut mich, dass die Ratgeberkolumne gut läuft, Erin.«

Sie freute sich tatsächlich, und nicht nur, weil die Kolumne ihren Namen bekannt machte und zu mehr Aufträgen führte, als sie bewältigen konnte. Ihr gefiel die Popularität der Kolumne. Dass Menschen ihre Ratschläge hilfreich fanden, hatte etwas Erfüllendes.

Sie wusste, wie es sich anfühlte, verloren und verwirrt zu sein. Sie wusste, wie es sich anfühlte, mit Emotionen zu kämpfen, die zu unangenehm und düster waren, um sie zu zeigen. Sie wusste, wie es sich anfühlte, allein zu sein, kurz vorm Ertrinken und ohne Rettungsboot in Sicht, wie es war, zu fallen ohne ein Kissen, das die Landung abmilderte.

Wenn sie die Methoden, die sie zur Selbsthilfe gelernt hatte, einsetzen konnte, um anderen Menschen zu helfen, verschaffte ihr das ein Gefühl der Befriedigung. Beim Schreiben ihrer Kolumne sah sie sich nicht als Psychologin, sondern als vertraute beste Freundin. Als jemand, die einem die Wahrheit sagte.

Dass es Verletzungen gab, die keine Therapie der Welt heilen konnte, gehörte zu den Wahrheiten, die sie verschwieg. Dieses Wissen behielt sie für sich. Die Menschen gingen davon aus, dass sie ihr Leben im Griff hatte, und sie hegte nicht die Absicht, dieses Bild zu zerstören. Es wäre wenig vertrauenerweckend, wenn ihr Publikum wüsste, dass sie sich mit eigenen Problemen herumschlug.

»Gut? Viel besser als gut.« Erin war euphorisch und stolz, denn ursprünglich hatte sie die Idee zu der »Dr. Swift says«-Kolumne gehabt. »Du bist ein Hit, Adeline. Die Chefredaktion will dir mehr Platz geben.«

Adeline zupfte eine welke Geranienblüte ab und entfernte ein paar tote Blätter. »Mehr Platz?«

»Ja. Statt eine Frage in ganzer Tiefe zu beantworten, dachten wir an vier.«

Adeline runzelte die Stirn. »Eine ausführliche Antwort ist wichtig. Wenn Menschen verzweifelt sind, brauchen sie Empathie und eine ausführliche Antwort. Sie dürfen nicht mit ein paar Zeilen voller Plattitüden abgespeist werden.«

»Du könntest gar keine Antwort verfassen, die nicht voller Empathie wäre. Das ist deine Gabe. Du schreibst so schön – ich schätze, in der Beziehung ähnelst du deiner Mutter.«

Adeline zerdrückte die Blätter in der Faust. »Ich bin kein bisschen wie meine Mutter.«

»Nein, natürlich nicht. Was du schreibst, ist völlig anders. Aber Adeline, das ist ein Riesending. Ich muss dir nicht sagen, wie es freien Journalisten im Moment geht. Alle greifen nach einem Stück von dem kleiner werdenden Kuchen, und du bekommst hier ein großes Stück für dich allein serviert. Und natürlich steigt das Honorar.«

Sie war kein bisschen wie ihre Mutter. Kein bisschen. Das Leben ihrer Mutter war eine einzige romantische Fantasie, wohingegen ihr Leben fest in der Realität verwurzelt war.

Und mehr Arbeit gehörte eindeutig zur Realität.

Wollte sie das? Geld war bis zu einem gewissen Grad wichtig, die Work-Life-Balance aber ebenfalls. Obwohl sie meist von zu Hause arbeitete, setzte sie klare Grenzen. Die erste Hälfte der Woche konzentrierte sie sich auf ihre Ratgeberkolumne. Die Donnerstage waren für ihre freie Arbeit reserviert. Freitagvormittags kümmerte sie sich um die liegen gebliebene Büroarbeit, bis sie um Punkt zwei Uhr den Laptop ausschaltete und schwimmen ging. Sie schwamm genau hundert Bahnen, um ihre Muskeln zu lockern und die Anspannung der Woche abzustreifen. Danach ging sie zum örtlichen Markt und kaufte frische Früchte und Gemüse für das Wochenende.

Samstag und Sonntag gehörten nur ihr. Das sollte auch so bleiben.

Vielleicht verlief ihr Leben nicht unbedingt aufregend, doch es war beständig und vorhersehbar, und genau so gefiel es ihr.

Hatte sie die Zeit, die Kolumne zu erweitern? Ja. Wollte sie die Kolumne erweitern? Vielleicht.

»Ich möchte die redaktionelle Kontrolle haben.« Sie beugte sich vor und fühlte, wie feucht die Erde in einem der Pflanztöpfe noch war. »Ich möchte nicht, dass meine Antworten redigiert werden.«

»Solange du den Platz auf der Seite einhältst, ist das kein Problem.«

»Ich wähle die Briefe aus, die ich beantworte.«

»Das versteht sich von selbst.«

»Ich denke darüber nach. Danke. Ich wünsche dir ein schönes Wochenende, Erin.«

Sie beendete das Gespräch und wendete sich endlich dem einzigen Brief zu, der im Moment von Bedeutung war.

Sie nahm den Umschlag und öffnete ihn vorsichtig. In einer Zeit der E-Mails und Messengerdienste schickte nur ihre Mutter ihr noch Briefe. Adeline sah sie vor sich, wie sie in der Villa an ihrem Schreibtisch mit der Glasoberfläche saß und nach ihrem Lieblingsfüller griff. Die Tinte musste immer genau den richtigen Blauton haben.

Sie zog die Blätter heraus und strich sie glatt.

Liebste Adeline –

Sie verzog das Gesicht. Alles an ihrer Mutter war übertrieben, schwülstig, bombastisch. Die liebevolle Anrede hatte so viel Bedeutung wie diese lächerlichen Luftküsse, die sich die Leute gaben.

Ich schreibe dir, weil ich dir aufregende Neuigkeiten mitteilen möchte. Ich werde wieder heiraten.

Adeline las die Worte und las sie gleich noch einmal. Heiraten? *Heiraten?* Ihre Mutter würde zum vierten Mal heiraten?

Warum? Warum sollte man etwas wiederholen, mit dem man mehrfach gescheitert war? Ihre Mutter schien die Ehe als Gameshow oder Lotterie zu begreifen. Sie glaubte offenbar, wenn sie sie nur oft genug wiederholte, würde es irgendwann mal funktionieren. So sollten Beziehungen nicht sein.

Adeline hätte am liebsten laut geschrien – ein Bedürfnis, das sie nur im Zusammenhang mit ihrer Mutter kannte. Zum Glück für ihre Nachbarn hatte sie aber gelernt, ihre Frustration für sich zu behalten.

Sie legte den Kopf zurück, schloss die Augen und atmete langsam durch. Ein, aus. Ein, aus.

Wie konnte jemand auf die Idee kommen, dass sie ihrer Mutter auch nur ansatzweise ähnelte?

Die Öffentlichkeit würde es natürlich romantisch finden. Catherine Swift, Autorin von Bestseller-Liebesromanen, wagte noch einmal die Liebe.

Verschon mich damit.

Wen heiratete sie dieses Mal?

Adeline öffnete die Augen und las weiter. Ihre Mutter wollte, dass Adeline im Juli für zwei Wochen zu ihr nach Korfu kam (völlige Panik! Adeline konnte sich nichts Schlimmeres vorstellen). Die ganze Reise würde für sie arrangiert werden, ohne Rücksicht auf Kosten (klar, ihrer Mutter mangelte es an vielem, aber nicht an Geld).

Sie schrieb dann noch vom Garten und wie schön die Villa zurzeit sei und dass es Adeline guttun würde, eine Zeit auszuspannen, weil sie so hart arbeitete. Sie erwähnte, dass es Maria, der Haushälterin der Villa, gut ging. Marias Küche sei so herausragend wie immer und sie hätte schon ein köstliches Hochzeitsmenü geplant. Ihr Sohn Stefanos sei wieder auf der Insel und betreibe den Bootsverleih der Familie. Vielleicht würde Adeline ihn gern wiedertreffen, da sie doch damals so gute Freunde gewesen wären.

Ernsthaft?

Die Bemerkung war typisch für ihre Mutter, die es schaffte, noch an den unmöglichsten Orten romantische Szenarien zu entwerfen.

Adeline erinnerte sich genau, wann sie Stefanos das letzte Mal gesehen hatte. Sie war zehn gewesen, er einige Jahre älter. Eine Zeit lang war er ihr bester Freund gewesen und sie seine beste Freundin.

Das war zwanzig Jahre her. Über was genau sollten sie miteinander sprechen? Über ihr ganzes Leben?

Die Information, die Adeline wirklich interessierte – nämlich wen ihre Mutter heiratete –, schien zu fehlen.

In dem Brief wurde kein Mann erwähnt. Adeline las ihn noch einmal und dann noch einmal. Blätterte durch die Seiten. Nichts. Kein Hinweis.

Sie hatte tatsächlich vergessen, den Namen des Mannes zu erwähnen, den sie heiratete. Unglaublich.

Adeline lachte hysterisch auf. Hatte ihre Mutter wenigstens daran gedacht, ihn zur Hochzeit einzuladen?

Vielleicht gab es keinen Bräutigam. Vielleicht heiratete ihre Mutter sich selbst. Schließlich war sie selbst ihre größte Unterstützerin.

Meine Bücher sind meine Babys, hatte sie mal bei einem Interview zur Hauptsendezeit in die Kamera geschnurrt. *Ich liebe sie, wie ich meine Kinder liebe.*

Vermutlich mehr, dachte Adeline bitter, als sie den Brief auf den Tisch legte. Sogar eindeutig mehr. Diese schmerzhafte Wahrheit hatte sie mit zehn Jahren erfahren.

Du wirst bei deinem Vater wohnen, Adeline.

Der Schmerz in ihrer Brust wurde stärker. Alte Narben rissen auf. Doch hier ging es nicht nur um sie. Nicht nur sie hatte Wunden davongetragen.

Was würde diese Nachricht für ihren Vater bedeuten?

Wusste er es schon? Hatte ihre Mutter es ihm gesagt?

Mit bebenden Händen und einem Klumpen im Magen griff sie nach dem Handy und wählte seine Nummer. Auf Cape Cod war es erst kurz nach sechs Uhr morgens, doch ihr Vater würde schon auf den Beinen sein. Er stand früh auf und ging oft im Morgengrauen zum Strand, um dort zu fotografieren und zu zeichnen und das Beste aus dem Licht und der Einsamkeit zu machen. Sobald andere Leute auftauchten, kehrte er in sein kleines schindelbedecktes Strandhaus hinter den Dünen zurück, kochte sich einen unvorstellbar starken Kaffee und ging in sein Studio, um zu malen.

Nach der Scheidung hatte ihr Vater sein Leben umgekrempelt. Er hatte seinen Job in der Stadt aufgegeben und sich auf Adeline und auf sein Hobby konzentriert, das Malen. Aus einem der Schlafzimmer machte er ein Studio, und während sie in der Schule war, spritzte er den ganzen Tag Farbe auf Leinwände. Adeline verstand nicht viel von Kunst, doch diese Bilder wirkten wütend auf sie. Ein Teil von ihr beneidete ihn darum, dass er ein Ventil für sein Elend gefunden hatte. Es war eine schreckliche Zeit gewesen.

Ursprünglich kam ihr Vater aus Boston, war aber während Adelines Kindheit in London geblieben. Doch sobald sie fürs College wegzog, verkaufte er das Haus und erwarb von dem Erlös ein kleines Apartment in London sowie ein Strandhaus auf Cape Cod. Das hatte er zu seinem Zuhause gemacht.

Ihre Kindheit war unstet und nicht wie die der meisten anderen Kinder verlaufen, doch an der Liebe ihres Vaters hatte sie niemals gezweifelt. Er half ihr bei den Hausaufgaben, feuerte sie am Schulsporttag an und nähte ihr an Halloween ein Kostüm. Ihr Vater stellte die einzige Konstante in ihrem Leben dar, und auch wenn sie nicht mehr im gleichen Haus und nicht mal mehr im gleichen Land wohnten, fühlte sie sich ihm immer nah.

Anders als ihre Mutter hatte er nie wieder geheiratet, was sie traurig machte. Sie wollte unbedingt, dass er jemand Besonderen fand, jemanden, die ihn verdiente. Doch er war überzeugter Single geblieben, was sie ihm nicht vorwerfen konnte.

Mit Catherine Swift verheiratet gewesen zu sein, reichte sicher, um einem Mann die Ehe für den Rest des Lebens zu verleiden. Dennoch hasste sie den Gedanken, dass er die Beziehung mit ihrer Mutter nie verwunden hatte.

Das war auch der Grund, weshalb sie dieses Gespräch eigentlich nicht führen wollte. Egal wie sie es formulierte, die Neuigkeit würde ihn aus der Fassung bringen. Sie würde einen Riss in sein Leben reißen, das er so mühselig wieder zusammengeflickt hatte.

Mit angehaltenem Atem wartete sie und war fast erleichtert, als er sich nicht meldete, hatte sie doch keine Ahnung, was sie sagen sollte.

Wie sollte sie ihm eröffnen, dass ihre Mutter wieder heiraten würde?

Wie konnte sie ihm die Neuigkeit auf eine schonende Art beibringen?

Er und Catherine waren seit über zwanzig Jahren geschieden, doch Adeline wusste, dass er den Schmerz noch deutlich fühlte. Er sprach noch immer oft von ihrer Mutter. Jedes Mal, wenn er in der Buchhandlung eines ihrer Bücher sah, blieb er stehen, nahm es und las die Rückseite.

»Man kann die Liebe nicht ein- und ausschalten, Addy«, hatte er einmal gesagt, als sie ihn fragte, wie er denn immer noch Gefühle für eine Frau haben konnte, die ihn so schlecht behandelt hatte.

Adeline verkniff sich den Hinweis, dass Catherine keine Probleme zu haben schien mit dem Ausschalten.

Und dies war ein weiterer Beweis. Eine weitere Hochzeit. Ein weiteres Opfer.

Sie hinterließ keine Nachricht auf der Mailbox. Spontan griff sie nach dem Brief auf dem Tisch und stopfte ihn in den Müll – auf einen Haufen Kartoffelschalen und einen leeren Joghurtbecher.

Einer der Vorteile des Erwachsenseins bestand darin, dass man seine eigenen Entscheidungen traf. Und sie hatte ihre getroffen.

Sie würde nicht zu der Hochzeit gehen.

Auf keinen Fall, *auf gar keinen Fall,* würde sie zwei kostbare Sommerwochen dabei zusehen, wie ihre Mutter einen weiteren Riesenfehler machte. Es wäre zu schwierig. Es würde alles aufwühlen, was sie tief in sich verschlossen hatte. Und wenn sie irgendetwas in ihrem Leben nicht brauchte, dann war es ein neuer Stiefvater.

Sie würde einen bedauernden Brief schreiben und gute Wünsche für Braut und Bräutigam aussprechen, auch wenn sie nicht mal den Namen des Bräutigams kannte.

Seine Identität spielte keine Rolle.

Wen auch immer Catherine Swift dieses Mal heiratete – der Mann tat ihr leid.

2

Cassie

»Zwei Cappuccino, einen Americano und eine heiße Schokolade.« Cassie servierte die Bestellung für die lärmende Gruppe, die den Tisch am Fenster belagerte.

Sie konnte nicht aufhören zu grinsen, was an dem Brief lag, der in der Gesäßtasche ihrer Jeans steckte. Ihre Mutter würde wieder heiraten, wie aufregend war das denn? Sie war wirklich eine Inspiration. Cassie hatte den Brief immer wieder hervorgeholt, um ihn erneut zu lesen.

Liebste Cassie, ich schreibe dir, weil ich dir aufregende Neuigkeiten mitteilen möchte. Ich werde wieder heiraten.

Dass ihre Mutter nicht erwähnte, wen sie heiraten würde, machte die Sache noch romantischer und geheimnisvoller. Warum hatte sie nichts gesagt? Sie redeten doch sonst über alles. Warum also hatte ihre Mutter ihr nicht erzählt, dass sie sich mit jemandem traf? Vielleicht war es eine sehr stürmische Romanze gewesen. Wie auch immer, Cassie freute sich für sie und konnte es kaum erwarten, die Einzelheiten zu erfahren.

Los, Mum, dachte sie, während sie einen Reiseführer zur Seite schob, um einen der Cappuccinos zu servieren.

Als sie hereingekommen waren, hatte sie gedacht: Touristen. Und danach zu urteilen, wie sie auf ihren Handys den Stadtplan studierten, lag sie damit nicht falsch. Am Tisch neben ihnen saß ein Guide, der eine Stadtführung anbot, wie man in vierundzwanzig Stunden das Beste aus Oxford herausholte.

Das ist nicht möglich, hätte Cassie gesagt, wenn man sie in dieser Angelegenheit um Rat gefragt hätte. Doch das tat man nicht, deshalb servierte sie der Gruppe einfach nur ihre Drinks und die zwei Stücke Zitronenkuchen (mit vier Gabeln, was bedeutete, dass sie entweder Kalorien oder Geld sparen wollten). Dann kehrte sie zum Tresen zurück, wo ihre Barista-Kollegin Felicia sich damit vergnügte, einen Cappuccino mit dem perfekten Milchschaumherz zu krönen. Felicia kam aus Rom und studierte seit zwei Jahren in Oxford. Sie und Cassie hatten sich im letzten Sommer bei der Arbeit im Café kennengelernt und angefreundet.

»Du wirst echt gut darin.« Cassie verstaute das Tablett und brachte einer wartenden Kundin einen Schokoladen-Brownie.

Das »Tasty Bite«-Café lag mitten in Oxford, versteckt in einer Kopfsteinpflastergasse, nicht weit von der Bodleian Library. Seine Kundschaft bestand aus einer interessanten Mischung von Einheimischen, Touristen und Studenten. Die Touristen waren am beliebtesten, weil sie von dem pittoresken englischen Charme angezogen wurden und dazu neigten, besonders viel zu bestellen. Studenten waren am unbeliebtesten, weil sie einen Kaffee kauften und den ganzen Tag daran nippten.

Cassie hatte Mitgefühl. Schließlich war sie auch Studentin gewesen. Sie hatte ihren Abschluss in Altphilologie gemacht und vier Jahre mit dem Lesen, Übersetzen und Analysieren von Texten verbracht. Wenn sie nicht in Seminaren saß oder in der Bücherei lernte, hatte sie Stunden an genau jenem Tisch am Fenster gesessen, den jetzt die Touristen besetzt hielten. Sie hatte in ihr Notizbuch gekritzelt und dem Geschehen zugesehen. So viel Zeit hatte sie in dem Café verbracht, dass Rhonda, die Besitzerin, ihr einen Job anbot, den Cassie dankbar annahm. Ihr kam nicht nur das Geld gelegen, sondern auch die Möglichkeit, ständig Menschen zu beobachten. Und es gab nichts, was Cassie mehr genoss, als Menschen zu beobachten.

Zum Beispiel das Paar, das Seite an Seite in der Nische an der Treppe saß. Unter dem Tisch hatten sie ihre Beine verschränkt, und ihre Schultern berührten sich, als sie sich über einen Flyer beugten, der für eine Freilicht-Vorführung von Shakespeares *Ein Sommernachtstraum* in einem der College-Gärten warb. Cassie hatte bereits Karten gekauft.

»Was glaubst du? Verheiratet?« Felicia blickte zu dem Paar, als sie zwei heiße Schokoladen mit Schlagsahne zu dem Korb mit ofenfrischen Croissants auf das Tablett stellte.

Cassie warf einen verstohlenen Blick auf die beiden. »Ja«, sagte sie, »aber nicht miteinander.« Sich ganze Geschichten zu Menschen auszudenken war ein Spiel, das sie oft spielten.

Cassie wartete, bis Felicia serviert hatte und mit dem leeren Tablett zurückkehrte.

»Sie haben mich nicht einmal bemerkt.«

»Sie ist seit zehn Jahren mit dem gleichen Kerl verheiratet und hat so etwas noch nie zuvor gemacht. Gestern haben sie die erste Nacht miteinander verbracht.«

Felicia sah sie fragend an. »Und dein Beweis dafür ist …?«

»Sie können die Hände nicht voneinander lassen und haben jede Menge Kohlehydrate bestellt. Sie brauchen Kalorien. Sie sind beide ausgehungert, weil sie die ganze Nacht Sex hatten.«

Felicia schnaubte vor Lachen. »Deine Fantasie ist eine tödliche Waffe. Übrigens, kannst du am Samstag für mich einspringen? Matteo hat eine Überraschung zu unserem Halbjahrestag geplant.«

»Wie romantisch!« Cassie verspürte einen Stich Neid. Wenn es ein perfektes Paar gab, dann waren es Felicia und Matteo. »Ja, klar springe ich Samstag ein. Das Wetter soll großartig werden.«

»Hast du nichts geplant?«

»Nichts Besonderes.« Sie hatte vorgehabt, sich am Flussufer ins weiche Gras zu legen und ihr zerschlissenes Exemplar der *Odyssee* zum x-ten Mal zu lesen.

»Danke. Ich dachte, du schreibst vielleicht Bewerbungen. Hast du schon entschieden, was du machen möchtest?«

»Machen?«

»Mit deinem Leben. Deiner Zukunft. Du hast deinen Abschluss gemacht. Was jetzt?«

»Ich bin noch nicht sicher.« Das war ihre meistgehasste Frage, denn eine ehrliche Antwort würde bedeuten, dass sie ihr größtes Geheimnis offenbarte, und dazu war sie noch nicht bereit. Sie war eine Einserstudentin gewesen, und ihr Umfeld nahm an, dass sie in Oxford bleiben und eine akademische Karriere verfolgen würde, dass sie klassische Texte analysieren und junge Studenten dafür begeistern würde. Doch das war es nicht, was Cassie wollte.

Wie würde Felicia reagieren, wenn sie ihr die Wahrheit sagte?

Ich möchte Schriftstellerin werden.

Und zwar nicht einfach Schriftstellerin, sondern eine *publizierte* Schriftstellerin.

Das war, wie sie wusste, der schwere Teil. Der unmögliche Traum, noch dazu einer, den sie mit so vielen teilte. Alle, mit denen sie sprach, wollten eines Tages ein Buch schreiben. Cassie behielt für sich, dass sie bereits eines fertig und ein zweites angefangen hatte.

Sie befürchtete, das Schicksal herauszufordern, wenn sie es erzählte, und dass dies das Ende ihres Traums bedeutete. Die Leute würden vermutlich lachen oder, noch schlimmer, ihre Ambitionen für ein Hirngespinst halten. Sie würden eine Liste von Gründen aufzählen, weshalb das nicht klappen konnte, und damit nicht nur ihren Traum, sondern auch gleich ihr Selbstwertgefühl zerstören. Sie würden ihr empfehlen, sich einen richtigen Job zu suchen, wie auch immer der aussehen mochte. Cassie brauchte etwas, das nicht zu viel Zeit oder emotionale Energie verbrauchte. Etwas Verlässliches, ohne Stress, das ihr die Zeit ließ, sich auf ihre wahre Leidenschaft zu konzentrieren. Aus diesem Grund schob sie, zumindest im Moment, Extraschichten im »The Tasty Bite«.

Jeden Tag fuhr sie mit dem Fahrrad von dem kleinen viktorianischen Häuschen los, das sie sich mit ihrem Mitbewohner

Oliver teilte. Die Fahrt dauerte acht Minuten und führte sie am »The Lamb and Flag« vorbei, wo man dem Literaturvölkchen seit vierhundertfünfzig Jahren Ale servierte, durch enge Straßen und an honigfarbenen Steinbauten vorbei. Der ganze Ort war so sonnenbeschienen und schön und so geschichtsträchtig, dass sie jetzt dachte: Vielleicht bleibe ich doch für immer hier.

Wäre das wirklich so schlecht?

Sie liebte Oxford mit seinem gewundenen Fluss und den berühmten Colleges. Sie liebte die Arbeit im Café, die ihr endlose Inspiration schenkte, aber nichts von ihrer privaten Zeit forderte. Sie musste keine Arbeit mit nach Hause nehmen. Ihr Hirn war nicht mit Dingen vollgestopft, die sie morgen erledigen musste. Sie konnte nachdenken. Sie konnte träumen, und es kümmerte niemanden.

»Erde an Cassie.« Rhonda kam aus der kleinen Küche hinten im Café und schnippte mit den Fingern. »Hör auf zu träumen. Ted könnte da hinten ein bisschen Hilfe gebrauchen.«

Sie lächelte schuldbewusst. Vielleicht kümmerte es die Menschen gelegentlich doch, wenn sie ins Leere starrte oder in ihr Notizbuch kritzelte. Aber insgesamt passte der Job perfekt zu ihren Umständen. Und er erlaubte ihr, Gespräche mit anzuhören und menschliches Verhalten zu studieren, was sie immer wieder faszinierte.

Cassie ging in die Küche, wo Ted Salate zubereitete.

Ted war ein Archäologiestudent, der ursprünglich aus San Francisco kam. Er hatte den Job im Café erst kürzlich angetreten, um im August eine Ausgrabung zu finanzieren, an der er teilnahm.

Cassie wusch sich die Hände. »Was soll ich tun?«

»Es wird wieder ein heißer Tag. Insofern wette ich, dass Salate viel besser gehen werden als die getoasteten Paninis. Und Suppe kannst du vergessen.« Er fuhr sich mit dem Arm über die Stirn. »Es ist heiß hier drin. Oder vielleicht habe ich zu viel Zeit in einer klimatisierten Bibliothek zugebracht.«

»Erwarte von Cassie kein Mitgefühl.« Rhonda kam in die Küche mit einem Korb voller Salatzutaten, die sie auf dem Markt gekauft hatte. »Sie liebt die Hitze. Sie hat den größten Teil ihrer Kindheit in Griechenland verbracht.«

Ted sah interessiert auf. »Tatsächlich?«

»Meine Mutter hat ein Haus auf Korfu.« Cassie griff nach einer Tomate und schnupperte daran. Der Duft sagte ihr, dass sie frisch gepflückt und voller Aroma war. »Das ist mein liebster Ort auf dieser Welt.« Sie sammelte die Tomaten ein und wusch sie ab.

»Warte. Heißt du deshalb Cassie? Von Kassandra, oder? Die trojanische Prinzessin.«

»Meine Mutter liebt griechische Sagen.«

Er grinste. »Also bist du dazu verdammt, dass dir niemand glaubt. Ich glaube, sie hätte dich Helen nennen sollen – das Gesicht, das tausend Schiffe in Bewegung setzte.«

Cassie war zufrieden mit ihrem Aussehen, doch sie bezweifelte, dass ihr Gesicht einen Schlepper oder auch nur ein Kajak in Bewegung setzen würde, geschweige denn tausend Schiffe. »Ich hatte Glück.«

»Warum bist du hier, statt den Sommer in Griechenland zu verbringen? Wenn ich die Möglichkeit hätte, wäre ich lieber dort.« Ted begann, die Gurken in Stücke zu schneiden.

»Ich fahre nächsten Monat hin. Meine Mutter heiratet.« Lächelnd holte Cassie den Fetakäse aus dem Kühlschrank. »Ich fahre zu ihrer Hochzeit. Soll ich griechischen Salat machen? Horiatiki. Das ist meine Spezialität.«

»Sicher. Das wäre großartig. Die Hochzeit deiner Mutter? Kein Witz?« Ted schob ein Blech mit Lachsfilets in den Ofen. »Ist das nicht komisch? Was sagt dein Dad dazu?«

»Mein Dad ist tot.« Cassie bemerkte, dass er errötete. Er tat ihr leid, und sie ärgerte sich, dass sie so damit herausgeplatzt war. »Mach dir keine Gedanken. Ich war drei. Ich habe keine echten Erinnerungen an ihn.« Nur die, die sie im Kopf fortgesponnen hatte aus den vielen Geschichten ihrer Mutter. *Lass mich von dem Abend erzählen, als ich deinen Vater kennenlernte ...*

Sie hatte sich jede Einzelheit gemerkt, bis sie die Szene so klar vor sich sah, dass sie real wurde. Wie ihr Vater die Bar betreten und ihre Mutter zum ersten Mal gesehen hatte. *Ich ging in die Bar, um etwas zu trinken, und verließ sie mit der Liebe meines Lebens.*

Ihre Mutter hatte ihr so oft davon erzählt, doch Cassie wurde dessen nie überdrüssig. Sie selbst erzählte die Geschichte, wenn Menschen zu ihr sagten, dass es so etwas wie Liebe nicht gebe. Dass Romantik ein Hirngespinst sei.

Cassie wusste, dass sie kein Hirngespinst war. Allein ihre eigene Existenz war der beste Beweis dafür.

Eines Tages, so versprach sie sich, würde sie eine so große und leidenschaftliche Liebe erleben wie die ihrer Eltern. Es war tragisch, dass ihr Vater so jung gestorben war, doch zumindest hatten er und ihre Mutter wahre Liebe erlebt, wenn auch nur für eine kurze Zeit. So gesehen hatten sie Glück gehabt. Cassie würde sich auf nichts weniger einlassen. Bei jedem Date fragte sie sich: Würde ich diesem Mann bis ans Ende der Welt folgen? Die Antwort lautete immer Nein. Meistens wollte sie ihm nicht einmal zur Bodleian Library folgen, was deprimierend war, da diese ganz in der Nähe lag.

Der einzige Mann, der in ihrem Leben eine Konstante bildete, war Oliver, doch das zählte nicht. Oliver war ihr bester Freund, und wenn sie ihm überallhin folgte, würden sie sich garantiert verirren, da Oliver einen furchtbaren Orientierungssinn hatte. Wenn sie zusammen ausgingen, übernahm deshalb immer sie die Führung. Sie hatten sich am ersten Studientag beim obligatorischen College-Foto kennengelernt. Es hatte viel Gedrängel gegeben, und man platzierte Cassie, die eher klein war, in die erste Reihe. Oliver stand hinter ihr und flüsterte ihr einen Witz ins Ohr, als der Fotograf auslöste. Er hatte sie zum Lachen gebracht, und vier Jahre später brachte er sie immer noch zum Lachen.

Vermutlich sollte sie mehr daten, als sie es tat. Doch Dating bedeutete harte Arbeit und Stress, und es war leichter und amüsanter, einfach mit Oliver abzuhängen.

Plötzlich fiel ihr ein, dass er gestern Abend ein zweites Date mit Suzy gehabt und sie seitdem noch nichts von ihm gehört hatte.

Unruhe stieg in ihr auf. Würde es die Situation verändern, wenn Oliver sich verliebte? Das musste es notgedrungen. Selbst wenn das Mädchen seiner Träume erwachsen genug war, um eine beste Freundin zu akzeptieren, würde er nicht mehr so viel Zeit mir ihr verbringen können. Kein gemeinsames Herumlungern in Museen mehr. Keine Picknicks am Ufer, kein Büchertauschen und keine langen Brunch-Sitzungen mehr. Keine Gespräche mehr, die anfingen mit: *Du errätst nie, was mir gestern passiert ist.*

Ted schnitt Salat. »Mann, das ist schlimm mit deinem Dad.«

»Für meine Mutter schlimmer.« Cassie löste sich von der Vorstellung, wie ihr Leben aussah, wenn Oliver sich verliebte. »Sie hatten eine echte Liebesgeschichte. Die Romanze aller Romanzen.«

Als Cassie nach dem Olivenöl griff, sah Ted zu ihr hinüber. »Ist sie die ganze Zeit allein geblieben?«

»Nein, sie hat wieder geheiratet, aber sie und Gordon …« Sie dachte nicht daran, Gordon Pelling als Stiefvater zu bezeichnen. »Sie haben sich vor zwei Jahren scheiden lassen. Es hat nicht funktioniert.«

Aber zumindest hatte sie es versucht und würde es wieder versuchen. Der Mut ihrer Mutter in Herzensangelegenheiten war inspirierend, und Cassie freute sich für sie. Sie konnte es kaum erwarten, gemeinsam zu feiern.

»Wow. Dann ist das ihre …« Ted hielt inne und rechnete nach. »Ihre dritte Ehe?«

»Tatsächlich ist es ihre vierte. Sie war verheiratet, als sie meinen Dad kennenlernte.« Cassie dachte an ihre Halbschwester Adeline und verspürte sofort ein schlechtes Gewissen, wie immer.

In diesem Moment kam Felicia mit einem Tablett voller schmutzigem Geschirr herein. Sie hatte die letzten Sätze mitbekommen. »Du weißt offenbar nicht, wer Cassies Mutter ist.«

Ted blickte von ihr zu Cassie. »Warum sollte ich Cassies Mutter kennen? Hab ich was verpasst?«

Felicia lud die Teller und Tassen in den Geschirrspüler. Ihre Haut war ebenmäßig gebräunt, ihr Haar kurz geschnitten. »Ich nehme an, du hast den Namen Catherine Swift schon mal gehört?«

»Nein.« Ted runzelte die Stirn. »Warte – du meinst die Schnulzen-Schreiberin? Die, die am laufenden Band diese kitschigen Strandromane produziert? Das ist deine Mutter?«

Cassie dachte an die Stunden, die ihre Mutter am Schreibtisch verbrachte, das Haar zu einem unordentlichen Knoten zusammengefasst und völlig fokussiert auf ihr Handwerk. Sie schrieb und überarbeitete sich bis zur Erschöpfung. Die Andeutung, dass sie ständig irgendwelchen Müll produzierte, um das arme Publikum zu schröpfen, weckte in ihr den Wunsch, etwas zu zerschlagen.

Ted schien wahrzunehmen, dass er zu weit gegangen war, denn er hob entschuldigend die Hände.

»Nichts für ungut, Cassie.«

»Nichts für ungut zu sagen macht die Sache nicht gut, Ted«, fuhr Felicia ihn an, bevor Cassie den Mund öffnen konnte. »Und diese kitschigen Strandromane verkaufen sich aus gutem Grund in Millionenhöhe. Sie behandeln Themen, die wichtig sind für Frauen. Wegen ihr habe ich meinen letzten Freund sitzen gelassen. Er schikanierte mich ständig, und eines Morgens wachte ich auf und dachte: *Eine Heldin bei Catherine Swift würde es nicht dulden, so behandelt zu werden.* Und das war's. Dann war er Geschichte.«

Ted schluckte und trat einen Schritt zurück. »Wow. Das ist … ein bisschen verstörend, ehrlich gesagt. Ich meine, ich lese doch nicht einen Krimi und bringe danach jemanden um. Aber jedem das Seine.«

»Stimmt. Aber hast du je ein Buch von Catherine Swift gelesen?«

»Nein.« Der Schweiß auf Teds Brauen war nicht nur der Hitze in der Küche geschuldet. »Nicht mein Ding.«

»Aber wenn du noch keins gelesen hast«, sagte Felicia freundlich, »wie kannst du dann wissen, dass es nicht dein Ding ist? Du bist Akademiker. Du solltest nach Beweisen für deine Meinung suchen, oder?«

»Ja, du hast recht.« Er fuhr sich mit der Hand über den Nacken und warf Cassie einen beschämten Blick zu. »Es tut mir leid, Cassie. Das war grob und unsensibel.«

»Ja, das war es«, sagte Cassie, doch tatsächlich war sie daran gewöhnt. Sie hatte sich antrainiert, dass es ihr nichts ausmachte. Und meistens tat es das auch nicht. Allerdings störte es sie um ihrer Mutter willen, die klug war und unglaublich hart arbeitete und sich aus dem Nichts ein Leben aufgebaut hatte. Cassie fand, dass sie Respekt verdiente. Sie war maßlos stolz auf ihre Mutter.

Die Idee, Schriftstellerin zu werden, hätte sie nicht einmal in Erwägung gezogen, wäre sie nicht bei einer Mutter aufgewachsen, die genau das war. Catherine Swifts Arbeit bestand darin, sich an einen Laptop zu setzen oder manchmal auch an ein Notizbuch und sich Geschichten auszudenken. *Wie cool war das denn!*

Cassie wollte das Gleiche, wusste aber, dass das Ziel vermutlich unrealistisch war. Die Wahrscheinlichkeit, vom Schreiben leben zu können, war minimal. Ein Erfolg wie der ihrer Mutter blieb die Ausnahme.

Cassie fand ihren Erfolg inspirierend, aber auch einschüchternd und verunsichernd, weshalb sie niemandem außer Oliver erzählt hatte, dass sie wie ihre Mutter Schriftstellerin werden wollte. Na ja, nicht genau wie sie. Cassie erwartete nicht den Bruchteil des Erfolgs, den ihre Mutter hatte. Im Moment wünschte sie sich nur jemanden, der ihre Arbeit gut genug für eine Veröffentlichung hielt. Das würde ihr schon reichen. Das wäre traumhaft.

Obwohl sie miteinander über alles redeten, hatte sie ihrer Mutter diesen Traum bislang verheimlicht. Cassie konnte einfach nicht darüber sprechen. Was, wenn ihre Mutter etwas von Cassie lesen wollte? Was, wenn es ihr nicht gefiel? Das wäre so peinlich. Und in dem unwahrscheinlichen Fall, dass es ihrer Mutter doch gefiel, würde sie womöglich vorschlagen, es ihrer Agentin Daphne zu zeigen, und etwas noch Peinlicheres konnte Cassie sich kaum vorstellen. Die Leute würden denken, dass sie den Ruhm ihrer Mutter ausnutzte, um veröffentlicht zu werden. Aus diesem Grund hatte Cassie das Manuskript an eine andere Agentin geschickt und ihrer Mutter nichts davon erzählt.

Wenn sie diese Sache nicht zu ihren eigenen Bedingungen tat, würde sie nie an sich glauben können.

Allerdings war es zwei Monate her, dass sie das Manuskript weggeschickt hatte, und bislang hatte sie noch nichts gehört, was kein gutes Zeichen war.

Am Anfang hatte sie alle zehn Minuten mit klopfendem Herzen in ihre Mails geschaut und sich märchenhafte Szenarien ausgemalt, in denen sie eine E-Mail, vielleicht sogar einen Anruf erhielt und man ihr mitteilte, dass ihr Manuskript genau das Buch war, auf das sie gewartet hatten.

Als nichts passierte, zwang sie sich, ihre Mails zumindest einmal pro Stunde zu checken. Inzwischen hatte sie aufgegeben. Auf der Website der Agentin stand, dass sie Einsendungen normalerweise innerhalb von acht Wochen beantwortete, und diese Zeit war verstrichen, was vermutlich bedeutete, dass ihr Manuskript ihr nicht gefiel. Es war so schlecht, dass sie sich nicht einmal die Mühe machte, eine Ablehnung zu schreiben.

Aber Cassie würde natürlich weitermachen, auch wenn ihr Selbstvertrauen welkte wie eine Pflanze in der Hitze des Sommers.

Ted lächelte verlegen. »Ja, tja, noch mal sorry. Ich muss jetzt wirklich mit Rhonda über die Pläne fürs Wochenende sprechen.« Er wusch sich die Hände und verließ die Küche so überstürzt, dass er gegen den Tresen stieß.

Felicia sah ihm nach und schüttelte den Kopf. »Ich weiß nicht, was ich von ihm halten soll.«

»Er hat nichts gesagt, was nicht schon gesagt wurde«, sagte Cassie. »Man gewöhnt sich dran.«

»Ignorier ihn. Deine Mutter ist eine Legende.« Felicia schnappte sich ein Stück Feta. »Sie hat mir alles beigebracht, was ich über Liebe und gesunde Beziehungen weiß. Und auch über Resilienz. Ihre Charaktere finden immer ihren Weg, egal wie schwer das Leben ist.«

Cassie wurde warm ums Herz. »Danke, Felicia.«

»Hey, das ist alles wahr. Wenn du mir ein signiertes Exemplar ihres letzten Buchs besorgen willst, sage ich nicht Nein. Italienisch oder Englisch – ich bin nicht wählerisch.« Felicia warf den Käsewürfel in ihren Mund und lächelte. »Es muss cool sein, eine berühmte Mutter zu haben.«

»Meistens rede ich nicht darüber. Dir habe ich es nur erzählt, weil ich dich in dem ersten Sommer, in dem wir hier arbeiteten, ein Buch von ihr lesen sah.«

Felicia lehnte sich gegen den Kühlschrank. »Also eine weitere Hochzeit. Wird deine Halbschwester dabei sein?«

Cassie drehte sich der Magen um. »Ich ... weiß es nicht.« Sie hatte sich verboten, über diesen Aspekt nachzudenken. Er war die eine dunkle Wolke am ansonsten strahlend blauen Sommerhimmel. »Ich hoffe nicht, wenn ich ehrlich bin. Bin ich deshalb ein schrecklicher Mensch?«

»Warum solltest du?« Felicia zuckte die Achseln. »Ihr zwei steht euch ja nicht gerade nah.«

Nah? Cassie unterdrückte ein hysterisches Lachen. Die Zeiten, in denen sie heimlich davon geträumt hatte, ihrer »großen Schwester« nah zu sein, waren lange vorbei. Denn diese Nähe, dachte sie, war ein noch größeres Hirngespinst, als eine publizierte Schriftstellerin zu werden. Eher würde sie auf der Bestsellerliste der *Sunday Times* stehen, als dass sie ein Lächeln oder ein paar warme Worte von Adeline bekommen würde. Und sie ging nicht davon aus, dass sie jemals auf der Bestsellerliste der *Sunday Times* stehen würde. Trübsinn überkam sie und eine gewisse Beklemmung, ähnlich dem Gefühl vor einem Zahnarztbesuch. Die Anwesenheit ihrer Schwester würde die Hochzeit nicht unbedingt ruinieren, Cassies Freude und Feierstimmung aber empfindlich beeinträchtigen. Und schlimmer noch, sie würde ihre Mutter aufregen, und wenn es einen Tag gab, an dem man einen Menschen nicht aufregen sollte, dann war es am Tag von dessen Hochzeit.

Vielleicht würde Adeline nicht auftauchen. Bei der letzten Hochzeit ihrer Mutter hatte sich Adeline strikt geweigert, Brautjungfer zu sein, sodass Cassie die Rolle allein hatte ausfüllen müssen. Sie hatte ein großes Aufhebens um ihre Mutter gemacht und Blumen geworfen und versucht, doppelt so breit zu lächeln wie sonst, um Adelines versteinertes Gesicht zu kompensieren. Es war mehr als offensichtlich gewesen, dass Adeline jede einzelne Minute gehasst hatte. Mit etwas Glück wollte sie sich dem nicht noch einmal aussetzen.

Ihre Schwester war nicht gerade eine Romantikerin. Tatsächlich hatte Cassie bei ihr noch keine einzige Gefühlsregung gesehen. Adeline war so cool und gefasst, dass es einem Angst machte. Sie war das genaue Gegenteil von Cassie, die ihre Gefühle offen zeigte. Tatsächlich fand sie ihre Schwester einschüchternd und etwas unterkühlt. Ab wann gab man es auf, sich zu bemühen?

In ihrer Teenagerzeit war Cassie immer freundlich zu ihr gewesen, wenn Adeline diese quälenden Sommerwochen auf Korfu verbrachte. Teilweise weil es ihre Natur war, aber auch, weil sie ihrer Schwester unbedingt nah sein wollte. Alle Bücher, die sie verschlang, behaupteten, eine Schwester sei ein Geschenk. Ein klarer Vorteil im Leben. Eine ältere Schwester war ein noch größerer Vorteil, weil sie Zugang zu reiferem Wissen und ein gewisses Maß an Schutz bot. Dazu die Garantie lebenslanger Freundschaft, die nicht von jenen Beben erschüttert wurde, an denen andere Beziehungen oft zerbrachen.

Cassie, die diese spezielle Beziehung aufbauen und nutzen wollte, hatte sich sehr um Adeline bemüht. Sie krümmte sich innerlich bei der Erinnerung, wie sehr sie um die Gunst ihrer Schwester gebuhlt hatte – ohne jede Chance. Wie ein Comedian, der verzweifelt versuchte, ein stoisches Publikum zum Lachen zu bringen. Ein Welpe, der um die Zuneigung von jemandem bettelte, der Hunde nicht leiden konnte. Ihre Bemühungen, Adeline näherzukommen, hatten sie eher voneinander entfernt. Mit jedem Schritt, den sie auf Adeline zu machte, war diese einen zurückgewichen. Verletzt und gekränkt hatte Cassie sich schließlich ebenfalls zurückgezogen und akzeptiert, dass sie niemals eine Beziehung zu ihrer Schwester haben würde. Sie würde sie niemals anrufen, wenn sie aufgeregt war wegen eines Jungen oder wegen ihrer Prüfungen, würde ihre Sorgen und Ängste niemals mit ihrer Schwester teilen können, weil Adeline nicht interessiert war. In Anbetracht dessen, dass Adeline ihr Leben der Aufgabe gewidmet hatte, anderen Menschen bei der Bewältigung unangenehmer Gefühle zu helfen, war das besonders schmerzhaft. Sie half gern anderen Menschen, aber nicht Cassie. Sie ließ Fremde an ihrer Weisheit teilhaben, aber nicht ihre eigene Schwester.

Ihre Gleichgültigkeit war etwas Persönliches. Als könnte Adeline ihre Nähe nicht ertragen, was Cassie wirklich bestürzte, da sie ihre Halbschwester eigentlich ziemlich cool fand.

Adeline war eine echte Erwachsene, wohingegen Cassie sich als klägliche Versagerin fühlte bei ihrem Versuch, erwachsen zu sein. Sie war eine Träumerin, während ihre Schwester unglaublich fokussiert und tüchtig war. Adeline war eine klinische Psychologin, und erwachsener konnte man ja wohl nicht sein. *Dr. Swift.* Sie verteilte Ratschläge und Mitgefühl an Menschen wie Cassie, die mit ihrem Leben nicht immer zurechtkamen.

Adeline war in allen Situationen selbstsicher und würdevoll, außerdem selbstständig und unabhängig. Cassie brauchte Menschen in ihrem Leben. Sie wusste nicht, wo sie ohne ihre Mutter und ihre Freunde wäre. Adeline schien niemanden zu brauchen.

Adeline war sich selbst und ihrer Entscheidungen sicher, Cassie hingegen war sich überhaupt keiner Sache sicher. Was ihre Zukunft anging, war sie definitiv nicht sicher. Wie viele Zurückweisungen ihres Manuskripts konnte sie ertragen, bevor sie akzeptierte, dass sie vom Schreiben nicht leben konnte? Wann würde sie aufgeben und sich einen »richtigen Job« suchen?

Sie fragte sich einen Moment, was Adeline sagen würde, wenn sie von Cassies schriftstellerischen Ambitionen wüsste. Sie würde ihren Traum vermutlich für unvernünftig halten, milde ausgedrückt.

»Früher habe ich mir gewünscht, dass wir uns näher wären, aber das habe ich aufgegeben«, erzählte sie Felicia. »Adeline ist acht Jahre älter als ich, insofern gibt es einen großen Altersunterschied. Nach der Scheidung entschied sie sich, bei ihrem Dad zu leben. Ich glaube, das hat meine Mutter fast umgebracht. Deshalb waren wir in unserer Kindheit und Jugend nicht viel zusammen.« Sie sah keinen Sinn darin, die Wahrheit zu beschönigen, und war nicht gut darin, Geheimnisse für sich zu behalten. Cassies Meinung nach waren Geheimnisse in Romanen großartig, sogar notwendig, doch im echten Leben machten sie die Dinge kompliziert.

Vielleicht würde Adeline die Einladung ihrer Mutter ablehnen. *Bitte, bitte, lass sie sie ablehnen!*

Immerhin handelte es sich um eine Hochzeit, und nach den Ratschlägen in ihrer Kolumne zu urteilen, hatte Adeline nicht einen Funken Romantik im Blut. Natürlich nicht. Um romantisch zu sein, musste man etwas empfinden, und Cassie fragte sich, ob ihre Schwester überhaupt etwas fühlte.

Adeline schien die romantische Liebe als etwas Flüchtiges abzutun und als zu unzuverlässig, um als Basis einer längeren Beziehung zu dienen.

Cassie hatte sich bemüht, empathisch zu sein und die Situation aus Adelines Perspektive zu betrachten. Ihre Mutter hatte sich in Cassies Vater verliebt. Sie hatten eine Affäre gehabt, aus der Cassie hervorgegangen war. Adeline war acht gewesen, als ihre Eltern sich scheiden ließen, und das musste sehr schwer gewesen sein. Ihre Familie war zerstört, und Adeline hatte ihrer Mutter die Schuld dafür gegeben.

Aus ihrer eigenen Perspektive konnte Cassie die Dinge ein bisschen objektiver sehen. Wäre es zu der Affäre gekommen, wenn Catherine glücklich gewesen wäre in ihrer ersten Ehe? Nein. Manche Beziehungen funktionierten und andere nicht. Manche waren eine Zeit lang glücklich und gingen dann zu Ende. Das war bedauerlich, aber so war das Leben. Menschen veränderten sich. Beziehungen veränderten sich. Cassie bedauerte das Leid, das ihre Mutter Adeline und ihrem ersten Mann zugefügt hatte, doch ihrer Meinung nach war sie ihren aufrichtigen Gefühlen gefolgt und hatte eine mutige Entscheidung getroffen. Catherine hatte Adelines Vater nicht mehr geliebt. Es war vorbei. Was sollte sie tun? Sich den Rest ihres Lebens elend fühlen? Wem sollte das etwas nützen? Wenn etwas nicht funktionierte, funktionierte es eben nicht. So war das nun mal.

Cassie fand, dass Catherine ihrer Leidenschaft zu Recht gefolgt war (wenn sie es nicht getan hätte, gäbe es Cassie nicht, weshalb sie zugegebenermaßen voreingenommen war), doch Adeline sah das eindeutig anders.

Um ihre Schwester zu verstehen, hatte Cassie viel Zeit damit verbracht, Adelines Kolumne zu studieren.

Sie sinnierte über jedes Wort, analysierte jedes Detail und hatte das Gefühl, jede Antwort gäbe ihr Einblick in Adelines Seele. Gelegentlich hatte sie daran gedacht, ihr selbst einen Brief zu schreiben.

Meine Halbschwester hasst mich, und auch wenn manche Menschen glauben könnten, dass sie Grund dazu hat, war es wirklich nicht meine Schuld. Wie kann ich ihr helfen, ihren Zorn und ihre

Bitterkeit zu überwinden, sodass wir die Chance haben, eine Beziehung aufzubauen?

Felicia gab ihr das Glas mit Oregano. »Beunruhigt es dich nicht, dass deine Mutter wieder heiratet?«

Dankbar für die Ablenkung von ihrer Grübelei, lächelte Cassie. »Überhaupt nicht.«

Warum sollte es? Sie würde ihrer Mutter ihr Glück niemals missgönnen. Und sie vertraute dem Urteil ihrer Mutter. Sie hatte mehr als sechzig Liebesromane geschrieben und sie millionenfach verkauft. Mehr Beweise brauchte es nicht, dass Catherine Swift alles über die Liebe wusste, was man wissen konnte.

Man heiratete kein viertes Mal, weil man versagt hatte. Man tat es, weil man voller Optimismus war. Nicht weil man die Vergangenheit bereute, sondern weil man Hoffnung für die Zukunft hatte.

Cassie wusste nicht, wen ihre Mutter heiratete, und musste es auch nicht wissen. Sie fand die Idee eines Geheimnisses aufregend. Wenn sie zur Feier auf der Insel ankam, würde sie es schon noch erfahren.

Ihre Mutter wollte offenbar eine große Überraschung vorbereiten, und romantischer konnte man nicht sein.

Cassie seufzte, während sie griechischen Salat auf Teller füllte und diese in den Kühlschrank schob.

Mit Glück würde Adeline sich entscheiden, nicht zur Hochzeit zu gehen.

Bitte, bitte, lass sie sich entscheiden, nicht hinzugehen.

3

Catherine

Catherine Swift war mit einer Gabe auf die Welt gekommen.

Es gab nicht den einen speziellen Moment, in dem sie sie entdeckt hätte. Sie gehörte einfach zu ihr wie ihr widerspenstiges blondes Haar und ihre mangelnde Geschicklichkeit. Die Gabe war mit ihr gewachsen, bis sie ein eigenes Leben angenommen hatte. Catherine konnte sich an keine Zeit erinnern, in der nicht irgendwelche Geschichten und Charaktere in ihrem Kopf herumgewirbelt wären. Doch sie erinnerte sich genau, wann sie das erste Mal eine dieser Geschichten niedergeschrieben hatte.

Sie zwar zwölf gewesen, und ihre Mutter hatte sie gerade im Clifton House abgeliefert, einem Internat in der tiefsten englischen Einöde. Ihre Eltern steckten in einem erbitterten Scheidungskrieg, und ihre Mutter hatte entschieden, dass es für Catherine weniger traumatisierend wäre, ihr Zuhause zu verlieren und mit Fremden zu leben, als den hässlichen Niedergang einer Ehe zu begleiten. Das war jedenfalls die offizielle Begründung. Inoffiziell hatte ihre Mutter ihr nach einer Flasche Sauvignon blanc, die sie angeblich aus medizinischen Gründen trank, gestanden, dass sie einen neuen Ehemann finden musste, um ihren Lebensstil aufrechtzuerhalten. Und das könne sie nicht mit einer Tochter, es würde die Dinge komplizieren. Einen Mann zu finden war ähnlich mühsam, wie sich für einen Job zu bewerben. Man musste sich auf die Aufgabe fokussieren und sich voll reinhängen.

Es wird dir hier gefallen, hatte sie gesagt, als sie Catherines Koffer durch menschenleere Flure zog. *Du wirst viele Freunde finden. Es wird wie ein Zuhause sein.*

Es hatte Catherine nicht gefallen. Sie hatte keine Freunde gefunden und es war kein Zuhause gewesen. Nicht dass ihr Zuhause ein Ort der Fürsorge gewesen wäre. Weit davon entfernt. Das Internat hätte nicht viel bieten müssen, um die bessere Option zu sein. Dass es das nicht wurde, sagte viel über die Qualität der Einrichtung aus, die ihre Mutter gewählt hatte.

So wie Catherine es sah, hatte sie einfach ein Trauma gegen ein anderes eingetauscht.

Das Internat war ein großes braunes Ziegelgebäude mit Fenstern überall, nur nicht dort, wo sich die Mobberinnen versammelten. Wenn drei Mädchen entschieden, ihren Kopf in die Toilette zu drücken, gab es keine Zeugen dafür. Und niemand schritt ein, wenn sie entdeckten, dass ihr langes Haar ein tolles Seil abgab, an dem man sie den Flur entlangschleifen konnte.

Allerdings gab es Regeln. Mehr Regeln, als Catherine zählen konnte, und sie ergaben keinen Sinn. Warum musste sie auf der linken Seite des Flurs gehen? War es ein solches Verbrechen, wenn sie rechts ging? Warum mussten die Lichter um Punkt neun Uhr gelöscht werden, obwohl man das Kapitel des Buches, in dem man las, noch nicht beendet hatte? Warum durfte sie ihr Haar nicht abschneiden, wenn kurzes Haar doch die sicherere Variante war?

Ihr »Zuhause« war ein hartes, schmales Bett in einem Raum mit zehn anderen Mädchen, von denen sich keines über die Ankunft einer Außenseiterin freute. Catherine war nicht cool, sie war ungelenk und für kein Sportteam eine Bereicherung. Für die anderen Mädchen, die einander gnadenlos bewerteten, wurde sie zur Zielscheibe. Leider war das keine neue Erfahrung. Ihr Vater, ein begeisterter Sportler, war an ihr verzweifelt. Wie sehr sie sich auch angestrengt hatte, immer schrie er sie an. Bescheinigte ihr, sie sei ein hoffnungsloser Fall. Da ihm so viele zuzustimmen schienen, hatte sie keinen Grund, an seinen Worten zu zweifeln.

Zum Glück besaß das Internat eine Bibliothek. Wann immer sie die Möglichkeit hatte, suchte Catherine dort Zuflucht. Versteckt zwischen hohen Regalen und verstaubten Büchern stellte sie sich vor, sie wäre Jane Eyre – allein, zurückgewiesen, ungerecht behandelt. Sie tauchte in die Romane ab, doch niemandes Worte boten ihr die gleiche Zuflucht wie ihre eigenen.

Zu Hause hatte sie überlebt, indem sie sich innerlich distanzierte, indem sie im Kopf lebte und nicht in der Realität. Da es in ihrem echten Leben keine Happy Ends gab, hatte sie sie erfunden. Ihre Vorstellungskraft ersann Geschichten von Beziehungen, die nicht so endeten wie die ihrer Eltern, erdachte Gespräche, die nicht mit zerschmettertem Geschirr und gebrochenen Herzen endeten. Sie freute sich, in jede andere Welt abzutauchen, Hauptsache, es war nicht die eigene.

Im Internat tat sie das Gleiche. Es frustrierte sie, dass ausgerechnet sie, die Worte so liebte, niemals die richtigen Worte fand, wenn sie vor einer Mobberin stand. Vermutlich lag das daran, dass sie ihnen insgeheim zustimmte. Sie war all das, was sie ihr an den Kopf warfen, wie konnte sie sich da verteidigen?

Dennoch spielte sie abends stundenlang die Szenen im Kopf durch und ersann ein perfektes Ende mit ihr als Siegerin.

In ihrem Kopf lebten Charaktere, die sie während der Schulstunden ablenkten. Wenn sie allein und auf sich gestellt war und das Mobbing fast unerträglich wurde, leisteten sie ihr Gesellschaft. Das einzige Fach, das ihr wirklich Spaß machte, war Englisch. Als die Klasse zum ersten Mal eine Kurzgeschichte schreiben sollte, war dies der glücklichste Tag in Catherines Leben. Endlich konnte sie diese Figuren zum Leben erwecken. Endlich konnte sie in einer Sache hervorragend sein.

Sie schrieb schnell und schwungvoll, die Worte flossen ihr aus dem Kopf in den Stift und auf das Papier.

Als sie fertig war, schrieb sie ihren Namen in großen Buchstaben oben auf die Seite und gab die Arbeit stolz und mit unverhohlener Freude ab. Sie konnte kaum schlafen in jener Nacht und stellte sich den Moment vor, wenn die Lehrerin die Arbeit zurückgab. Miss Barrett war groß, hatte dünne Lippen, eine schmale Nase und einen ebenso schmalen Sinn für Humor. Sie war schwer zufriedenzustellen und wand beträchtliche Mühe auf, Englisch zum unbeliebtesten Fach im Internat zu machen. Sie lasen *Anna Karenina* und *Sturmhöhe, Madame Bovary* und *Romeo und Julia*, und Catherine fragte sich unwillkürlich, ob es dabei eine verborgene Botschaft gab, ob Miss Barrett sie in Literatur unterrichtete und gleichzeitig vor den Gefahren unkontrollierter Leidenschaft warnte. Sie lasen eine Tragödie nach der anderen, Liebesgeschichten voller Unglück. *Wir werden alle als Single sterben*, dachte Catherine, wobei ihr das ein glücklicheres Ende schien, als für die Liebe zu sterben.

Warum musste Liebe tragisch enden?

Doch das Problem hatte sie behoben. Für die Aufgabe hatte sie eine Geschichte voller unkontrollierter Leidenschaft, aber ohne Tragödie geschrieben.

Sie konnte es kaum erwarten, dass Miss Barrett sie las, und stellte sich schon die Reaktion vor.

Catherine, ich wusste nicht, dass du so viel Talent hast.

Sie stellte sich vor, wie die anderen Mädchen sie anstarrten, wie ihre Mienen Neid statt Verachtung zeigten und sie sich wünschten, ihre Gabe zu besitzen. Vielleicht hatte sie kein Ballgefühl und war etwas linkisch, doch sie konnte schreiben. Sie würde, wenn schon nicht beliebt, dann zumindest toleriert sein. Vielleicht würden die anderen sie um Hilfe bei den Hausaufgaben bitten. *Catherine, du bist so brillant in Englisch …*

Wie so oft im Leben liefen die Dinge nicht so, wie sie sich das ausgemalt hatte.

Miss Barrett gab allen Mädchen die Blätter kommentarlos zurück, als hätte Lob ernsthafte gesundheitliche Konsequenzen.

Catherine wartete, dass sie an die Reihe kam. Sie konnte die in

Rot geschriebene Note vorn auf den Blättern des neben ihr sitzenden Mädchens sehen. *B+. Gut!*

Sie war die Letzte. Hatte das etwas zu bedeuten?

»Catherine.« Miss Barrett ging zu ihrem Schreibtisch zurück, als es für die Pause klingelte. »Du bleibst hier.«

Alle Köpfe drehten sich zu ihr. Jeder sah sie neugierig an, spürte den drohenden Ärger.

Aber Catherine wusste nichts von Ärger. Weit davon entfernt. Sie sollte aus einem anderen Grund zurückbleiben.

Sie spürte, wie sie rot wurde vor freudiger Erwartung. Wenn sie eines Tages ihr erstes Buch veröffentlichte, würde sie auf diesen Moment zurückblicken. Vielleicht würde sie ihrer Englischlehrerin sogar dafür danken, dass sie sie inspiriert hatte, unterhaltsame Romane zu schreiben. Bücher, bei denen man sich nicht vor einen Zug stürzen oder gemeinsam mit der Heldin Arsen nehmen wollte.

Vielleicht würde sie ihr erstes Buch ihrer Lehrerin widmen. *Für Miss Barrett, mit der alles anfing.*

Die Lehrerin wartete, bis die Klassentür geschlossen war, und knallte dann den Aufsatz vor Catherine auf den Tisch.

D. Ungenügend. Rücksprache!

Ungenügend? Wie konnte das ungenügend sein? Sie hatte aus dem Herzen geschrieben und ihre Gefühle auf dem Papier ausgebreitet. Zum ersten Mal hatte sie eine Geschichte niedergeschrieben und zum ersten Mal ihre Arbeit jemandem gezeigt. Sie hatte es geliebt. Das Schreiben hatte ihr einen Rausch verschafft, den sie nie zuvor erlebt hatte. *Ungenügend?*

Freude verwandelte sich in Schmerz. Sie brannte vor Scham. Als ob man sie in Gift getaucht hätte. Mit zitternden Händen griff sie nach ihrer Geschichte.

»Ich verstehe nicht.«

Miss Barretts Gesicht war rot. »Was hat dich dazu gebracht, so eine Geschichte zu schreiben?«

Was sollte sie dazu sagen? »Was meinen Sie mit ›so eine Geschichte‹?«

Sie hatte eine Liebesgeschichte geschrieben. Das Thema hatte »Zusammen« gelautet, und die Geschichte war ihr passend erschienen. Das Mädchen neben ihr hatte über eine Katze und eine Maus geschrieben, doch Catherine sah nicht, wie das eine interessante Geschichte ergeben sollte.

»Sie ist …« Miss Barrett räusperte sich und schlug die Beine übereinander. »Ich möchte wissen, warum du diese spezielle Geschichte geschrieben hast. Habt ihr Mädchen etwas beobachtet? Etwas gelesen, das ihr nicht lesen solltet?«

»Nein.« Catherine, die gern wusste, wo der Ärger drohte, um ihn zu vermeiden, hatte keine Ahnung, wohin dieses Gespräch führte.

»Woher stammt die Idee dazu dann?«

»Aus meinem Kopf.«

»Aber was oder wer hat dir so etwas in den Kopf gesetzt?«

Wollte sie wissen, woher die Geschichten und Charaktere kamen? Catherine hatte keine Ahnung. Sie tauchten einfach in ihrem Kopf auf, anschaulich und voller Leben. Sie hatte angenommen, dass das bei jedem so wäre. Doch so, wie Miss Barrett sie ansah, stimmte das offenbar nicht.

»Ich denke mir gern Geschichten aus.«

Miss Barrett presste die Lippen zusammen. »Du hast kein Talent dafür, Catherine. Das hier«, sie deutete auf den Aufsatz, »ist Müll. Wertlos. Was auch immer du dir ausdenkst, es bleibt lieber in deinem Kopf. Du wirst nie eine Schriftstellerin werden. Gib es auf, jetzt.«

Wertlos. So viele Menschen nannten sie so, dass es stimmen musste.

Ihr Selbstvertrauen war an jenem Tag zerstört worden. Sie war durch den Rest des Nachmittags gestolpert und hatte sich später verzweifelt und beschämt in den Schlafraum geschlichen, wo alle

Mädchen auf ihrem Bett saßen und sie erwarteten. Eine von ihnen, Jane, die immer die Führung übernahm, hielt Catherines Aufsatz in der Hand.

Miss Barretts Worte klangen ihr noch im Ohr. *Das ist Müll. Du wirst nie eine Schriftstellerin werden.*

Catherine wusste, dass sie diese Worte nie vergessen würde, doch sie hatte sich damit getröstet, dass nur sie und ihre Lehrerin davon wussten.

Darin hatte sie sich geirrt, wie in allem anderen auch.

Irgendwie waren die anderen Mädchen an ihre Geschichte gekommen und hatten sie gelesen, was bewies, dass man, auch wenn man glaubte, den Tiefpunkt erreicht zu haben, immer noch tiefer sinken konnte. Wenn sie sie hänselten, weil sie immer den Ball verpasste, hatte sie sich gesagt, dass es egal war. Wenn sie bei einem Lauf als Letzte ankam oder beim Singen den Ton nicht traf, sagte sie sich, dass es ebenfalls egal war.

Aber das Schreiben? Geschichten? Sie waren nicht egal. Sie bedeuteten alles. Die Welt in ihrem Kopf bedeutete alles, und nun war sie dem hässlichen Spott der anderen preisgegeben.

Zweifellos würden sie einen neuen Weg finden, sie zu quälen. Und es würde schlimmer sein, als an den Haaren gezogen zu werden oder ihre Bücher in die Toilette zu werfen, weil es um etwas Persönliches ging. Ihr Schreiben war etwas Persönliches. Sie hätte das niemals jemandem zeigen sollen.

Jane, die Anführerin, hatte sich zur Wortführerin aufgeschwungen.

»Catherine Swift, wer hätte das gedacht?«

Zu elend für eine Antwort, stand Catherine da und wartete auf ihren Spott. Sie tröstete sich mit dem Gedanken, dass sie sie nicht mehr verletzen konnten, als sie es bereits war. Sie fühlte sich klein, wund und unbedeutend.

Jane blätterte durch die Seiten. »Also, wer ist er?«

»Wer ist wer?«

»Der Junge. Der Junge, von dem du uns nichts erzählt hast.«

Junge? Sie brauchte einen Moment, bis sie verstand, dass sie die Figur in ihrer Geschichte meinte. Sie hielten sie für real?

»Die Idee kam mir einfach.« Sie sagte das Gleiche, das sie Miss Barrett gesagt hatte.

Jane sah sie misstrauisch an. »Du meinst, du hast dir das alles ausgedacht?«

»Ja. Es ist eine Geschichte.« Warum kapierten sie das nicht? Sie hatten Fantasie, oder etwa nicht?

Stille machte sich breit, und dann verzog sich Janes Mund zu einem Lächeln. »Cool. Also wenn du dir das wirklich ausgedacht hast, kannst du uns ein weiteres Kapitel liefern.«

»Ein weiteres Kapitel?«

»Wir wollen erfahren, was der heiße Typ als Nächstes tut. Was machen die beiden, nachdem sie sich aus dem Haus geschlichen haben?« Jane stand auf und legte die Blätter auf Catherines schmales Bett. »Erzähl uns eine Gute-Nacht-Geschichte, Catherine.«

Das war ein Befehl, keine Bitte, doch ausnahmsweise war das Catherine tatsächlich egal.

Sie tat genau das, was sie wollten. Wenn abends das Licht gelöscht wurde, lag sie im Dunkeln und erzählte weitere Geschichten, die sie ersonnen hatte. Zuerst lauschten ihr nur ein paar Mädchen, dann alle. Und immer weiter erzählte Catherine ihre Geschichten, wobei sie jeden Abend mit einem Cliffhanger endete und ihr Publikum so in den Bann zog.

Erst hörte das Mobbing auf. Und dann wurden die Mobberinnen zu Freundinnen, und ebendiese Freundinnen drängten sie, ihre Geschichten aufzuschreiben und sie vorzulegen. Jemandes Mutter arbeitete in einem Verlag. Catherines Buch wurde geprüft und abgelehnt. Aber nicht mit den harschen Worten, die Miss Barrett gewählt hatte. Niemand sagte, dass es Müll sei. Niemand sagte, dass sie nicht schreiben könne. Das Wort *wertlos* fiel nicht. Niemand sagte: Gib auf, jetzt. Im Gegenteil, die Lektorin lobte ihre fesselnde Erzählung und die glaubwürdigen Charaktere. Das Wort kommerziell fiel irgendwann, auch wenn Catherine nicht verstand, was das bedeutete. Sie verstand aber, dass die Lektorin ihr nahelegte weiterzumachen.

Mehr Ermutigung brauchte Catherine nicht.

Sie schrieb die Geschichte dreimal um, fand die ganze Sache dann vermurkst, warf sie in den Müll und fing mit etwas anderem an. Dieses Mal blieb sie dabei. Sie trennte sich von der Überzeugung, dass eine Geschichte nicht gut sei, wenn sie nicht wie im Rausch geschrieben war. Sie schrieb mit dem Herzen und redigierte mit dem Kopf. Wenn sie auf ein Problem stieß, verfolgte sie ihre Schritte zurück, um zu analysieren, an welchem Punkt die Sache in die falsche Richtung gelaufen war. Sie schrieb und überarbeitete und überarbeitete dann noch einmal. Sie schrieb nicht für die Lektorin, sondern für sich und die Mädchen in ihrem Schlafsaal, die immer ein neues Kapitel wollten. Wenn das Buch ihr Herz höherschlagen ließ, sie zum Lächeln brachte und sie mitfühlen ließ, dann würde es diesen Effekt wohl auch auf andere haben.

Schließlich hatte sie das Buch an dieselbe Lektorin geschickt, und nach langem Warten – sehr langem Warten – war der Anruf gekommen. *Wir wollen Ihr Buch veröffentlichen.*

Dieser Anruf gehörte noch immer zu den besten Momenten ihres Lebens. Sie war aufgedreht, atemlos und euphorisch gewesen. Manchmal blickte sie zurück und wünschte, sie hätte diesen berauschenden Moment der Hoffnung festhalten können. Sie war eine Schriftstellerin! Damals hatte sie am Anfang von etwas gestanden, bei dem es alles zu gewinnen gab.

Nun gab es alles zu verlieren.

Catherine saß im Schatten auf ihrer Terrasse. An den nackten Füßen spürte sie die Wärme der Kacheln. Sie ignorierte Notizblock und Stift auf dem Tisch vor sich und ließ ihren Blick über den üppigen Garten wandern, über Olivenhaine und Orangenbäume voller Früchte bis hin zum glitzernden Wasser. Ihre zwei Katzen, Ajax und Achilles, lagen neben ihr und aalten sich schläfrig in einem Sonnenfleckchen. Sie waren als Kätzchen ausgesetzt worden, und Catherine hatte sie gefunden, als sie nur wenige Tage alt und fast verhungert waren. Sie hatte sie mit nach Hause genommen und aufgepäppelt. Wenn sie an den schrecklichen Zustand der Tiere bei ihrer Rettung dachte, freute sie sich, die beiden so zufrieden zu sehen.

Der Erfolg hatte ihr eine Villa auf Korfu beschert, und sie war jeden einzelnen Tag dankbar für ihr Glück. Die Leute staunten, dass ihre Bücher sich noch immer verkauften, Autoren beneideten sie um ihre Karriere und wollten ihr Erfolgsgeheimnis wissen.

Catherine wusste, dass das Geheimnis, wenn man es denn so nennen wollte, in ihren Leserinnen bestand. Die Kritiker hassten sie, doch das Publikum liebte sie. Vernichtende Kritiken oder auch gar keine Kritiken hatten keinerlei Auswirkungen auf ihre Verkäufe, weil ihre Leserinnen sich um so etwas nicht scherten. Sie lasen sie nicht, weil man ihnen dazu geraten oder sie Literaturpreise gewonnen hatte (hatte sie nicht), sondern weil sie ihre Bücher liebten, und das seit langer Zeit. Sie liebten Catherine, weil sie ihnen eine gute Geschichte lieferte. Weil sie ihnen positive, aufrichtige Gefühle lieferte. Wenn sie ihre Bücher lasen, fühlten sie sich gesehen. Ein Buch von Catherine Swift bot ihnen für ein paar Stunden eine Zuflucht, während sie eine Chemotherapie, Beziehungsprobleme oder einen Trauerfall durchmachten. Catherine verstand das, denn ihre Charaktere hatten auch ihr eine Zuflucht geboten. Ihre Leserinnen liebten sie aus vielen Gründen, doch am meisten dafür, dass sie ihnen, egal wie holprig sich die Reise gestaltete, am Ende ein Happy End schenkte. Und diese Verantwortung nahm sie ernst. Es gab Leserinnen, die ihr vom ersten Buch an treu geblieben waren. Andere hatten sie erst spät in ihrer Karriere entdeckt und sofort alle älteren Bücher von ihr verschlungen.

Während andere Bücher scheiterten und in der Versenkung verschwanden, war ein neuer Catherine Swift immer ein garantierter Nummer-eins-Bestseller.

Bis jetzt.

Sie erhob sich und sah auf die Bucht hinunter. Ein kurzer Pfad führte von der Villa steil nach unten zum darunterliegenden Strand. Die sichelförmige Bucht eignete sich perfekt zum Schwimmen, und ein kleiner Steg ragte ins Wasser.

Andrew war vorhin mit dem Boot hinausgefahren und noch nicht zurückgekehrt. Er hatte sie eingeladen mitzukommen, doch sie hatte abgelehnt. Sie wollte allein sein, wenn der Anruf kam. Sie brauchte Zeit, um die Neuigkeiten zu verdauen. Um ihre Fassung zu bewahren. Und um zu entscheiden, was sie tun würde. Sie hatte einen Plan, doch sie war nicht sicher, ob sie ihn in die Tat umsetzen wollte.

Obwohl gewappnet gegen schlechte Nachrichten, zögerte sie doch zunächst, ans Telefon zu gehen, als es klingelte. Als könnte sie das Ergebnis ändern, wenn sie sich nicht meldete.

Auf dem Display stand Daphne.

Daphne Elliot, Superagentin und Literaturfee. Sie war von Anfang an Catherines Agentin gewesen – eine Partnerschaft, die sich für beide als überaus fruchtbar erwiesen hatte.

Catherine sah Daphne an ihrem Schreibtisch vor sich, umgeben von Buchstapeln, die sie überragten. Sie saß in ihrem Eckbüro in Manhattan mit Blick auf die belebte Fifth Avenue und hatte ihren Vormittag vermutlich damit verbracht, von einem Meeting zum anderen zu rasen, und war dann zum Lunch in ein schickes Restaurant gegangen. Wie oft hatten sie in all den Jahren mit Champagner angestoßen? Wie oft waren sie essen gegangen, um zu feiern?

Doch egal, wie viele Erfolge und Feiern es gegeben hatte, für Catherine wurden sie von den Tiefpunkten überschattet.

Und heute würde so ein Tiefpunkt sein.

Seufzend nahm sie den Anruf an.

»Hallo, Daphne. Wie läuft's?« Sie stellte die Frage, obwohl sie die Antwort bereits kannte. Es lief nicht gut, und sie wusste, dass auch Daphne sich für diesen Anruf hatte wappnen müssen.

»Catherine! Schön, deine Stimme zu hören.« Stille folgte. »Also – ich habe Neuigkeiten.«

Keine wunderbaren Neuigkeiten oder unglaublichen Neuigkeiten. Nur Neuigkeiten.

Catherine ließ sich auf den Stuhl fallen. Wie konnte sie sich nach einer langen und erfolgreichen Karriere so schlecht fühlen? Aber das tat sie. Sie fühlte sich furchtbar. Ihr Herz raste. Ihr war übel, obwohl sie noch kein Wort gehört hatte. Und als Daphne sprach, nahm sie nur einige Bruchstücke wahr – *schwieriger Markt … Probleme mit den Lieferketten … Faktoren außerhalb unserer Kontrolle … unglücklich, dass der neueste Miranda Patterson zur gleichen Zeit herauskam. Sie ist im Moment sehr angesagt und hat den begehrten ersten Platz auf der Liste gemacht.*

Catherine dachte: Ich hasse Miranda. Dann fühlte sie sich schuldig, denn sie hatte Miranda bei verschiedenen Literaturveranstaltungen kennengelernt und mochte sie (allerdings nicht ihre Bücher. Sie konnte ihre Bücher nicht leiden, weil die Heldinnen immer einen tragischen Tod starben). Aber selbst, wenn sie sie nicht gemocht hätte, hätte sie sich schuldig gefühlt, denn Miranda befand sich in der zweiten Runde ihrer Brustkrebs-Behandlung. Wenn ein Teil des Lebens mies lief, hatte man es verdient, dass der Rest gut war, das wusste jeder. Miranda verdiente diesen Nummer-eins-Platz. Das war das Gesetz des Universums. Wenn Catherine einen Beweis für diese Theorie brauchte, musste sie nur sich selbst ansehen.

Nach turbulenten Jahren mit Problemen in ihrem Privatleben lief nun endlich alles perfekt. Sie liebte einen Mann, der sie ebenfalls liebte und der sie verstand. In ein paar Wochen würde sie hier heiraten, an dem Ort, den sie am meisten liebte. Ihre geliebte

Cassie würde bei ihnen sein und ebenso Adeline. Auch wenn sie wusste, dass das kein einfaches Zusammentreffen würde, wollte Catherine unbedingt, dass ihre ältere Tochter dabei war. Endlich würde sie ihre Beziehung kitten und sich von der furchtbaren Schuld befreien, dass sie Cassie eine gute Mutter gewesen war, Adeline hingegen eine schreckliche.

Sie fragte sich manchmal, ob sie mit ihrem Schuldgefühl besser umgehen könnte, wenn sie beiden eine schreckliche Mutter gewesen wäre. Sie hätte sich sagen können, dass manche Frauen einfach nicht dazu bestimmt waren, Mutter zu sein. Auch wenn das ihre Unzulänglichkeit nicht entschuldigte, wäre ihr Versagen wenigstens konsequent gewesen. Stattdessen musste sie mit dem quälenden Wissen leben, dass sie für ein Kind eine gute Mutter gewesen war und für das andere die allerschlimmste. Jahrelang war sie nicht in der Lage gewesen, das wiedergutzumachen, doch nun war sie überzeugt, dass sie es konnte, wenn Adeline nur zu ihrer Hochzeit kam.

Ausgerechnet jetzt, da ihr Privatleben nahezu perfekt lief, ging es mit ihrer Karriere ironischerweise bergab. Wieder einmal hatte das Universum bewiesen, dass es jeder Feier den Glanz nehmen konnte, damit man auf keinen Fall zu selbstzufrieden oder gar selbstgefällig wurde. Das Leben mischte gute Neuigkeiten immer mit schlechten. *Seit fünf Minuten läuft alles gut? Dann wollen wir dir das mal ruinieren …*

Einige von Catherines Beziehungstiefpunkten waren mit den Höhepunkten ihrer Karriere zusammengefallen.

Daphne beruhigte sie. Ja, Catherines Verkaufszahlen für dieses Buch waren niedriger als erwartet – aber »enttäuschend« sei nicht das Wort, das sie wählen würde. (Catherine benutzte viele Wörter, die eine Lektorin angestrichen hätte: *Denken Sie daran, keine Wörter zu benutzen, die Ihre Leserinnen verletzen könnten.*) Daphne versicherte ihr, es sei den Umständen geschuldet. Dem schwierigen Markt.

Catherine versuchte sich damit abzufinden, Nummer zwei zu sein – die Zweite –, als Daphne damit herausrückte, dass ein Thrillerautor auf dem zweiten Platz stünde.

Zum ersten Mal seit Jahrzehnten war Catherine Swift die Nummer drei.

Drei! Vielleicht hätte sie es verwunden, Nummer zwei zu sein (nein, das hätte sie nicht), aber Nummer drei? Drei war zutiefst enttäuschend. Drei war nicht »den Umständen geschuldet«. Drei war ein Versagen. Drei war eine Katastrophe. Drei war der Anfang vom Ende.

Sie spürte, wie ihr Selbstvertrauen welkte und schrumpfte.

Ihre Unsicherheiten, die sie jahrelang hinter einer stabilen Mauer des Erfolgs in Schach gehalten hatte, tauchten wieder auf.

Drei war persönlich – sah Daphne das nicht? Es nützte nichts, sich zu sagen, dass sie das beste Buch geschrieben hatte, das sie schreiben konnte, und der Rest nicht in ihrer Hand lag. Tatsache war, dass das bücherlesende Publikum eine Liebesgeschichte, die tragisch endete, und einen Krimi, der tragisch begann (tote Frauen, so viele tote Frauen) einer erbaulichen Catherine Swift vorgezogen hatten. Sie hatten das traurige Ende gewählt und Catherine damit ein trauriges Ende beschert.

Ihre Leserinnen hatten entschieden.

Sie hätte am liebsten das Telefon in den Pool geworfen, als könnte sie damit die schlechten Neuigkeiten ertränken.

Hier war endlich der Beweis, dass sie ihren Höhepunkt überschritten hatte. Ihre Karriere befand sich im Abschwung.

Sie stand mitten im Paradies und spürte nur Schmerz und Panik.

Sie sah, wie Andrew unten in der Bucht das Boot am Steg vertäute. In ein paar Minuten käme er mit großen Schritten den Pfad hinaufgelaufen, voller Energie und Eifer, eine weitere Nummer eins von Catherine Swift zu feiern. Er würde die Nachricht hören und sich bemühen, positiv zu bleiben. Er würde sie überzeugen wollen, dass es noch viel zu feiern gäbe, dass sie in wenigen Wochen heiraten würden. Sie würde so tun, als spiele nur das eine Rolle. Dass das genug sei.

Sie atmete kurz durch, ging auf der Terrasse auf und ab und ermahnte sich innerlich. Sie hatte Glück. Sie hatte alles, was wichtig war. Sie hatte noch immer eine Karriere, auch wenn diese gerade einen Knick machte. Sie hatte zwei gesunde Töchter, auch wenn eine von ihnen sie hasste. Vor allem hatte sie Andrew. Andrew, der sie verstand, der alles wusste. Das sollte genug sein.

Es war nicht genug.

Sie hasste sich selbst dafür. Was stimmte nicht mit ihr? Es war schließlich nicht so, dass sie das Geld brauchte, auch wenn sie wegen ihrer unsicheren Kindheit nach finanzieller Unabhängigkeit strebte.

Und es war auch nicht so, dass sie die Bewunderung von Fremden brauchte. Sie wurde geliebt. Aufrichtig geliebt von einem guten Mann, und das hatte sie in ihrem Alter nicht mehr erwartet. Nicht nach allem, was geschehen war.

Drei Hochzeiten, und jedes Mal war sie sich sicher gewesen. Was sagte das über sie aus? Wenn sie großzügig wäre, könnte sie behaupten, eine Optimistin mit großer Liebesfähigkeit zu sein. Dass sie ein Mensch war, der niemals aufgab, auch wenn das Leben ihn zu Boden warf. Oder sie könnte ungnädig sein und zugeben, dass sie eine schlechte Menschenkennerin war. Dass ihr kreatives Denken sich nicht abschaltete, wenn sie aufhörte zu schreiben, und stattdessen ihren Blick trübte, sodass sie sah, was sie sehen wollte, und nicht das, was tatsächlich da war. Dass sie sich mehr in ihre Vorstellung von einem Menschen verliebt hatte als in die reale Person.

Doch ihre eigentliche Schwäche, wenn es denn tatsächlich eine Schwäche war, war ihr tiefes Bedürfnis, geliebt zu werden. Vielleicht war dieses Bedürfnis das Resultat der mangelnden emotionalen Sicherheit in ihrer Kindheit oder vielleicht steckte es einfach in ihr (angeboren oder anerzogen? Diese Frage stellte sie sich ständig, wenn sie ihre Charaktere entwarf). Doch was auch immer der

Grund sein mochte, es war eine Tatsache: Sie wollte geliebt werden. Aufrichtig geliebt werden, um ihrer selbst willen. Nicht nur in der romantischen Liebe, sondern auch in der Liebe von Freunden. Und nicht nur, weil sie bekannt war oder reich, sondern weil sie der Mensch war, der sie war.

Natürlich war das inzwischen schwieriger geworden. Sie wusste nie, ob jemandes plötzliches Interesse an ihr darin begründet lag, dass sie eine schillernde Persönlichkeit war, oder darin, dass eine Freundschaft mit Catherine Swift die gleichen Vorteile versprach wie ein Fünf-Sterne-Hotel.

Sie ertappte sich zunehmend dabei, dass sie ihre Charaktere beneidete, die bedingungslos geliebt wurden. Allerdings mussten sie zugegebenermaßen vorher so große und mitunter quälende Herausforderungen überstehen, dass Catherine oft ein schlechtes Gewissen bekam, ihnen das Leben so schwer zu machen.

Catherine hatte selbst harte und qualvolle Zeiten erlebt, doch sie war nicht mit bedingungsloser Liebe belohnt worden. Bis jetzt.

Sie hatte so vieles, für das sie dankbar sein konnte.

Sie sog den Duft der Orangenblüten ein und blickte auf die altrosa Bougainvillea, die sich über den Terracotta ergoss.

Glücklich, glücklich.

Sie wiederholte es in der Hoffnung, es auch fühlen zu können.

Doch während sie dort stand, dachte sie nicht an ihr Privatleben, sondern an ihre Karriere. Und nicht an die Erfolge, sondern an das Versagen. Sie dachte nicht an die Hunderte Male, die sie in den wöchentlichen Bestsellerlisten die Nummer eins gewesen war, sie dachte an dieses eine Mal, als sie Nummer drei war. Sie dachte nicht an all ihre glücklichen Leserinnen, sie dachte an die Menschen, die ihre Bücher verachteten. All die Menschen, die ihr Schreiben verspotteten, die sich wunderten, dass sie überhaupt ein Buch, geschweige denn Millionen Bücher verkauft hatte. Wenn sie nicht länger in ihrer eigenen selbst erfundenen Welt leben konnte, wo sollte sie dann leben?

Sie dachte an Miss Barrett. *Du hast kein Talent.*

Warum kam ihr ausgerechnet jetzt, nach einer Schriftstellerinnenkarriere, die ihre wildesten Träume übertraf, Miss Barrett in den Sinn? Sie konnte sich nicht daran erinnern, was sie letzte Woche getan hatte, doch sie konnte sich noch immer an die Worte von Miss Barrett erinnern, die sie ihr entgegengeschleudert hatte. Sie hatte noch nie ein Brauenlifting oder eine Bauchstraffung oder eine Lippenkorrektur erwogen, doch wenn ein Chirurg diese Worte aus ihrem Hirn schneiden könnte, würde sie ihm ohne Zögern ihre Kreditkarte reichen und sich auf den OP-Tisch legen.

Dass sie so verstört war, ergab keinen Sinn, doch Emotionen ergaben nicht immer Sinn, das wusste Catherine.

In ihrer lebhaften Vorstellung, die gleichermaßen Gabe wie Fluch war, lag eine düstere und freudlose Zukunft vor ihr. Kein Glitzer und kein Champagner mehr. Keine Feiern mehr. Keine Leserinnen, die sie bewunderten. Keine wärmende Decke der Liebe. Nur eine Karriere, die sich dem Ende entgegenneigte, bis eines Tages jemand fragen würde: *Catherine wer?*

Das hier war das, was sie tat. Das hier war das, was sie war. Sie war eine Geschichtenerzählerin, doch was geschah mit einer Geschichtenerzählerin, wenn Menschen ihre Geschichten nicht länger hören wollten?

Beim Schreiben hatte sie den Anfang immer dem Ende vorgezogen, und im echten Leben ging es ihr ebenso.

Wenn jemand zu ihr sagen würde, dass sich hier »eine Tür schloss und eine andere öffnete«, würde Catherine ihm die geöffnete Tür ins Gesicht knallen.

Doch vielleicht lag ein Körnchen Wahrheit darin.

Sie runzelte die Stirn, als sie an das Geheimnis dachte, das sie bewahrte.

Nach jeder ihrer Ehen hatte sie neu angefangen. Sie hatte es nicht zugelassen, dass die Probleme und Fehler der Vergangenheit sie von einer guten Zukunft abhielten. Warum konnte sie bei ihrer Karriere nicht das Gleiche machen?

Als Andrew sich näherte, traf sie eine Entscheidung.

Es war an der Zeit. Zeit, den Sprung zu wagen und ihr Geheimnis zu lüften. Zeit, Andrew die Wahrheit zu sagen.

4

Adeline

»Dann gehst du also zu der Hochzeit?« Mia saß an dem kleinen Tisch auf Adelines winzigem Balkon und betrachtete die Bienen, die um den Lavendel summten. »Warum hast du deine Meinung geändert?«

»Mein Vater möchte, dass ich gehe.« Und diese Bitte hatte sie in eine unmögliche Situation gebracht. Wenn sie ihre eigenen Bedürfnisse voranstellte und sich weigerte, an der Hochzeit teilzunehmen, würde sie ihn verletzen. Niemals würde sie ihren Vater absichtlich verletzen, und das nicht nur, weil ihn eine weitere Hochzeit von Catherine Swift bereits verletzte. Adeline vergötterte ihn. Er war der einzige Mensch in ihrem Leben, der sie nie im Stich gelassen hatte. Er war immer für sie da gewesen, weshalb sie – nachdem sie sich beruhigt hatte – den Brief unter den Kartoffelschalen hervorgeholt und ihn auf den Küchentresen gelegt hatte. Seitdem lag er da und erfüllte sie jedes Mal, wenn sie Wasser aufsetzte oder etwas aus dem Kühlschrank holte, mit Bitterkeit und Unruhe.

Der Brief war verantwortlich für das unbehagliche Gefühl in ihrem Bauch und für den Umstand, dass sie nicht gut schlief. Sie hielt sich an eine eiserne Routine. Kein Koffein nach dem Mittag, in der Woche kein Alkohol, fünfmal die Woche Training. Abends aß sie nichts Salziges oder stark Gewürztes. Sie machte Yoga und meditierte, und dennoch wachte sie morgens um zwei Uhr auf und starrte an die Decke, während düstere Gedanken in ihrem Kopf kreisten. An der Ursache für diese unwillkommenen nachtaktiven Zustände bestand kein Zweifel.

Ihre Mutter.

Der Gedanke an die Hochzeit erfüllte sie mit Unbehagen, doch in diesem Fall hatten die Gefühle ihres Vaters Vorrang. Wenn er wollte, dass sie hinfuhr, würde sie eben hinfahren, egal wie viel Stress und Schlaflosigkeit damit für sie verbunden war.

»Du wirst etwas zum Anziehen brauchen.« Mia versuchte, positiv zu sein. »Wenn du etwas tun musst, das du nicht tun willst, solltest du dabei zumindest gut aussehen und dich gut fühlen.«

»Egal was ich trage, ich werde mich nicht gut fühlen.« Adeline wollte keine Zeit mehr damit vergeuden, an die Hochzeit zu denken. Es war Wochenende. Und das diente der Erholung. Sie wollte ihren Samstag und die Gesellschaft ihrer Freundin genießen.

»Vielleicht wird es gar nicht so schlimm. Wobei ich zugegebenermaßen voreingenommen bin, weil ich Hochzeiten liebe.« Mia nahm ihr Glas und ließ die Eiswürfel klirren. »Hochzeiten sind Anfänge, oder? Sie sind voller Hoffnung.«

»In Anbetracht der Tatsache, dass dies der vierte Versuch meiner Mutter ist, können wir festhalten, dass wir Hoffnung schon lange hinter uns haben. Wir haben Verzweiflung erreicht. Sie hatte so viele Enden, wie sie Anfänge hatte. Sie kann bloß nicht allein sein.« Adeline hatte von vielen Menschen gehört, die genauso waren wie ihre Mutter. Menschen, die von einer Beziehung zur nächsten flatterten, weil sie etwas suchten, das sie bei sich selbst vermissten.

»Deine Gefühle sind gemischt, das ist verständlich.« Mia beugte sich vor. »Aber es ist deine Mutter.«

Mia kannte natürlich nicht jedes unerfreuliche Detail ihrer Beziehung, denn Adeline hatte nicht alle erzählt. Sie hatte sie niemandem erzählt, und das nicht nur, weil es besonders demütigend war, wenn die eigene Mutter einen nicht mochte.

»Ich war bei ihren letzten beiden Hochzeiten. Ich finde, ich habe meine Pflicht getan.« Adeline seufzte, als sie das Unausweichliche akzeptierte. Wenn sie nicht hinfuhr, würde sie sich schlecht fühlen. Wenn sie hinfuhr, würde sie sich schlecht fühlen. Sie war in beiden Fällen dazu verdammt. Da konnte sie genauso gut hinfahren. Zumindest würde das ihren Vater glücklich machen. »Ich ziehe das an, was ich bei ihrer letzten Hochzeit anhatte.«

»Das macht doch keinen Spaß.« Mia arbeitete für ein Modemagazin, und Kleidung war ihr Beruf und ihre Obsession.

»Es macht auch keinen Spaß, dass meine Mutter wieder heiratet.« Adeline griff nach ihrer Sonnenbrille. Eine Hitzewelle suchte Europa heim. Korfu würde im Juli brütend heiß sein. Sie würde von der Sonne gegrillt werden, ihre Haare würden sich kräuseln. »Vielleicht hast du recht. Ich brauche was Neues. Ich habe nichts Passendes für den Strand. Ich brauche einen großen Sonnenhut, um das feuchte Haar zu verbergen, und ich brauche Badeklamotten. Schicke Badeklamotten, damit ich wenigstens gut aussehe, falls ich mich entscheide, mich zu ertränken.« Die Aussicht auf eine Shopping-Tour für eine Reise, die sie nicht antreten wollte, erfüllte sie mit Beklemmung.

»Adeline, du kannst da nicht hinfahren, wenn es dir so damit geht.« Mia setzte ihr Weinglas ab. »Kannst du es deinem Vater nicht einfach erklären?«

»Nein, dann wirke ich nachtragend. Ich möchte so tun, als sei ich das nicht, auch wenn ich es bin. Und du weißt, wie mein Vater ist. Vergeben und vergessen. Die Vergangenheit ist vergangen. Hege keinen Groll.« Sie lachte über die Ironie. »Ich bin Psychologin, doch wie sich zeigt, ist er der emotional Reifere von uns.«

Mia hob ihr Gesicht der Sonne entgegen. »Man sollte meinen, dein Dad wäre verbittert und sauer, wenn man bedenkt, wie deine Mutter ihn behandelt hat. Obwohl das jetzt zwanzig Jahre her ist. Schnee von gestern?«

»Vielleicht. Doch auch damals war er nicht verbittert. Nur verletzt. Er liebte sie sehr.« Den Moment, als sie ins Zimmer gekommen und ihren Vater weinend auf den Knien vorgefunden hatte, würde sie nie vergessen, er hatte sich ihr förmlich eingebrannt.

»Wie auch immer, ich bin vermutlich verbittert und wütend für uns beide.« Sie war aufrichtig genug, um zuzugeben, dass das verletzte, wütende kleine Mädchen von damals noch immer in ihr steckte. Genauso wie die Worte ihrer Mutter an jenem perfekten Sommermorgen, an dem sich ihr ganzes Leben verändern sollte.

Du wirst einen neuen Vater und eine kleine Schwester bekommen, Adeline.

»Du bist so hart gegen dich selbst«, sagte Mia. »Du warst acht. Es muss eine furchtbare Zeit gewesen sein.«

Furchtbar beschrieb es noch nicht mal ansatzweise.

»Ich hatte viel Zeit, um darüber hinwegzukommen. Ich hätte es hinter mir lassen können. Ich dachte, ich hätte es hinter mir gelassen, bis dieser Brief eintraf und alles – zack – wieder da war.« Das war mehr, als sie normalerweise jemandem gestanden hätte, doch es frustrierte sie, dass sie nicht besser damit umgehen konnte. Sie gab so viele Ratschläge, um anderen zu helfen, doch sich selbst zu helfen, dazu schien sie nicht in der Lage.

Mia sah sie mitfühlend an. »Wie solltest du das denn hinter dir lassen? Deine Mutter hat dich fortgeschickt, als sie eine neue Familie hatte! Wie alt warst du? Neun?«

»Zehn, als das passierte.« Adeline fühlte sich unbehaglich. Sie konnte kaum glauben, dass sie das Mia erzählt hatte. Das sah ihr nicht ähnlich. »Und bei meinem Vater zu wohnen war eindeutig das Beste für mich. Insofern weiß ich nicht, warum es mich stört.«

Natürlich wusste sie, warum es sie störte.

Ihre Mutter hatte sie ohne Gegenwehr hergegeben. Sie hatte sich auf Cassie konzentrieren wollen.

»Sei gnädig mit dir, Adeline. Du bist ein Mensch mit Gefühlen. Und du hast dir ein wirklich gutes Leben aufgebaut.« Mia deutete auf den sonnigen Balkon und Adelines kleine, aber geschmackvoll eingerichtete Wohnung. »Du lebst in der besten Stadt der Welt. Du hast deine eigene Wohnung, einen tollen Job, eine Menge großartiger Freundinnen. Von denen ich natürlich die großartigste bin.«

Adeline musste lächeln. »Natürlich.«

»Wie wär's, wenn ich als moralische Unterstützung mitkäme? Als deine Begleitung. Gegen zwei Wochen Griechenland hätte ich nichts einzuwenden. Ich könnte ein Puffer zwischen dir und deiner egoistischen Mutter sein.« Mia beugte sich vor, wobei ihr kurzes Kleid hochrutschte und ihre gebräunten Beine entblößte. Sie trug opulenten Schmuck und roten Lippenstift und war von der Sorte Mensch, die sofort alle Blicke auf sich zieht, wenn sie einen Raum betritt.

Sie hatten sich vor fünf Jahren kennengelernt, als Mia Adeline beauftragte, einen Artikel über Kleidung für mehr Selbstvertrauen zu schreiben, und waren seitdem eng befreundet. Zumindest so »eng«, wie es sich Adeline erlaubte: Sie hatte Mia genug erzählt, um eine freundschaftliche Verbindung aufzubauen (sie wusste, wie das funktionierte), aber auch nicht zu viel. Es gab so manches in ihrer Vergangenheit, das sie niemals jemandem enthüllen würde.

Dr. Swift ermutigte die Menschen, »alles zu erzählen«, doch keine Regel besagte, dass das auch für sie selbst galt.

»Ich wünschte, ich könnte dich mitnehmen. Unglücklicherweise hat sie nur mich eingeladen. Kein Wort von einer Begleitung.« Was sie ziemlich erleichterte. Sie war eine Meisterin darin, ihre Gefühle zu verbergen, würde das sogar als ihre Superpower bezeichnen. Allerdings wurde diese Fähigkeit in der Gegenwart ihrer Mutter infrage gestellt, und sie wollte keinen zusätzlichen Druck, weil Bekannte bei ihr waren.

»Was ist mit Mark?« Mia schenkte sich Wein nach. »Hat deine Mutter ihn nicht eingeladen?«

»Sie weiß nichts von Mark. Seit wir uns vor einem Jahr bei ihrer Buchtour zum Mittagessen trafen, habe ich sie nicht mehr gesehen.« Die Assistentin ihrer Mutter hatte das Treffen geplant, so wie sie es immer tat. Mittagessen in ihrem Lieblingshotel in Mayfair. 13 Uhr bis 14.30 Uhr, auf keinen Fall länger. Das machte Adeline nichts aus, sie konnte es ohnehin meist kaum erwarten, dass ein solches Treffen vorbei war. Schließlich fehlte es ihrer Unterhaltung an Tiefe und Bedeutsamkeit. Ihre Mutter bevorzugte fiktionale Welten statt der realen Dinge. Adeline war frustriert, dass ihre Mutter mit dem Leben umging, indem sie vor ihm flüchtete. Adelines Haltung war genau entgegengesetzt, sie blickte der Realität ins Gesicht. Deshalb gab es keinerlei emotionale Verbindung zwischen ihnen, seit vielen Jahren nicht mehr. Die Kluft, die in ihrer Kindheit entstanden war, konnte nicht überbrückt werden.

Sie kannte viele Menschen mit dysfunktionalen Familien, aber das änderte nichts daran, dass sich das Ganze unnatürlich anfühlte. Vielleicht wäre es einfacher zu akzeptieren, hätten sich nicht diese frühen Erinnerungen in ihr Hirn eingebrannt. Erinnerungen, wie sie sich an die Seite ihrer Mutter kuschelte, wenn die ihr vorlas, wie sie im Garten gemeinsam Blumen pflückten, um danach zu malen, wie ihre Mutter ihr eine kühle Hand auf die Stirn legte, wenn sie krank war. Sicherheit. Sie konnte sich daran erinnern, wie sich ihr Leben beständig, geborgen und sicher angefühlt hatte.

Doch dann war Cassie gekommen, und alles hatte sich verändert.

Adeline spürte einen Stich in ihrem Herzen, als sie an ihre kleine Schwester dachte.

Sie hatten sie weggestoßen.

Manche Erinnerungen vergaß man am besten. Doch die an den Tag, an dem sie zu ihrem Vater geschickt wurde, die würde sie nie vergessen können.

Adelines ohnehin schon ins Wanken geratene Leben war noch stärker erschüttert worden. Es war die ultimative Zurückweisung.

Ihre Mutter wollte sie nicht länger um sich haben. Sie hatte einen neuen Mann und ein neues Baby. Adeline war eine Last. Ein Kratzer auf der glatten Oberfläche ihres glänzenden neuen Lebens. Eine ständige Erinnerung an eine Ehe, die nicht gehalten hatte.

In dem Moment hatte sie erkannt, dass Liebe nichts Beständiges war. Dass sie ohne Vorwarnung enden konnte. Weggeschnappt wurde. Entzogen.

Sie hatte auf die schwere Art gelernt, wie wichtig es war, emotional unabhängig zu sein. Immer ein bisschen von sich zurückzuhalten.

Adeline vergötterte ihren Vater, doch in diesen frühen Jahren hatte sie nicht darauf vertrauen können, dass seine Liebe verlässlicher oder dauerhafter sein würde als die ihrer Mutter. Als sie damals sah, wie ihr Vater in sich zusammensank, kam es ihr vor, als sei Liebe ein Spiel mit Gewinnern und Verlierern, eines, das kein annähernd vernünftiger Mensch freiwillig spielen würde.

Und dann war der neue Mann ihrer Mutter, Rob Dunn, bei einem Unfall gestorben. Die Presse nannte es eine Tragödie. Die Liebesgeschichte des Jahrzehnts, vorzeitig beendet. Die kleine Cassie war erst drei Jahre alt gewesen.

Zu dem Zeitpunkt hatte Adelines Vater schon ernsthaft gemalt und einen zweiwöchigen Sommer-Kunstkurs gebucht. Adeline konnte nicht allein bleiben, weshalb sie ein paar Wochen bei ihrer Mutter und ihrer Halbschwester auf Korfu verbringen sollte, wo Catherine jetzt dauerhaft zu Hause war.

Adeline hatte protestiert, gebettelt, doch letztlich ließ man ihr keine Wahl. Ihr Vater, der normalerweise so umgänglich und vernünftig war, gab nicht nach. Er bestand darauf, dass dies der perfekte Zeitpunkt sei, sich mit ihrer Mutter zu versöhnen.

Doch Adeline vertraute ihrer Mutter nicht mehr und kam misstrauisch und übellaunig auf der Insel an.

Mit jeder Stunde, die verstrich, wuchs ihr Gefühl von Isolation und Zurückweisung. Cassies sonniges Wesen kam gut an und gewann alle Herzen. Sie war ein zufriedenes, gutmütiges Kind, das unversehrt schien von dem Skandal und der Tragödie, die sein Leben überschatteten. Sie war zu jung, um sich zu erinnern, und außerdem hatte sie Catherine, die eine liebende und beschützende Mutter war – ein Umstand, der dafür sorgte, dass Adeline sich noch schlechter fühlte. Vielleicht hätte sie es besser verkraftet, wenn sie hätte sagen können, dass manche Frauen einfach keine guten Mütter waren, doch Catherine war Cassie eine wunderbare Mutter. Was die ganze Sache persönlich machte.

Danach hatte sie jeden Sommer ein paar Wochen bei ihrer Mutter und Halbschwester auf Korfu verbracht. Als sich ihr achtzehnter Geburtstag näherte, war ihre Mutter zum dritten Mal verheiratet und Adeline alt genug, um selbst zu entscheiden, wo sie den Sommer verbringen wollte. Und das war nicht bei ihrer Mutter und Cassie. Sie verbrachte von nun an die Sommer mit ihren College-Freundinnen auf Reisen durch Europa oder im Haus ihres Vaters auf Cape Cod.

Sie war seit Jahren nicht mehr auf Korfu gewesen und ihr graute davor.

»Ich kann nicht glauben, dass du niemanden mitbringen darfst«, sagte Mia jetzt. »Was, wenn du dich plötzlich entschieden hättest zu heiraten?«

»Sie weiß, dass das nie passieren wird. Sie als Mutter zu haben hat mir das Heiraten verleidet. Das ist eine große Entscheidung und eine, die ich niemals treffen möchte.«

Mia sah sie erstaunt an. »Weiß Roboter-Mark von diesen Gefühlen?«

»Nenn ihn nicht so.«

»Tut mir leid, aber ich schwöre, dass ich noch nie einen Funken Gefühl bei ihm erlebt habe. Das ist zermürbend. Sprecht ihr eigentlich über wichtige Dinge? Wie gut kennst du ihn wirklich?«

»Wir sind seit einem Jahr zusammen.« Sie wollte Mias Bemerkung über Gefühle ignorieren. »Mark weiß, wie ich übers Heiraten denke. Das macht ihm nichts aus. Er ist ebenfalls nicht romantisch. Das ist der Grund, warum wir gut miteinander zurechtkommen. Wir sind beide rationale Menschen. Wir gehen unsere Beziehung mit Logik und Vernunft an.«

Mia verdrehte die Augen. »Oh ja, da schlägt das Herz höher.«

»Hör auf.« Adeline lächelte. »Was ist Romantik denn schon? Ein träumerischer Wahn, der nur im Kopf existiert. Von einem anderen Menschen zu erwarten, dass er dir unausgesprochene Wünsche erfüllt, ist absurd.«

»Ist es das?« Mia wischte sich ein Blatt vom Kleid. »Bedeutet Romantik nicht Intimität? Jemanden zu kennen? Was du beschreibst, klingt eher nach einem geschäftlichen Vertrag als nach Liebe.«

»Eine gute Beziehung ist tatsächlich wie ein Geschäftsvertrag. Man sollte ähnliche Werte haben, sich in seinen Zielen unterstützen, das Wachstum des anderen unterstützen. Unsere Beziehung funktioniert perfekt für uns, vermutlich weil wir beide realistische Erwartungen haben. Wir verstehen beide, dass Gefühle und Spontaneität keine stabile Grundlage für eine längerfristige Beziehung sind.« In diesem Punkt war sie sich sicher. Auch wenn sie Mitgefühl empfand mit ihrem verzweifelten Vater, sah sie doch seit Jahren, dass er und ihre Mutter grundlegend verschieden waren. »An diesem Punkt irren sich so viele Menschen. Sie erwarten Romantik und große Gesten, und wenn all das vorbei ist, was unausweichlich irgendwann eintritt, können sie mit der Alltagsrealität einer Beziehung nicht umgehen. Mark und ich wissen genau, was wir wollen.«

»Euch miteinander langweilen?« Mia hob die Hand. »Entschuldige, aber es gefällt mir nicht, dass du in einer Beziehung gelandet bist, die so … so …«

»So?«

»Ich weiß nicht. Die so fade ist. So trocken.«

»Ich bin nicht gelandet. Ich habe mich entschieden.«

»Du hast entschieden, dich zu schützen. Du hast dir einen Mann ausgesucht, in den du dich unmöglich verlieben kannst. Was ist falsch an Romantik? Was ist falsch an großen Gesten? An Blumen? Pralinen? Theaterkarten?«

»Wenn ich Blumen will, kaufe ich sie mir. Wenn ich einen Spa-Tag möchte, gönne ich mir einen.« Die Aussage, sie habe sich für Mark entschieden, weil sie sich unmöglich in ihn verlieben konnte, war lächerlich. Sie hatte sich für Mark entschieden, weil er richtig für sie war. Sie wechselte das Thema. »Apropos Theater, ich habe Karten für *Viel Lärm um nichts* nächsten Monat im Globe, falls du Lust hast.«

»Falls ich Lust habe? Klar habe ich Lust.« Kurzfristig abgelenkt, setzte Mia sich auf. »Es ist unmöglich, an Karten zu kommen.«

»Ich habe jemanden von der Besetzung interviewt. Daher habe ich die Karten.«

»Und möchtest du nicht Mark mitnehmen?«

Adeline fragte sich, warum Mia das Gespräch immer wieder auf Mark brachte.

»Er mag Shakespeare nicht, und das respektiere ich ebenso, wie er den Umstand respektiert, dass mich Tennis langweilt. Er erwartet nicht, dass ich mit ihm spiele oder als Zuschauerin dabei bin. Dafür hat er einen eigenen Freundeskreis.«

Mia neigte den Kopf. »Nur so aus Interesse: Was macht ihr denn gemeinsam?«

»Vieles. Gerade gestern haben wir einen Kurs über Backen mit Sauerteig gebucht.«

»Einen Kurs über Backen mit Sauerteig.« Mia wiederholte die Worte langsam, als ob sie ihnen erst einen Sinn abringen müsste. »Ihr backt gemeinsam Brot. Das ist das Traurigste, was ich je gehört habe.«

»Ich freue mich darauf.«

»Das ist das Zweittraurigste, was ich je gehört habe. Warum nimmt er dich nicht mit zum Salsatanzen oder entführt dich für ein spontanes Wochenende nach Paris oder Rom?«

»Wir haben beide viel zu tun, Spontaneität kommt für uns beide nicht infrage. Und ich tanze nicht.«

»Aber du solltest tanzen, darum geht es mir!« Mia beugte sich vor. »Wann hast du dich das letzte Mal gehen lassen?«

»Ich verstehe die Frage nicht.«

Mia fuchtelte mit der Hand. »Wann hast du das letzte Mal etwas Unüberlegtes und Impulsives getan? Etwas, das du nicht sechs Wochen im Voraus geplant hast? Wann hast du das letzte Mal die Kontrolle verloren, mit einem Mann geschlafen, den du gerade erst kennengelernt hast, und bist in den gleichen Klamotten zur Arbeit gegangen, die du zur Party anhattest?«

Adeline runzelte die Stirn. »Beide Szenarien klingen furchtbar. Wenn du allerdings aus Erfahrung sprichst, möchte ich gern Einzelheiten erfahren.«

Mia seufzte. »Das ist nichts für deine empfindsamen Ohren. Liebst du ihn wirklich, Adeline?«

»Was meinst du?«

»Liebst du Mark? Du weißt schon – du zählst die Stunden, bis du ihn das nächste Mal siehst, dein Herz schlägt schneller, wenn er zur Tür hereinkommt, du willst niemals mit jemand anderem zusammen sein, weil du dich mit ihm großartig fühlst. So was.«

Das, dachte Adeline, ist der Grund, warum so viele Beziehungen nicht funktionieren. Wie konnten sie auch, wenn die Menschen auf der Grundlage vorübergehender Gefühle eine Lebensentscheidung trafen?

»Es ist nicht seine Aufgabe, dass ich mich großartig fühle. Es ist nicht seine Aufgabe, meine emotionalen Bedürfnisse zu erfüllen. Ich erwarte nicht, dass jemand anders mich glücklich macht. Ich bin selbst verantwortlich für meine Gefühle.«

»Du klingst wie ein Lehrbuch.« Mia versuchte es erneut. »Ist er dein Seelenverwandter? Ist er der Eine?«

Das Gespräch wurde ihr allmählich unangenehm. »Ich glaube nicht an Seelenverwandtschaft. Und ich glaube nicht, dass es nur einen Menschen für uns gibt. Wie kann das sein? Statistisch gesehen wäre es unmöglich, dem einen Menschen zu begegnen, der für dich bestimmt ist. Wie? Wo? Was, wenn der eine Mensch für mich in Peru lebt und ich in London? Und wie sollen wir uns erkennen? Die Vorstellung ist lächerlich. Es gibt viele Menschen, mit denen wir glücklich sein können.«

Mia sah sie eindringlich an. »Und dennoch gefällt es dir nicht, dass deine Mutter jetzt zum vierten Mal heiratet.«

»Nur weil es dort draußen viele Menschen gibt, die zu einem passen, heißt das nicht, dass man immer die richtige Wahl trifft. Meine Mutter folgt ihren Impulsen. Sie hat diese wild-romantischen Vorstellungen und denkt mit ihrem Herzen, nicht mit dem Kopf.«

»Eine Eigenschaft, die sie extrem erfolgreich gemacht hat«, sagte Mia trocken. »Ich verstehe immer noch nicht, was Mark dir gibt. Ist es der Sex? Oder erledigst du das auch allein?«

Adeline spürte, wie sie rot wurde. »Unser Sexleben ist gut, danke.«

»Gut? Hörst du dir mal zu?« Mia stellte das Glas auf dem Tisch ab. »Was ist mit Leidenschaft? Was ist mit Herzklopfen, wenn der andere den Raum betritt? Ich rede von dieser Art von Chemie und Sex, die nicht für dienstags und donnerstags eingeplant wird oder wann auch immer du und Mark Zeit miteinander verbringt.«

»Dienstags und freitags«, sagte Adeline tonlos. »Donnerstags habe ich Yoga und Mark hat …«

»Okay, das reicht. Hör auf. Du machst mich fertig.« Mia legte den Kopf in den Nacken und seufzte. »Wenn das, was du da beschreibst, eine gute Beziehung ist, dann bin ich nicht interessiert. Sauerteig backen? Da gehe ich lieber frühmorgens in meinen Klamotten, in denen ich die Nacht durchgetanzt habe, zur Arbeit.«

Adeline war nicht beleidigt. Die meisten Menschen träumten von romantischer Liebe. Deshalb war die Scheidungsrate so hoch. Es war zum Verzweifeln.

»Lass uns das Thema wechseln. Wir werden uns in dieser Sache nie einig.«

»Vielleicht. Aber das heißt nicht, dass ich nicht recht habe.« Mia sah sie nachdenklich an. »Weißt du, was passieren wird? Eines Tages wirst du jemanden treffen und alles überdenken müssen, was du über Beziehungen zu wissen glaubst. Und wenn das passiert, wirst du mich anrufen, um mir alles zu erzählen, und ich verspreche, dass ich nicht sagen werde: Ich hab's dir ja gesagt.«

»Gut zu wissen, denn ich möchte keine selbstgefällige Freundin haben.« Adeline fiel das Lachen leicht, denn sie wusste, dass dieses Szenario nie eintreten würde. Und sie wusste auch, wann man ein Thema loslassen musste. Sie respektierte den Umstand, dass sie unterschiedliche Einstellungen hatten.

Doch Mia schien es nicht eilig zu haben, das Thema zu wechseln. »Ich verstehe, dass du Angst hast, aber …«

»Angst? Ich habe keine Angst. Wenn ich eine Wohnung kaufe, habe ich eine Liste von Kriterien, die mir wichtig sind. Gutes Licht, hohe Decken, ein Balkon, weil ich gerne draußen bin. Eine Beziehung ist nichts anderes. Worauf ich hinauswill: Es ist elementar, grundlegende Kriterien zu benennen, die einem wichtig sind, und davon nicht abzurücken. Wenn du dich auf deinen Instinkt oder deine Gefühle verlässt, wirst du es garantiert bereuen.«

»Du meinst also, dass man das Sichere und Langweilige dem Aufregenden vorziehen sollte?«

Es ist faszinierend, dachte Adeline, wie Menschen die gleiche Situation betrachten und sie so unterschiedlich interpretieren können. »Ich schaue auf das bisherige Liebesleben meiner Mutter und sehe keine Aufregung. Ich sehe ein Blutbad.«

»Wir reden nicht von deiner Mutter. Nicht über ihre vielen Ehen oder irgendwas davon. Wir reden von dir. Du bist dreißig, Adeline. Du solltest tanzen, bis dir die Füße wehtun, und mit einem attraktiven und völlig unpassenden Mann nach Hause wanken.«

»Das klingt nicht nach Spaß. Und sehr unsicher.«

Mia beugte sich vor. »Versprich mir etwas.«

Adeline runzelte die Stirn. »Das wäre voreilig. Ich muss wissen, was ich versprechen soll.«

»Lass mich deine Kleider für Griechenland aussuchen. Mein Geschenk für dich.«

»Nein, aber vielen Dank für das Angebot.«

»Zweifelst du an meinem Geschmack?«

»Nein.« Adeline schüttelte den Kopf. »Dein Geschmack ist tadellos. Ich zweifele an deinen Motiven. Du wirst mir sexy geschnittene, untragbare Kleider aussuchen, die einfach nicht zu mir passen, und ich werde zu unsicher sein, um sie anzuziehen.«

»Bestimmt nicht. Ich schicke dir Kleider, in denen du bestmöglich aussehen wirst. Das ist mein Job. Ich weiß, dass du Shopping hasst.«

Das stimmte, sie hasste Shopping. Und Shopping für eine Hochzeit, an der sie nicht teilnehmen wollte, war erst recht nichts, was sie reizte.

»Okay. Ich überlasse dir die Auswahl. Vielen Dank. Schick mir dann die Rechnung.«

»Bei den vielen Musterstücken und meinem Rabatt wird es keine große Rechnung geben. Ich möchte dir das schenken. Also …« Mia schob die Sonnenbrille auf die Nase und musterte Adeline. »Wir brauchen Badekleidung, was für den Strand, ein paar fließende Kleider für heiße Abende und etwas für die Hochzeit. Freust du dich denn gar nicht darauf? Ich würde alles dafür geben, ein paar Wochen auf einer griechischen Insel verbringen zu können!«

»Das Problem ist nicht die griechische Insel, sondern der ganze emotionale Kram. Ich mache mir Sorgen um Dad. Ich bin daran gewöhnt, dass er unkommunikativ ist, wenn er malt, aber es ist schlimmer als sonst. Er geht nicht mal ans Telefon.«

»Er ist ein Mann.« Mia streckte die Beine aus und hob das Gesicht der Sonne entgegen. »Außerdem zieht er die echte Welt der Technologie vor. Dein Dad ist der einzige Mensch auf Erden, der kein Smartphone hat. Er schaut lieber in die Landschaft als auf einen Bildschirm. Gut so. Er ist ein Vorbild für uns alle.«

»Ich hätte gern mit ihm gesprochen.«

»Vermutlich vergräbt er sich in seine Kunst und seine Lehrtätigkeit, damit er nicht an deine Mutter denken muss.«

»Wohl wahr.« Der Schmerz in ihrer Brust war wieder da. »Er hält sich beschäftigt.« Nachdem ihre Mutter ihn verlassen hatte, hatte er das Gleiche getan. Auf seine Art war er genauso schlimm wie ihre Mutter. Beide flüchteten lieber vor der Realität, als sie zu akzeptieren.

Mia schob ihren Stuhl in den Schatten. »Was ist mit deiner Halbschwester? Geht sie hin? Hattet ihr Kontakt?«

»In letzter Zeit nicht. Und ich bin sicher, dass sie hingeht. Cassie ist eine unfassbare Romantikerin.«

Schuldgefühle stiegen in ihr auf, wie immer, wenn sie an Cassie dachte.

Ihre Halbschwester hatte ihren Vater auf tragische Weise verloren, doch ihr Verlust war so verwoben mit Adelines Verlust, dass man die Fäden nicht entwirren konnte. Ihre Gefühle ihrer Halbschwester gegenüber waren zu kompliziert und schmerzhaft, um sie zu verarbeiten, deshalb hatte sie sie abgekapselt. Sie hatten kaum Kontakt, sodass sie nicht jeden Tag daran denken musste, aber gelegentlich stieg die Erinnerung in ihr hoch und trübte den Tag.

Mia setzte sich auf und schenkte sich nach. »Ich weiß, dass du deine Schwester nicht besonders magst …«

Das war nicht der Punkt.

Adelines Herz schlug schneller, und ihr Mund fühlte sich trocken an.

Die Heftigkeit ihrer emotionalen Reaktion überraschte sie, wenn man bedachte, wie viel Zeit vergangen war.

»Es ist nicht so, dass ich sie nicht mag. Ich kenne sie nicht wirklich. Ich habe sie seit Jahren nicht mehr gesehen.« Und dafür war sie verantwortlich. Tatsächlich fiel es ihr schwer, mit Cassie zusammen zu sein. »Cassie trifft an allem keine Schuld.«

»Und dich ebenfalls nicht.« Mia schob vorsichtig eine Biene von ihrem Bein. »Was macht sie im Moment?«

»Sie hat in Oxford gerade ihren Abschluss gemacht. Ich habe keine Ahnung, was sie als Nächstes tun wird. Wir haben nichts voneinander gehört.« Wieder verspürte sie ein Schuldgefühl, dieses Mal stärker. Das war auch ihr Fehler.

»Vielleicht findet ihr beiden noch mal einen Weg zueinander.«

Das würde nicht passieren.

»Ich schätze, dass sie sich ebenso wenig freut, mich zu sehen, wie ich mich darauf freue, sie zu sehen.«

Ihre Mutter und Cassie.

Das würde eine Hochzeit werden, an die sie sich noch lange erinnerte, wenn auch aus den falschen Gründen.

5

Cassie

»Wie wäre es hiermit? Zu verführerisch für eine Hochzeit? Es hat einen Schlitz bis zum Oberschenkel, aber wenn's nicht stürmt, sieht man das nur beim Gehen. Da es in Griechenland ist, dachte ich, ich könnte ein bisschen Haut zeigen.« Cassie kam aus der Umkleidekabine und drehte sich einmal, wobei sie fast die Balance verlor. Es überraschte sie immer wieder, wie sehr sich Kleidung auf die Stimmung auswirken konnte. Klamotten verändern das Selbstgefühl, eine Beobachtung, die sie auch in ihre Geschichten einfließen ließ. Die Hauptfigur in ihrer aktuellen Geschichte versuchte nicht aufzufallen und trug deshalb auch möglichst unauffällige Sachen. Sie hätte niemals das Kleid getragen, dass Cassie gerade anhatte. »Ich denke, das hier könnte es ein. Es transportiert Weiblichkeit, Sorglosigkeit, Sommer.«

Für Oliver, der auf sein Smartphone starrte, schien es gar nichts zu transportieren.

Sie schnipste mit den Fingern. »Hallo? Erde an Oliver?«

Er sah auf, und seine ausdruckslose Miene zeigte, dass er in Gedanken ganz woanders war. »Was?«

»Konzentration! Du bist hier, um mir zu helfen, das perfekte Kleid zu finden.«

»Das war vor drei Stunden, Cassie. Meine Konzentration hat schon vor einiger Zeit nachgelassen.«

Sie musterte ihn, er sah müde aus. Hielt Suzy ihn nachts wach? Oder war irgendwas anderes?

»Zugegeben, das dauert hier länger, als ich geplant hatte, aber es ist wichtig, genau das richtige Kleid für diese Gelegenheit zu finden, weshalb ich dich hier brauche. Kleidung kann so viel über deine Persönlichkeit aussagen.«

»Zweiunddreißig Kleider in drei Stunden sagen aus, dass du unentschlossen bist. Kauf es, und dann gehen wir nach Haus und kümmern uns um Antiaging-Maßnahmen, um den Schaden der letzten paar Stunden auszumerzen.«

Sie war erleichtert, dass er wieder mehr wie er selbst klang. Seit sie ihn zu einem späten Frühstück getroffen hatte, benahm er sich merkwürdig.

»Wenn du das hier nicht ernst nimmst, gebe ich eine Suchanzeige nach einem neuen besten Freund auf.« Sie nahm ihm das Handy aus der Hand. »Ich brauche deine Meinung und ich brauche sie sofort. Am besten bevor man befindet, dass ich dieses Kleid so lange anhabe, dass ich jetzt seine Besitzerin bin.«

Er seufzte, musterte sie mit übertriebener Geduld und zuckte dann die Achseln. »Es sieht toll aus, aber das taten die einunddreißig Kleider vor diesem ebenfalls. Ein Kleid ist ein Kleid.«

Das war natürlich Unsinn, doch er war ihr bester Freund und begleitete sie trotz seines begrenzten Interesses an Mode und trotz seines Schlafdefizits. Ihr wurde warm ums Herz. Und sie musste zugeben, dass es nicht einfach für ihn war, seine Meinung kundzutun. Wenn er sagte, dass sie schrecklich aussah, würde er ihre Gefühle verletzen. Sie sollte die Frage präziser formulieren. »Was hast du gedacht, als du mich zuerst darin gesehen hast?«

Er hob die Augenbraue. »Bitte lass sie es nehmen, damit wir vor der nächsten Jahrhundertwende nach Hause gehen können? Ich hoffe, das zweiunddreißigste Kleid ist ein Glückstreffer?«

»Du bist nicht hilfreich!«

»Wie kann ich nicht hilfreich sein? Ich habe dir zu jedem der einunddreißig Kleider, die du anhattest, meine Meinung gesagt.«

»Das stimmt nicht. Du sagst immer dasselbe! Du sagst immer: Du siehst großartig aus.«

Er spreizte die Hände. »Na, weil es so ist! Du siehst großartig aus.«

»Ha. In dieser gelben Abscheulichkeit mit der komischen Schleife an der Hüfte sah ich nicht großartig aus.«

»Das stimmt nicht. Du siehst in allem gut aus. Aber wenn es dir nicht gefällt, solltest du es auf den Zurück-Haufen legen. Du brauchst meine Meinung nicht, Cassie. Normalerweise bist du bei Kleidung nicht unsicher, also worum geht es hier?«

Wenn er fand, sie würde in allem gut aussehen, dann brauchte sie seine Meinung vielleicht nicht, weil er die Aufgabe dann nicht ernst genug nahm.

»Ich glaube nicht, dass dir die Bedeutung dieses Outfits bewusst ist. Das ist seit diesem ersten Tag in Oxford, an dem wir uns kennenlernten und an dem ich einen guten Eindruck machen wollte, vielleicht das wichtigste Kleidungsstück. Es muss genau das Richtige sein.«

»Ich weiß.« Er nahm ihr das Handy wieder aus der Hand. »Ich weiß, dass die Hochzeit wichtig ist, Cassie. Seit ihr Brief kam, sprichst du über nichts anderes.«

»Die Hochzeit ist wichtig, aber das ist nicht der Grund, warum ich unbedingt das richtige Kleid brauche. Wegen der Hochzeit mache ich mir eigentlich keine Sorgen. Ich mache mir Sorgen, weil ich Adeline sehen werde.« Sie drehte sich zur Seite und musterte sich im Spiegel. Wenn man einen wirklich guten Eindruck machen wollte, sollte man ein Outfit aus allen Perspektiven betrachten.

»Ich dachte, sie kommt nicht.«

Endlich schien sie seine volle Aufmerksamkeit zu haben.

»Ich sagte, ich hoffe, dass sie nicht hingeht, doch leider gibt es eine Lücke zwischen Hoffnung und Realität. Als du mit Suzy im Kino warst, habe ich mit meiner Mutter gesprochen. Sie sagte mir, dass Adeline dabei sein wird.« Bei dem Gedanken wurde ihr flau. »Ich weiß nicht, warum. Es ist offensichtlich, dass sie Hochzeiten hasst. Oder vielleicht hasst sie nur die Hochzeiten unserer Mutter. Ich habe keine Ahnung.«

»Also bei all dem …« Er wedelte in Richtung des Haufens mit Kleidern, die sie verworfen hatte. »Bei all dem geht uns um deine Halbschwester?«

»Meine Schwester. Ich denke an sie als meine Schwester. Ich bin nicht die Art Mensch, die in Hälften denkt.« Sie drehte sich wieder um und verrenkte sich fast den Kopf, um sich von hinten zu betrachten. »Ich habe sie seit Jahren nicht gesehen. Es ist wichtig, was ich anhabe.«

»Warum?« Er lehnte sich gegen die Wand und schien sein Handy kurz vergessen zu haben. »Du willst sie beeindrucken. Sie soll dich mögen, obwohl du gesagt hast, du wärst damit durch.«

»Ich weiß, was ich gesagt habe. Ich will sie nicht beeindrucken. Es geht eher darum, mir Selbstvertrauen zu geben.« Sie korrigierte einen der Träger des Kleides. »Ich habe eine verunsichernde Situation vor mir und muss genau richtig aussehen. Ich möchte ruhig und gefasst wirken, was bedeutet, dass ich nicht ich selbst sein kann. Wir wissen beide, dass ich dazu neige, in meinen Reaktionen etwas emotional zu sein.«

»Dazu neigst?« Oliver grinste. »Du bist komplett emotional, Cass. Du bist eine Drama-Queen.«

»Genau. Also werde ich eine Rolle spielen, und dabei hilft es mir, gut auszusehen. Ich erwarte nicht, dass du das verstehst. Kannst du mich von hinten fotografieren? Ich möchte sehen, ob es sich irgendwo ausbeult.« Sie war sicher, dass sich bei Adeline nichts ausbeulen würde. Soweit Cassie wusste, hatte ihre Schwester alles unter strenger Kontrolle, eingeschlossen ihr Essverhalten und ihr Training.

In den sozialen Medien prüfte sie regelmäßig Adelines Posts, ging dabei aber so vorsichtig vor, dass Adeline nichts davon bemerkte. Sie wollte nicht, dass ihre Schwester sie für eine Stalkerin hielt.

Oliver machte das Foto und zeigte es ihr auf dem Handy. »Ich verstehe nicht, warum du so gestresst wegen der Sache bist, und ich möchte es gern verstehen. Erklär es mir.«

Aus genau diesem Grund ist er mein bester Freund, dachte sie.

Er sagte nicht: *Das ist lächerlich.* Oder: *Reiß dich zusammen, Cassandra.*

Er sagte: *Ich möchte es verstehen.*

»Adeline ist eine eindrucksvolle Persönlichkeit. Beängstigend eindrucksvoll. Ich möchte mich nicht minderwertig fühlen.« Sie betrachtete das Foto und versicherte sich, dass das Kleid von allen Seiten gut aussah.

»Warum solltest du dich minderwertig fühlen? Du bist großartig, Cassie. Klug, witzig, warmherzig ...« Er hielt inne. »Was? Warum schaust du mich so an?«

Weil sie solche Dinge nicht zueinander sagten. Ihre Gespräche bestanden normalerweise aus Geplänkel, scherzhaften Beleidigungen und gelegentlichen emotionalen Geständnissen (zumindest auf ihrer Seite). Sie waren selten höflich zueinander, geschweige denn dass sie einander Komplimente machten.

Einen Moment blickten sie einander an, und zum ersten Mal in ihrer Freundschaft fühlte sie sich verunsichert und verlegen.

»Das sagst du nur, weil du weißt, dass dein Bester-Freund-Status in Gefahr ist.« Sie entschied sich, flapsig zu sein, und nach kurzem Zögern stieg er darauf ein.

»Das stimmt. Denn ich war noch nicht fertig. Ich wollte noch sagen, dass du außerdem ständig zu spät kommst, krankhaft unordentlich und permanent hungrig bist. Und dass du durch keine Tür gehen kannst, ohne anzustoßen, und außerdem die nervige Angewohnheit hast, ein Gespräch zu unterbrechen, um dir einen Satz oder eine Idee für dein Buch zu notieren. Manchmal denke ich, dass du mich einfach als Quelle der Inspiration benutzt.«

Sie entspannte sich. Dieser Ton war so viel vertrauter und angenehmer.

»Dialoge und Ideen sind kostbar«, sagte sie. »Und wenn ich sie nicht sofort aufschreibe, vergesse ich sie.«

»Wie ich schon sagte – nervig. Ich kapiere nicht, warum es dir so wichtig ist, was Adeline denkt. Sie ist praktisch eine Fremde.«

»Mag sein, aber sie ist immer noch meine Schwester. Und mir ist wichtig, was sie denkt, weil es mir bei allen Menschen wichtig ist, was sie denken. Das ist meine größte Schwäche, auch wenn du die auf deiner Liste ausgelassen hast.«

Fand er wirklich, dass sie klug, witzig und warmherzig war?

»Sich zu sehr darum zu kümmern, was andere Leute denken, versaut dir den Tag.«

»Ich weiß. Ich habe versucht, gleichgültiger zu sein, aber ich habe keine Ahnung, wie das funktioniert. Und irgendwas an Adeline schüchtert mich ein. Sie ist so beherrscht. Meinst du, ich brauche eine Jacke oder einen Umhang oder so was? Nicht dass ich mir wegen des Wetters Sorgen mache, aber vielleicht muss ich das hier aufwerten. Ein bisschen formeller aussehen.«

»Eine Hochzeit auf einer griechischen Insel klingt mir nicht formell.«

»Nein, aber es ist besser, auf alles vorbereitet zu sein. Kannst du mir bitte das kleine pinke Jäckchen dort reichen?«

Oliver folgte ihrem Blick, prüfte die Größe des Jäckchens und reichte es ihr. »Warum schüchtert sie dich ein?«

»Ich weiß nicht. Weil sie kompetent ist. Eine echte Erwachsene, wohingegen ich nur so tue. Außerdem ist sie cool und selbstbewusst und verantwortungsvoll und alles, was ich nicht bin.« Cassie schlüpfte in die Jacke und hielt dann inne, um etwas zu gestehen, was sie niemand anderem als Oliver gestehen würde. »Und weil ich mich insgeheim schuldig fühle, dass wegen der Liebesaffäre meiner Eltern die Ehe ihrer Eltern zerbrach. Wenn das irgendwie Sinn ergibt.«

»Tut es nicht.« Sein Blick wurde weich. »Wie kannst du dich wegen etwas schuldig fühlen, das nicht dein Fehler war?«

»Willkommen in meiner Welt. Hochhackig oder flach?« Sie hob den Saum und ließ den Stoff dann wieder fallen, um sich die Frage selbst zu beantworten. »Keins von beiden. Sneaker.«

»Sneaker? Willst du vor ihr davonlaufen können?«

Selbst wenn sie gestresst war, brachte er sie zum Lachen.

»Nein. Ich muss mich konzentrieren können, und ich kann mich nicht konzentrieren, wenn meine Füße wehtun. Okay, ich nehme die Jacke und das Kleid. Fertig.« Sie zog die Jacke aus, die er ihr abnahm und dabei ein Gähnen unterdrückte.

»Warum kommt sie zu der Hochzeit, was glaubst du?«

»Ich weiß es nicht. Vermutlich um mich zu bestrafen. Sie will mein Leben ruinieren, so wie ich ihrer Meinung nach ihres ruiniert habe. Ist nur ein Scherz. Ich vermute, dass sie versucht, gar nicht an mich zu denken. In diesen quälenden paar Wochen, die wir jeden Sommer miteinander verbrachten, hat sie mich meistens ignoriert. Ich war eine Mücke, die man wegwedelt. Eine nervige Wespe, nur ohne Stachel.«

»Sehr dramatisch, Cass. Außerdem ist das Ganze mehr als zehn Jahre her. Deine Schwester war ein Teenager.«

»Ich weiß.« Sie blickte ihn an. »Du siehst völlig fertig aus. Habt Suzy und du überhaupt geschlafen letzte Nacht? Ich freue mich, dass es so gut mit euch läuft.«

»Es läuft nicht gut. Wir sind nicht mehr zusammen.«

»Was?« Etwas flackerte in ihr auf, doch das Gefühl war so flüchtig, dass sie es nicht identifizieren konnte. »Ernsthaft?«

»Ja.«

»Ach Oliver! Warum hast du das nicht vorher gesagt?« Zerknirscht umarmte sie ihn. »Es tut mir leid. Hier plappere ich über Kleider, während dir das Herz gebrochen wurde. Ist dein Herz gebrochen? Du warst zwei Monate mit ihr zusammen. Das ist eine lange Zeit für dich. Ich umarme dich so lange, bis du mir sagst, dass ich dich loslassen soll.« Sie hielt die Arme um ihn geschlungen und spürte den Druck seines Körpers an ihrem. Er war breitschultrig und kräftig, und sie sog den vertrauten Geruch ein. Oliver. Ihr bester Freund. Sie drückte ihn enger an sich. »Ich kann das nicht ertragen. Ich kann den Gedanken nicht ertragen, dass du unglücklich bist.«

»Es geht mir gut.« Seine Stimme klang kratzig. »Meinem Herzen geht es gut. Und ich habe nichts gesagt, weil ich nicht darüber reden will. Es ist – kompliziert. Du kannst mich jetzt loslassen.« Er löste sich von ihr und wich ihrem Blick aus.

Sie wusste, dass er litt. Sie kannte ihn. Wenn Oliver etwas verarbeiten musste, zog er sich zurück, sogar vor ihr. Sie ging mit Problemen um, indem sie darüber redete, doch er bevorzugte es, die Dinge mit sich abzumachen. Aber irgendwann erzählte er ihr immer alles, jedenfalls war das bislang so gewesen. Als seine Eltern verkündeten, dass sie sich nach dreißig Jahren Ehe scheiden lassen wollten, hatte Oliver um drei Uhr morgens an ihre Tür geklopft. Als seine Schwester mit Verdacht auf Blinddarmentzündung ins Krankenhaus eingeliefert wurde, hatten sie die ganze Nacht in einem kalten Krankenhausflur gesessen und Tee getrunken.

Den gleichen Gesichtsausdruck wie damals hatte er jetzt auch. Und sie hatte es nicht bemerkt, weil sie die ganze Zeit über dumme Kleider geplappert hatte.

»Nun, ich kann nur sagen, dass Suzy nicht so klug ist, wie alle sagen, wenn sie mit dir Schluss gemacht hat.« Trotz ihres aufflammenden Beschützerinstinkts widerstand Cassie der Versuchung, sich sein Handy zu schnappen und Suzy ihre ungefilterte Meinung zu schreiben. »Wenn du mir den Reißverschluss aufmachst, kaufe ich es, damit wir hier rauskommen und unsere Sorgen in Kaffee ertränken können. Wir können eine Fressorgie veranstalten. Wir kaufen zwei dieser Kuchen von der Bäckerei in der Broad Street. Die haben Zuckerguss, eine Cremefüllung und sind größer als dein Kopf.« Sie drehte sich um und hob ihr Haar an.

Nach einer kurzen Pause spürte sie, wie er ihr den Reißverschluss öffnete.

Sie spürte, wie sich der Stoff um ihren Körper lockerte, und hielt ihn fest. »Super. Danke. Ich ziehe mich um. Unterhalten wir uns durch die Tür. Warum hat sie mit dir Schluss gemacht? Welchen Vorwand hat sie benutzt?«

»Sie hat nicht Schluss gemacht«, sagte er. »Ich habe mit ihr Schluss gemacht.«

»Oh.« Das hatte sie nicht erwartet. Sie zog das Kleid aus, hängte es über den Haken und schlüpfte rasch in Jeans und T-Shirt. »Warum? Du musst mir eine Rückmeldung geben, schließlich habe ich sie auf dieser Dating-App ausgesucht. Ich dachte, sie hätte Potenzial, auch wenn man aus einem Foto nicht viel schließen kann. Aber sie hatte gute Zähne. Zähne können viel über einen Menschen aussagen. Vorausgesetzt, das auf dem Foto waren wirklich ihre Zähne. Waren sie es?« Sie griff nach dem Kleid und öffnete die Tür.

Oliver wirkte angespannt. »Meinst du, sie trägt die Zähne von jemand anderem?«

»Sei nicht eklig. Ich spreche von Photoshop.«

»Es waren ihre Zähne. Aber ich habe trotzdem Schluss gemacht.«

»Warum?« Sie reichte ihm das Kleid und die Jacke, um sich die Schuhe zuzubinden. »Weil sie dich nicht zum Lachen gebracht hat? Das ist gut möglich, denn du hast einen merkwürdigen Sinn für Humor. Das habe ich schon x-mal gesagt.« Sie erhob sich lächelnd in der Erwartung, dass er ebenfalls lächeln würde. Das tat er nicht.

»Sie hat nichts falsch gemacht.« Seine Stimme klang seltsam. Angespannt.

»Aber sie war nicht die Eine. Ich verstehe. Wenn du Ewigkeiten darüber nachdenken musst, dann ist es nicht richtig.« Sie nahm ihre Tasche und legte sich das Kleid und die Jacke über den Arm. »Wie viele Paare kennt man, die sich zehn Jahre daten, und dann –

wumms – trifft einer von beiden jemand anders und heiratet innerhalb eines Monats.«

»Ich kenne kein solches Paar.« Er griff nach der Jacke, die zu Boden fallen drohte.

»Ich auch nicht, aber ich habe viele Geschichten darüber gehört.« Sie holte ihre Kreditkarte hervor. »Und das beweist einen sehr offensichtlichen Punkt: Wenn du jemanden seit Jahren kennst und ihr immer noch nicht zusammengefunden habt, dann ist es einfach nicht richtig. Dann fehlt etwas.«

»Vielleicht. Oder vielleicht gibt es andere Gründe. Vielleicht brauchen manche Menschen eine gewisse Zeit, um zu entscheiden, welche Gefühle sie füreinander hegen.«

»Ausreden. Bei meinen Eltern funkte es sofort. Sie haben sich einmal angesehen und wussten es einfach.«

Oliver sah sie unverwandt an. »Woher?«

»Keine Ahnung. Nicht alles ist so einfach zu erklären. Liebe ist ein Gefühl, das sich der Logik entzieht.« Was vermutlich der Grund dafür war, dass Adeline kein Fan von Hochzeiten und noch immer bekennender Single war. Nach dem Wenigen, das sie wusste, konnte ihre Schwester mit Gefühlen und Befindlichkeiten wenig anfangen. »Komm. Ich schöpfe mit diesen Klamotten meinen Kreditrahmen aus, und dann gönnen wir uns eine Überdosis Zucker.« Sie würde sich darauf konzentrieren, Oliver aufzuheitern, und das würde sie von den Gedanken an ihre Schwester ablenken.

Doch Oliver starrte schon wieder auf sein Handy.

Sie wartete. »Na was? Hat sie dir geschrieben? Antworte nicht. Sei stark. Lösch sie aus deinen Kontakten, damit du sie nicht aus Versehen anschreibst, wenn du betrunken bist.«

»Sie hat mir nicht geschrieben.« Er blickte auf. »Hast du deiner Schwester geschrieben?«

»Nein. Warum sollte ich meiner Schwester schreiben? Oh …« Entsetzt hielt sie inne. »Du meinst, ob ich Dr. Swift geschrieben habe?« Sie spürte, wie sie rot wurde. »Kann sein. Ich meine, ja. Ich

84

habe das an dem Abend getan, an dem du mit Suzy im Kino warst. Warum?«

»Weil sie deinen Brief beantwortet hat.«

»Bitte sag, dass das ein Witz ist.« Cassie entriss ihm das Handy. »Nein, nein, nein! Das kann nicht sein.«

»Warum kann das nicht sein?«

»Weil ich irgendwo gelesen habe, dass sie Hunderte oder vielleicht Tausende von Briefen und E-Mails erhält«, stöhnte Cassie. »Und meine Nachricht hätte unbeachtet bleiben sollen.« Warum war sie nur so impulsiv? Warum hatte sie auf »Senden« gedrückt? Sie hätte die Mail in den Entwürfe-Ordner legen sollen. Das hätte ein normaler Mensch jedenfalls getan.

»Warum hast du sie abgeschickt, wenn sie nicht beachtet werden sollte?«

»Weil das der Samstagabend war, an dem meine Mutter anrief, um mir zu sagen, dass meine Schwester zur Hochzeit kommt, und mich das Ganze gestresst und nervös gemacht hat. Außerdem hatte ich vielleicht ein oder zwei große Gläser von dem Pinot noir getrunken, den wir am Abend zuvor geöffnet hatten.«

Oliver hob eine Braue. »Du hast mir erzählt, dir wäre die Flasche umgekippt.«

»Ich habe gelogen. Ich wollte nicht, dass du mich verurteilst. Wie auch immer, es hat meine natürliche Hemmschwelle heruntergesetzt.«

»Du hast eine Hemmschwelle? Seit wann?«

»Hör auf. Das ist furchtbar. Was, wenn sie errät, dass ich das bin? Oh, das ist so peinlich. Jetzt kann ich nicht mehr zur Hochzeit gehen, und dabei habe ich gerade Stunden mit der Suche nach einem Kleid verschwendet.«

»Hey, mach mal langsam. Du bist immer gleich in diesem Schriftstellermodus mit Drama und Katastrophe.« Oliver blieb ruhig. »Wenn sie Hunderte und Tausende von Briefen erhält, wird sie kaum erraten, dass er von dir ist, oder?«

»Du hast es erraten.«

»Ja, aber ich kenne dich. Sie nicht. Und du hast ja nicht deinen echten Namen angegeben. Deine Nachricht war anonym.«

»Ja.« Cassie überflog den Bildschirm. Da war sie. Die Frage, die sie eingeschickt hatte. Was hatte sie da nur geritten?

Sie las sie laut vor.

Liebe Dr. Swift, meine Schwester und ich sind seit Langem entfremdet, und mir fällt es schwerer und schwerer, damit umzugehen. Als ich jung war, versuchte ich bei vielen Gelegenheiten, die Kluft zwischen uns zu überbrücken, doch sie zeigte deutlich, dass sie ihr Leben ohne mich leben möchte. Vielleicht sollte ich sie das tun lassen, doch irgendwie kann ich sie nicht aufgeben. Es fühlt sich falsch an. Ich glaube nicht, dass ich ein schlechter Mensch bin, und ich verstehe nicht, warum sie sich so verhält. Unsere Mutter wird diesen Sommer wieder heiraten, und wir werden bei der Hochzeit zusammentreffen. Sollte ich noch einmal versuchen, die Kluft zwischen uns zu überbrücken, oder sollte ich aufgeben und akzeptieren, dass Familienbande tatsächlich zerbrechen können?

Ihre Zurückgewiesene

Cassie spürte, wie Panik sie erfasste. Die Mail abzuschicken war einem unbesonnenen Impuls geschuldet, doch sie war traurig und frustriert gewesen und hatte nicht einen Moment daran gedacht, dass Adeline die Nachricht beantworten würde. Oliver hatte recht. Sie erhielt Hunderte von Briefen, doch aus irgendeinem Grund hatte sie diesen ausgewählt. Warum?

Hatte sie irgendwie erraten, dass er von Cassie war? Oder lag das Thema ihrer Schwester am Herzen?

Nein, das war bestimmt zu viel hineininterpretiert.

»Was schreibt sie? Lies ihre Antwort vor«, sagte Oliver. »Ich möchte sie hören.«

Sie hatte fast zu viel Angst, um nachzuschauen. Nervös las sie Adelines Antwort vor:

Liebe Zurückgewiesene, sich von einem Geschwister entfremdet zu haben ist ein besonders schmerzhafter Verlust. Man vermisst nicht nur den individuellen Menschen, sondern die Realität verträgt sich oft nicht mit der Vorstellung, wie ein Blutsverwandter sein sollte. Sie haben zwei Möglichkeiten. Akzeptieren Sie die Dinge, wie sie sind, oder arbeiten Sie daran, sie zu ändern.

Cassie blickte auf. »Das ist offensichtlich. Ich möchte ja wissen, *wie* ich sie ändern kann.«
»Lies weiter.«
Cassie seufzte.

Ihre Schwester leidet vielleicht ebenfalls. Sie mag ihre eigenen Gründe für ihre Distanz haben. Alle Beziehungen verändern sich mit der Zeit, aber es kann hilfreich sein zu analysieren, wann sie sich in die falsche Richtung entwickelt haben. Was ist passiert?

»Ich weiß, was passiert ist«, sagte Cassie. »Ich wurde geboren. Damit ist alles gesagt.«
Oliver verdrehte die Augen. »Lies ihre Antwort!«
»Ich lese ja: *Haben Sie Ihre Schwester je direkt auf das Problem angesprochen?*« Cassie sah wieder auf. »Was soll ich sagen? Es tut mir leid, dass mein Dad sich in deine Mum verliebt hat und sie sich in ihn? Es tut mir leid, dass du so nachtragend und gekränkt bist. Und übrigens, das ist zwanzig Jahre her, also könntest du mal drüber hinwegkommen? Außerdem glaube ich nicht, dass sie leidet.« Sie gab ihm das Handy zurück. »Ich werde ihre Kolumne nicht mehr lesen. Das war's.«
»Guter Plan. Und bist du sicher, dass du dieses Kleid willst? Wirst du dich darin gut fühlen?«

»Ja.« Sie reichte es zusammen mit der Jacke und ihrer Kredit-karte der Verkäuferin.

Es stimmte nicht ganz. Ihre Schwester würde zu der Hochzeit kommen, und kein Kleid der Welt konnte dafür sorgen, dass sie sich damit gut fühlte.

6

Catherine

Andrew kam zu ihr auf die Terrasse, wo sie starken griechischen Kaffee trank und versuchte, ruhig zu bleiben.

Ihr Herz schlug schneller, als sie ihn anblickte. »Und?«

Er setzte sich ihr gegenüber und warf ihr einen Blick zu, den sie nicht deuten konnte. »All diese langen Nächte und frühen Morgenstunden in deinem Büro. Diese Male, die du nicht über dein Buch sprechen wolltest, obwohl du immer über dein Buch sprichst. Das ist es also, was du vor mir verborgen hast?«

»Ja.« Sie fühlte sich wund und verletzlich. Die Leute verstanden nicht, wie verunsichernd es war, seine kreative Arbeit dem Urteil eines anderen Menschen auszusetzen. Selbst jetzt, nach so vielen Erfolgen, mit denen sie sich bewiesen hatte, hatte sie noch immer Angst, wenn sie ihr neuestes Buch an die Lektorin schickte. Manchmal musste sie auf die Bücher schauen, die sie bereits geschrieben hatte und die fein säuberlich aufgereiht im Regal standen, um sich vor Augen zu führen, dass sie es schon einmal geschafft hatte und es wieder schaffen konnte. »Hast du es gehasst?«

»Gehasst? Nein. Es ist hervorragend. Ich konnte nicht aufhören zu lesen.«

Sie seufzte erleichtert auf.

»Wirklich?«

»Ja.« Er legte das Manuskript auf den Tisch. »Das ist ein beängstigender Plot, Catherine. Wo zum Teufel kommt der her?«

»Ich weiß nicht. Aus meinem Kopf.« Sie spürte, wie sich ihre

Stimmung hob wie ein Vogel im Aufwind. »Du hattest Angst, als du es gelesen hast?«

»Ich war entsetzt. Ich wusste nicht, dass du das in dir hast. Diese Szene am Anfang, in der er in diesem Raum eingeschlossen ist, und er hört sie draußen, das Klackern ihrer Stilettos auf der Kellertreppe. Die Tatsache, dass er weiß, dass sie kommt ... Ich konnte seine Angst spüren.«

»Ich hatte es satt, dass das Opfer immer eine Frau ist.«

Andrew wischte sich über die Stirn. »Die Botschaft habe ich verstanden.«

»Es ist immer eine verängstigte Frau, die im Keller festgehalten wird, nie ein Mann, deshalb dachte ich ...«

»Ich habe gelesen, was du gedacht hast. Dieser Teil, wo er anfängt zu schreien und sie ...« Er schauderte, atmete tief aus und sah aufs Meer hinaus. »Ich brauche fünf Minuten lang Sonne und echtes Leben, um mich wieder in die Realität zu bringen. Sprich bitte über irgendwas Normales und Langweiliges. Was es zum Essen gibt. Das Wetter.«

Seine Reaktion erfreute sie. »Das Buch hat dich beunruhigt.«

»Beunruhigt?« Er lachte hohl. »Es hat mir echte Angst gemacht, Catherine. Ich fürchte mich davor, je wieder allein in einem Raum mit dir zu sein.«

Sie verspürte ein Gefühl des Triumphes, doch ihr kreativer Geist wischte das gleich zur Seite. So schmeichelhaft es war, dass ihm das Buch gefiel, war seine Meinung nicht ausschlaggebend. Und würde er ihr überhaupt die Wahrheit sagen? Männer sagten ständig Dinge, die sie nicht so meinten. Und Frauen, Frauen wie sie, glaubten sie. Andrew wollte sie heiraten. Er würde ihre Gefühle nicht verletzen wollen. »Du würdest es mir nie sagen, wenn es dir nicht gefiele.«

Sein Blick traf ihren. Er wusste, was sie dachte. »Ich würde es dir sagen. Aufrichtigkeit, erinnerst du dich? Darauf haben wir uns geeinigt. Und es ist großartig. Brutal, aber großartig.« Er griff nach dem Kaffee, den sie ihm eingeschenkt hatte, und zögerte. »Aber es ist kein Catherine Swift.«

»Ich weiß.«

Catherine Swift stand für erbauliche Geschichten und Happy Ends. Vielleicht war die Schriftstellerin Catherine Swift gestorben. Nur dass sie nicht gestorben sein konnte, weil Catherine Swift ihr echter Name war.

Sie wünschte jetzt, sie hätte am Anfang ihrer Karriere ein Pseudonym gewählt. Das hätte es so viel leichter gemacht, sich neu zu erfinden. Es hätte auch die peinlichen Momente vermieden, wenn sie in Geschäften ihre Kreditkarte hervorholte und die Leute sie fragten, ob sie *die* Catherine Swift sei. Gelegentlich hatte sie geantwortet: *Nein, ich bin die andere,* und war gegangen, während die Leute noch darüber nachdachten.

»Hast du es Daphne gezeigt?«

»Noch nicht.« Sie hatte keine Ahnung, was ihre Agentin sagen würde. Sie hatte Jahrzehnte damit verbracht, eine Gefolgschaft von Leserinnen aufzubauen, die ihre Bücher liebten. Dieses Buch würden ihre Leserinnen nicht lieben. Sie eilten in die Buchhandlung, um den neuesten Catherine Swift zu kaufen, weil sie wussten, dass sie bekamen, was sie wollten, und dass sie sie nie im Stich ließ. Ihre Bücher lieferten garantiert eine starke Heldin, eine starke Botschaft, emotionale Spannung und ein Happy End. Ihre Leserinnen konnten mitfiebern, konnten mit der Heldin lachen und weinen und sich gewiss sein, dass sie am Ende des Buches glücklich war. Wenn sie das Buch zuklappten, waren sie zufrieden und fühlten sich vielleicht sogar ein bisschen inspiriert.

Dieses Buch hatte eine starke Heldin und eine starke Botschaft – wenn ein Mann dich manipuliert und kontrolliert, könnte Mord eine Option sein –, doch es gab nichts zu lachen und eindeutig kein Happy End. Obwohl die Heldin am Ende lebte, was mehr war, als man von den meisten Krimis sagten konnte. Sie sah das als eine Verneigung vor ihrem früheren Schriftstellerinnen-Ich.

»Wie lange hast du daran gearbeitet? Und warum hast du mir nichts davon erzählt?«

»Ich wusste nicht, ob ich das kann.« Natürlich starben Menschen in ihren Büchern. Doch ihre Charaktere verursachten nicht den Tod der anderen. Wenn sie ein Küchenmesser in die Hand nahmen, wollten sie eine Zwiebel hacken und nicht einen Mord begehen. Ihre Charaktere hatten Probleme, aber sie waren keine Psychopathen. Das hier war eine neue Richtung für sie.

»Ich bin beeindruckt, dass du die Zeit gefunden hast. Du hast immer einen straffen Zeitplan, um die mit dem Verlag vereinbarten Bücher fertig zu bekommen.«

»Ich war inspiriert. Aber ich habe noch nie zuvor so etwas geschrieben. Ich habe nie jemanden umgebracht.« Sie vermied den Augenkontakt, weil sie Angst hatte, dass er etwas sehen könnte, was er nicht sehen sollte. »Es war einfacher, als ich dachte.«

»Jetzt machst du mir wirklich Angst.« Doch dieses Mal lächelte er, als er ihre Hand nahm. »Du bist umwerfend. Ich bewundere dein Talent. Und ich glaube fest daran, dass es nichts gibt, was du nicht kannst, Catherine Swift.«

Das entsprach leider nicht den Tatsachen – sie konnte nicht singen, sie hatte noch nie schnell laufen können, sie konnte keinen Ball fangen –, doch dass er an sie glaubte, bedeutete ihr viel, denn trotz allem konnte sie selbst es immer noch nicht.

»Du hältst mich nicht für töricht?«

»Weil du etwas anderes geschrieben hast? Nein, natürlich nicht.«

»Ich kann nicht beides schreiben. Die Zeit habe ich nicht.« Sie schwieg einen Moment. »Und ich würde es nicht wollen. Ich glaube, ich bin mit den Liebesromanen am Ende.«

»Du beabsichtigst also, dich einem Leben voller Verbrechen zu widmen.« Er grinste. »Das könnte unterhaltsam sein. Solange du es aus den richtigen Gründen tust.«

»Was meinst du damit?«

»Ich weiß, dass es dich getroffen hat, nicht wieder die Nummer eins zu sein.«

Das konnte sie nicht leugnen. Sie würde nicht so tun, als hätte sie das hinter sich gelassen und akzeptiert. Es tat weh. Nachts wachte sie noch immer auf und musste daran denken. *Nummer drei.* Die Unsicherheit in ihr war ein Monster. Sie versuchte, es wegzusperren. Es zu ignorieren. Doch es lauerte dort, immer sprungbereit.

»Das Problem mit der Nummer eins«, sagte sie, »liegt darin, dass es nur noch eine Richtung gibt, in die du gehen kannst.«

»Und ich weiß, dass es dir wichtig ist, allerdings wünschte ich, du könntest es von deiner Person trennen, von dem, wer du bist. Du bist nicht deine Buchverkäufe, Catherine. Du bist nicht Annahme oder Ablehnung. Du bist weder deine Kritiken noch deine Preise. Das alles sind nur Dinge, die mit dir zu tun haben. Du bist nicht dein Schreiben.«

Das stimmte nicht. Nicht der Teil über die Verkäufe, die Annahmen, Ablehnungen und Kritiken. Das stimmte alles (auch wenn es bei ihm so klang, als wäre es einfach, darüber hinwegzugehen, denn das war es eindeutig nicht). Aber ihr Schreiben. Sie war ihr Schreiben, oder besser gesagt: Ihr Schreiben war ein Teil von ihr. Es war ebenso ein Teil von ihr wie ihr Haar oder ihre Nase. Schreiben war ihre Art, die Welt zu interpretieren, den Dingen Sinn abzugewinnen.

Doch es hatte sie nicht wegen ihrer schwindenden Verkäufe zum Krimi-Genre gezogen, der Grund lag woanders. In letzter Zeit hatte sie ihre Plots infrage gestellt. Ja, sie stellte ihre Charaktere vor Herausforderungen, doch machte sie Frauen nicht etwas vor? Transportierte sie nicht die Botschaft, dass am Ende immer alles gut wurde? So war die Realität doch nicht. Manchmal vielleicht, aber normalerweise war das Leben viel vertrackter. Es war unfair und voller Unsicherheiten, und das blieb es oft auch. Was ein Mensch ihrer Meinung nach wirklich brauchte, war die Fähigkeit, Unsicherheit auszuhalten und dennoch gut leben zu können.

Das Gute auch in der Gegenwart des Schlechten zu feiern. Trost in kleinen Dingen zu finden, während man von den großen Ereignissen überrollt wurde.

Es war ihr schwerer und schwerer gefallen, ihren Leserinnen dieses einfache Happy End zu geben, das sie erwarteten. Das echte Leben präsentierte sich nicht mit einer adrett gebundenen Schleife.

Mit diesem Buch beleuchtete sie also eine andere Seite des Lebens. Eine dunklere Seite, aber nicht weniger gültig. Sie hatte recherchiert, hatte über mehrere Mordfälle gelesen, die sie wochenlang nachts wachhielten, und diese als Inspiration für ihren Roman genommen.

»Ich werde es an Daphne schicken und sehen, was sie sagt.«

Sie wusste, was Daphne sagen würde. Daphne würde ihr raten, bei dem zu bleiben, was sie kannte. Daphne würde ihr sagen, dass es okay war, Nummer drei zu sein. Sie würde Catherine daran erinnern, dass es durchaus Frauen gab, die in ihrem Leben ein Happy End fanden, und dass es keinen Grund gab, sich auf die zu fokussieren, denen es nicht so ging.

Doch Catherine strebte nach etwas anderem. Sie wollte immer dringlicher eine Geschichte für all die Frauen schreiben, deren Leben keine akkurat gebundene Schleife bereithielt.

»Eine neue Ausrichtung in deiner Karriere und eine Hochzeit.« Andrew drückte ihre Hand. »Das ist wirklich ein Neustart.«

Nicht wirklich, dachte Catherine. Man fing nie neu an, denn egal was man tat, man schleppte die Vergangenheit mit sich.

»Ich kann kaum glauben, dass die Hochzeit schon in zwei Wochen ist. Und die Mädchen kommen in ein paar Tagen.«

»Ich weiß.« Andrew beobachtete, wie ein winziger Vogel angeflogen kam und die Wasseroberfläche des Swimmingpools streifte. »Bist du sicher, dass du ihnen nicht von mir erzählen willst, bevor sie kommen?«

»Nicht bevor sie auf der Insel sind. Manche Dinge lassen sich besser von Angesicht zu Angesicht vermitteln.«

Er griff wieder nach ihrer Hand. »Warum hast du solche Angst, ihnen davon zu erzählen?«

»Ich habe keine Angst. Ich glaube, wir können davon ausgehen, dass die Mädchen dich lieben werden.« Sie beugte sich vor, um ihn zu küssen. Es würde gut ausgehen.

Würde es gut ausgehen? Sie hoffte es inständig.

Andrew wirkte nicht überzeugt. »Sie können immer noch abreisen, das weißt du.«

»Cassie würde nicht abreisen.« Sie dachte an ihre jüngere Tochter, die immer so warmherzig, liebevoll und fürsorglich war. *Du bist die beste Mutter auf dem ganzen Planeten. Ich liebe dich.*

»Aber du meinst, Adeline könnte es tun?«

Adeline? *Du bist die schlechteste Mutter auf dem ganzen Planeten. Ich hasse dich.*

»Ich schätze, dass sie begeistert sein wird, wenn ihr euch trefft.«

Sie hoffte, dass sie recht hatte. Hoffte, dass diese Ehe alles zum Besseren wenden würde. Dass sie ihre Familie endlich zusammenbringen würde.

Nichts wünschte sie sich mehr als das. Sogar mehr, als sie sich einen Neustart ihrer Karriere wünschte.

Sie wollte die Unstimmigkeiten mit Adeline endlich bereinigen.

7

Adeline

Adeline legte ihre akkurat gefaltete Kleidung in den Koffer. Vor Beklommenheit zog sich ihr der Magen zusammen. »Ich möchte nicht fahren.«

Mark sah ungeduldig von seinem Handy auf. »Warum tust du es dann?«

Seine Antwort ärgerte sie, vielleicht weil sie sich dieselbe Frage stellte. »Ein bisschen Mitgefühl wäre nett.«

»Mitgefühl weshalb?« Mark sah sie aufrichtig verwirrt an. »Ich verstehe nicht, warum du Mitgefühl für etwas erwartest, das du dir selbst auferlegst. Du hast dich entschieden. Wenn du nicht hinfahren willst, entscheide dich um. Sag ihr, dass du nicht kommst. Du musst Grenzen ziehen, Adeline. Das ist ganz einfach.«

Es war ganz und gar nicht einfach, und es frustrierte sie, dass er das nicht verstand.

Sie verließ sich emotional nicht auf ihn – sie verließ sich emotional auf niemanden –, aber das hieß nicht, dass ihr eine Spur Mitgefühl nicht guttun würde.

»Sie ist meine Mutter.«

»Und? Es gibt keine Regel, die besagt, dass du Zeit mit einer bestimmten Person verbringen musst, seien es Verwandte oder Freunde. Du weißt, dass ich mit achtzehn den Kontakt zu meinen Eltern abgebrochen habe. Ich nehme ihre Anrufe nicht an und öffne ihre Weihnachtspost nicht.« Er hatte seine Familie aus seinem Leben herausgeschnitten wie ein Chirurg ein krankes Körperteil.

Und sie hatte keine Ahnung, warum.

Mias Worte fielen ihr ein.

Wie gut kennst du ihn wirklich?

Die Frage hallte in ihr nach. »Du hast mir nie erzählt, was passiert ist.«

»Und das habe ich auch nicht vor.«

»Aber ...«

»Es ist vergangen, Adeline.« Er verbarg seine Ungeduld nicht. »Die Vergangenheit hat keine Bedeutung für die Gegenwart. Das ist, als würde man an eine Wohnung denken, in der man nicht mehr wohnt. Wo wäre der Sinn? Ob Familie oder nicht – die Menschen müssen sich einen Platz in deinem Leben verdienen. Sie müssen die zeitliche Investition wert sein, die man in eine Beziehung steckt.«

Bei ihm klang es so, als ob er Aktien und Fonds kaufen würde.

Sie stellte sich vor, wie er eine Kurve zu seinem Investment in ihre Beziehung betrachtete, um zu entscheiden, ob er das Risiko vielleicht breiter streuen sollte.

»Bin ich die Investition wert?«

»Natürlich. Ich wäre nicht hier, wenn ich etwas anderes denken würde.« Er runzelte die Stirn und ließ das Handy sinken. »Du benimmst dich merkwürdig.«

Vielleicht war es ungerecht von ihr, Verständnis von ihm zu erwarten, wenn er die Details nicht kannte. »Es geht auf meine Kindheit zurück ...«

»Du brauchst es nicht zu erklären.« Er steckte das Handy wieder in die Tasche. »Wie ich schon sagte: Die Vergangenheit hat keine Bedeutung für die Gegenwart. Ich bin sicher, dass du dir dessen bewusst bist, Adeline. Dich mit dreißig auf etwas in deiner Kindheit zu fokussieren zeugt nicht gerade von einem emotional gesunden Verhalten.«

In anderen Worten: Er wollte nicht, dass sie es erklärte. Er war nicht interessiert daran. Er wollte es nicht hören.

Die Vergangenheit hat keine Bedeutung für die Gegenwart.
Als Psychologin wusste sie, dass das nicht stimmte. Sie wusste außerdem, dass es emotional sehr gesund sein konnte, sich mit der Vergangenheit zu beschäftigen, doch ihr fehlte die Energie, sich mit ihm zu streiten. Und vielleicht war es auch nicht gerecht, ihn zu verurteilen. Sie hatten vereinbart, dass sie keine vergangenen Traumata in ihre Beziehung tragen wollten, und sie konnte ihm schwerlich vorwerfen, dass er nicht bereit war, diese Vereinbarung zu ändern. Außerdem wollte sie es so. Das war die Beziehung, mit der sie sich wohlfühlte.

Adeline griff nach der großen Schachtel, die am Morgen mit der Post gekommen war, und verstaute sie im Koffer.

Mark sah sie skeptisch an, als wartete er darauf, was sie als Nächstes sagen würde. »Was ist das?«

»Ein Geschenk von Mia. Kleider für meine Reise. Sie kamen heute Morgen.«

Er starrte die Schachtel an. »Und du willst nicht hineinsehen?«

»Ich musste ihr versprechen, das Paket erst in Griechenland aufzumachen. Es ist eine Überraschung.«

»Ist das vernünftig? Du kennst Mia doch. Ich hätte gedacht, dass du lieber überprüfen möchtest, was sie dir geschickt hat.«

»Was meinst du damit?« Adeline hatte sofort das Bedürfnis, ihre Freundin zu verteidigen. »Sie hat einen großartigen Stil.« Sie wusste, dass Mark Mia ebenso wenig mochte wie sie ihn. *Er ist ein Roboter, Adeline.* Aber das machte ihr nicht übermäßig Sorgen, auch wenn sie sich gelegentlich wünschte, dass die beiden Menschen, die sie am meisten mochte, ein bisschen toleranter miteinander wären. Sie ermahnte sich, dass es nicht wichtig war, ob ihre Freundin ihren Freund mochte. Wichtig war nur, dass sie, Adeline, ihn mochte.

»Stil ist subjektiv. Für meinen Geschmack tritt sie ein wenig zu auffallend und aufmerksamkeitsheischend auf, aber ich verstehe, dass dich das vielleicht anzieht.« Mark sah, wie sie das Gesicht verzog, und seufzte. »Und jetzt habe ich dich gekränkt, das war nicht meine Absicht. Ich wollte nur aufzeigen, dass du und Mia nicht den gleichen Geschmack habt. Du bist Gott sei Dank konservativer als sie, und deshalb könnte es klüger sein nachzuschauen, was sie dir eingepackt hat.«

War sie konservativ?

War konservativ ein anderes Wort für langweilig? Und warum war er erleichtert? Wollte er, dass sie langweilig war?

Sie blickte aus dem Fenster, der Himmel draußen war grau und düster. Dann betrachtete sie sich im Spiegel. Sie hatte sich für eine eng anliegende weiße Bluse über einer Jeans entschieden. Ihr Haar trug sie im Nacken zu einem sauberen Knoten geschlungen. Besonders aufregend sah sie nicht aus, das musste sie zugeben. Niemand würde auf der Straße auf sie zugehen und sagen: Ich liebe Ihr Kleid, so wie eine Frau das neulich bei Mia getan hatte, als sie zusammen aus waren. An ihr dagegen wirkte alles solide, strahlte Sicherheit aus. Manche Frauen stachen hervor und andere passten sich an. Sie passte sich an.

Und was sollte falsch daran sein? Genau so wollte sie es.

Sie sah auf die Schachtel in ihrem Koffer. Vielleicht hatte Mark recht. Vielleicht sollte sie sie öffnen. Zumindest wüsste sie dann, ob sie ihre Garderobe noch ergänzen musste.

»Wenn du nicht nachsiehst«, sagte Mark, »wirst du in Griechenland nichts anzuziehen haben, in dem du nicht halb nackt bist oder tendenziell unanständig aussiehst.«

Wahrscheinlich hatte er sogar recht, dennoch fand sie seine Kommentare allmählich ärgerlich und nervig. Er schien völlig zu vergessen, dass es hier um mehr ging als um das, was sie einpackte. Sie fuhr nicht in Urlaub. Sie freute sich nicht auf diese Reise. Ihr graute davor. Er wusste, dass ihr davor graute. Warum konnte er also nicht sagen: *Du Arme, das muss schwer sein?* Oder sie zum Trost an sich drücken und ihr versichern, dass alles gut werden würde?

»Ich bin kein Kind, Mark. Ich kann allein über meine Kleidung entscheiden.« Seit wann war er so voreingenommen? Vielleicht war er schon immer so gewesen, und sie hatte es nur nicht bemerkt.

Oder hinter seinen Worten steckte etwas anderes.

Sie würde zwei Wochen auf einer griechischen Insel verbringen, und er kam nicht mit.

Vielleicht störte er sich daran, wollte aber nichts sagen, wegen der Grenzen, auf die sie sich geeinigt hatten.

Sie schloss den Koffer und lächelte ihm zu. »Macht es dir was aus, dass ich fahre?«

»Warum sollte es mir was ausmachen?«

»Weil freie Zeit kostbar ist und wir diese zwei Wochen gemeinsam verbringen könnten. Ich könnte meine Mutter fragen, ob du mich begleiten darfst.« Warum hatte sie das gesagt? Wollte sie, dass er sie begleitete? Sie konnte sich Mark in Griechenland nicht vorstellen.

Es war schwer zu entscheiden, wen von ihnen die Frage mehr überraschte.

Mark sah sie an, als hätte sie ihm vorgeschlagen, ohne Fallschirm aus einem Flugzeug zu springen. »Warum solltest du das tun? Warum sollte ich dich begleiten?«

»Weil es Griechenland ist und Korfu ein besonderer Ort.« Auch wenn die Insel unangenehme Gefühle und Erinnerungen in ihr hervorrief, hieß das nicht, dass sie ihre Schönheit nicht anerkannte. »Wir könnten uns entspannen in der Zeit. Schwimmen gehen. Am Strand liegen und lesen.«

Er verzog das Gesicht. »Strandurlaub liegt mir nicht. Ich bevorzuge Städtetrips, das weißt du. Museen. Galerien. Etwas für den Intellekt. Das magst du auch. Ein weiterer Grund, warum ich nicht verstehe, warum du hinfährst. Du bist ebenfalls kein Strandmensch.«

Sie dachte an ihre Kindheit zurück. Sie war einmal ein Strandmensch gewesen. Nichts hatte sie mehr geliebt, als im Meer schwimmen zu gehen.

Sie runzelte leicht die Stirn. »Ich dachte, es könnte etwas Schönes sein, das wir zusammen machen. Wir haben in letzter Zeit so viel gearbeitet.«

»Zwei Wochen sind eine lange Zeit, und wir müssen nicht ständig aufeinanderhocken, Adeline. Ich dachte, in dem Punkt wären wir uns einig. Es ist gesund, getrennte Leben zu führen.«

War es das? War der Sinn einer Beziehung nicht, dass man zwei Leben miteinander verwob?

Sie versuchte, den Gedanken beiseitezuschieben. Normalerweise hätte sie sich diese Frage gar nicht gestellt, warum also jetzt? Wegen ihrer Mutter. Seit sie den Brief mit der Einladung zu ihrer Hochzeit bekommen hatte, war sie verunsichert.

Und dennoch – was wollte Mark damit sagen? Dass zwei Wochen eine lange Zeit für einen Strandurlaub waren oder dass er es keine zwei Wochen mit ihr aushielt? »Das ist eine Familienhochzeit.« Sie räusperte sich. »Von meiner Familie. Und ich dachte, es wäre Zeit, dass du …«

»Zeit, dass ich was? Warum sollte ich zu einer Hochzeit deiner Familie gehen? Ich weiß nicht einmal, warum du hingehst. Deine Beziehung zu deiner Mutter ist – milde ausgedrückt – dysfunktional, und ich kapiere nicht, warum du sie fortsetzen willst. Du bist eine erwachsene, kluge junge Frau. Du hast menschliches Verhalten studiert und lässt dich dennoch von ihr manipulieren.«

Seine Worte trafen sie wie eine Ohrfeige.

Hatte sie sich wirklich Trost erhofft?

Durch dieses Gespräch fühlte sie sich schlechter, nicht besser. »Ich lasse mich nicht von ihr manipulieren.«

»Nein? Warum fliegst du dann nach Korfu und verbringst zwei Wochen mit Menschen, die dich anstrengen? Warum hältst du überhaupt eine Beziehung mit deiner Mutter aufrecht, wenn das so schwierig ist? Ein erwachsenes Verhalten wäre es, die Verbindung zu kappen.«

Wäre es das? Oder wäre es ein erwachsenes Verhalten, die Feindseligkeiten hinter sich zu lassen und zu akzeptieren, dass Familie immer Komplikationen mit sich brachte?

»Das würde meinen Vater verärgern.«

»Er ist ebenfalls erwachsen. Er sollte Schuld nicht als Druckmittel einsetzen.«

»So einfach ist das nicht ...«

»Es könnte so einfach sein, Adeline.« Er fuchtelte ungeduldig mit der Hand. »Du bist diejenige, die es kompliziert macht, indem du in deinem Kopf ein Bild entwirfst, das nicht der Realität entspricht. Wenn man bedenkt, wer deine Mutter ist, ist das vermutlich kein Wunder.«

»Wie bitte? Was soll das denn heißen?« Sie hatte keine Ahnung, wie und warum ihnen dieses Gespräch so schnell hatte entgleiten können.

»Muss ich es buchstabieren? Deine Mutter lebt in einer Fantasiewelt«, sagte er. »Sie entwirft Geschichten über Romantik und Liebe. Du machst das Gleiche mit deiner Familie. Gib es zu, insgeheim hoffst du, dass sie sich in jene Art Mutter verwandelt, die du gern hättest. Die Art Mutter, von der man in Büchern liest. Bücher, wie sie sie schreibt.«

Adeline schluckte. Das tat sie nicht. Oder doch? Vielleicht hatte er recht.

»Warum bist du so?«

»Was meinst du? Wir waren immer ehrlich zueinander. Du warst immer ehrlich mit allem, abgesehen von dieser Sache. Aus irgendeinem mir unbekannten Grund schaffst du es, dich über deine Familie selbst zu belügen. Du gibst dich einer Fantasie hin, Adeline, wenn du glaubst, dass diese Hochzeit irgendetwas anderes als anstrengend sein wird. Und vielleicht kannst du dich selbst belügen, aber erwarte nicht, dass ich dich belüge, denn das werde ich nicht tun.«

»Es reicht. Stopp.« Ihr Nacken war feucht. Ihre Wohnung fühlte sich plötzlich stickig und beklemmend an. »Ich finde dieses Gespräch verstörend und verletzend. Ich habe mir ein bisschen Trost gewünscht. Eine Umarmung. Und keine Lektion.«

»Du bist überempfindlich. Das bist du immer, wenn es um deine Mutter geht.« Er seufzte. »Aber ich stimme zu, dass wir hier aufhören sollten. Du bist verunsichert, was ich verstehe, und das macht dich bedürftig, was dir nicht ähnlichsieht.«

»Bedürftig?« Sie fuhr sich mit der Zunge über die Lippen. »Du meinst, ich bin bedürftig?«

»Du willst, dass ich dich tröste wegen einer Entscheidung, die ganz allein du getroffen hast? Du willst mich zu einer Hochzeit einladen, weil du moralischen Beistand brauchst? Du fragst mich, ob es mir etwas ausmacht, dass du wegfährst? Ich verstehe, was hier los ist. Du möchtest die Sicherheit einer stabilen Beziehung, weil du gerade in deine Kindheit zurückfällst. Du bist wie ein Kind an seinem ersten Tag in der Kita. Du bist unsicher, doch diese ganze Sache war deine Entscheidung, Adeline. Du hast dich entschieden, dies alles durchzumachen.« Er sah auf die Uhr. »Wir sollten gehen, der Tisch ist für halb acht reserviert.«

»Ich habe keinen Hunger.« Sie setzte sich auf ihr Bett, und er blickte sie genervt an.

»Hast du eine Ahnung, wie schwer es war, diese Reservierung zu bekommen? Ich habe den Tisch vor zwei Monaten reserviert. Es gibt eine Warteliste. Der Koch macht die beste Pasta von London.«

»Geh ohne mich.«

»Adeline …« Er wollte etwas sagen, überlegte es sich offenbar anders und atmete tief durch. »Gut. Ich gehe mit jemand anderem, aber du solltest lange und gut darüber nachdenken, was du wirklich willst im Leben. Und wenn du mit diesem toxischen Familienkram weitermachen willst, möchte ich kein Teil davon sein.«

Sie wusste nicht, was sie wollte, aber Nudeln waren es sicher nicht.

Um im Moment wollte sie auch Mark nicht.

»Gut«, sagte sie. »Lass uns Schluss machen. Genieß deine Nudeln.«

Er hielt einen Moment inne. »Du bist hysterisch …«

»Nein, bin ich nicht.«

»Du weißt im Moment nicht, was du willst.«

Doch, jetzt wusste sie es.

Sie wollte nicht mehr mit Mark zusammen sein, und sie wollte
diese Hochzeit hinter sich bringen.

Teil zwei

8

Cassie

»Hallo, Adeline, schön, dich zu sehen. Wie geht's?« Auf der Fahrt von der Villa zum Flughafen, wo sie ihre Schwester abholen wollte, übte Cassie ihre Begrüßung. Sie fuhr sicher, denn die Straße war ihr immer noch vertraut, fast so wie die Kopfsteingassen von Oxford. »Nein, das ist blöd. Sie wird mir vermutlich nicht ehrlich sagen, wie es ihr geht, weil sie nun mal meine Schwester ist, und meine Schwester ist nicht gerade ein offenherziger Mensch. Sie wird *gut* sagen, und dann tritt ein betretenes Schweigen ein. Grauenhaft.« Sie drückte aufs Gas, und der kleine Jeep raste den steilen Hügel hinauf. »Ich könnte sagen: Hallo, wie war dein Flug?« Sie bremste ab und wechselte in einen anderen Gang, als eine Haarnadelkurve vor ihr auftauchte. »Aber die Antwort darauf könnte ebenfalls *gut* lauten. Wie auch immer ich das angehe, mir steht die unangenehmste Autofahrt meines Lebens bevor. Vielleicht sollte ich einfach laute Musik spielen und damit die Stille füllen.«

Ein Auto überholte sie und verfehlte dabei nur knapp ihren Seitenspiegel. Zweifellos jemand von hier, denn so rasten nur die Einheimischen. Touristen waren vorsichtiger und achtsamer auf den engen Straßen mit den schwindelerregenden Abhängen. Cassie rief etwas auf Griechisch und grinste. Es fühlte sich gut an, zu Hause zu sein, und für Cassie war Korfu eindeutig ein Zuhause.

Ihre Mutter hatte die Villa vor über zwanzig Jahren gekauft, und dass sie das überhaupt konnte, verdankte sie einem Buch mit dem Titel *Summer Star*. Dieses Buch hatte die Wende bedeutet und sie an die Spitze der Bestsellerlisten katapultiert. Es folgte ein Filmvertrag, und der Start des Films, der alle Verkaufsrekorde brach, hatte die Buchverkäufe weiter angekurbelt. Catherine Swift sagte immer, dass *Summer Star* ihr Leben verändert hätte. Als sie damals die perfekte Villa an der wunderschönen Nordküste von Korfu erwarb, überraschte es daher nicht, dass sie sie *Summer Star* nannte.

Auf Korfu hatte Catherine Rob Dunn kennengelernt und sich in ihn verliebt.

Cassie lächelte bei der Erinnerung.

Es war die ultimative Liebesgeschichte. Und wie sich gezeigt hatte, war sie nicht die Einzige, die das fand, denn vor einer Woche hatte Cassie endlich den heiß ersehnten Anruf bekommen, auf den sie schon nicht mehr zu hoffen gewagt hatte. *Wir lieben Ihr Buch.*

Eine Agentin liebte ihr Buch! Nicht nur irgendeine Agentin, sondern ihre Agentin, denn ab sofort vertrat sie offiziell Madeleine Ellwood. DIE Madeleine Ellwood. Cassie konnte es noch immer nicht glauben. Sie hatte die letzte Woche nicht mehr aufhören können zu lächeln. Natürlich hieß das nicht zwangsläufig, dass ein Verlag ihr Buch tatsächlich herausgeben würde, doch Madeleine gefiel, was sie geschrieben hatte (offenbar hatte sie geweint! Hatte beim Lesen von Cassies Buch tatsächlich geweint!). Sie wollte nichts verändern, und für den Moment reichte Cassie das. Sie hatte einen Vertrag mit der Agentur unterschrieben, und im nächsten Schritt würde Madeleine sich an Verlage wenden. Dass die Beziehung von Cassies Eltern die Inspiration für das Buch geliefert hatte, schien sie besonders zu interessieren. *Wäre Cassie bereit, darüber zu reden? Der menschliche Faktor sorgt für großartige Publicity.*

Cassie redete mit allen, die ihr zuhörten, über nichts lieber als über die Liebesgeschichte ihrer Eltern, also war sie nur zu gern einverstanden.

Sie versuchte, nicht zu aufgeregt zu sein. Nur weil Madeleine ihr

Buch gefiel, bedeutete das nicht, dass ein Verlagshaus es ebenfalls mochte. Und Madeleine hatte sie gewarnt, dass der ganze Prozess viel Zeit in Anspruch nehmen würde, da die Lektoren überall überlastet und erschöpft seien, doch sie habe das Gefühl, dass Cassies Buch zur rechten Zeit käme. Ihre Geschichte hatte zwar kein glückliches, aber ein hoffnungsvolles Ende, und Madeleine gefiel Korfu als Schauplatz. Es war offensichtlich, dass Cassie die Insel gut kannte. Madeleine hatte die atmosphärische Beschreibung gelobt.

Cassie war das Setting leichtgefallen, schließlich war sie praktisch auf der Insel aufgewachsen. Auf dem weichen Sand unterhalb der Villa hatte sie ihre ersten Schritte gemacht, im Meer das Schwimmen gelernt, sie hatte die örtliche Schule besucht und mit Englisch gleichzeitig auch Griechisch gelernt.

Die Straße schlängelte sich aufwärts. Am Aussichtspunkt auf dem Gipfel fuhr sie rechts ran und sprang aus dem Jeep.

Sie hatte noch Zeit totzuschlagen, und es war besser, hier ein paar Minuten den großartigen Ausblick zu genießen, als auf dem heißen, staubigen Parkplatz am Flughafen zu sitzen.

Sie hob ihr Gesicht der Sonne entgegen und genoss einen Augenblick die Wärme auf ihrer Haut. Dann nahm sie eine Flasche Wasser aus ihrer Tasche und ging ein paar Schritte zu einem der besten Aussichtspunkte der Insel. Das Gelände fiel steil ab, tiefgrün und fruchtbar. Schmale Zypressen ragten aus dichten Olivenhainen, und dahinter lag das Meer wie ein Laken aus funkelndem Blau, das sich endlos in die Ferne erstreckte. Dies war einer ihrer Lieblingsplätze – hier hielt sie immer an, wenn sie zum Flughafen oder zum Supermarkt fuhr.

Sie trank einen Schluck Wasser und sah auf ihr Handy. Adelines Flug schien pünktlich zu kommen, was sie von ihrem nicht hatte sagen können. Ihr Flug von London am Tag zuvor hatte mehrere Stunden Verspätung gehabt. Es war später Nachmittag gewesen, als sie endlich auf Korfu gelandet war.

Sie schob das Handy zurück in die Tasche ihrer Shorts.

Ihre Mutter hatte auf sie gewartet, die Arme weit ausgebreitet, und Cassie hatte sich direkt hineinfallen lassen. Dies war ihr Zuhause. Sie liebte alles hier; die Gerüche, den endlosen blauen Himmel, die heiße Sonne auf ihrer Haut, die intensiven Düfte nach Essen und das entspannte Lebensgefühl. Sie hatte nur glückliche Erinnerungen an ihr Leben hier mit ihrer Mutter. Sie freute sich auf die gemeinsame Zeit, auch wenn die Vorbereitungen für die Hochzeit ihren gemütlichen Plauderstündchen wahrscheinlich im Weg standen. Ihr Gespräch auf der Rückfahrt vom Flughafen hatte allerdings nichts Gemütliches gehabt.

Sie runzelte die Stirn bei dem Gedanken.

Ihre Mutter war wie üblich zu schnell gefahren, hatte beim Reden immer wieder mit ihren Händen herumgefuchtelt und dabei natürlich das Lenkrad losgelassen. Cassie, die nur neben ihrer Mutter eine nervöse Beifahrerin war, hatte ihr angeboten, selbst zu fahren, doch ihre Mutter wollte nichts davon wissen. *Du bist doch gerade erst aus dem Flugzeug gestiegen! Du musst müde sein!*

Also hatte Cassie sich am Sitz festgeklammert, tief geatmet und gehofft, dass sie beide lang genug lebten, um die Hochzeit weiter vorzubereiten. Nach all den Jahren sollte sie eigentlich daran gewöhnt sein. Sie konnte gar nicht mehr zählen, wie oft schon ihre Mutter unvermittelt eine Vollbremsung hingelegt und damit ein Schleudertrauma ihrer Beifahrer riskiert hatte. *Mir kam eine Idee für mein Buch,* sagte sie dann üblicherweise, ignorierte die Beschimpfungen anderer Fahrer und suchte panisch nach einem Stift und einem Zettel. Cassie hatte sich angewöhnt, einen Stift und einen Notizblock im Auto zu verstauen und für den Fall des Falles auch in ihrer Tasche. Sie war aufgewachsen mit dem Wissen, dass Ideen etwas Kostbares waren und sofort zu Papier gebracht werden sollten, damit sie ihr nicht entglitten und verloren gingen. Jetzt, wo sie selbst eine Schriftstellerin war, verstand sie das.

Doch auf dieser Fahrt trat ihre Mutter nicht auf die Bremse, um eine Idee festzuhalten, und sprach auch nicht über ihr aktuelles Buch, was ungewöhnlich war. Stattdessen bombardierte sie Cassie mit Fragen, wollte wissen, wie es ihr ging und was sie geplant hatte. Es schien fast so, als wollte sie nicht über sich sprechen.

Cassie hätte fast gestanden, dass sie jetzt eine Agentin hatte (bei dem Gedanken musste sie jedes Mal lächeln), doch irgendetwas hielt sie davon ab. Was, wenn es Madeleine nicht gelang, das Buch zu verkaufen? Außerdem war in diesen Tagen ihre Mutter die Hauptperson, und sie wollte nicht egoistisch sein und sich mit ihren Neuigkeiten in den Vordergrund spielen.

Stattdessen erzählte sie ein bisschen vom Café und von Oliver und fragte ihre Mutter schließlich nach dem Mann, den sie heiraten würde. Das schien eine angemessene Frage zu sein, doch ihre Mutter wich ihr aus. Sie sagte nur, sie sei sicher, dass Adeline und Cassie ihn lieben würden.

Cassie war neugierig und ein bisschen amüsiert wegen der Geheimniskrämerei.

Ihre Mutter wirkte nervös, und sie hatte keine Ahnung, weshalb. Dies war ihr Zuhause, und sie würde den Mann heiraten, den sie liebte. Warum sollte sie da nervös sein? Es schien fast so, als befürchte sie, dass Cassie nicht einverstanden wäre, doch das konnte sie nicht ernsthaft denken. Cassie hatte sich noch nie mit ihrer Mutter zerstritten. Sie hatte sie noch nie wegen irgendetwas verurteilt. Sie betete ihre Mutter an, respektierte all ihre Entscheidungen und wollte sie nur glücklich sehen. Und wenn ihre Mutter sich wieder verliebt hatte, war das großartig. Weniger Vertrauen hatte sie in Adelines Fähigkeit, einen neuen Mann in ihrer aller Leben mit Würde und Wärme zu begrüßen.

Vielleicht machte dieser Teil ihre Mutter nervös. Adeline.

Cassie blickte vom Aussichtspunkt aufs Meer hinaus und dachte zum x-ten Mal, wie viel einfacher es für alle wäre, wenn ihre Schwester sich entschieden hätte, nicht zu kommen, und fühlte sich prompt schuldig. Adeline gehörte zur Familie. Sie hatte das Recht, hier zu sein. Sie *sollte* hier sein. Allerdings unter der Bedingung, dass sie das Glück ihrer Mutter mitfeiern konnte. Konnte sie das? Cassie hatte keine Ahnung. Doch sie würde dafür sorgen, dass alles gut lief. Im Zweifelsfall würde sie genug Enthusiasmus für sie beide an den Tag legen. Sie hatte Erfahrung darin, Adelines mangelnde Begeisterung bei den Hochzeiten ihrer Mutter wettzumachen – das hatte sie schon bei der letzten getan. Sie hatte gejubelt und ihren Brautjungfernstrauß mit so viel Schwung geworfen, dass sie einen Gast fast ausgeknockt hätte.

Bei dem Gedanken an Adeline sah sie auf die Uhr.

Da sie die Begegnung nicht länger hinauszögern konnte, stieg sie wieder in den Wagen und verstaute die Wasserflasche in ihrer Tasche.

Sie fuhr den Berg hinunter, mit wehendem Haar und der Sonne im Gesicht.

Die nächste Stunde mit ihrer Schwester, eingepfercht im Auto, würde angespannt werden, doch sie konnte sich auf den Abend freuen. Dinner auf der Terrasse. Die Gelegenheit, endlich den Mann kennenzulernen, den ihre Mutter heiraten würde. Es würde großartig werden.

Als sie sich Korfu-Stadt näherte, wurde der Verkehr dichter und die Gegend urbaner. Sie bog auf die Hauptstraße ein und erblickte das Meer und den Hafen. Hier sammelten sich die Touristen. Kreuzfahrtschiffe und Fähren, die die anderen Inseln anliefen, spuckten sie in Scharen aus mit ihren Reiseführern, den Strandtaschen und großen Sonnencreme-Tuben. Sie besichtigten die alte Festung und belagerten dann die schattigen Cafés, die sich rund um die Spianada befanden, den großen offenen Platz vor der Festung.

Cassie liebte die Altstadt mit ihrem Labyrinth enger sonnendurchfluteter Gassen. Balkone klebten an alten Gebäuden mit Fassaden in Kaffeebraun, Altrosa und Buttergelb, an denen sich üppig blühende Bougainvilleen hochrankten. Es gab versteckte Gärten, eine historische Kirche, einen hübschen Platz, an dem sich die Einheimischen versammelten, und Schwalben, die aus ihren Nestern an den Dächern schossen. Selbst heute noch, nach Jahren der Erkundung, würde Cassie hier Restaurants entdecken, die sie noch nicht kannte, angezogen von dem Duft wilder Kräuter und in Olivenöl gebratenen Knoblauchs.

Cassie nahm eine Abkürzung und hielt kurz an, um bei ihrer Lieblingsbäckerei einen Laib frisches, knuspriges Brot zu kaufen. Normalerweise hätte sie sich an einen der Tische im Schatten gesetzt und einen Kaffee getrunken oder ein Schoko-Vanille-Eis gegessen. Sie hätte es schnell essen müssen, bevor es schmolz und ihr über die Finger lief. Doch heute war sie zu angespannt, um sich eine dieser Köstlichkeiten zu gönnen.

Zwanzig Minuten nach Adelines Landung kam sie am Flughafen an und erblickte ihre Schwester sofort. Es war nicht schwer, sie zu erkennen. Sie trug einen hellen Anzug, dazu eine strahlend weiße Bluse. Ihr Haar, das die Farbe polierter Eiche hatte, trug sie zurückgekämmt und fein säuberlich zu einem Knoten geschlungen. Sie sah aus, als hätte sie sich darauf vorbereitet, an einer Vorstandssitzung teilzunehmen oder einen Klienten vor Gericht zu verteidigen, aber nicht, als wolle sie zu einer Strandvilla fahren. Umgeben von Touristen in bunten Shorts und Sommerkleidern, die nur im Urlaub den Kleiderschrank verlassen durften, stach sie heraus wie ein Zebra im Maisfeld. Doch was sie am meisten von den anderen abhob, waren ihre Haltung und ihre Mimik. Während alle um sie herum lächelten und sich freuten, auf der Insel zu sein, hatte Adeline den leicht gequälten Gesichtsausdruck einer Gefangenen, die für etwas büßen sollte, das sie nicht getan hatte. Cassies Zweifel, ob ihre Schwester hier sein wollte, verschwanden auf der Stelle.

Sie hätte darauf gewettet, dass Adeline lieber sonst wo gewesen wäre als hier.

Wie war sie so schnell durch die Passkontrolle gekommen? Vermutlich hatte sie die Beamten mit ihrer gnadenlosen Effizienz verschreckt.

Cassie seufzte, schloss die Autotüren und schaltete die Klimaanlage ein. Ihrer Schwester würden offene Fenster und Fahrtwind im Haar nicht gefallen.

Bitte lass es nicht so schlimm werden, wie ich es befürchte, dachte sie und drückte auf die Hupe, um ihre Schwester auf sich aufmerksam zu machen.

Adeline drehte den Kopf (sogar das war eine elegante Bewegung), erblickte Cassie und kam mit langen athletischen Schritten zum Wagen.

Jetzt begann der peinliche Teil. Wie sollte sie sie begrüßen? Sie umarmte die Menschen immer, doch Adeline war so anschmiegsam wie ein Kaktus. Sollte sie ihr die Hand reichen? Nein, sie waren Schwestern, keine Geschäftspartner. Cassie weigert sich, so tief zu sinken.

Sie erwog noch die Optionen, als der Fahrer eines Wagens, den sie blockierte, sich aus dem Fenster lehnte und sie auf Griechisch anschrie. Mit einem entschuldigenden Winken stieg Cassie aus und nahm ihrer Schwester den Koffer ab. »Hallo, wir müssen hier schnell weg, bevor der Mann hinter uns einen Herzanfall bekommt. Wie war dein Flug? Immerhin bist du pünktlich, was ich von mir nicht sagen konnte.« Sie plapperte. Sie musste aufhören zu plappern.

»Danke, dass du mich abholen kommst.« Adeline war überaus höflich und so distanziert wie immer. Als ob sich eine Mauer zwischen ihr und der Welt befände.

»Natürlich. Es ist mir eine Freude.« Sie glaubte nicht, dass es eine große Freude sein würde, doch sie wollte die Hoffnung nicht aufgeben.

Adeline zog ihre Jacke aus und setzte sich auf den Beifahrersitz. Falls ihre Begegnung sie stresste, ließ sie sich nichts anmerken.

Cassie spürte einen Stich Neid. Sie strebte stets danach, so ruhig zu bleiben, den Herausforderungen des Lebens mit gelassenem Selbstvertrauen entgegenzutreten (sie strebte auch danach, ihre weiße Kleidung nicht sofort zu bekleckern, doch manche Ziele blieben unerreichbar).

Sie hatte sich sehr vor dieser Begegnung gefürchtet, meistens nachts um zwei Uhr, wenn sie hätte schlafen sollen. Wieder und wieder hatte sie sich ihr Zusammentreffen vorgestellt, hatte unterschiedliche Szenarien entworfen und ganze Gespräche erdacht, die sie dann stressten, obwohl sie nur in ihrem Kopf stattfanden. »Autorenhirn« nannte Oliver es, und vielleicht war es das, doch sie wünschte, sie könnte diesen Teil von sich abschalten, wenn sie nicht arbeitete. Sie hasste es, wie ihr Geist aus einem perfekten freundlichen Szenario im Nu eine Krise machen konnte. Von null zur Katastrophe in weniger als zwei Sekunden.

Nun war der befürchtete Moment da, und doch verhielt sich Adeline äußerst höflich. Vielleicht nicht unbedingt warmherzig, aber eindeutig höflich.

Die Reserviertheit gehörte zu ihrem Wesen. Cassie überlegte, ob sie in ihrer Persönlichkeit begründet lag oder ein Ergebnis ihrer Erfahrungen war. Adelines Sicherheitsbedürfnis und das Fundament ihres Lebens waren in einem empfindlichen Alter erschüttert worden. Das hatte sie vermutlich argwöhnisch gemacht.

Cassie hatte die Möglichkeiten genau untersucht. Sie wusste, dass man in die Vergangenheit schauen musste, um das aktuelle Verhalten einer Person zu verstehen. Wenn sie ihre Figuren entwarf, tat sie das ständig. Überlegte, warum sie die Entscheidungen trafen, die sie trafen. Warum sie sich so und nicht anders verhielten. *Was war ihnen zugestoßen?*

Adeline legte ihre Jacke sorgsam zusammen, und Cassie wurde sich ihrer zerknitterten Shorts und der nackten Beine bewusst. Dank der Luftfeuchtigkeit lockte sich ihr Haar, und ihre Nase war rot, weil sie am Tag zuvor zu spät Sonnencreme aufgetragen hatte.

Sie hatte sich für Shorts und ein T-Shirt entschieden, weil sie nicht in unbequemen Klamotten, die ihr am Körper klebten, hatte Auto fahren wollen. Neben ihrer makellosen Schwester fühlte sie sich wie ein Dreckhaufen.

Sie rief sich in Erinnerung, dass es hier auf der Insel um Entspannung ging. »Ich war heute Morgen schwimmen, bevor ich zum Flughafen fuhr. Du wirst vermutlich genug Zeit haben, dich einzurichten und vorm Abendessen schwimmen zu gehen, wenn du Lust hast.«

Adeline schloss ihren Sicherheitsgurt. »Ich muss arbeiten.«

»Arbeiten? Aber du bist im Urlaub.«

Adeline richtete ihre Sonnenbrille. »Morgen habe ich einen Abgabetermin. Und dies ist kein Urlaub. Es ist eine Familienhochzeit.«

Familienhochzeit. Bei ihr klang es wie eine Pflicht, und für Adeline war es das auch.

Cassie fädelte sich in den Verkehr ein und fragte sich, was bei ihrer Schwester als Urlaub durchging.

»Arbeitest du an Antworten für deine Kolumne? Ich mochte die Antwort für diesen Mann, der nicht wusste, wie er seiner Mutter sagen soll, dass er schwul ist.«

Adeline wandte sich ihr zu. »Du liest meine Kolumne?«

»Manchmal. Ich meine, nicht immer …« Bei dem Gedanken an den Brief, den sie geschrieben hatte, geriet Cassie ins Haspeln. Ihr Gesicht glühte. Hatte ihre Schwester erraten, dass er von ihr war? Nein. Natürlich hatte sie das nicht. *Aber was, wenn doch?* »Deine Antworten sind immer klug.«

»Danke.«

»Wie entscheidest du, welche Briefe du beantwortest? Das habe ich mich immer gefragt.«

»Ich versuche, ein Spektrum an Themen abzudecken. Und wenn jemand ein Problem anspricht, das viele Menschen kennen und haben, dann nehme ich das als Erstes.« Sie legte die Hände in den

Schoß. Ihre glänzenden Nägel waren gepflegt und in einem hellen, diskreten Ton lackiert. »Was ist mit dir? Hast du schon entschieden, was du jetzt nach deinem Abschluss machen willst?«

»Noch nicht.« Sie war noch nicht bereit, ihr Geheimnis zu lüften. Was, wenn Madeleine ihr Buch nicht verkaufen konnte? Vielleicht passierte das nie, und sie wollte das Schicksal nicht herausfordern. »Ich nutze den Sommer, um mir über einiges klar zu werden. Im Moment arbeite ich in einem Café. Leute beobachten und Kuchen essen. Es könnte fast mein Traumjob sein.«

Das war eine leichte Antwort, aber keine ehrliche. Sie war eine Autorin, das wusste sie jetzt. Sie hatte mehr als die Hälfte ihres nächsten Buches fertig. Die Worte flossen nur so aus ihr heraus. Nichts in ihrem Leben war je so schwindelerregend befriedigend gewesen wie das Schreiben. Mit Glück hatte sie bis zur Abreise einen weiteren Entwurf fertig. Am Abend zuvor war sie lange auf gewesen und hatte auf einer der Liegen den Verlauf ihres nächsten Kapitels skizziert.

Heute Abend wollte sie weitermachen, allerdings teilte sie sich das Cottage mit Adeline, und dann würde es vielleicht nicht funktionieren. Oder sie sagte einfach, dass sie Tagebuch schrieb.

Cassie nahm die Straße Richtung Meer. Sie fuhr, bis es vor ihnen in Sichtweite war, und bog dann links ein auf die Küstenstraße. Sie kannte die Strecke so gut, dass sie nicht darüber nachdenken musste. Über ihnen duckte sich die alte Festung auf ihrem Hügel, umgeben vom türkisgrün schimmernden Meer unter einem wolkenlosen blauen Himmel.

Oh, wie sehr sie sich wünschte, sie könnte direkt hineinspringen, statt hier in einem heißen Auto eingeschlossen zu sein mit jemandem, der lieber sonst wo wäre, aber nicht hier.

Sie suchte verzweifelt nach einem unverfänglichen Gesprächsthema. Nicht die Hochzeit, denn das würde unausweichlich zu Streit führen. Sie musste ein neutrales Thema wählen.

»Ein Auto ist hier gestern gegen die Mauer gefahren.« Sie deutete auf den Schutthaufen am Straßenrand. »Mum und ich steckten hier eine Stunde lang fest.«

Adeline wandte sich ihr zu. »Sie hat dich am Flughafen abgeholt?«

Zu spät begriff Cassie, wie das wirken musste. Ihre Mutter hatte am Tag zuvor in der glühenden Hitze auf Cassie gewartet, doch sie hatte nicht angeboten, zum Flughafen zu fahren, um Adeline abzuholen. Das hatte sie ihrer Schwester überlassen.

Cassie fühlte sich äußerst unbehaglich.

»Sie musste sowieso in die Stadt. Sie hatte einen Termin mit ihrem Rechtsanwalt.« Das entsprach der Wahrheit, doch sie beide wussten, dass es nicht die ganze Wahrheit war. Adeline antwortete nicht.

Cassie rutschte auf ihrem Sitz hin und her. Das schlechte Gewissen lag ihr wie ein Stein im Magen. Hätte sie doch nur den Mund gehalten, aber da war immer dieses kaum zu unterdrückende Bedürfnis, jede Stille zu füllen. Sie wünschte sich, ihre Mutter hätte sie nicht abgeholt. Oder wenigstens darauf bestanden, auch Adeline abzuholen. Vielleicht hätte Cassie es vorschlagen sollen, doch ihre Mutter hatte an ihrem Laptop gesessen und wie eine Wilde getippt. Und jeder, der Catherine Swift kannte, wusste, dass man sie besser nicht störte, wenn ihre Finger sich bewegten und die Augen auf den Bildschirm gerichtet waren.

Ihre Mutter und Adeline waren sich nicht nah. Das hatte sie als Fakt akzeptiert. So war es eben. So was kam vor. Es war verständlich. Sie hatte angenommen, dass es Adeline egal war, doch jetzt war sie nicht mehr so sicher. Was, wenn es ihr nicht egal war? Wenn es sie verletzte? Es quälte sie, dass sie keine Ahnung hatte, was ihre Schwester fühlte.

Cassie blickte kurz zu ihr hinüber, doch Adeline hatte sich abgewandt und starrte aus dem Fenster.

Was bedeutete das? Bewunderte sie die Aussicht oder wollte sie ihre Gefühle verbergen?

Adeline war kein emotionaler Mensch.

Oder doch?

Cassie fand, es sollte ein Gesetz erlassen werden, das die Menschen zwang, zumindest einen Hinweis auf ihre Gefühlslage zu geben. Wie konnte man das Richtige sagen, wenn man nicht wusste, was die andere Person empfand? Und sie wollte unbedingt das Richtige sagen. Sie stellte sich ein Szenario vor, in dem Adeline zu ihr sagte: *Danke, das Gespräch mit dir hat mir so geholfen.* Und dann umarmten sie sich.

Fast musste sie über sich selbst lachen.

Umarmen. Also ob das je passieren würde. Cassie konnte sich nicht erinnern, dass ihre Schwester sie je umarmt hätte.

Sie sah auf die Straße und versuchte sich vorzustellen, was in Adeline vor sich gehen mochte.

Seit der letzten Hochzeit ihrer Mutter vor fünf Jahren war sie nicht mehr nach Korfu gekommen, weil es ihr hier offenbar nicht gefiel. Für sie war die Insel kein Zuhause wie für Cassie.

Und warum sollte sie das auch sein? Dies war der Ort, wo die Ehe ihrer Eltern zerbrochen war. Ab ihrem zehnten Lebensjahr hatte sie bei ihrem Vater gewohnt.

Cassie wollte etwas sagen. Sie wollte anerkennen, dass die Sache schwierig war, damit Adeline sich nicht allein fühlte. Sie wollte sagen: *Es tut mir leid, wenn das hier schwer für dich ist.*

Schuldgefühle stiegen in ihr auf. Ein kleiner Teil von ihr spürte, dass sie das Leben ihrer Schwester ruiniert hatte. Dabei spielte es keine Rolle, dass man sie nicht dafür verantwortlich machen konnte, dass sie geboren war, sie fühlte sich dennoch schuldig.

Sie blickte wieder zu ihrer Schwester.

Adeline starrte noch immer aus dem Seitenfenster.

Cassie atmete tief durch. »Ist alles okay?« Sie ging es an, bevor sie es sich anders überlegen konnte, wie ein Schwimmer, der sich ins kalte Wasser stürzte. Natürlich war nicht alles okay. Aber sie kannte ihre Schwester nicht gut genug, um zu wissen, wie sie damit umgehen sollte. Sie waren Geschwister, und zugleich waren sie es nicht. Sie waren wie Teile desselben Puzzles, die nicht zusammenpassten.

Adeline antwortete nicht. Cassie schaute zu ihr hinüber und bemerkte, wie ihr Hals zuckte.

Weinte sie? *Verdammt, verdammt.*

Cassie wurde das Herz schwer, und mit einem leisen Fluch fuhr sie abrupt rechts ran. Hinter ihr hupte jemand, und sie hob entschuldigend die Hand. Vielleicht hatte sie mehr von ihrer Mutter an sich, als sie dachte.

Nichts war in Ordnung, und so zu tun, als wäre alles normal, war anstrengend. Es war an der Zeit, ehrlich zu sein.

»Adeline …«

»Was? Warum halten wir an?« Adelines Stimme klang heiser, als hätte sie Staub geschluckt.

Cassie sah ihre Schwester an. Sie musterte ihr Gesicht, doch sie konnte die Augen hinter den Sonnengläsern nicht erkennen.

»Dies muss ziemlich schwer für dich sein.«

»Es ist nicht schwer. Warum hast du gehalten? Gibt es ein Problem mit dem Wagen?«

»Nein, aber …«

»Fühlst du dich nicht gut?«

»Ich? Mir geht es gut.« Cassie stockte. Vielleicht hatte sie sich das alles nur eingebildet, denn jetzt klang Adeline emotionslos. Oder vielleicht wollte sie ihre Gefühle vor Cassie verbergen. Sie standen sich schließlich nicht nah. *Doch sie wollte ihr nah sein.* Sie wollte Adeline sagen, dass sie es verstand. Aber tat sie das wirklich?

»Warum hast du dann angehalten?«

Es war, als wollte man Saft aus einem Kieselstein pressen. »Sieh mal, ich weiß, dass die Hochzeit unserer Mutter …«, sie betonte die beiden letzten Worte, um ihre Schwester zu erinnern, dass Catherine ihrer beider Mutter war, »… also dass ihre Hochzeit wahrscheinlich ein bisschen aufwühlend für dich ist.«

»Warum sollte sie mich aufwühlen? Sie trifft ihre Entscheidungen eigenverantwortlich. Diese Entscheidungen haben keine Auswirkungen auf mich.«

Doch, das haben sie. Denn du wärst nicht hier, wenn sie nicht heiraten würde.

Aber es war, als befände sich ihre Schwester hinter Glas. Sie konnte sie sehen und hören, doch sie konnte sie nicht berühren.

»Du sollst nur wissen, dass ich hier bin, wenn du jemanden zum Reden brauchst.«

»Ich brauche niemanden zum Reden.« Eine kurze Pause folgte. »Aber danke.«

Es war, als stünden sie auf den gegenüberliegenden Seiten einer tiefen Schlucht.

Cassie hatte sich vorgenommen, nicht mehr zu versuchen, diese Kluft zu überwinden, und doch tat sie es wieder. Sie sah Oliver vor sich, wie er die Augen verdrehte. *Gib auf, Cass!*

Und sie sollte aufgeben. Sie hatte sich geirrt in der Annahme, ihre Schwester sei aufgewühlt. Offensichtlich fühlte sie gar nichts. Wenn sie nicht wüsste, dass sie aus Fleisch und Blut war, würde sie denken, sie sei ein Android, den jemand programmiert hatte.

Gekränkt und erschrocken, weil nun sie selbst einen Kloß im Hals hatte, trat sie aufs Gas und fädelte sich wieder in den Verkehr ein.

Vielleicht sollte sie einen Fantasyroman schreiben, in dem die Heldin menschlich schien, es aber nicht war.

»Die Villa sieht herrlich aus im Moment, vor allem der Garten. Die Bougainvillea ist eine Pracht. Es ist die perfekte Umgebung für eine Hochzeit.« Wenn sie nicht über Bedeutsames sprechen wollten, würde sie einfach über langweilige Alltäglichkeiten ohne emotionalen Subtext plappern.

Eine Pause entstand. »Wie ist er?«

»Wer? Ach, du meinst unseren zukünftigen Stiefvater? Ich weiß es nicht. Ich habe ihn nicht kennengelernt.« Sie musste zugeben, dass dies etwas merkwürdig war. »Ich bin gestern spät gekommen und er war wegen irgendwas in Athen. Ich habe nicht gefragt, warum.«

»Du hast ihn nicht kennengelernt?« Irgendwas schwang in Adelines Stimme mit. Überraschung? Erleichterung?

Offenbar hatte sie doch Gefühle.

»Nein. Aber wir werden ihn heute Abend kennenlernen. Er ist offenbar ein vielbeschäftigter Mann.«

»Vielbeschäftigt womit? Was macht er?«

»Ich weiß es nicht genau.« Sie spürte Adelines Blick.

»Sie hat dir nichts von ihm erzählt?«

»Nichts. Nicht mal seinen Namen.« Was ebenfalls merkwürdig war, wenn sie so darüber nachdachte. Wenn sie sich verliebte, würde sie den Namen des Typen sicher bei jeder Gelegenheit fallen lassen. Aber vielleicht war ihre Mutter einfach nur romantisch.

»Vermutlich will sie uns überraschen. Du weißt, wie sie ist. Zum Geburtstag kauft sie einem etwas, auf das man niemals gekommen wäre, aber das man total liebt.«

»Sie schenkt mir Geld«, sagte Adeline, und Cassie fragte sich, ob sie das Auto einfach ins Meer steuern sollte, um es hinter sich zu haben.

Ein Gespräch mit Adeline war, als ginge man mit verbundenen Augen eine Straße voller Schlaglöcher entlang.

»Wer auch immer er ist, er ist bestimmt ein guter Typ. Das muss er sein, wenn sie ihn heiraten will.«

Eine Pause entstand. »Oder vielleicht ist er ein überzeugender Betrüger, der nur an ihr Geld will, so wie der letzte Mann, den sie geheiratet hat.«

Die Ehe ihrer Mutter mit Gordon Pelling, Ehemann Nummer drei, hatte nicht lange gedauert und fand ihr bitteres Ende, als Catherine seine geheime Spielsucht entdeckte und die finanzielle Unterstützung verweigerte.

»Das war ein tragischer Fehler. Sie ist sehr vertrauensvoll. Und ich bin sicher, dass sie den Fehler nicht wiederholen würde.« *Oder doch?* Der Gedanke war ihr noch nicht gekommen. Doch nun war er da und grub sich in ihr Hirn. »Nein, bestimmt nicht. Sie würde einen Betrüger erkennen.«

Adeline sagte nichts, aber das musste sie auch nicht.

Dies ist ihre vierte Hochzeit.

Cassie gab Gas und fuhr zur Stadt hinaus. »Ich bin sicher, dass er kein Betrüger ist«, sagte sie und versuchte damit sich selbst ebenso davon zu überzeugen wie ihre Schwester. »Er kommt heute Abend zurück und wir treffen ihn zu einem festlichen Essen, bei dem wir uns dann kennenlernen können. Es gibt kein Geheimnis. Keine Überraschung. Es ist nur eine Frage des Timings, das ist alles. Ich freue mich darauf.«

Adeline sagte noch immer nichts. Vermutlich hieß das, dass sie sich nicht darauf freute.

Und jetzt wurde Cassie allmählich auch mulmig. Warum hatte ihre Mutter ihnen nichts von ihm erzählt?

Sie steuerte den Jeep die steilen Kehren zum Gipfel des Berges hinauf und nahm damit die gleiche Route wie auf der Hinfahrt.

Als sie oben waren, blickte sie zu ihrer Schwester hinüber. Von dieser grandiosen Aussicht musste doch jeder begeistert sein!

Doch Adeline schwieg, und wie immer konnte Cassie die Stille nicht aushalten.

»Wusstest du, dass es ungefähr vier Millionen Olivenbäume auf Korfu gibt?« Die Olivenhaine erstreckten sich bis in die Ferne hin zu felsigen Buchen und kristallklarem Wasser, das funkelte wie der Schmuck in einem Juwelierschaufenster. Kleine Ansammlungen pastellfarbener Häuschen waren überall in der Landschaft verstreut, hier und da sah man eine alte Kirche. »Bei diesem Ausblick fange ich jedes Mal sofort an, mein Leben neu zu planen. Ich sage mir, dass ich Oxford verlassen und hier neu anfangen werde. Aber wenn ich wieder im gewohnten Trott bin, verfliegt der Drang irgendwie.«

Vielleicht fühlte es sich genau deshalb so verlockend an, weil es ein Traum war. Wenn sie auf die Insel kam, trat sie eine Zeit lang von ihrem Leben zurück. Darum ging es beim Urlaub, oder? Um eine Pause vom echten Leben. Wenn dies das echte Leben wurde, wenn sie immer hier wäre – hätte sie dann ebenfalls das Bedürfnis, dem zu entkommen? Würde es sich anders anfühlen?

Sie konnte sich nicht vorstellen, jemals hier fortzuwollen. Dies war ihr Ort, das spürte sie in jeder Faser ihres Körpers.

Sie warf einen kurzen Blick zu ihrer Schwester, doch Adeline starrte mit ausdrucksloser Miene aus dem Fenster. Kein Lächeln, kein: *Wow, sieh dir die Aussicht an*, absolut kein Hinweis, dass dies etwas anderes war als eine schmerzhafte Erfahrung, die ertragen werden musste.

Hatte der Ort sie traumatisiert?

Sie gab es auf, sich vorzustellen, was ihre Schwester denken mochte, und fuhr weiter. Wer auch immer der neue Ehemann ihrer Mutter war, sie hoffte, dass er sich gesprächig zeigte. Anderenfalls würde das Abendessen für alle Beteiligten eine unangenehme Erfahrung werden.

9

Catherine

Catherine blickte durch die geöffneten Fenster ihres Büros hinaus. Von ihrem Schreibtisch aus konnte sie das Dach des Gästehauses am anderen Ende des Grundstücks sehen. Was die Mädchen wohl taten? Unterhielten sie sich? Brachten sie sich auf den neuesten Stand? Fragten sie sich, wen ihre Mutter dieses Mal heiratete?

Die beiden waren vor ein paar Stunden eingetroffen. Sie hatte das Quietschen des sich öffnenden Tors gehört, das Knirschen der Reifen auf Schotter und dann, wie zwei Autotüren zugeschlagen wurden. Zwei Türen, was bedeutete, dass Adeline es sich nicht im letzten Moment anders überlegt hatte.

Die Erleichterung war riesig.

Erst jetzt gestand sie sich ein, wie viel Angst sie gehabt hatte, dass Adeline doch nicht kommen würde. Sie hatte befürchtet, der Gedanke an eine erneute Hochzeit ihrer Mutter würde sie so sehr abstoßen, dass sie keinesfalls daran teilnehmen wollte. Und dann hätte Catherine keine Möglichkeit gehabt, die Kluft zwischen ihnen endlich zu überbrücken.

Aber sie würde sie überbrücken.

Dieses Mal würde ihre Tochter ihre Wahl billigen, da war sie ganz zuversichtlich.

Wie sollte Adeline Andrew nicht lieben? Das konnte sie nicht. Es war unmöglich. Sie war sich dessen so sicher, dass sie sich keinen gegenteiligen Gedanken erlaubt hatte.

Der heutige Abend war ein neuer Anfang. Sie hatte alles so sorgfältig geplant. Und auch wenn Andrew es nicht guthieß, den

Mädchen erst nach ihrer Ankunft auf der Insel von ihm zu erzählen, hatte er mitgespielt, denn er liebte sie.

Denn er liebte sie.

Allein der Gedanke sorgte für ein Glücksgefühl. Nach allem, was geschehen war und hinter ihr lag, fühlte sich das in dieser Phase ihres Lebens wie ein Wunder an. Und vielleicht war sie gierig, weil sie jetzt ein zweites Wunder wollte. Sie wollte die Beziehung zu ihrer Tochter kitten. Und wenn nur dieser eine Wunsch sich erfüllen würde, würde sie sich nie wieder über irgendetwas beklagen.

Neben ihr auf dem gekachelten Boden lag der unerschütterlich loyale Ajax. Er rekelte sich in einem Sonnenfleck und genoss die Wärme. Sie beugte sich hinunter, um ihn zu streicheln, und wurde mit einem tiefen Schnurren belohnt.

Katzen zufriedenzustellen war herrlich unkompliziert. Wenn menschliche Beziehungen nur ähnlich direkt wären.

Sie wusste, dass sie Adeline gleich nach ihrer Ankunft hätte begrüßen sollen, doch sie war sitzen geblieben und hatte sich eingeredet, dass sie arbeiten müsse. Obwohl diese Arbeit sie nicht vom frühmorgendlichen Schwimmen und einer genüsslichen Stunde in ihrem Garten abgehalten hatte. Sie war ein Feigling, wenn es um derlei Angelegenheiten ging. Sie hatte kein Problem, ihre Charaktere emotionale Konflikte durchleben zu lassen, aber in ihrem eigenen Leben unternahm sie alles, um ihnen auszuweichen. Sie tat das, was sie immer tat, wenn sie unsicher und ängstlich war: Sie suchte Zuflucht in einer fiktionalen Welt. Einer Welt, in der sie das Sagen hatte und über das Ende bestimmte. Einer Welt, in der sie sich sicher fühlte.

Es war lächerlich, sich vor dem Treffen mit der eigenen Tochter zu fürchten, doch zwischen ihnen stand so viel, dass es manchmal schwer war, darüber hinwegzusehen.

Adeline war immer so gefasst, so erwachsen, so distanziert. Sie war nicht unhöflich, wütend oder giftig – sie zeigte einfach keinerlei Emotion. Sie verhielt sich ihrer Mutter gegenüber wie einer Fremden.

Sie hatte Catherine aus ihrem Leben verbannt. Sie behandelte sie nicht wie eine Mutter, und das, fand Catherine, war der schmerzhafteste Schlag von allen. Doch sie konnte es verstehen, denn sie hatte das Gleiche getan. Als ihre Mutter sie im Internat zurückließ, hatte sie einen Weg gefunden, ohne mütterliche Unterstützung zu überleben. Sie hatte sich eingeredet, ihre Mutter nicht zu brauchen, und sich sehr bemüht, dieses Ziel Realität werden zu lassen. Denn wenn sie sie nicht brauchte, wenn sie ihr egal war, dann konnte sie auch nicht verletzt werden. Ihre Familie war so weit hinter ihren Erwartungen und Träumen zurückgeblieben, dass sie sich bessere Versionen ausdachte. Und sie schwor sich damals, dass sie es besser machen würde, wenn sie eines Tages Mutter werden sollte.

Sie hatte es nicht besser gemacht.

Bedauern erfüllte sie. Sie hatte lange gebraucht, um zu verstehen, dass Beziehungen um einiges komplizierter waren. Leider war es nicht mehr zu einer Versöhnung mit ihrer Mutter gekommen, die vor zehn Jahren gestorben war, doch sie war fest entschlossen, sich mit ihrer Tochter zu versöhnen.

Zwar war Adeline bereits dreißig und brauchte ihre Mutter schon lange nicht mehr, dennoch hoffte Catherine, dass diese Hochzeit ihnen helfen würde, eine neue Beziehung aufzubauen.

Trotz der emotionalen Verunsicherung in Adelines Kindheit (den Gedanken an ihre Rolle dabei konnte Catherine kaum aushalten, weil die Schuld unerträglich war), hatte sich ihre ältere Tochter ein gutes Leben aufgebaut. Beruflich wurde sie respektiert. An ihren optimistischeren Tagen glaubte Catherine gern, dass Adeline diesen Weg aufgrund der eigenen Erfahrungen eingeschlagen hatte. In diesem Fall könnte sie sich einreden, dass aus dem Schlechten etwas Gutes entstanden war.

Catherine klappte den Laptop zu. Seit der Ankunft des Wagens hatte sie nichts zustande gebracht. Stattdessen hatte sie den Kardinalfehler begangen, sich durch die sozialen Medien zu scrollen und einige Aussagen zu ihrem jüngsten Buch zu lesen. Üblicherweise verbot sie sich, derlei zu lesen, aber offenbar musste sie sich bestrafen. Es gab viele Fünf-Sterne-Kritiken – *Ich lese alles, was Catherine Swift schreibt, Catherine Swift auf der Höhe ihres Könnens, die Frau ist ein Genie* –, aber auch viele Drei-Sterne-Kritiken (drei war im Moment nicht ihre Lieblingszahl) – *Nicht ihr bestes Buch, liest sich, als hätte sie es eilig runtergeschrieben, hat die Frau überhaupt ein Lektorat?* (die meisten Leserinnen dachten nicht an die Rolle eines Lektorats, deshalb ging sie davon aus, dass dieser Post von einer Autorin stammte), und etliche Bewertungen mit ein oder zwei Sternen – *Müll, sie hat ihr Händchen verloren, das wurde von einem Computer geschrieben* (auf einem Computer, dachte Catherine, aber nicht von einem Computer), *auf Seite 49 ist ein Tippfehler.* Sie ignorierte die Kritiken, die sich über ein beschädigtes Cover beschwerten (Was konnte sie dafür? Ja, sie tendierte dazu, die Schuld immer bei sich zu suchen, doch sogar sie weigerte sich, die Verantwortung für ein zerrissenes Cover oder eine verspätete Lieferung zu übernehmen).

Sie ermahnte sich, härter zu werden, und gab sich denselben Rat, den sie weniger routinierten Autoren geben würde: Nicht jeder Leserin konnte jedes Buch gefallen, egal wie sehr sie sich das wünschte. Sie konnte nur ihr Möglichstes geben, und was danach kam, lag nicht mehr in ihrer Hand.

Sie musste die ganze Sache hinter sich lassen. Das Buch, die Verkaufszahlen, die Kritiken. *Nummer drei.* Dieser Teil ihrer Karriere war jetzt vorbei. Catherine Swift, die Autorin von Liebesromanen, war Geschichte. Sie fing neu an.

Nach ihrem morgendlichen Schwimmen hatte sie ihren Thriller überarbeitet und jeden Moment genossen. Sie war voller Energie und Freude gewesen, geradezu begierig zu schreiben. Ein so herrliches Gefühl, das sie lange nicht mehr empfunden hatte – bis sie mit dem Thriller angefangen hatte. Die Leute verstanden nicht, dass auch ein Traumjob nach einer Weile einfach nur noch ein Job war. Der »Traum«-Teil verschwand, wenn er Realität wurde. Sich etwas vorzustellen war deutlich einfacher, als es umzusetzen. Das war auch der Grund, weshalb so viele Menschen behaupteten, Schriftsteller sein zu wollen, es aber niemals schafften, lange genug an der Tastatur zu sitzen, um ein Buch fertigzukriegen. Man konnte seinen Traum leben, aber Catherine war ziemlich sicher, dass ein Traum, den man lebte, keiner mehr war.

Sie konnte nicht länger aus dem Fenster starren und auf die Inspiration warten – sie hatte Abgabetermine und Menschen, die von ihr abhingen.

Man erwartete etwas von ihr, und nichts machte mehr Angst als Erwartungen. An manchen Tagen drohten sie sie zu erdrücken, dann wurde der Traum fast zum Albtraum. Sie empfand unendliches Mitgefühl mit weniger erfolgreichen Autoren, die hart arbeiteten, nur um ihre Bücher wenige Wochen nach dem Erscheinungstermin aus den Regalen verschwinden zu sehen (wenn sie es überhaupt in die Regale geschafft hatten). Sie mussten sich wie Sisyphus fühlen, der einen Stein den Berg hinaufrollte.

Der Stress überwog so rasch die Freude am Tun. Doch nun hatte sie die Freude wiedergefunden. Sie führte sie zurück zu ihren Anfängen, als sie allein um des kreativen Rausches willen geschrieben hatte, als der einzige Druck nur von den Geschichten in ihrem Kopf ausgegangen war, die zu Papier gebracht werden wollten. Sie nahm es als ein Zeichen, dass sie mit ihrem Wechsel das Richtige tat.

Es war nicht so, dass sie es tun musste. Sie wollte es tun.

Sie stand auf und streckte sich, um die Steifheit loszuwerden. Ihren Schreibtisch hatte sie mit Blick zum Garten positioniert – Aufmunterung und Ablenkung zugleich. Zwei Wände ihres Arbeitszimmers wurden von deckenhohen Regalen eingenommen, in denen jeweils ein Exemplar jedes ihrer Bücher stand, mit sämtlichen Übersetzungen. All diese Buchrücken, all diese Wörter. All diese Arbeit. Ihr Lebenswerk. Ihre Bestimmung. Sie sammelte die

Bücher nicht, um ihr Ego zu streicheln, sondern um die Selbstzweifel zu beseitigen, die sie nie verließen, egal wie viele Bücher ihren Namen trugen. Sechzig Liebesromane, und sie wusste jetzt, dass sie ihren letzten geschrieben hatte. Ihre Liebesaffäre mit der Romantik war vorbei.

Sie schloss die Tür hinter sich und ging ins Schlafzimmer, um sich umzuziehen.

Ihr Handy piepte, eine Nachricht von Cassie.

Ich kann es kaum erwarten, meinen künftigen Stiefvater kennenzulernen! Bis in einer halben Stunde xx

Dankbarkeit und Wärme wallten in ihr auf (liebste Cassie, so umgänglich, so liebevoll, so wohlwollend), gefolgt von einem Hauch Nervosität. Heute Abend war wichtig. Der wichtigste Abend seit Langem. Zum Glück würde Cassie dabei sein. Sie befürwortete immer alles, was Catherine tat.

Sie schrieb zurück:

Ziehe mich gerade um. Wir treffen uns auf der Terrasse.

Sie tauschte ihre bequemen Schreibklamotten gegen ein Wickelkleid in Blassblau, das sie für den Anlass ausgewählt hatte: unaufdringlich und elegant. Dann legte sie einen Hauch Make-up auf und suchte gerade ein Paar übergroßer Ohrringe für die dramatische Wirkung aus, als Andrew hereinkam.

»Tut mir leid, ich bin spät dran. Hat länger gedauert, als ich dachte.« Er beugte sich zu ihr hinunter und küsste sie sanft auf den Nacken. »Mmh, du riechst gut. Sind sie da?«

»Ja, aber ich habe sie noch nicht gesehen. Ich werde sie auf der Terrasse treffen.«

»Richtig.« Er straffte sich. »Ich dusche und bin in fünfzehn Minuten fertig.«

»Keine Eile. Es wird mir guttun, eine Weile mit ihnen allein zu sein, bevor du kommst, und ich will auch noch eben in die Küche und nach Maria und dem Essen sehen.«

Maria arbeitete für sie, seit sie die Villa gekauft hatte. Sie kümmerte sich um das Haus, und ihr Mann Kostas hatte sich um die Pools und den Garten gekümmert, bis er vor einem Jahr überraschend gestorben war.

Zweimal im Jahr, wenn Catherine auf Buchtour in den USA und Großbritannien unterwegs war, zog Maria in das Gästehaus der Villa, damit das Anwesen nicht verwaist war. Maria, die ihr Griechisch beigebracht hatte, als sie auf die Insel kam. Maria, die ihr geholfen hatte, als Cassie noch ein Baby war und sie sich abmühte. Maria, die sie in jener schrecklichen Nacht gerettet hatte, die sie zu verdrängen suchte.

Bilder tauchten in ihrem Kopf auf. Ihre persönliche Horrorgeschichte, doch glücklicherweise war es eine Geschichte, die niemand anders kannte.

Außer Maria.

Maria gehörte zu den wenigen Menschen, die alles über sie wussten.

Sie sollte sich verwundbar fühlen deswegen, doch das tat sie nicht.

Maria war auf eine Weise Familie, wie ihre eigene Familie es nie gewesen war. Und dieser Ort war ihr Zuhause auf eine Weise, wie kein anderer Ort es je gewesen war.

Maria hatte den Vormittag in der Küche verbracht, um eine Auswahl griechischer Spezialitäten vorzubereiten, und legte jetzt letzte Hand an. Catherine hatte sich am Vormittag zu ihr gesellt, und sie hatten Seite an Seite gekocht und sich dabei über dieses und jenes unterhalten. Kochen beruhigte sie, und gemeinsam bereiteten sie Cassies Lieblingsgericht zu, Spanakopita, ein klassisches griechisches Gericht mit Spinat und salzigem Feta in Filoteig. Sie schmorten Lamm mit Kräutern aus dem Garten und bereiteten cremigen Hummus zu. Später hatte Maria noch in dem kleinen Hafen frischen Fisch direkt vom Boot gekauft. Er lag im Kühlschrank und wartete darauf, mit Olivenöl, Zitronen und Gartenkräutern mariniert zu werden. Dann sollte er mit leicht angeritzter Haut gegrillt werden, bis das Fleisch flockig und cremig war.

Catherine hatte alles genau geplant. Jeder Bissen würde perfekt werden. Der ganze Abend würde perfekt werden. Catherine stellte sich vor, wie sie sich in einigen Jahren an diesen Abend erinnern würden. Sie stellte sich vor, wie sie gemeinsam lachten.

Es würde einer dieser Momente werden, die man nie vergaß. Selbst Adeline würde es gefallen, dessen war sie sich sicher.

Ob die beiden Mädchen wohl miteinander klarkamen?

Zu ihrem Bedauern standen sie sich nicht näher – einer der Gründe, warum sie sie gemeinsam in das Gästehaus einquartiert hatte. Sie hoffte, dass die räumliche Nähe helfen würde. Dass dieser Besuch ein Neustart für sie alle wurde. Das Gästehaus hatte zwei Schlafzimmer, beide mit einer Tür zur kleinen Terrasse und dem kleinen ovalen Pool. Für die Schwestern eine seltene Gelegenheit, Zeit miteinander zu verbringen. Catherine malte sich aus, wie sie an einem Abend gemeinsam in eine örtliche Taverne gingen und einen anderen vielleicht einfach nur auf den Liegen vor dem Gästehaus verbrachten. Ein Glas Wein, die Wärme und der Duft des Sommers, das unaufhörliche Zirpen der Zikaden – was könnte schöner sein?

Sie ging in den Garten, und Ajax folgte ihr wie ein Bodyguard.

Die Anlage rund um die Villa war ihr Stolz und ihre Freude. Auf der einen Seite erstreckte sich über mehrere Hektar ein Olivenhain mit Bäumen, von denen viele Hunderte Jahre alt waren. Sie trotzten Sonne und Stürmen, ihre Stämme waren knotig und rissig und ihre Blätter von einem silbrigen Grün. Wenn Menschen im Supermarkt nach einer Flasche Olivenöl griffen, hatten sie keine Ahnung von der Arbeit, die in der Produktion steckte. Jedes

Jahr versammelte sich die Dorfgemeinschaft zur Olivenernte auf *Summer Star*. Und jedes Jahr krempelte Catherine die Ärmel hoch, um zu helfen. Sie verwendeten traditionelle Methoden, indem sie Netze um die Bäume legten und die Zweige dann schüttelten. Aus den Oliven pressten sie ihr eigenes Öl, das Catherine selbst benützte und besonderen Gästen als Geschenk mitgab.

Der Garten bot je nach Monat etwas anderes. Im Moment leuchteten in den Beeten die Sonnenblumen und reckten ihre goldenen Blüten der Sonne entgegen. Aus Terrakottatöpfen quollen Bougainvilleen und bildeten Farbflecke neben den sonnigen Pfaden, die sich bis hinunter zum Meer schlängelten.

Der Garten beruhigte sie, und das brauchte sie, denn als sie sich der Terrasse näherte, sah sie, dass die beiden Mädchen schon da waren. Sie standen ein Stück voneinander entfernt wie zwei Fremde auf einer Party, denen der Gesprächsstoff ausgegangen war.

Cassie trug ein hübsches Slipdress in einem hellen Pinkton, das ihr bis zu den Oberschenkeln reichte. Sie hatte einen leichten Sonnenbrand auf der Nase und den Schultern, und ihr kurzes blondes Haar fiel ihr in luftgetrockneten Wellen um das Gesicht.

Adeline trug ebenfalls ein Kleid, allerdings ein formelleres Etuikleid, dunkelblau und tailliert.

»Kalispera!«, begrüßte sie beide auf Griechisch, und Cassies Lächeln war so strahlend wie die Sonnenblumen.

»Mum!« Sie hüpfte fast über die Terrasse, als hätten sie nicht schon gestern Zeit miteinander verbracht und über dieses und jenes gesprochen. (Außer natürlich über Andrew. Und übers Schreiben. Jetzt, da Catherine darüber nachdachte, hatten sie tatsächlich über ziemlich vieles nicht gesprochen.) Cassie zog sie in eine warme Umarmung.

Wofür Catherine dankbar war, doch sie beruhigte nicht ihre Nervosität. Seit Wochen und Monaten hatte sie sich diesen Moment ausgemalt, und nun war er endlich da.

Sie löste sich von Cassie und trat mit ausgestreckten Händen auf Adeline zu. Ihr Herz machte einen Satz.

»Adeline ...«

Einen qualvollen Moment dachte Catherine, dass Adeline die Begrüßung verweigern würde, doch dann trat sie vor, nahm ihre Hände und drückte sie. Trotz der Hitze waren ihre Finger kühl. Ihr Lächeln war reserviert und vorsichtig.

»Du siehst gut aus.« Sie war höflich, ihre Stimme fast warm, aber nicht ganz.

Meine Schuld, dachte Catherine. Adelines Kindheit hatte sie geprägt, und für diese Kindheit war sie verantwortlich.

»Mir geht es großartig. Besser als je zuvor. Weil ich hier bin natürlich. Das Klima tut mir gut. Nicht nur das Klima, der ganze Ort. Die Menschen. Die Villa. Das Meer.« *Ach, hör auf zu plappern, Catherine.* Es war lächerlich, beim Treffen mit der eigenen Tochter nervös zu sein. »Wie war dein Flug?«

»Sehr gut, danke.«

Wenn sie diese Szene in einem Buch geschrieben hätte, hätte sie sie gelöscht. *Langweilig. Lass etwas passieren.*

Natürlich würde etwas passieren, aber nicht vor Andrews Eintreffen. Inzwischen bedauerte sie fast, dass sie ihm vorgeschlagen hatte, ein bisschen später zu kommen. Sie hätte seine Unterstützung von Anfang an gebrauchen können, hatte aber gedacht, es wäre das Beste, die Sache ruhig anzugehen.

»Maria hat ein wunderbares Essen zubereitet. Es gibt deine Lieblings-Spanakopita, Cassie, und dieses Lammgericht mit Kräutern und ...«

»Stopp!« Cassie lächelte, als sie Ajax auf den Arm nahm und ihn auf den Kopf küsste. »Genug geredet von Flügen und Essen. Wo ist er? Dein neuer Mann! Ich kann es kaum erwarten, ihn kennenzulernen. Adeline auch nicht. Wir sterben fast vor Neugier.«

»Er wird gleich zu uns stoßen.«

Catherine sah zu Adeline und bemerkte nur ein höfliches Lächeln.

Falls sie auch nur einen Hauch von Interesse oder Erwartung verspürte, verbarg sie das gut.

Wie hatte es nur passieren können, dass sie, die so überemotional war, ein so ruhiges und emotionsloses Kind zur Welt gebracht hatte? Schon von klein auf war Adeline mehr wie ihr Vater gewesen. Nachdenklich. Ruhig. Sich selbst genug. Und daneben stand Cassie, die Catherine so sehr ähnelte, dass es beunruhigend war – impulsiv und romantisch und großherzig, alles Wesenszüge, die sie in Gefahr brachten, die gleichen Fehler zu machen wie ihre Mutter.

Bei dem Gedanken fröstelte sie.

»Erzähl uns von den Hochzeitsplänen.« Cassie ließ Ajax hinunter und kraulte ihn zwischen den Ohren. »Wie viele Gäste sind wir?«

»Nur wir und Daphne, die aus New York kommt. Und natürlich Maria. Ach, und Stefanos.«

Cassie erhob sich. »Stefanos? Ich dachte, er lebt in Toronto?«

»Das hat er. Er arbeitete im Tech-Bereich – ich weiß nicht genau, was er gemacht hat, aber es war ein guter Job. Er kam in der ganzen Welt herum. Doch nach dem Tod seines Vaters kündigte er und kam nach Hause.«

»Und er ist geblieben? Warum?« Cassie war neugierig wie immer. Schon als Kind war sie so gewesen. *Warum, warum, warum.* Noch eine Gemeinsamkeit mit ihrer Mutter, die Catherine allerdings nicht beklagte. Dieser besondere Wesenszug hatte es ihr ermöglicht, sechzig Romane zu schreiben.

»Er wollte für seine Familie da sein.« Und sie wusste, dass Maria sich Sorgen um ihn machte. Konnte man überhaupt Mutter sein, ohne sich Sorgen zu machen? Sie hatte den Eindruck, dass die Geburt eines Kindes ein Leben voller Ängste mit sich brachte. Die Sorgen hörten nicht auf, wenn das Kind größer wurde, sie veränderten sich nur. Zuerst gab es die Baby-Sorgen – *schläft er, isst er?* –, dann die Kleinkind-Sorgen – *fall nicht in den Pool, lauf nicht über die Straße* – und später die Teenager-Sorgen – *nimm keine Drogen, riskier nicht dein Leben bei Dingen, die dein Teenager-Gehirn für ungefährlich hält, die aber eindeutig gefährlich sind.*

Catherine hatte sich oft gefragt, ob sie Kinder bekommen hätte, wenn sie vorher gewusst hätte, wie groß die Ängste waren.

Endlich meldete sich Adeline zu Wort. »Wohnt er jetzt zu Hause?«

»Meine Güte, nein. Er hat ein Stück Land die Küste rauf gekauft. Den Winter über hat er dort eine Villa renoviert, die zu verfallen drohte. Und er hat das Bootsgeschäft seines Vaters ausgebaut, was ziemlich nützlich ist. Er will einen Blick auf unser Boot werfen, das in letzter Zeit Aussetzer hat.« Catherine war mit ihren Gedanken nicht bei Stefanos. Ihr Mund formte Worte, doch sie dachte an Andrew und wie sich die ganze Atmosphäre verändern würde, wenn er zu ihnen stieß. Wie sich ihrer aller Leben verändern würde.

Sie war besorgt, aber auch aufgeregt.

Sie unternahm einen Neuanfang, und dieser Neuanfang sollte jetzt beginnen. Sie wollte keinen weiteren Moment warten. Das musste sie auch nicht, denn sie hörte Schritte auf dem Weg, und dann tauchte Andrew auf. Er sah entspannt und vertraut aus und so attraktiv (warum ließen silberne Strähnen einen Mann attraktiv und distinguiert wirken und nicht einfach alt? Das Leben war so ungerecht), dass es ihr den Atem verschlug. Ihr Herz machte einen Satz, und sie dachte, dass das Leben zwar ungerecht sein konnte, aber manchmal auch wunderbar.

Vermutlich verdiente sie es gar nicht, doch sie würde ihr Glück mit beiden Händen festhalten.

»Hier ist er. Ich weiß, dass dies eine Überraschung für euch Mädchen ist, aber ich hoffe, es ist eine gute.« Mit der Nervosität eines Teenagers, die ihren Eltern zum ersten Mal ihren Freund präsentierte (auch wenn sie sich das Gefühl vorstellen musste, denn ihre Eltern hatten sich für nichts in ihrem Leben interessiert), trat sie an seine Seite und nahm seine Hand.

Sie erwartete einen Ausbruch von Freude und Entzücken, stattdessen schlug ihr verblüfftes Schweigen entgegen.

Zuerst blickte sie zu Cassie. Cassie, die immer ein Lächeln auf den Lippen hatte, die voller Enthusiasmus und Unterstützung steckte.

Cassie lächelte nicht. Ihre Augen bildeten zwei große blaue Seen, und ihr Mund formte einen Kreis, als sie zu sprechen versuchte, aber kein Wort hervorbrachte.

Es war Adeline, die schließlich das Schweigen brach, nachdem sie mehrmals nach Luft geschnappt hatte.

»Dad?« In ihrer Stimme lagen Unglaube und Fassungslosigkeit. »Was tust du hier?«

10

Adeline

Adeline spürte, wie ihr schwindlig wurde. Ihr war heiß, und die Luft wirkte plötzlich schwül und beklemmend.

Ihr Vater?

Hier in Griechenland?

Sie war verwirrt. Nie hätte sie in Erwägung gezogen, dass ihr Vater zu der Hochzeit ihrer Mutter gehen würde. Der Schock verwandelte sich in Freude. Er war den ganzen Weg hergekommen, um ihr beizustehen. Vermutlich fühlte er sich schuldig, weil er sie gedrängt hatte zu kommen, wohlwissend, dass sie lieber zu Hause geblieben wäre.

Dankbarkeit stieg in ihr hoch wie Champagnerperlen im Glas. Selbst wenn sie wollte, mehr könnte sie ihn nicht lieben. Sie war so erleichtert, ihn zu sehen. Als ob man ein Rettungsboot erblickte, während man im stürmischen Meer zu ertrinken drohte.

Zum ersten Mal seit ihrer Ankunft am Flughafen dachte sie, dass vielleicht doch alles gut werden würde. Dass sie diese Veranstaltung möglicherweise überleben würde. »Dad!« Sie ging zu ihm, um ihn fest zu umarmen. Ein Gefühl der Ruhe und des Friedens überkam sie, wie immer, wenn sie bei ihm war. Er war das Gegenteil ihrer Mutter. Sein Leben verlief ruhig, wohlüberlegt und ohne Dramen. *Ihr Dad.* Er war der einzige Mensch auf der Welt, der sie nie im Stich gelassen hatte. Der einzige Mensch, der immer für sie da gewesen war. Der einzige Mensch, dem sie vertraute.

»Hallo, Addy.« Er erwiderte ihre Umarmung mit der gleichen Wärme und Zuneigung.

»Was machst du hier?« Sie trat einen Schritt zurück und sah ihn an. »Warum hast du mir nicht gesagt, dass du kommst? Du hättest zuerst bei mir in London wohnen können. Wir hätten in dem Restaurant, das du so magst, essen gehen können. Wir hätten gemeinsam reisen können.«

Sie hätten einander moralischen Beistand leisten können.

Es gelang ihr, sich diesen letzten Satz zu verkneifen. Ihr Vater wollte kein schlechtes Wort über ihre Mutter hören, was natürlich lobenswert und erwachsen war, aber gelegentlich auch nervte.

Sie wartete auf eine Erklärung und bemerkte, wie ihre Mutter nach der Hand ihres Vaters griff. Ihrer Meinung nach war das mehr als unangemessen, doch sie hatte es längst aufgegeben, ihre Mutter verstehen zu wollen.

Überraschenderweise versuchte ihr Vater nicht, sich sanft aus Catherines Griff zu befreien. Stattdessen schlang er seine Finger beschützend um die ihren. Adeline entschied, dass sie ihren Vater an manchen Tagen ebenfalls nicht verstand, doch vermutlich lag das am Einfluss ihrer Mutter.

Sie trat einen weiteren Schritt zurück. Die Zurschaustellung körperlicher Zuneigung zwischen zwei Menschen, die seit über zwanzig Jahren geschieden waren und eine bewegte Geschichte hatten, empfand sie als unangenehm.

Es war gut, dass sie eine weiterhin freundschaftliche Beziehung unterhielten, aber Händchenhalten ging ihrer Meinung nach zu weit.

Vielleicht ahnte ihr Vater, was sie dachte, denn er wurde rot und lächelte verlegen.

»Ich weiß, dass dies vermutlich eine kleine Überraschung ist.«

Die Untertreibung war beruhigend typisch für ihren Vater und entlockte ihr beinahe ein Lächeln. »Es ist schön, dich zu sehen, Dad. Aber ich verstehe nicht, warum du mir nicht gesagt hast, dass du kommst.« Sie versuchte, nicht zu anklagend zu klingen. Versuchte, daran zu denken, dass ihr Vater ihr keine Erklärung für sein Tun schuldig war. »Wann bist du angekommen?«

»Auf Korfu?« Er wirkte betreten. »Ich bin seit zwei Monaten hier.«

Zwei Monate? Wie war das möglich?

War sie vorher lediglich verdutzt gewesen, so war sie nun endgültig verwirrt. »Wir haben vor sechs Wochen miteinander gesprochen, und da warst du im Cottage in Cape Cod.«

»Ich habe nie gesagt, dass ich im Cottage bin, Addy. Du hast das angenommen.«

Natürlich hatte sie das angenommen. Warum auch nicht? Dort wohnte er, und sie hatte keinen Grund gehabt anzunehmen, dass er sich woanders aufhielt.

»Ich kapiere es nicht. Warum hast du mir nicht gesagt, wo du warst?« In ihr erwachten Gefühle, die lange verborgen geschlummert hatten. Ein entfernter Anflug von Panik. Ihre Beziehung mit ihrem Vater war immer unkompliziert gewesen. Sie hatten keine Geheimnisse voreinander. Sie sagten beide, was sie dachten, und gingen respektvoll miteinander um. Sie lebten beide ein sicheres, ruhiges und berechenbares Leben. Es gab kein Drama oder Theater, wie sie es mit ihrer Mutter in Verbindung brachte. Wenn das Leben ihrer Mutter ein dreiaktiges Drama war, war das ihres Vaters ein ruhiges Sonett.

Das hatte sie jedenfalls immer gedacht. Doch jetzt schien es, als hätte sie sich damit geirrt.

Dass er ihr nicht die Wahrheit gesagt hatte, verletzte sie furchtbar.

Krank vor Sorge um ihn war sie gewesen. Hatte nicht schlafen können und sich vorgestellt, wie elend er sich fühlte bei dem Gedanken an die bevorstehende Hochzeit seiner Ex-Frau (auch wenn er zugegebenermaßen viel Erfahrung mit diesem Gefühl hatte). Und die ganze Zeit war er hier gewesen und hatte ihr nichts gesagt?

»Er hat dir nichts gesagt, weil ich ihn darum bat.« Ihre Mutter hielt noch immer die Hand ihres Vaters umklammert.

»Warum solltest du das tun?«

»Ich hielt es für besser, es dir und Cassie persönlich zu sagen. Ich wollte, dass wir zusammen sind und als eine Familie feiern.«

Eine Familie? Die Fähigkeit ihrer Mutter, die Realität zur Fiktion auszuspinnen, überraschte sie immer wieder. Wenn sie eine Familie waren, dann im weitesten Sinne des Wortes. Unternehmen benutzten das Wort, oder? Sie sagten *Wir sind eine Familie,* doch das hielt sie nicht davon ab, jemanden hinauszuwerfen, wenn es ihnen passte.

Es stimmte, dass ihr Vater der versöhnlichste und zivilisierteste Mann auf der Welt war und dass er überraschend wenig Groll gegen ihre Mutter hegte. Dass er die Hochzeitseinladung akzeptiert und eingewilligt hatte, im Vorfeld der Feier für eine solch lange Zeit zu bleiben, schien ihr jedoch ein bisschen zu zivilisiert. Das war doch fast unnatürlich, oder? Sie fragte sich, was der neue Mann ihrer Mutter dazu sagte, und bemerkte dann, wie ihre Mutter ihren Vater verträumt ansah und wie er ihren Blick mit der gleichen Intimität erwiderte ...

»Nein!« Der Ausruf entschlüpfte ihr, bevor sie sich bremsen konnte. Aber vielleicht hätte sie ihn sowieso nicht zurückgehalten, denn welche andere Reaktion gab es auf das, was sie da sah? Dieser Blick, den sie wechselten, bedeutete nur eines: Sie standen nicht nur beieinander – sie waren zusammen. »Ihr macht Witze.«

Sie taumelte einige Schritte zurück und wäre in den Pool gefallen, wenn Cassie sie nicht festgehalten hätte.

Das konnte nicht sein. Das konnten sie nicht ernst meinen. Sie durften nicht einmal daran denken. Es war einfach unfassbar, weshalb sie ein paar Minuten gebraucht hatte, um zu erkennen, was hier vor sich ging. Ihr Vater war kein Gast – er war der Bräutigam.

Jetzt ergab alles Sinn. Wie in einem Thriller, in dem die Hinweise auslagen, sich aber erst bei der großen Enthüllung am Ende wie Teile eines Puzzles zusammenfügten. Dass ihre Mutter den

Namen des Mannes, den sie heiraten würde, nicht erwähnt hatte, war kein Versehen gewesen oder dem romantischen Bedürfnis geschuldet, alle zu überraschen. Stattdessen war es eine wohlüberlegte Entscheidung gewesen, damit sich niemand von außen einmischte. Sie hatte es ihren Töchtern persönlich sagen wollen, weil sie wusste, dass Adeline niemals eingewilligt hätte, Zeugin dieser Katastrophe zu werden.

Neben ihr summte eine Biene zwischen dichten Blüten herum, und eine winzige Eidechse huschte aus der Sonne in den Schatten.

Adeline hatte kein Auge für die kleinen Dinge um sich herum.

Sie hatte geglaubt, dass nichts, was ihre Mutter sagte oder tat, sie noch schockieren könnte. Dass es ihr egal wäre. Doch hier ging es auch um ihren Vater, und der war ihr definitiv nicht egal.

Es gab viele Beispiele für schlechte Entscheidungen ihrer Mutter, doch ihr Vater hatte nur einmal eine schlechte Entscheidung getroffen – als er ihre Mutter geheiratet hatte. Und jetzt wollte er den Fehler wiederholen? Wie ein Kleinkind, das sich am Herd verbrannt hatte und die Hand ausstreckte, um ihn noch einmal anzufassen.

Und sie sollte Teil dieses Zirkusses sein. Sie sollte feiern und entzückt sein und …

Sie bekam keine Luft mehr. Ihr Herz schlug so schnell, dass sie befürchtete, gleich hier auf der Terrasse in Ohnmacht zu fallen.

Sie war eine Expertin im Umgang mit stressigen Situationen, sie brachte anderen Menschen bei, wie sie stressige Situationen meisterten, doch all ihr Wissen schien wie weggeblasen.

Ihre Gefühle waren im Aufruhr. Sie sah alles verschwommen und fühlte sich, als ob jemand in ihr einen Schalter umgelegt hätte.

Ihr Vater trat mit ausgestreckten Händen auf sie zu. »Adeline. Ich weiß, das ist ein Schock, Liebling, doch du musst nur wissen, dass deine Mutter und ich uns lieben. Wir möchten den Rest des Lebens miteinander verbringen. Ich hoffe, du wünschst uns alles Gute.«

Die ungefilterte Naivität seines Statements ließ all die Worte aus ihr heraussprudeln, die sie bislang in sich verschlossen gehalten hatte.

»Euch alles Gute wünschen? Sie hat dir das Herz gebrochen, Dad!« Sie konnte es nicht ertragen. Konnte den Gedanken nicht ertragen, dass ihr freundlicher, gütiger Vater sich diesem Schmerz erneut aussetzte. »Warum solltest du das tun? Warum?« Sie rühmte sich, niemals emotional zu reagieren, immer rational und gefasst zu sein, doch sie spürte, wie ihr die Kontrolle entglitt.

»Adeline ...«

»Ich kann nicht glauben, dass du das tust. Ich kann nicht glauben, dass du dich dem ein zweites Mal aussetzt. Sie hat dich betrogen.« Ihre Stimme war leise und fest. »Sie hatte eine Affäre. Sie wurde schwanger und bekam ein Baby.« Hinter sich hörte sie einen erstickten Laut und dachte zu spät daran, dass das Baby direkt hinter ihr stand.

Sie hatte Cassie vergessen. Seit ihr Vater auf der Terrasse erschienen war, hatte sie nur noch ihn wahrgenommen. Doch das hier hatte nicht nur Auswirkungen auf sie, sondern auch auf ihre Schwester. Ihr wurde bewusst, dass Cassie seit dem Erscheinen ihres Vaters kein Wort gesagt hatte. Kein einziges Wort.

Ihre Halbschwester, die unentwegt plauderte und eine fast unnatürliche Fähigkeit hatte, jeder Situation eine positive Seite abzugewinnen, hatte noch nichts gesagt.

Ein Hauch von Cassies Parfum lag in der Luft, doch auch das konnte die Atmosphäre nicht versüßen.

Beschämt drehte sich Adeline zu ihrer Schwester um, doch noch bevor sie etwas sagen konnte – und sie hatte keine Ahnung, was sie hätte sagen sollen –, taumelte Cassie über die Terrasse, weg von ihnen, wobei sie in ihrer Eile gegen den Tisch stieß. Eine Schale mit Oliven fiel zu Boden und zerbrach. Ajax sprang auf und verkroch sich in die Büsche, doch Cassie ließ sich nicht aufhalten. Unkoordiniert und überhastet lief sie zum Pfad, stolperte erneut und war dann außer Sichtweite.

Adeline, die Schimpfwörter als letzten Kontrollverlust betrachtete, verkniff sich den Ausruf, der ihr auf den Lippen lag.

Sie war sich ihrer Schuld bewusst.

Sie wurde schwanger und bekam ein Baby.

Wenn sie die Worte zurücknehmen könnte, würde sie das tun. Nicht wegen ihrer Mutter, sondern wegen ihrer Schwester. Die Bemerkung war gedankenlos gewesen, und sie schämte sich zutiefst.

Frust machte sich in ihr breit.

Es lag wie so oft an der Gegenwart ihrer Mutter. Dann verwandelte sie sich in eine Version ihrer selbst, die sie nicht kannte und die ihr nicht gefiel. Sie mochte Ruhe und Ordnung in ihrem Leben, doch wohin auch immer ihre Mutter ging, herrschten Drama, Unordnung und Chaos.

»Es war sehr grausam, das zu sagen, Adeline.« Ihre Mutter warf ihr einen gekränkten Blick zu. »Du hast mich verletzt, du hast deinen Vater verletzt, und du hast Cassie verletzt.«

Sie spürte einen Kloß im Hals und einen Druck in der Brust.

Sie hatte Cassie nicht verletzen wollen und würde sich darum kümmern. Doch im Moment war es schwer zu ignorieren, dass ihre Mutter sich um jedermanns Gefühle kümmerte, nur nicht um Adelines.

Sie wandte sich an ihren Vater. »Du darfst sie nicht wieder heiraten. Warum solltest du das tun? Es ergibt keinen Sinn.«

»Ach, Adeline, bitte hör auf.« Verzweifelt wandte sich ihre Mutter ihrem Vater zu. »Sag was, Andrew. Sie hört auf dich. Du konntest immer vernünftig mit ihr reden.«

Als ob sie das Problem wäre.

»Komm mir nicht mit Vernunft.« Adeline presste die Fingernägel in die Handflächen. »Hast du irgendeine Ahnung, wie es mir gerade geht?«

»Ich weiß, wie schwierig es war«, sagte ihre Mutter. »Ich weiß, dass es schwer war – es war auch für mich schwer –, doch ich möchte, dass wir die Vergangenheit hinter uns lassen. Ich möchte,

dass wir neu anfangen, jetzt. Ich dachte, du freust dich für uns.«
Die Augen ihrer Mutter glänzten feucht, und Adeline stiegen
ebenfalls Tränen in die Augen, denn nichts war frustrierender, als
dass die eigenen Gefühle ignoriert oder abgelehnt wurden. Es bedeutete *Du bist nicht wichtig*. Oder, vielleicht schlimmer: *Deine
Gefühle sind nicht wichtig.*

Es war Jahre her, dass sie sich an diesen Punkt hatte bringen
lassen.

Sie schluckte und versuchte es erneut. »Du kannst die Vergangenheit nicht einfach ignorieren.«

»Natürlich kann man das. Man hat die Wahl. Dies ist eine
Chance für uns, als Familie zu heilen. Aber du weigerst dich, mir
auf halbem Weg entgegenzukommen, und jetzt hast du Cassie
verärgert.« Ihr Schmerz war sichtbar, und Adeline spürte, wie ihr
selbst die Tränen über die Wangen liefen.

Begrab es, ignorier es, tu so, als sei es nie geschehen. So ging
ihre Mutter mit den Holprigkeiten des Lebens um.

Sie hatte das lächerliche Verlangen, sich wie ein unsicheres
Kleinkind ihrem Vater in die Arme zu werfen, damit er sie tröstete. Doch in diesem Moment, in dem ihr Vater gezwungen war,
sich zwischen den Frauen in seinem Leben zu entscheiden, warf
er ihr einen entschuldigenden Blick zu und zog Catherine in seine
Arme.

»Ganz ruhig. Es ist alles gut. Alles wird wieder gut.«

Ungläubig sah Adeline zu, wie er ihre Mutter hielt und beruhigte.

Er hatte sich entschieden – und nicht für sie.

Sie sagte sich, dass es keine Rolle spielte. Dass sie mehr als fähig
war, sich selbst zu trösten. Schließlich hatte sie mehr als genug
Übung. Sie war alt genug, um keine Umarmung ihres Vaters zu
brauchen, wenn die Dinge schlecht liefen.

Sie dachte nicht an sich, sondern sie dachte an ihn.

»Dad, es ist nicht alles gut …«

»Es wirkt kompliziert, das verstehe ich. Und vielleicht war dies nicht die beste Art, damit umzugehen, doch es gab vermutlich keinen einfachen Weg. Ich verspreche, dass wir darüber reden, so wie wir es immer tun, aber nicht jetzt.« Er hielt Catherine an sich gedrückt. Beschützend. Verlässlich.

Adeline sah ihn verzweifelt an.

»Aber du kannst nicht einfach …«

»Ich bitte dich, mir zu vertrauen, Adeline, so wie wir uns immer vertraut haben.«

»Wie soll ich dir vertrauen? Du hast mir nicht gesagt, dass ihr zwei wieder zusammen seid. Du hast mir nicht gesagt, dass du hier bist.« Auch wenn sie versuchte, nicht zu interpretieren und nicht ohne Fakten zu urteilen, stellte sie sich notwendigerweise vor, wie beide gemeinsam über das Geheimnis lachten, das sie teilten. Denn irgendwann hatten sie offensichtlich entschieden, es ihrer Tochter nicht zu sagen. »Es mir nicht zu sagen, war kein Versehen oder Versäumnis, es war eine Entscheidung. Und zwar eine sehr kränkende.«

Der Schmerz bohrte sich wie Tausende winziger Messer in sie.

Gab es etwas Schlimmeres als einen Verrat des Vertrauens? Sie konnte es sich nicht vorstellen.

Allein und isoliert stand sie da, besorgt um ihren Dad und besorgt um ihre Schwester. Cassie ging es eindeutig nicht gut. Und sie fühlte sich schuldig, denn sie trug die Verantwortung dafür.

»Ich sollte nach Cassie sehen.« Ihre Mutter dachte offensichtlich das Gleiche, denn sie machte sich los und putzte sich die Nase. »Cassie ist sehr sensibel und emotional. Sie wird darüber sprechen wollen.«

Ich bin auch sensibel. Ich möchte auch darüber sprechen.

Ihr Vater legte den Arm um Catherine. »Gib ihr vielleicht etwas Zeit.«

Catherine sah ihn verzweifelt an. »Ich möchte, dass das hier funktioniert. Es muss funktionieren. Und Maria will das Essen auftragen. Sie war den ganzen Tag in der Küche. Der Champagner ist gekühlt ...«

Adeline sah, wie ihr Vater seine Hand auf Catherines Arm legte. »Wir brauchen eine Pause, Liebes. Beide Mädchen sind etwas überrumpelt. Sie brauchen Zeit, um unsere Neuigkeit zu verdauen.«

»Cassie hätte kein Problem gehabt, da bin ich sicher. Wenn Adeline nicht gewesen wäre.«

»Willst du sagen, dass es meine Schuld ist?« Adeline hörte, wie ihre Stimme lauter wurde. »Verstehst du tatsächlich nicht, warum wir aufgebracht sind?«

»Ich verstehe es. Ich weiß, dass es schwer ist«, sagte ihre Mutter. »Aber ich hatte gehofft, dass wir uns alle zum Abendessen hinsetzen und darüber reden.«

»Catherine ...« Dieses Mal sprach ihr Vater in bestimmtem Ton. »Wir haben sie damit überfallen. Das ist eine Umstellung.«

Eine Umstellung? Adeline, die ihr Geld damit verdiente, die richtigen Worte für stressige Situationen zu finden, fiel dazu nichts mehr ein. Es war, als hätte man ihr mit einem Gegenstand auf den Kopf geschlagen. Ihr Hirn war betäubt.

»Ich verstehe nicht, was es da umzustellen gibt. Ich dachte, sie wären begeistert. Vor allem du, Adeline.« Catherine sah Adeline mit verwirrter Miene an. »Du warst am Boden zerstört, als dein Vater und ich uns haben scheiden lassen. Monatelang hast du dich in den Schlaf geweint. Du hast dich an mich geklammert und gebettelt, dass wir wieder zusammenkommen.«

»Hör auf.« Jedes Wort ihrer Mutter beschleunigte ihren Herzschlag. Sie war wieder ein Kind, das zusehen musste, wie sein sicheres, gewohntes Leben zerbrach. Ihr entglitt allmählich der letzte Rest von Kontrolle. »Ich bitte dich, hör auf!«

Warum war sie gekommen? *Was hatte sie geritten hierherzukommen?* Mark hatte recht, es war ihre Entscheidung gewesen. Sie hätte fortbleiben können. Sie hätte sich schützen können.

»Ich sage nur, dass dies alles ist, was du wolltest!« Ihre Mutter verteidigte sich, als hätte sie Adeline die gewünschte Schokolade gegeben und diese wollte nun stattdessen Kuchen haben.

»Das wollte ich, als ich acht Jahre alt war!« All die Gefühle, die sie seit dem Brief ihrer Mutter unterdrückt hatte, platzten aus ihr heraus. »Du kannst nicht die Uhr zurückdrehen und so tun, als ob in der Vergangenheit nichts geschehen wäre. Das hier ist keins deiner Bücher! Du kannst nicht einfach die Teile wegstreichen, die dir nicht gefallen. Du kannst ein Kapitel nicht löschen oder einfach vergessen. Es ist geschehen, und wir alle leben mit den Auswirkungen. Neu anzufangen bedeutet nicht, die Tür zu verschließen, als wäre die Vergangenheit ein unaufgeräumtes Kinderzimmer, das du lieber ignorierst ...«

»Adeline ...« Ihr Vater trat auf sie zu, und zum ersten Mal in ihrem Leben wich sie vor ihm zurück.

»Nicht.« Sie hob die Hände, um ihn auf Distanz zu halten. »Ich kann nicht fassen, dass du es mir nicht gesagt hast. Du musst gewusst haben, dass ich verletzt und überrumpelt sein würde, und du hast mich ohne Vorwarnung in diese Situation laufen lassen.«

»Deine Mutter wollte es so.«

»Ich weiß, dass du an meine Mutter gedacht hast, aber früher hast du an mich gedacht. Früher waren dir meine Gefühle nicht egal.«

Indem er Catherine nachgab, hatte er seine Tochter verletzt, und das fühlte sich wie ein tiefer Verrat an. Ihr Vater war der einzige Mensch in der Welt, den sie bedingungslos liebte. Er hatte ihr immer beigestanden, und sie hatte ihm beigestanden durch all den Schmerz, den Catherine verursacht hatte. Wenn er wieder und wieder sagte: *Ich habe es vermasselt, Adeline, ich habe es vermasselt*, hatte sie ihm versichert, dass ihn keine Schuld traf. Beinah zwangsläufig hatten sie sich zu einer festen Allianz zusammengeschlossen, und diese Allianz blieb über die Jahre bestehen. Sie waren füreinander da. Sie waren ein Team.

Aber offensichtlich hatte sie sich geirrt.

Sie hatte ihn immer beschützen wollen und daran hatte sich nichts geändert – trotz allem. Sie wollte ihn von ihrer Mutter wegzerren und ihn fragen, was um Himmels willen er sich dabei dachte. Sie wollte sich mit ihm hinsetzen und versuchen zu verstehen, wie sie an diesen Punkt gekommen waren. Wie ihre Mutter ihn dazu gebracht hatte zu glauben, sie noch einmal zu heiraten sei eine gute Idee.

Sie konnte nicht klar denken, und ihre Eltern schienen ebenfalls nicht zu wissen, was sie als Nächstes sagen sollten.

»Ich muss nach Cassie sehen«, sagte Catherine schließlich schwach. »Ich muss mich für Adelines Worte entschuldigen.«

Adelines ganzer Körper fühlte sich taub an. »Ich entschuldige mich selbst.«

Ihre Mutter schien sich etwas zu entspannen. »Gut. Sie wird dir verzeihen, das weiß ich, sie ist so ein Mensch. Warmherzig und großzügig. Wenn sie sich ein bisschen beruhigt hat, erkennt sie, dass du sie nicht verletzen wolltest, da bin ich sicher. Sie ist nicht nachtragend. Vielleicht ist sie gleich wieder da, und dann können wir das alles hinter uns lassen und auf den Neuanfang trinken.«

Ihre Eltern wollten, dass sie sich hinsetzten und auf etwas anstießen, das Adelines Meinung nach die vermutlich schlechteste Entscheidung war, die sie je getroffen hatten (und das wollte etwas heißen)? Sie wollten, dass sie so tat, als freute sie sich darüber? Und sie dachten, Cassie käme zurück, um mit ihnen anzustoßen? Es war, als spielte man in einem Film und begriff, dass alle unterschiedliche Drehbücher hatten.

Kein Wunder, dass ihre Schwester es vorgezogen hatte, der Situation zu entfliehen.

Sie musste das Gleiche tun. Und ja, sie musste sich bei Cassie entschuldigen.

Adeline hatte ihre Schwester noch nie so erschüttert gesehen. Wenn sie der Grund für diese Erschütterung war, dann hatte die Entschuldigung Priorität.

»Ihr zwei solltet essen und anstoßen, worauf auch immer ihr anstoßen wollt.« Sie ging in die gleiche Richtung wie ihre Schwester und wich aus, als ihre Mutter ihren Arm fassen wollte.

»Adeline! Wo gehst du hin?«

»Ich sehe nach Cassie.«

»Oh, das ist gut.« Ihre Mutter ließ die Hand sinken. »Ich hoffe, du kannst sie überzeugen, direkt mit dir zurückzukommen.«

»Ich komme nicht zurück. Richte Maria bitte meine Entschuldigung aus.«

»Aber …« Ihre Mutter wandte sich ihrem Vater zu. »Andrew, sag was! Mach etwas! Wir können doch darüber reden. Dies sollte ein unvergesslicher Abend werden!«

Das war er definitiv.

Adeline ging weiter, und ihr Vater hatte den Anstand, den Kopf zu schütteln und ihre Mutter zurückzuhalten.

»Lass den Mädchen Zeit, Cathy. Ich bin sicher, dass sie Fragen haben, doch wir müssen ihnen Zeit geben.«

Adeline hätte fast angehalten. Niemand nannte ihre Mutter Cathy. Nicht mal ihr Vater. Nur dass er es jetzt offenbar doch tat. Sie schien ihren Vater nicht gut zu kennen.

Und beide kannten sie nicht.

Cassie ist sehr sensibel und emotional.

Was glaubten sie, was sie war? Ein Stein? Glaubten sie wirklich, dass sie nichts empfand?

Im Moment fühlte sie mehr, als sie verarbeiten konnte, was ihre Eltern vielleicht überrascht hätte, wenn sie sich lange genug voneinander hätten lösen können, um es überhaupt zu bemerken.

Und ja, sie hatte Fragen. Sie hatte eine ganze verdammte Liste mit Fragen, und irgendwann würde sie die stellen.

Doch zuerst musste sie nach ihrer Schwester sehen.

11

Cassie

Cassie saß in der Dunkelheit am Strandabschnitt unterhalb der Villa. In der Ferne sah sie die verschwommenen Lichter des Fischerdorfs die Küste hinunter und das gelegentliche Aufflackern des Lichts einer Jacht, die in der Bucht ankerte. Der Himmel war tintenschwarz und sternenübersät. Sie hatte ihre Schuhe irgendwo auf dem Pfad gelassen und fühlte den körnigen, kühlen Sand unter ihren Füßen. So hatte sie den Abend nicht verbringen wollen.

Sie hatte sich darauf gefreut, den Mann kennenzulernen, in den sich ihre Mutter verliebt hatte. Es war ihr egal gewesen, dass sie nichts über ihn wusste. Sie fand das romantisch und war bereit, jeden zu lieben, den ihre Mutter liebte.

Aber Andrew? Adelines Vater? Der erste Mann ihrer Mutter?

Das war eine Entwicklung, die sie nicht hatte kommen sehen.

Ihre Mutter hatte Andrew verlassen, als sie sich in Cassies Vater verliebte, weil ihre Liebe so groß und überwältigend war, dass keine Macht der Welt sie aufhalten konnte. Cassie war das Produkt dieser Liebe. Sie war mit dem Wissen darum aufgewachsen. Es hatte sie eingehüllt. Die Geschichte der Beziehung ihrer Eltern hatte alles begründet, was sie über die Liebe wusste. Sie hatte Sinn ergeben.

Bis jetzt. Jetzt ergab sie keinen Sinn mehr.

Die Brise war kühl auf ihrer Haut. Sie schauderte und rieb sich die Arme. Trotz der Dunkelheit lag Hitze in der Luft. Es gab keinen Grund, dass ihr kalt war, und dennoch fror sie. Die Kälte kam aus dem Innern, sie kroch durch diesen neuen Riss in ihrer Vergangenheit.

Ihre Mutter war wieder mit Andrew zusammen. Was bedeutete das? Dass es ein Fehler gewesen war, ihn überhaupt zu verlassen? Dass ihre Liebesaffäre ein Fehler gewesen war? *Dass Cassie selbst ein Fehler war?* Was wäre geschehen, wenn ihre Mutter nicht schwanger geworden wäre? Wären sie und Andrew zusammengeblieben? Nein, sicherlich nicht. Ihre Eltern hatten sich geliebt. Oder nicht?

Sie presste die Hände auf die Ohren und versuchte, das wild fahrende Gedankenkarussell zu stoppen. Alles, was Cassie über die Beziehung ihrer Eltern zu wissen glaubte, stand nun infrage.

Sie hörte immer noch Adelines Stimme.

Sie hatte eine Affäre. Sie hatte ein Baby.

Das war sie. Sie war das Baby. Als sie dort auf der Terrasse Adelines ruhige und kühle Worte gehört hatte, hatte Cassie sich furchtbar gefühlt. Wie ein Eindringling. Dies war ihr Zuhause, doch zum ersten Mal im Leben hatte sie das Gefühl, als gehöre sie nicht dazu. Andrew, Adeline und ihre Mutter waren einst eine Familie gewesen, und nun würden sie wieder eine Familie sein. Die Leute sagten immer, dass man die Zeit nicht zurückdrehen könne, doch Catherine und Andrew schienen genau das zu tun. Nur, wo blieb sie dabei? Ihr Teil der Geschichte wurde gestrichen. Sie war eindeutig ein Fehler.

Tränen brannten in ihren Augen, und sie hatte Heimweh nach Oxford. Was lächerlich war, denn Korfu war ihr der liebste Ort auf der Welt. Er war ihr Zuhause. Wenn sie hier war, wollte sie nie weg, doch wenn es jetzt eine einfache Möglichkeit gegeben hätte, die Insel zu verlassen, sie hätte sie ergriffen.

Im Moment wollte sie nur zurück in das kleine Reihenhaus, das sie sich mit Oliver teilte.

Weil es sie beruhigte, konzentrierte sie sich auf ihr Leben in Oxford. Was würden sie tun, wenn sie jetzt dort wären? Sie lägen vermutlich im Garten auf einer Picknickdecke. Das kleine Rasenstück war durch Bäume und dichtes Laub vor neugierigen Blicken geschützt. Oliver würde ein totes Blatt von einer Pflanze zupfen oder ein Unkraut ausreißen, das sich eingeschlichen hatte. Sie zog ihn deswegen auf, doch insgeheim liebte sie den Garten und war glücklich, die Früchte seiner Arbeit genießen zu können. Kürzlich hatte er Solar-Lichterketten zwischen den Bäumen gespannt. Sie machten den Garten abends zu einer ebenso gemütlichen Zuflucht wie tagsüber.

Immer wenn sie genervt war, kochte er ihr einen großen Becher Tee, setzte sich mit ihr hin und hörte zu. Er schenkte ihr seine volle Aufmerksamkeit, die Pflanzen waren vergessen. Er war der beste Zuhörer und schaffte es immer, dass sie sich besser fühlte. Und im Moment brauchte sie genau das: sich besser zu fühlen.

Sie holte ihr Handy heraus und schrieb ihm eine Nachricht, erhielt aber keine Antwort. Vielleicht saß er irgendwo in einem Pub, wo der Lärm das Piepen seines Handys übertönte. Oder er hatte ein Date, das so gut lief, dass er den ganzen Abend nicht an sein Handy dachte. Und selbst wenn er ihre Nachricht sah, würde er kaum sein Date sitzen lassen, nur weil seine beste Freundin ihm eine Nachricht geschickt hatte. Liebe ging vor Freundschaft.

Sie schniefte und wischte sich mit der Hand über das Gesicht. Sie *brauchte* ihn.

Manche Menschen waren lieber allein, wenn ihre Welt zusammenbrach, doch sie gehörte nicht dazu. Sie war ein geselliger Mensch. Sie brauchte Freunde wie die Luft zum Atmen.

Sie könnte Felicia anrufen, doch die war zwar eine gute Freundin, aber eben nicht Oliver. Freundschaft, das hatte sie festgestellt, war eine komplizierte Sache. Sie neigte dazu, Freundschaften zu idealisieren und zu viel von den Menschen zu verlangen (sie selbst bemühte sich sehr, eine gute Freundin zu sein, immer bereit für Spaß oder Trost, je nachdem, was gebraucht wurde). Mit der Zeit hatte sie gelernt, ihre Erwartungen zu drosseln. Freunde können nicht alles sein, ermahnte sie sich ständig. Es gab die Spaß-Freunde, mit denen man großartig ausgehen und »leichte« Dinge tun konnte, die sich in einer Krise aber niemals blicken ließen. Dann gab es die Freunde, die mit Taschentüchern und einer Flasche Wein auftauchten, wenn etwas schiefging, die in den guten Zeiten aber nie da waren. Es gab Yoga-Freunde und Buch-Freunde und Shopping-Freunde.

Felicia war der Typ »ernste Freundin«, die einem die Wahrheit sagte und immer versuchte, Dinge zu »reparieren«. Sie würde Cassie sagen, was sie an ihrer Stelle tun würde (etwas ganz anderes, als Cassie tun würde), und im Moment konnte Cassie das nicht gebrauchen. Felicia würde nicht verstehen, wie sie sich fühlte. Der einzige Mensch, der sie verstand, war Oliver. Oliver war lustig, fürsorglich, verlässlich in der Krise, er liebte Bücher und war auch als Shopping-Begleiter zu gebrauchen. Es war schwer, alles, was man brauchte, in einem Menschen zu finden, doch Oliver war dieser Mensch. Oliver war alles.

Ihre Augen füllten sich mit Tränen. Sie war jämmerlich und bedürftig. Es war gut für sie beide, dass Oliver nicht auf sein Handy sah.

Warum konnte sie nicht mehr wie ihre Schwester sein? Distanziert. Beherrscht. Selbstbewusst.

An Tagen wie diesen würde sie sich gern für eine Persönlichkeitstransplantation bewerben. Sie hatte immer hohe Ansprüche gehabt. Das Problem mit hohen Ansprüchen war, dass man tief fallen konnte. Man verletzte sich weniger, wenn man nicht so viel vom Leben erwartete.

Sie blinzelte die Tränen weg und sah aufs Handy. Noch immer nichts.

Wo bist du, Oliver?

In ihrem ganzen Leben hatte sie sich noch nicht so einsam gefühlt.

Der andere Mensch, mit dem sie normalerweise in einer Krise sprechen würde, war ihre Mutter. Doch wie konnte sie das tun, wenn ihre Mutter der Grund für die Krise war?

Und auch das war verstörend: Wie konnte es sein, dass ihre Mutter sie nicht vorgewarnt hatte? Sie sprachen über alles. Ihre Mutter sagte immer, dass sie eher Freundinnen als Mutter und Tochter wären, und bislang hatte Cassie dem zugestimmt. Doch das hier ging offenbar schon seit Ewigkeiten, und ihre Mutter hatte keinen Ton gesagt. Sie plauderten fast jeden Tag, und nicht ein einziges Mal hatte sie gesagt: *Übrigens, rate mal, wer bei mir ist?*

Die Szene könnte direkt aus einem Roman ihrer Mutter stammen, eine Szene, in der sie die Heldin durch die Hölle gehen ließ. Nur dass der Charakter in diesem Fall nicht fiktional war und am Ende nicht alles gut werden würde. Vermutlich sollte sie sich einen Stift nehmen und ihre Gefühle direkt niederschreiben, um sie irgendwann in einer Geschichte zu verwenden, doch jetzt war sie zu verletzt.

»Cassie?«

Cassie hörte Adelines Stimme aus der Richtung des Gästehauses. Sie machte sich klein in der Hoffnung, mit der Dunkelheit zu verschmelzen, was in Anbetracht der Tatsache, dass sie ein hell pinkfarbenes Kleid trug, wohl eher aussichtslos war. Aber sie wollte nicht mit Adeline sprechen. Trotz ihrer Ausbildung und professionellen Kompetenz war sie für Cassie emotional so hilfreich wie ein Stein.

Sie rührte sich nicht und hoffte, dass Adeline nicht weiter nach ihr suchen würde. (Sie würde sich nicht wirklich Mühe geben, oder?) Doch die Welt hasste sie offenbar, denn sie hörte Schritte auf dem Weg und dann wieder ihren Namen. Sie konnte ihrer Schwester nur entkommen, wenn sie ins Meer lief, doch das würde ihr Kleid ruinieren. Welch Ironie, dass ich mich jahrelang nach einer richtigen Unterhaltung mit meiner Schwester gesehnt habe und sie jetzt um jeden Preis vermeiden will, dachte sie.

»Cassie? Da bist du.« Adelines Stimme kam aus dem Schatten am Rande des Strands. Der Weg war einmal ein steiler, staubiger Pfad gewesen, der sich durch wilde Vegetation schlängelte. Man hatte sich hindurchkämpfen müssen und Kratzer davongetragen, bis man den Strand erreichte, doch heute war der Weg gepflastert und mit kleinen Lampen gesäumt.

Adeline stand unsicher an einer dieser Lampen, an dem Übergang vom Weg zum Sand. »Ich habe dich gesucht.«

Warum? Damit sie sich noch schlechter fühlte, als sie es schon tat?

Cassie schlang die Arme um die Knie und zog sie an die Brust. »Tatsächlich wäre ich lieber allein, wenn das okay ist für dich.« Worte, die sie noch nie zuvor in ihrem Leben ausgesprochen hatte. Oliver wäre besorgt, wenn er sie hören würde, denn eigentlich hasste sie es, allein zu sein, wenn sie so aufgewühlt war. Für sie waren geteilte Probleme halbe Probleme. Aber nicht jetzt. Sie wollte sie nicht mit jemandem teilen, der nichts zurückgab und offenbar keine normalen menschlichen Gefühle hatte. Nein, sie würde dieses Problem für sich behalten und hoffen, dass es sie nicht erdrückte.

Statt sich umzudrehen, betrat Adeline den Strand und kam auf sie zu. Sie trug noch immer ihre Sandalen mit Absatz. Jede andere hätte sie ausgezogen, aber nicht Adeline. Und sie schaffte es, dabei immer noch gelassen und elegant auszusehen.

»Ich kann es dir nicht verdenken, dass du so fühlst«, sagte sie. »Ich muss mich entschuldigen. Was ich gesagt habe, tut mir leid. Wirklich leid. Es war gedankenlos.«

»Ist in Ordnung. Du hast nur die Fakten benannt.«

»Nein, ich war wütend und dachte an meine Eltern und mich, nicht an dich. Es war unverzeihlich.« Adeline zögerte und setzte sich dann neben sie in den Sand.

Cassie rückte instinktiv ein Stück zur Seite.

»Der Sand ist feucht. Du wirst dir dein Kleid ruinieren. Ich wette, man kann es nur reinigen.«

»Es ist nur ein Kleid.« Adeline machte es sich bequem und strich das Kleid über ihren Oberschenkeln glatt, sodass sie sogar hier am Strand ganz ihr übliches elegantes Selbst war. »Wie geht es dir?«

Es ging ihr furchtbar.

Ihre Gefühle waren so dicht an der Oberfläche, dass sie fast damit rausgeplatzt wäre, doch dann erinnerte sie sich, dass Adeline dort saß und sie einander nichts anvertrauten.

»Es geht mir gut.« Vermutlich würde das als Antwort genügen. Wenn Leute fragten, wie es einem ging, waren sie normalerweise bloß höflich und wollten nicht wirklich wissen, wie es einem ging.

Adeline blieb neben ihr sitzen und starrte in die Dunkelheit. »Wir wissen beide, dass das nicht stimmt.«

»Na und? Die gleiche Antwort hast du mir gegeben, als ich dir im Auto die gleiche Frage gestellt hab. Und da ging es dir nicht gut, glaube ich.« Es sah ihr nicht ähnlich, die Konfrontation zu suchen, doch sie stand irgendwie neben sich.

»Du hast recht, es ging mir nicht gut«, sagte Adeline. »Aber wenn die Leute fragen, wie es einem geht, wollen sie meist keine ehrliche Antwort.«

Cassie hätte fast gelacht, weil sie das Gleiche gedacht hatte. »Das stimmt.« Sie wandte sich ihrer Schwester zu. »Aber ich habe dich gefragt, weil ich es wissen wollte.«

»Und ich weiß das zu schätzen. Aber wenn ich gestresst bin, neige ich dazu, nicht darüber zu sprechen.« Adeline wischte sich Sand von den Beinen. »Es hatte nichts mit dir zu tun, sondern mit mir. Es fällt mir schwer, über meine Gefühle zu reden.«

Dass ihre Schwester Gefühle hatte, war neu. »Warum?«

Adeline dachte nach.

»Ich schätze, es ist ein bisschen, wie sich in der Öffentlichkeit auszuziehen. Es gibt Teile an mir, von denen ich nicht möchte, dass andere Menschen sie sehen.«

Cassie fragte sich, was es über sie aussagte, dass sie keine Probleme hatte, ihre Gefühle zu äußern. Vielleicht war sie eine Exhibitionistin.

Dennoch war sie erleichtert, dass sie ihre Fähigkeit, Menschen zu lesen, nicht ganz verloren hatte. »Also warst du tatsächlich gestresst? Ich dachte schon, ich bilde mir das vielleicht ein und dass es dir nichts ausmacht, hier zu sein.«

»Es macht mir eine Menge aus. Es hat mir schon etwas ausgemacht, bevor mein Vater unerwartet auftauchte, aber jetzt? Mir fehlen die Worte.«

Cassie spürte, wie sich der Knoten in ihrer Brust löste. Sie hatte sich vorgenommen, mit Adeline über nichts Persönliches zu sprechen, aber das war vor der Entdeckung gewesen, dass ihre Schwester doch ein Mensch sein könnte.

»Wusstest du wirklich nicht, dass dein Vater hier ist?«

»Nein.« In ihrer Stimme schwangen Kränkung und Bitterkeit mit.

Cassie erkannte beide Gefühle wieder, denn sie fühlte sie ebenfalls. »Das war ein Schock. Ich bin schlecht damit umgegangen«, sagte sie.

»Ich glaube, deine Reaktion war sehr menschlich.«

»Vielleicht. Aber ich hätte cool bleiben sollen. Statt abzuhauen und den armen Ajax fast umzurennen, hätte ich gratulieren und einen Toast aussprechen sollen. Vermutlich hast du das getan, nachdem ich fort war. Aber ich bin nicht du.« Sie spürte einen Kloß im Hals und ärgerte sich über sich selbst. Ihre Gefühle waren genauso schwer im Zaum zu halten wie ein Haufen Welpen. Sie hätte viel dafür gegeben, nichts zu fühlen oder zumindest vorgeben zu können, dass sie nichts fühlte. »Anders als du bin ich schlecht darin, meine Gefühle zu verbergen.«

»Nun, mir geht es in manchen Situationen ähnlich, und diese gehört dazu. Vielleicht hast du meine Reaktion nicht mitbekommen, aber ich habe nicht das Glas erhoben. Ich habe nicht gratuliert. Ich schätze, die Fähigkeit, die eigenen Gefühle zu verbergen, hängt von den Umständen ab.« Adeline schlang die Arme um die Beine. »Ich glaube nicht, dass du schlecht damit umgegangen bist, Cassie. In Anbetracht der Umstände warst du zurückhaltend, finde ich.«

»Wirklich?«

»Ja.« Adeline wandte sich ihr zu. »Du hast es auch nicht gewusst, oder?«

»Dass dein Dad der Bräutigam war? Nein. Natürlich nicht.«

»Es muss wehtun, dass sie es dir nicht erzählt hat. Ich weiß, dass du ihr nah bist.«

Cassie spürte, wie die Tränen in ihr aufstiegen. »Offenbar nicht so nah, wie ich dachte. Und du bist deinem Dad nah.«

»Offenbar nicht so nah, wie ich dachte. Und ja, es tut weh. Diese Sache ist …« Adeline unterbrach sich und atmete mehrmals tief durch. »Sie ist schwierig, nicht wahr?«

»Ja.« Die Worte waren dürftig, ein inadäquater Ausdruck angesichts der tiefen Emotionen dahinter. Doch es spielte keine Rolle, denn sie wussten beide, was sie fühlten.

Eine lange Pause entstand, die Adeline schließlich beendete.

»Wir müssen sie klären.«

»Ich schätze, das müssen wir.« Ihr gefiel das Wort *wir*. Doch was sollten sie klären? Es war ja nicht so, dass ihre Mutter ihnen eine Wahl ließ. Ob es ihnen passte oder nicht. Ihr Magen knurrte laut, und sie lachte verlegen auf. »Sorry. Mein Magen schert sich nicht um das Drama. Er weiß nur, dass er sich auf Marias Essen gefreut hat.«

Adeline stand auf und wischte sich den Sand vom Kleid. »Warte hier.«

»Wo gehst du hin?«

»Manche Probleme kann man nicht lösen, aber andere schon. Meine erste Regel, wenn ich gestresst oder verängstigt bin, besteht darin, dafür zu sorgen, dass ich nicht müde, durstig oder hungrig bin. Du hattest kein Mittagessen, weil du mich vom Flughafen abgeholt hast. Kein Wunder, dass du Hunger hast. An der Müdigkeit können wir nichts ändern, aber an Hunger und Durst schon.«

»Wenn du daran denkst, mit ihnen zu essen …«

»Tue ich nicht. Und vorhin saßen sie sowieso nicht da.« Sie zupfte ihr Kleid zurecht, als wollte sie zu einem wichtigen Meeting, bei dem sie Eindruck machen musste. »Versprich mir, dass du nicht weggehst.«

»Versprochen.« Was hatte sie vor? Und war dies wirklich ihre große Schwester, die sie bat, nicht wegzugehen?

Diese neue Wendung der Ereignisse verblüffte sie. Sie hatte angenommen, dass ihre Mutter vielleicht nach ihr schauen würde (warum hatte sie das nicht?), doch ihre Schwester hatte sie nicht erwartet. Und dass Adeline zugegeben hatte, die Situation schwierig zu finden, war fast so überraschend wie die Tatsache, dass ihre Mutter ihren ersten Mann wieder heiraten wollte.

Weniger als fünf Minuten später kam Adeline zurück, mit einer Flasche unter dem Arm, Gläsern und einem großen Teller voller Essen. Sie ging vorsichtig über den Sand.

Warum zog sie ihre Schuhe nicht aus?

»Ich habe die Küche geplündert und so viel Essen wie möglich auf diesen Teller gehäuft. Ich hoffe, du hast keine Allergien.« Sie setzte sich, wobei sie mit beiden Händen den Teller festhielt.

Cassie staunte. »Wie hast du das geschafft, ohne eine Hand zu Hilfe zu nehmen oder hinzufallen?«

»Pilates. Ich habe hervorragende Bauchmuskeln. Allergien?«

»Keine Allergien.« *So etwas sollten Schwestern normalerweise voneinander wissen, oder?*

Und schon wieder tat sie es. Sie romantisierte und idealisierte Beziehungen.

Cassie konzentrierte sich auf das Essen. Adeline hatte eine gute Wahl getroffen. Es gab mehrere Scheiben zartes Lamm, mit Knoblauch und Oregano langsam gegrillt, glänzende runde Oliven von ihren eigenen Olivenbäumen, cremiges Zaziki und Spanakopita.

Ihr Magen knurrte. »Hast du sie gesehen?«

»Nein. Keiner zu sehen. Und wir werden jetzt auch nicht an sie denken. Iss. Danach sprechen wir und machen einen Plan. Hier, nimm eine Serviette.« Adeline holte zwei gefaltete Servietten aus den Taschen ihres Kleides.

»Du hast Servietten mitgebracht?«

»Ich dachte, sie wären nützlich. Ich liebe Kleider mit Taschen, du nicht?«

»Doch. Und danke.« Cassie nahm eine Serviette und breitete sie auf ihren Knien aus.

Vor einer halben Stunde hätte sie sich niemals vorstellen können, dass sie hier Seite an Seite mit ihrer Schwester sitzen würde und sie sich einen Teller Essen teilten. Für ein paar Minuten könnten sie einfach zwei Menschen beim Strandpicknick sein. Salzige Luft. Das leise Geräusch der Wellen, die auf den Strand trafen.

Adeline zog die Flasche unter dem Arm hervor. »Einen Drink?«

Cassie starrte sie an. »Champagner? Machst du Witze? Es gibt nichts zu feiern.«

»Ich weiß, aber ich habe das Wasser nicht gefunden.« Das war so praktisch gedacht, so typisch Adeline, dass Cassie lachte.

»Das ist lustig.«

»Hoffentlich denken wir das morgen früh immer noch. Kannst du die Gläser halten?« Adeline reichte sie ihr. »Ich dachte, Plastik wäre sicherer, falls wir sie in einem Wutanfall zerschmettern wollen. Wir wollen uns die Füße nicht zerschneiden.«

»Hast du jemals etwas aus Wut zerschmettert?«

»Nie, aber ich glaube allmählich, dass es befreiend sein kann.« Adeline öffnete die Champagnerflasche und zuckte zusammen, als der Korken mit einem Knall herausploppte. Champagner spritzte auf ihr Kleid. »Ups. Ich bin nicht gut darin.«

»Was gibt es da gut zu sein? Die Flasche ist offen. Ich gebe dir eine Eins plus.« Cassie hielt ihrer Schwester die Gläser zum

Einschenken hin. »Ich bin sauer, dass sie nicht nach uns suchen, aber auch erleichtert, weil ich es nicht ertragen könnte, mit ihnen zu reden. Klingt das merkwürdig?«

»Nein, es klingt logisch. Ich könnte es auch nicht ertragen. Vermutlich weil sie nicht viel Sinnvolles von sich geben würden. Und wir müssen nicht mit ihnen reden. Nicht heute Abend. Das ist ein Problem für morgen, und wir werden uns heute keine Gedanken über morgen machen.« Sie stellte die Flasche auf den Sand.

»Ich mache mir immer heute schon Gedanken über morgen.« Cassie nahm ein Stück Lamm und schob es in den Mund. Es war zart und saftig, die Ränder kross vom Grill. Sie schmeckte die Kräuter, die in der Hügellandschaft um sie herum wild wuchsen. »Was jetzt? Bleibst du zur Hochzeit?«

»So weit habe ich noch nicht gedacht«, sagte Adeline. »Ich versuche immer, keine Entscheidungen zu treffen, wenn ich zu emotional bin.«

Für sie war es neu, dass ihre Schwester überhaupt emotional sein konnte.

»Ich treffe meine Entscheidungen immer emotional.«

Ihre Schwester sah sie an. »Und wie geht das aus?«

»Meistens schlecht.« Cassie nahm sich ein Stück Spanakopita und stöhnte auf, als sich das Aroma im Mund entfaltete. »Das ist köstlich. Maria hat mir das Rezept dafür geschickt, und ich habe es zu Hause ausprobiert. Es war eine Katastrophe. Jetzt kaufe ich die Spanakopita vom Deli nebenan, aber sie ist nicht das Gleiche. Meinst du, es liegt daran, dass griechisches Essen in Griechenland besser schmeckt?«

»Vielleicht.« Adeline nahm eine Olive. »Aber ich glaube, es liegt vor allem daran, dass Maria eine begnadete Köchin ist.«

»Das ist sie. Und ich habe ein schlechtes Gewissen. Sie hat den ganzen Tag für diesen Abend gekocht, und ich habe alles ruiniert.« Ihre Schuldgefühle hielten sie beinahe vom Essen ab, aber nur beinahe. Sie nahm sich noch ein Stück Lamm.

»Du hast gar nichts ruiniert.«

»Ich bin davongestürmt.«

»Und ich bin geblieben und habe geschrien.« Adeline nahm einen vorsichtigen Schluck Champagner. »Ich würde sagen, dass von uns beiden du mit der Angelegenheit vernünftiger umgegangen bist.«

»Du hast geschrien? Das kann ich mir nicht vorstellen.«

Adeline setzte das Glas ab und sah aufs Meer hinaus. »Es überrascht mich, dass du mich nicht gehört hast.«

»Ich habe nichts gehört.« Cassie überlegte. »Dass ich davongelaufen bin, war alles andere als vernünftig. Ich wusste nicht, was ich tun sollte. Es war ein spontaner Impuls.«

»Ein Impuls, der dir Zeit und Raum zum Nachdenken verschafft hat. Indem du dich aus der Situation herausgezogen hast, hast du keine Dinge gesagt, die du später bereuen könntest. Das war ein vernünftiger Umgang. Dein Glas ist leer.«

»Das lässt sich leicht ändern.« Cassie griff nach dem Champagner und schenkte sich nach. Wieder flackerte ein Schuldgefühl in ihr auf. »Der war eigentlich für die Feier gedacht.«

»Nun, jetzt hilft er uns, unsere Sorgen zu ertränken. Das ist unsere Mutter uns schuldig, nachdem sie uns mit dieser Überraschung derartig überfallen hat.«

Cassie wurde flau, als sie sich erinnerte, dass das Problem noch immer da war. »Warum hat sie uns nicht wenigstens vorgewarnt?«

»Keine Ahnung. Vermutlich weil unsere Mutter nun mal so ist. Sie hat erwartet, dass wir begeistert wären.«

Cassie nahm sich eine Olive. »Aber wie konnte sie das denn glauben?«

»So ist sie. So denkt sie. Du kennst sie doch. Sie hat diese Art, sich das Leben zurechtzubasteln, wie sie es haben möchte. Vermutlich ist ihr gar nicht in den Sinn gekommen, dass wir schockiert und entsetzt sein könnten. Sie geht mit dem realen Leben um wie mit den Geschichten in ihren Büchern. Sie glaubt, wir seien ihre

Figuren und würden so reagieren, wie sie es möchte. Sie hatte die Geschichte dieses Abends in ihrem Kopf bereits geschrieben.«

»Du hast recht, das macht sie so.«

»Es gibt allerdings auch noch eine andere Erklärung.« Adeline schwieg kurz und kaute. »Es ist möglich, dass sie Angst hatte.«

»Angst wovor?«

»Angst, dass wir nicht kämen, wenn sie es uns vorher erzählt.«

»Aber was macht das für einen Unterschied, ob sie es uns vorher sagt oder erst wenn wir auf der Insel sind? Es ändert nichts an der Nachricht.«

»Nein, aber jetzt sind wir hier – nicht unbedingt gefangen, aber wir können nicht einfach weg. Vielleicht ahnte sie, dass uns die Neuigkeit verstören würde, und hielt hier die Chance für größer, dass wir uns wieder beruhigen und alles durchdenken.«

»Du bist echt klug. Daran hätte ich nie gedacht.«

»Nicht wirklich. Es gehört zu meinem Job, mir zu überlegen, warum Menschen so handeln, wie sie handeln.«

Cassie tat das Gleiche, nur dass Adeline mit realen Menschen zu tun hatte und sie mit erfundenen Charakteren.

Sie schenkte ihrer Schwester nach. Es war ungewohnt, so miteinander zu sprechen. »Du kamst mir nie wie ein Mensch vor, der seine Sorgen ertränkt. Ich dachte, du wärst immer ruhig und besonnen.«

»Bis heute Abend dachte ich das auch.« Adeline nahm einen Schluck und senkte das Glas. »Aber offensichtlich lag ich falsch.«

»Hast du Dinge gesagt, die du jetzt bereust?«

»Ich habe einiges gesagt. Bislang bereue ich nichts, aber ich lasse es dich wissen, falls das morgen früh anders ist.« Adeline bediente sich beim Lamm. »Obwohl, eigentlich stimmt das nicht. Eins bereue ich: nämlich meine Mutter daran erinnert zu haben, dass sie eine Affäre hatte und schwanger wurde.«

»Beweisstück A sitzt gleich hier.« Cassie leerte ihr Glas, und Adeline sah sie an.

»Es tut mir leid. Das hätte ich wirklich nicht sagen sollen.«

»Aber es ist ja die Wahrheit. Sie hatte eine Affäre. Und dann bekam sie mich.«

»Aber eigentlich wollte ich meinem Vater nur vor Augen führen, dass sie ihre damalige Beziehung ruiniert hat. Warum sollte er also darauf vertrauen, dass sie das nicht wieder tut?« Adeline wischte sich die Finger an einer Serviette ab. »Wenn es das letzte Mal falsch war, warum ist es dann jetzt plötzlich richtig?«

Cassie hatte sich das selbst schon gefragt. Und egal aus welcher Perspektive sie die Sache betrachtete, sie sah nicht gut aus.

Sie sprach einen Gedanken aus, der sie schon die ganze Zeit beschäftigte: »Wenn es ein Fehler war, deinen Dad zu verlassen, dann war es auch ein Fehler, mich zu bekommen.«

»Ich denke nicht, dass das eine mit dem anderen zu tun hat.« Adeline schenkte Cassie noch einmal nach.

»Aber vielleicht doch. Und es tut mir leid.«

»Was tut dir leid?«

»Wenn ich nicht geboren wäre, hätten sich deine Eltern vielleicht nicht getrennt.«

»Das ist nicht dein Ernst.« Adeline lachte erstaunt auf. »Menschen übernehmen oft Verantwortung für Dinge, an denen sie keine Schuld trifft, aber ich habe noch nie gehört, dass sich jemand schuldig fühlt, weil er geboren wurde.«

»Ich weiß, dass das lächerlich ist, aber so fühle ich mich.«

»Also das solltest du nicht.« Adeline stellte die Flasche zurück auf den Sand. »Tatsächlich liegt hier gar nichts an uns. Es liegt an ihnen. Sie haben an sich gedacht, und wir waren ein Kollateralschaden.«

»Dann freust du dich nicht?« Cassie spürte, wie sie rot wurde. »Ich meine, sie sind deine Eltern. Ich könnte mir ein Szenario vorstellen, in dem du dich freust.«

»Freuen?« Adeline sah sie fassungslos an. »Sie sind seit über zwanzig Jahren geschieden. Sie haben entschieden, dass ihre Ehe ein Fehler war. Dass sie nicht füreinander bestimmt waren. Aber dennoch – trotz all den Jahren, die sie getrennt wunderbar gelebt haben – scheinen sie entschlossen, diesen Fehler zu wiederholen. Das ist verwirrend und ärgerlich.«

Es war tröstlich zu wissen, dass ihre Schwester das Gleiche dachte wie sie selbst.

»Ich habe dich nie so erlebt. Manchmal wirkt es, als hättest du überhaupt keine Gefühle.«

»Tatsächlich?« Adeline runzelte die Stirn. »Ich fühle jede Menge, aber ich habe gelernt, das zu verbergen.«

»Ich kann meine Gefühle nicht verbergen. Ich wünschte, ich könnte es.« Ihr Handy piepte, und sie griff danach. Eine Nachricht von Oliver tauchte auf dem Screen auf.

Bist du okay, Cass?

Wenn er vor einer Stunde gefragt hätte, wäre die Antwort eindeutig Nein gewesen. Aber jetzt?

Sie zögerte und begann dann zu tippen.

Ja, danke. Ich wollte nur Hallo sagen.

»Wer war das?« Adeline nahm sich noch ein Stück Lamm. »Wenn du jemanden anrufen musst, nur zu. Aber Vorsicht, ich könnte das Lamm vertilgen, während du abgelenkt bist. Es ist so lecker.«

»Ich weiß, aber ich würde vermutlich die Spanakopita als meine letzte Mahlzeit wählen. Ich muss nicht anrufen. Das war nur Oliver.«

»Dein Freund?«

»Nein. Mein bester Freund. Wir wohnen zusammen. Ich meine, nicht im romantischen Sinn. Wir teilen uns ein Haus in Oxford.« Vor Kurzem hatte sie sich noch sehnlichst dorthin gewünscht, doch nun war sie froh, dass sie hier war. »Was ist mit dir? Bist du mit jemandem zusammen?«

Adeline sah aufs Meer hinaus. »Ich war es. Er heißt Mark.«

»War?«

»Wir sind nicht im Guten auseinandergegangen. Ich habe vor ein paar Tagen mit ihm Schluss gemacht.«

Cassie trank ihr Glas aus. »Tut mir leid. Ich hätte nicht fragen sollen.«

»Warum nicht? Ich habe dich nach Oliver gefragt.«

»Aber Oliver ist nur ein Freund, das ist etwas anderes. Hast du Mark geliebt?«

»Ich weiß nicht«, sagte Adeline. »Ich glaube nicht. Er hat sich seither nicht mehr gemeldet, und mir ist es egal. Das ist kein gutes Zeichen, oder?«

Cassie versuchte sich ihre Schwester verliebt vorzustellen. Kichernd. Leidenschaftlich. »Wart ihr lange zusammen?«

»Ein Jahr.«

»Das ist ewig. Dann kann er nicht der Eine gewesen sein. Ich meine, wenn jemand der Richtige ist, dann weiß man es, meinst du nicht?«

Adeline runzelte die Stirn. »Ich glaube nicht an den Einen.«

Cassie wusste nicht, was sie dazu sagen sollte. Wenn sie vor einer Woche darüber gesprochen hätten, hätte sie geschworen, dass sie sehr wohl an den Einen und die Eine glaubte, man müsse nur ihre Eltern anschauen. Aber jetzt wusste sie nicht mehr, was sie glauben sollte. Wenn ihr Vater für ihre Mutter die Liebe ihres Lebens war, wie passte dann Adelines Vater ins Bild? Wie konnte er der Falsche gewesen sein, wenn er jetzt wieder da war? Es war so verwirrend.

Sie konnte das Rätsel nicht lösen und konzentrierte sich stattdessen auf ihre Schwester. »Du sagtest, du und Mark wärt nicht im Guten auseinandergegangen. Hattet ihr einen Streit?«

»Nicht unbedingt einen Streit. Eher eine Unstimmigkeit.« Adeline trank ihr Glas aus und stellte es neben die Flasche in den Sand. »Er sagte, er sei ernsthaft besorgt um mein Urteilsvermögen.«

»Das hat er wirklich gesagt?« In Gedanken versuchte Cassie, diese Worte dem Helden ihrer aktuellen Geschichte in den Mund zu legen, doch es funktionierte nicht. Egal, wie man es sah, diese Worte passten nicht zu einem Helden.

»Es ging darum, dass ich herkomme, zur vierten Hochzeit meiner Mutter. Da hatte er einen Punkt. Wenn Dad nicht gewesen wäre, wäre ich vermutlich nicht gekommen.« Adeline lachte, doch es klang freudlos. »Dad wollte, dass ich komme. Und ich bewunderte ihn dafür, wie zivilisiert er sich verhält, obwohl sie ihm vor all dieser Zeit das Herz gebrochen hat. Es kam mir nicht in den Sinn, dass hier irgendetwas anderes läuft.«

»Warum auch? Warum hätte eine von uns so etwas denken sollen?« Cassie begriff, dass Adeline sich ebenso verraten fühlte wie sie.

»Es ist immer schockierend zu entdecken, dass du jemanden nicht so gut kennst, wie du dachtest.«

Cassie zerknüllte die Serviette in ihrem Schoß. »Ich weiß nicht, was wir jetzt tun sollen. Ich weiß nicht, was ich zu unserer Mutter sagen soll.«

»Ich weiß es auch nicht.«

»Aber du bist die Psychologin. Du bist für solche Dinge ausgebildet.«

»Das macht es nicht einfacher, wenn man selbst mittendrin steckt.«

Cassie wusste nicht, ob sie das tröstlich oder alarmierend fand. »Wirst du gehen?«

»Die Insel verlassen? Ich weiß es nicht.«

Cassie stellte sich vor, wie es sich ohne Adeline anfühlen würde, und ihr Herz zog sich zusammen. »Bitte geh nicht.« Plötzlich waren ihr die Worte peinlich und sie wünschte, sie könnte sie wieder zurücknehmen. Sie hatte nicht das Recht, das zu sagen. Es ergab keinen Sinn, nicht mal für sie. Bis mittags hatte sie noch gehofft, dass Adeline nicht kommen würde. Und nun hoffte sie, dass sie nicht weggehen würde. »Du musst natürlich tun, was richtig für dich ist. Ignorier mich einfach.«

»Warum sollte ich dich ignorieren? Wir stecken hier gemeinsam drin. Wir werden gemeinsam eine Lösung finden.« Adeline rückte an Cassie heran.

Ihre Arme berührten sich, und Cassie spürte Wärme in sich aufwallen. Sie hatten noch nie gemeinsam in irgendwas dringesteckt.

Es fühlte sich gut an.

12

Catherine

Catherine saß in der Dunkelheit auf der Liege. Vor ihr lag der Pool still und leer, ein Rechteck in hellem Türkis, das von winzigen Bodenlichtern angestrahlt wurde. Es war drei Uhr in der Früh und sie hatte es aufgegeben, schlafen zu wollen.

Wann würde sie lernen, dass das echte Leben anders war als die Fiktion? Man konnte nie vorhersehen, wie Menschen reagieren würden.

Wenn dies eine Szene in ihrem Buch gewesen wäre, hätte sie sie gelöscht (immer ein schmerzhafter Vorgang, aber gelegentlich nötig. Einmal hatte sie dreißigtausend Worte gelöscht und sich einen Tag hinlegen müssen, um sich davon zu erholen). Sie hatte diese Worte ausgemerzt und wieder neu angefangen, weil die ganze Sache nicht so funktionierte, wie sie sollte.

Sie starrte auf den Pool. Die Luft war drückend warm und duftete süß von den Blüten, die aus den Terracotta-Töpfen auf der Terrasse quollen. Abgesehen von dem rhythmischen Zirpen der Zikaden und dem Rauschen des Meeres, war alles um sie herum ruhig und still. Doch in ihrem Inneren tobten die Emotionen wie das Meer in einem Sturm.

Andrew schlief tief und fest in ihrem Schlafzimmer (es gehörte zu den vielen Ungerechtigkeiten des Lebens, dass Männer offenbar immer schlafen konnten, egal wie groß die Krise war), doch Catherines Geist war so aktiv wie ein Topathlet beim Wettkampf. Sie wusste aus Erfahrung, dass die Aussicht auf Schlaf dann bei null lag, und war deshalb aufgestanden.

Sie hatte keine Ahnung, warum ihr Geist immer nachts so aktiv war. Kaum schloss sie die Augen, nahm er Fahrt auf. Dunkle Gedanken tauchten auf und ließen sie wach liegen. Tagsüber gelang es ihr, die Realität auf Distanz zu halten, doch nachts kam sie näher, hässlich und unverhüllt, und drängte sich in ihr Bewusstsein. *Geh mir aus dem Weg, wenn du das musst, aber das heißt nicht, dass ich nicht hier bin.*

Der Abend war nicht verlaufen wie geplant, was sie nicht überraschen sollte, denn wann verlief das Leben schon nach Plan? Doch dieses Mal konnte sie nicht dem Schicksal die Schuld geben. Die Schuld, wenn man sie denn so nennen konnte, lag ausschließlich bei ihr. Ihre Neigung, die Realität zu beschönigen, war schon immer ihre Schwäche gewesen. Sie hatte eine klare Vorstellung gehabt, wie der Abend verlaufen würde, und erst jetzt erkannt, wie naiv sie gewesen war. Sie war direkt aufs Happy End zugesteuert und hatte versucht, all die Konflikte und Probleme zu überspringen.

Adeline hatte ihr das mal an den Kopf geworfen. *Dein ganzes Leben ist Fiktion!* Und vielleicht hatte sie recht. Wenn ihr nicht gefiel, was gerade geschah, stellte sich ihr Geist eine andere Realität vor. Sie sah die Dinge so, wie sie sie sehen wollte, und nicht so, wie sie waren. Das war der Grund, warum sie zum vierten Mal heiratete, und auch der Grund, weshalb ihre Töchter jetzt nicht zusammen lachten und den zweiten oder dritten Champagner tranken, während sie die guten Neuigkeiten feierten.

Statt die Möglichkeit in Erwägung zu ziehen, dass ihre Tochter erschüttert auf ihr Vorhaben reagieren könnte, hatte sie sich Adelines Begeisterung ausgemalt. Voller Optimismus war sie davon ausgegangen, dass ihre älteste Tochter entzückt sein würde. Adeline und ihr Vater waren sich nah. Sie hatte gehofft, dass Adelines bedingungslose Liebe zu ihrem Vater auf sie abfärben und sie einander näherbringen würde. Sie hatte sich vorgestellt, dass Adeline dachte: *Wenn mein Vater ihr verzeiht, verzeihe ich ihr auch.*

Doch das war nicht geschehen.

Sie hörte noch Adelines Stimme in ihrem Kopf. *Ich kann nicht glauben, dass du dich dem ein zweites Mal aussetzt. Sie hat dich betrogen! Sie hatte eine Affäre. Sie wurde schwanger und bekam ein Baby.*

Catherine zuckte zusammen bei der Erinnerung an die Worte. Sie stimmten alle. Wenn man es auf die nackten Tatsachen reduzierte, klang es furchtbar. Doch das Leben war immer mehr als nur nackte Tatsachen, so wie ein Mensch mehr war als ein Skelett. Fleisch, Blut, Fehler. Das machte jemanden menschlich. Sie hatte mehr Fehler gemacht als die meisten.

Es war peinlich einzugestehen, dass sie kein Händchen für Beziehungen hatte, wenn man bedachte, dass sie ihren Lebensunterhalt damit verdiente, Liebesgeschichten zu schreiben. Aber darüber zu schreiben bot einem die Gelegenheit, Szenen zu streichen und die Vergangenheit zu ändern. Im echten Leben war das keine Option.

Drei, bald vier Hochzeiten und zwei Töchter, die im Moment beide nicht mit ihr sprachen. Nicht mal ihr Hirn konnte diese Situation in ein Szenario verwandeln, in dem sie ein schuldloses Opfer war.

Rückblickend war es wohl zu naiv gewesen anzunehmen, dass Adeline begeistert sein würde. Vielleicht war dieser Ausgang gar nicht so überraschend.

Dennoch wünschte sie sich, ihre Tochter hätte ihre Worte vorsichtiger gewählt.

Der gedankenlose Ausbruch ihrer Schwester hatte Cassie offensichtlich verletzt, sonst wäre sie nicht davongelaufen. Catherine hatte ihr folgen wollen, doch sie musste sich Adeline stellen, und als diese auch davongestürmt war, hatte Andrew darauf bestanden, den beiden Mädchen Zeit zu lassen, um die Neuigkeit zu verdauen.

Der Gedanke an Cassie, allein in ihrem Unglück, hatte Catherine fast umgebracht, doch sie wusste, dass Cassie die Situation mit der Zeit akzeptieren würde. Sie war immer mit allem einverstanden. Von jeher war ihre jüngere Tochter ein umgänglicher Mensch gewesen und schien in jeder Situation Glück und Hoffnung zu finden.

Adeline war da schwieriger.

Catherine verspürte einen Stich, denn ihr war bewusst, dass der Grund für deren Reaktion in ihrer Kindheit lag.

Sie war verantwortlich für die Turbulenzen, die Adeline schon in jungen Jahren hatte durchmachen müssen. Doch wie lange sollte Catherine sich bestrafen für das, was sie getan hatte? Ihr war keine Wahl geblieben, oder zumindest hatte sie keine sehen können. Und diese eine Entscheidung hatte sich auf ihr Leben und auf das ihrer Tochter ausgewirkt.

Ihretwegen hatte Adeline Angst vor Beziehungen. Vor einer eigenen und, wie sich herausstellte, vor der ihrer Mutter.

Adeline verstand das natürlich nicht, ebenso wenig wie Cassie. Das lag nicht nur daran, dass Kinder ihre Eltern selten als Menschen mit einem eigenen komplizierten Leben und eigenen Fehlern sahen (so vielen Fehlern in ihrem Fall). Es lag auch in der menschlichen Natur, sich aufgrund der verfügbaren Fakten ein Bild zu machen – nur hatte sie ihnen nicht alle Fakten geliefert. Und sie hatte auch nicht vor, es zu tun. Die Fakten, die sie ihnen gegeben hatte, ließen das ganze Bild nicht einmal erahnen.

Zum Glück machten sich die meisten Menschen nicht die Mühe, nach mehr zu suchen. Sie fragten sich nicht: *Was könnte noch dahinterstecken?* Beim Schreiben hatte sie ständig im Hinterkopf, dass die Handlungen eines Menschen fast immer durch etwas Stärkeres motiviert waren als durch den Moment. Dass sich hinter jeder Handlung eine Kette von Ereignissen verbarg, die man zum Teil bis weit in die Vergangenheit zurückverfolgen konnte. Es steckte immer mehr dahinter. Wenn eine Frau eine Kollegin anfauchte, dann konnte man sie als unbeherrscht abtun, aber vielleicht lag es in Wahrheit daran, dass es zu Hause schlecht lief, dass ihre Teenager-Tochter nicht mit ihr sprach, sie sich um ihre alten Eltern kümmerte und erdrückt wurde von ihrem Alltag, sodass sie an manchen Tagen kaum atmen konnte. Und dann kam sie im Büro an, gestresst von ihrem Leben, emotional angespannt und nicht in der Lage, mit einem weiteren Problem umzugehen. Wenn eine Kollegin sie dann aufforderte, etwas fertigzustellen, das eigentlich schon gestern hätte fertig sein sollen, lief das Fass über. *Ausbruch.* Es ging nicht um die Deadline oder um die Kollegin. Es ging um all das, was vorher geschehen war.

Doch die Kollegen der Frau wussten nichts davon. Sie sahen nicht, wie hart sie arbeitete, um ihre Familie zusammenzuhalten und ihr Sicherheit zu geben. Sie sahen nur eine nicht eingehaltene Deadline und eine unbeherrschte Mitarbeiterin.

Und wenn die Welt auf sie, Catherine Swift, blickte, dann sah sie eine wohlhabende, erfolgreiche Frau, die den Mann, von dem sie sich vor zwanzig Jahren hatte scheiden lassen, erneut heiratete. Sie hatte keine Ahnung von den Geschehnissen, die zu diesem Punkt geführt hatten.

Catherine nahm einen Schluck von ihrem Drink und dachte an den Tag, an dem sie Andrew Swift zum ersten Mal begegnet war.

Sie war achtzehn gewesen und hatte in einem Coffee Shop gearbeitet. Anders als ihre Schulfreundinnen hatte sie nicht vor, zur Uni zu gehen. Sie wollte Geschichten erzählen. Schreiben. Ihr erstes Buch war gerade von einem Verlag angenommen worden. (Und sie war erst achtzehn! Mit dem Optimismus der Jugend hatte sie damals geglaubt, alles im Griff zu haben.) Sie ging davon aus, dass dies der Anfang einer großartigen Karriere war.

Wie entsetzlich dumm sie gewesen war.

Der Verlag hatte ihr vorab ein kleines Honorar gezahlt, doch ihr Buch sollte erst achtzehn Monate später erscheinen. Sie hatte keine Ahnung gehabt, dass es so lange dauerte. Der Gedanke, bezahlt zu werden für das, was sie gern tat, war schön, bis sie begriff, dass ihr Vorab-Honorar nur für zwei Monate reichen würde. Danach musste sie einen anderen Verdienst finden, denn das Schreiben würde sie nicht ernähren.

Sie musste sich einen »richtigen« Job suchen. Doch sie hatte keine Ausbildung. Und wie sollte sie schreiben, wenn sie einen Job hatte? Wie sollte sie die Zeit dafür finden?

Sie mochte Kaffee und trank viel davon, also ging sie zu einem angesagten Coffee Shop in Covent Garden und überredete den Besitzer, sie anzustellen. Dort könnte sie Gesprächen zuhören, Menschen beobachten, Ideen entwickeln und diese in den Pausen in ihrem Notizbuch festhalten, dachte sie sich.

Als Andrew hereinkam, arbeitete sie seit einem Monat dort.

Zwei Dinge hauten sie um: sein amerikanischer Akzent und sein Selbstvertrauen. Er hatte eine Kultiviertheit, der sie noch nicht begegnet war. Sofort veränderte sie gedanklich den Helden ihrer aktuellen Geschichte. Er soll Amerikaner sein, dachte sie. Mit einem warmen Lächeln und intensivem Blick. Doch hinter dem glatten Äußeren und dem offenbar perfekten Leben würde er ein Geheimnis verbergen.

Ihre Kreativität war hell entflammt, als sie Andrew die Bestellung zu seinem Tisch am Fenster brachte. Er dankte ihr (tadellose Manieren) und fragte sie, ob sie ihm Gesellschaft leisten wolle. Sie wollte nur zu gern, doch sie traute sich nicht. Dieser Job deckte gerade mal ihre Miete, und sie konnte nicht riskieren, ihn zu verlieren. Sie lehnte bedauernd ab, brachte ihm aber zur Wiedergutmachung und um ihr Interesse zu zeigen, einen Kaffee aufs Haus.

Am nächsten Tag kam er wieder und dann am nächsten, und am Ende der Woche fragte er sie, ob sie mit ihm ausgehen würde.

Sie hatte nie zuvor einen richtigen Freund gehabt (wenn auch viele fiktive Freunde) und fühlte sich, als wäre sie auf Gold gestoßen.

Er war zehn Jahre älter als sie und extrem erfolgreich in seinem Bürojob in der Stadt. Sie wusste nicht genau, was er beruflich tat, doch es verschaffte ihm genug Geld, um ein eigenes Apartment zu besitzen und sie zum Abendessen in schicke Restaurants mit französischen Namen und unverständlichen Speisekarten einzuladen.

Er war glamourös, kultiviert (er aß Austern! Catherine hatte noch nie jemanden kennengelernt, der Austern aß) und fasziniert von ihr. Er erzählte ihr, dass er immer Maler hatte sein wollen, doch er entstammte einer vermögenden Bostoner Familie, die seit drei Generationen im Finanzwesen arbeitete, und von Andrew Swift erwartete man das Gleiche. Er hatte sich gesagt, dass er als Hobby malen könne, doch seine Arbeit ließ ihm praktisch keine Zeit für Hobbys, sodass er selten einen Pinsel in der Hand hielt.

Er bewunderte Catherines Kreativität und war beeindruckt, dass sie bereits ein Buch geschrieben hatte, das veröffentlicht werden würde. Erst später begriff sie, dass er in ihr das Leben sah, das er hatte führen wollen.

Sie heirateten, und er bestand darauf, dass sie ihren Job aufgab, um sich auf ihre Kreativität und das Schreiben konzentrieren zu können. Er wollte nicht, dass sie im Coffee Shop arbeitete. Er wollte, dass sie schrieb. Es spielte keine Rolle, dass sie nicht genug Geld verdiente, er verdiente mehr als genug für sie beide.

Seine Großzügigkeit haute sie um. Sie wollte unbedingt schreiben, und hier kam er und gab ihr die Mittel, um das zu tun. Und nicht nur das, er glaubte an sie!

Schließlich wurde ihr erstes Buch veröffentlicht (mit dem Namen Catherine Swift auf dem Cover), und sie musste durch halb London fahren, bis sie es in einem Laden aufstöberte. Trotzdem war es so aufregend! Ihr Buch! Zum Verkauf. Das war der größte Rausch. Sie hatte zwei Stunden in dem Laden gestanden, bis endlich jemand das Buch aus dem Regal nahm und es kaufte. Sie brauchte ihre ganze Selbstbeherrschung, um der Frau nicht auf die Schulter zu tippen und zu sagen: *Ich habe das geschrieben.*

Tatsächlich brachte ihre Schreibkarriere zunächst weder Geld noch Ruhm ein, und dennoch war es ein unschlagbares Gefühl. Sie fühlte sich in ihren Lebensentscheidungen bestätigt.

Andrew ermutigte sie weiter, und Catherine schrieb weiter. Sie veröffentlichte ein weiteres Buch und dann noch eines. Nach Verlagsmaßstäben verkaufte sie sich gut, aber dennoch verdiente sie nicht genug, um mehr als einen geringfügigen Beitrag zu ihren Ausgaben beizusteuern. Schreiben war, wie sich herausstellte, kein Weg zum Reichtum, auch wenn die Öffentlichkeit das selten verstand. Auf jeden Autor, der gutes Geld verdiente, kamen Tausende andere, die sich kaum einen Kaffee leisten konnten.

Für Andrew spielte das keine Rolle, und weil es ihm egal war, war es ihr ebenfalls egal. Sie waren glücklich. Sie lachten viel. Er tauchte in ihre kreative Welt ein, und abends saßen sie in dem winzigen Garten und sprachen über Plots und Charaktere. Er genoss jedes Gespräch, in dem es nicht um die langweilige Welt der Banken ging, die er zunehmend verabscheute. Ein paar Jahre nach ihrer Hochzeit kam Adeline zur Welt, und Catherine meisterte irgendwie die Herausforderung zu schreiben, während sie sich um ein Kind kümmerte.

Und dann begannen ihre Bücher sich zu verkaufen. Das passierte nicht über Nacht, aber peu à peu wurden es immer mehr. Eine Leserin entdeckte eines ihrer Bücher, mochte es, las alles, was sie bislang geschrieben hatte, und erzählte ihren Freundinnen davon. Das führte zum Schneeballeffekt. Endlich verdiente sie Geld, was sie sehr freute, nachdem sie sich jahrelang als Belastung für Andrew gefühlt hatte.

Allerdings war das auch der Punkt, an dem die Dinge anfingen schiefzulaufen.

Um genau zu sein: Sie veränderte sich.

Der Erfolg, entdeckte sie, veränderte die Dinge auf eine Art und Weise, die nicht immer sofort sichtbar war. Sie konnte im Nachhinein nicht den einen Moment identifizieren, ab dem alles schiefgelaufen war. Der Niedergang einer Ehe war selten ein Erdbeben. Oft begann er mit kleinen, kaum spürbaren Wellen der Unzufriedenheit, die das Fundament der Partnerschaft erschütterten. Erste

Risse bildeten sich. Die Veränderung in ihren Lebensumständen kratzte an ihnen.

Sie war erleichtert, nicht länger von Andrew abhängig zu sein. Das Schuldgefühl, das immer an ihr genagt hatte, löste sich auf.

Wenn sie zu Dinnerpartys gingen, fragten die Menschen sie jetzt nach ihrer Arbeit und gratulierten ihr. Sie witzelten, dass Andrew seinen Beruf bald aufgeben und sich aushalten lassen könne.

Sie hätte früher bemerken sollen, dass Andrew als Einziger nicht mitlachte.

Nach einem Abend mit Freunden hatten sie auf dem Nachhauseweg ihren ersten richtigen Streit. Sie hatte sich seitdem oft gewünscht, dass sie anders damit umgegangen wäre. Wenn sie nicht noch das letzte Glas Wein getrunken oder nicht gerade die Nachricht bekommen hätte, dass ihre Verkäufe alle Erwartungen übertrafen, hätte sie ihm vielleicht mehr Aufmerksamkeit geschenkt. Sie hätte vielleicht besser zugehört, was er sagte.

Stattdessen hatte sie ihm den Streit als Launenhaftigkeit und Neid ausgelegt. Hatte er sich nicht immer nach einer künstlerischen Karriere gesehnt? Sie glaubte, er würde ihr ihren Erfolg missgönnen, und war wütend, dass sie den Höhepunkt ihrer harten Arbeit und ihrer Träume nicht feiern sollte.

An jenem Abend versuchte er ihr zu sagen, dass sein Job immer einen Sinn gehabt habe, nämlich den, sie zu unterstützen, damit sie ihren Traum verfolgen konnte. Jetzt brauchte sie seine finanzielle Unterstützung nicht mehr, und damit hatte sein Job den Sinn verloren. Er vermisste die alten Zeiten, als der gemeinsame Kampf sie verband. Heute wusste sie, was er hatte sagen wollen, nämlich dass er sich nicht länger wichtig und gebraucht fühlte in ihrem Leben. Doch damals hörte sie nur, dass er wünschte, sie hätte niemals Erfolg gehabt.

Der Erfolg von *Summer Star* brachte das Fass endgültig zum Überlaufen.

Mit dem Geld, das sie mit dem Buch und dem Film verdiente,

kaufte sie die Villa auf Korfu. (Andrew sagte, dass es ihr Geld sei und sie damit natürlich tun könne, was sie wolle.) Sie konnte unmöglich erklären, was der Ort für sie bedeutete. Nicht nur die Villa und die Aussicht, die beide spektakulär waren, sondern wofür der Ort stand. Sie dachte an ihren Vater (der aufgrund eines unglücklichen Zusammentreffens seines Schädels mit einem Cricketball lange tot war). Sie dachte an Miss Barrett.

Wie konnte sie wertlos sein, wenn sie diesen handfesten Beweis ihres Werts hatte?

Sie verbrachte so viel Zeit wie möglich in der Villa. Andrew begleitete sie, wenn er konnte, doch sie war ständig gefragt, sollte Interviews geben, auf Tour gehen, und als sie eines Abends zurückkam, war er wieder nach London geflogen, weil es für ihn keinen Sinn ergab, in Griechenland zu sein, während sie woanders war.

Sie hatte verbittert reagiert (sie wünschte, sie könnte die Zeit zurückdrehen und ihrem jüngeren Ich ins Gewissen reden). Was sollte sie tun? Natürlich musste sie reisen, wenn sie angefragt wurde. Das war ihr Job. Warum konnte er das nicht verstehen, nachdem er sie so lange unterstützt hatte?

Die Risse in ihrer Beziehung, die jetzt instabil und neuerdings zerbrechlich war, vertieften sich.

Oberflächlich gesehen lag es an ihrem Erfolg, dass ihre Liebe zerbrach, doch insgeheim wusste sie, dass es nicht so einfach war. Sie hatte sie zerbrochen. Indem sie Andrew nicht richtig zugehört hatte. Indem sie sich nicht die Zeit genommen hatte, ihm zuzuhören, nicht darüber nachgedacht hatte, was er brauchte. Indem sie voreilige Schlüsse gezogen hatte.

Sie wünschte, sie hätte ihm gesagt, dass nicht seine finanzielle Unterstützung am wichtigsten für sie gewesen war (auch wenn sie die zu schätzen wusste), sondern sein Glaube an sie. Sie hätte deutlich machen sollen, dass sie *ihn* brauchte und nicht sein Geld. Aus ihrer Sicht war es gut, dass sie keine finanzielle Unterstützung von ihm mehr benötigte.

Hätte sie eine Affäre gehabt, wenn alles gut gelaufen wäre in ihrer Ehe? Definitiv nicht. Doch sie hatte sich allein gefühlt, hatte sich gequält und Andrew vermisst, als sie dem charmanten und charismatischen Robert Dunn begegnet war. Er war in ihrem schwächsten und verletzlichsten Moment in ihrem Leben aufgetaucht. Er hatte ihr genau das gegeben, was sie brauchte, und ihrer Ehe damit den tödlichen Hieb versetzt.

Schaudernd stand Catherine auf. Wie lange hatte sie auf der Liege gesessen? Ihre Haut war kühl, und sie hatte es nicht einmal bemerkt, so in sich versunken war sie gewesen. Sie rieb sich über die Arme.

Sie wollte jetzt nicht an Rob denken.

Sie konnte es nicht.

Die Mädchen standen an erster Stelle.

Wie sollte sie damit umgehen?

Ihre Töchter konnten nicht begreifen, wie zwei Menschen, die sich vor langer Zeit getrennt hatten, plötzlich wieder zusammen sein wollten. Sie verstanden nicht, dass das Leben sich veränderte. Dass Menschen sich veränderten. Dass sie durch ihre Erfahrungen geformt wurden. Wenn sie und Andrew besser miteinander kommuniziert hätten, wenn ihr Erfolg nicht so plötzlich und überwältigend gewesen wäre, wenn sie mit ihrer Karriere nicht ihre tief sitzenden Unsicherheiten kompensiert hätte …

Wenn, wenn, wenn …

Andrew, der ein Opfer des Personalabbaus bei der Bank wurde, hatte dies schließlich als Vorwand genutzt, um sich von seinem ungeliebten Beruf zu verabschieden. Statt lange Bürotage in einem verglasten Raum mit einer Arbeit zu verbringen, die ihm keine Befriedigung verschaffte, tat er, was er immer hatte tun wollen. Er nahm die Abfindung, mietete ein Atelier und verbrachte seine Tage mit Malen. Endlich hatte er seine eigene Leidenschaft gefunden, statt ihre mit seiner Arbeit zu unterstützen.

Sie waren all die Jahre in Kontakt geblieben, zuerst wegen Adeline und später, weil sie es wollten.

Als ihre Beziehung wieder aufblühte, hatte das niemanden mehr überrascht als Catherine selbst. Es hatte sich langsam entwickelt. Ihre gelegentlichen Lunch-Dates waren häufiger geworden und ihre Gespräche, die zuvor nur an der Oberfläche ihres Alltags gekratzt hatten, tiefer. Der Lunch dehnte sich bis zum Abendessen aus, und schließlich verbrachten sie mehr und mehr Zeit miteinander. Aus Zwanglosigkeit wurde Intimität. Sie sprachen auf eine Weise miteinander, wie sie es in ihrer damaligen Beziehung nie getan hatten. Dann kam diese wunderbare Woche in seinem Haus auf Cape Cod. Das hatte den Ausschlag gegeben. Seitdem waren sie wieder zusammen. Sie hätte nie gedacht, dass sie nach allem, was geschehen war, noch einmal vertrauen könnte. Doch mit dem richtigen Mann konnte sie es, wie sich gezeigt hatte. Und Andrew war der richtige Mann.

Sie musste den Mädchen erklären, dass dies keine Wiederauferstehung einer alten Beziehung war, sondern der Beginn einer neuen. Sie war verändert. Andrew war verändert. Ihre Beziehung war verändert. Als Paar waren sie dieses Mal einfach besser.

Müde und nervös trat sie an den Rand der Terrasse. Sie sah die Lichter, die den Weg zum Gästehaus wiesen. Das Cottage selbst lag in Dunkelheit. Waren die Mädchen drin? Hatte sich Adeline entschuldigt oder waren sie zu Bett gegangen und suchten getrennt voneinander Trost? Andrew hatte darauf bestanden, den Mädchen Zeit zu geben, und das hatten sie getan, doch das bedeutete nicht, dass Catherine sich damit wohlfühlte.

Sie hätte vorhersehen müssen, dass das Wiederaufleben ihrer Beziehung mit Andrew alle möglichen unangenehmen Fragen aufwerfen würde.

Jetzt wünschte sie, sie hätte Cassie vorher von Andrew erzählt. Aber vielleicht hätte das keinen Unterschied gemacht. Und was hätte sie auch sagen sollen?

»Catherine?«

Als sie Marias Stimme hörte, drehte sie sich schuldbewusst um.

»Es tut mir leid, Maria. Habe ich dich geweckt?«

Maria war über Nacht im Haus geblieben, wie sie es gelegentlich tat, wenn sie kochte und das Gästehaus belegt war.

»Ich habe nicht geschlafen. Ich nehme an, du auch nicht.« Maria legte einen Arm um sie, und Catherine bettete den Kopf an ihre Schulter, atmete den tröstlichen Duft von Zitronenseife ein.

Liebe und Dankbarkeit stiegen in ihr auf. Maria war die beste Freundin, die sie je gehabt hatte.

»Es tut mir leid …« Ihre Stimme brach. »Dein wunderbares Essen. Die ganze Arbeit.«

»Das Essen hält sich. Um dich mache ich mir Sorgen. Heute Abend war schwierig.«

»Ja.« Sie log Maria niemals an und würde damit auch jetzt nicht anfangen.

Maria wusste alles. Sie kannte auch die dunkleren Stellen, die Catherine vor jedem anderen verbarg. Sie war mit Catherine durch dick und dünn gegangen, durch drei Ehen, durch Tod und Scheidung. Sie hatte sie in ihren schlimmsten und in ihren besten Momenten erlebt. Hatte Höhen und Tiefen mit ihr durchgestanden und war die ganze Zeit unerschütterlich gewesen. Sogar in jener schrecklichen Nacht hatte sie nicht gewankt. Ein Leuchtturm im Sturm.

Wir sprechen nie wieder darüber, Catherine. Nie. Mit niemandem. Es ist unser Geheimnis.

Und das war es geblieben. Ihr Geheimnis. Und sie hatten tatsächlich nie darüber gesprochen. Nicht ein einziges Mal.

Sie würden auch jetzt nicht darüber sprechen. Sie würden es so halten wie immer: so tun, als wäre es nie geschehen.

»Was, wenn sie es nicht akzeptieren?«

»Das werden sie. Gib ihnen Zeit.«

»Aber was, wenn die Zeit allein nicht reicht?« Den Gedanken hatte sie bis jetzt nicht zugelassen.

»Das wird sie.«

Sie musste ihnen helfen, es zu verstehen.

Die Leute dachten, man verliebt sich, heiratet und das war's. Sie wussten nicht, dass die eigentliche Geschichte dann erst begann.

Sie begriffen nicht, dass das wirklich Reizvolle erst danach geschah.

13

Adeline

Ein scharfer Gegenstand hämmerte gegen ihren Kopf. Jemand holte ihr Hirn heraus und hatte vergessen, sie zu betäuben. Sie würde ihn verklagen.

Als Adeline die Augen öffnete, fiel ihr wieder ein, dass sie gestern Nacht zu müde gewesen war, die Fensterläden zu schließen, und einfach ins Bett gefallen war. Das gleißende Sonnenlicht traf auf weiße Wände und wurde von den in fröhlichem Blau gestrichenen Verzierungen reflektiert. Es war, als befände man sich in einem Verhörraum.

Sie schloss die Augen wieder. Erschöpfung und Angst durchfluteten sie. Durch das geöffnete Fenster hörte sie Vögel und das leise Rauschen des Meeres. Das sollte sie beruhigen. Das machten Menschen doch, wenn sie gestresst waren, oder? Sie lauschten dem stetigen Geräusch von Regen oder von Meereswellen. Und hier lag sie, lauschte dem Meer und hatte sich nie im Leben weniger entspannt gefühlt.

Ihre Brust war eng, ihre Muskeln schmerzten, und in ihrem Kopf herrschte die nackte Panik. Nichts davon hatte etwas mit dem Champagner zu tun, den sie getrunken hatte, sondern ausschließlich mit den Ereignissen des vorigen Abends, die jede Aussicht auf Erholung im Handstreich zerstört hatten. Sie hatte gedacht, dass sie eine weitere Hochzeit ihrer Mutter durchstehen könnte, und ihren Anteil dazu beigetragen. Sie war davon ausgegangen, sie könnte die Zähne zusammenbeißen, sich ein Lächeln abringen und vielleicht sogar gratulieren, wie sie es bei anderen

Gelegenheiten getan hatte. Es war ihr egal gewesen, wen ihre Mutter heiraten wollte, weil es für sie keine Rolle gespielt hatte.

Jetzt spielte es eine Rolle. Und es war ihr nicht egal.

Ihr Vater. Ihre Mutter wollte ihren Vater heiraten.

Sie stöhnte auf und drückte das Gesicht ins Kissen. Die ganze Angelegenheit fühlte sich so merkwürdig an, wie sie klang.

Immer wenn sie in den letzten Wochen an ihren Vater gedacht hatte, hatte sie ihn sich in seinem Strandhaus auf Cape Cod vorgestellt. Wie er allein oder mit seinen Künstlerfreunden malte oder barfuß am Strand entlangspazierte, wie er sich und seinen Kopf beschäftigt hielt, damit er nicht an die Frau denken musste, von der er sich vor langer Zeit hatte scheiden lassen und die er nun wieder heiraten wollte. Sie hatte sich vorgestellt, wie er nachts wach lag, einsam und traurig.

Jetzt stellte sie sich vor, wie er mit ihrer Mutter lachte. Ihre Mutter küsste. *Im Bett war mit ihrer Mutter.*

Ein heiß-kalter Schauer überfuhr sie, und sie setzte sich auf.

Das wollte sie sich nicht vorstellen.

Daran wollte sie nicht denken.

Sie fuhr sich mit den Fingern über die Stirn, als könnte sie den Gedanken ausradieren. Warum sollte er das tun? Sie kapierte es einfach nicht. Es war weder richtig noch vernünftig. Sie musste mit ihm sprechen, ohne dass ihre Mutter dabei war. Musste ihn überzeugen, ihm die Gelegenheit geben, seine Gefühle zu überprüfen. Warum versuchte er, in die Vergangenheit zurückzukehren?

Sie stand auf und ging ins Badezimmer.

Durch das große Fenster sah sie das Meer, das im Morgenlicht türkis und silbrig schimmerte.

Adeline war sieben Jahre alt gewesen, als ihre Mutter die Villa gekauft hatte – der erste Hinweis darauf, wie erfolgreich ihre Mutter geworden war. Davor hatte Adeline nicht über deren Karriere nachgedacht. Ihre Familie schien nicht anders zu sein als andere.

Ihr Vater arbeitete in einer Bank und tat dort etwas, für das er einen Anzug tragen und ihr kleines Haus im Westen von London verlassen musste, bevor Adeline wach war. Ihre Mutter verbrachte die Zeit mit Schreiben, was bedeutete, dass sie zu Hause bei Adeline war. Zu Hause zu sein bedeutete nicht immer, präsent zu sein, doch Adeline verstand, dass sich die Arbeit ihrer Mutter von der anderer Menschen unterschied. Sie lernte, dass, wenn die Tür zum Gästezimmer geschlossen war, sie nicht hineingehen durfte. Irgendwann würde ihre Mutter herauskommen (lächelnd oder nervös, das hing davon ab, wie ihr Schreiben lief) und sie würden Zeit miteinander verbringen. Sie gingen durchs Parks, an der Themse entlang, durch die Altstadt von London. Adeline liebte diese Momente, wenn sie ihre Mutter für sich hatte. Am meisten liebte sie es, wenn sie nebeneinander auf dem Sofa saßen und lasen und dem Regen lauschten, der an das Fenster schlug. Manchmal dachte sich ihre Mutter Geschichten für sie aus, und die liebte sie am meisten. Sie hatte sich glücklich, warm und geliebt gefühlt.

Und dann kam *Summer Star*, das Buch, das ihrer aller Leben verändert hatte.

Adeline hatte sich oft gefragt, wie ihr Leben ausgesehen hätte, wenn ihre Mutter das Buch nicht geschrieben oder die Öffentlichkeit nicht auf ein Buch wie dieses gewartet hätte. Das Timing war perfekt gewesen. Das Verlagswesen war unbeständig, doch dieses Buch traf einen Nerv. Es hatte noch keine sozialen Medien gegeben, und doch hatte sich das Buch verkauft und verkauft, war durch Empfehlungen von Freunden, Verwandten und Buchhändlern immer bekannter geworden. *Summer Star* hatte wochenlang die Bestsellerlisten in verschiedenen Ländern angeführt. Dem folgte das Geld.

Manchmal blitzten Erinnerungen auf. Zufällig. Ohne Zusammenhang. Sie war sehr jung gewesen, mit sich beschäftigt, mit der Schule, Freundinnen, ihrem neuen Welpen, doch es gab manches, an das sie sich erinnerte. Ihre Mutter, die nach einem Telefon-

gespräch mit ihrer Agentin aus dem Gästezimmer kam, tränen-
überströmt und zugleich mit Freude in den Augen. Sie hatte etwas
Unverständliches vor sich hin gemurmelt, und Adeline brauchte
einen Moment, um es zu verstehen.

Du hast kein Talent.

Sie hatte die Worte ständig wiederholt, und Adeline konnte sich
nicht erklären, wovon ihre Mutter sprach oder warum sie gleichzeitig lächelte und weinte.

Für sie war klar, dass ihre Mutter Talent hatte, weshalb das alles
keinen Sinn ergab.

Ihre Mutter hatte Adeline an den Schultern genommen, mit fes-
tem Griff und leuchtenden Augen. *Glaube niemals jemandem, der
dir sagt, dass du etwas nicht kannst. Versprich mir das.*

Adeline hatte es versprochen, auch wenn sie keine Ahnung hatte,
was sie da versprach. Doch sie hätte alles gesagt, denn diese leicht
unkontrollierte Version ihrer Mutter war beängstigend.

Das ist ein neuer Anfang, sagte ihre Mutter immer wieder. Ein
neuer Anfang.

Erst nach einer Weile hatte Adeline begriffen, dass jedem Anfang ein Ende folgte. In diesem Fall endete die Ehe ihrer Eltern.
Sie war zu jung gewesen, um die Einzelheiten zu verstehen, doch
alt genug, um die Spannungen wahrzunehmen. Die Stimmung im
Haus veränderte sich. Die Arbeitsroutine ihrer Mutter veränderte
sich. Sie verbrachte ihre Tage nicht mehr damit, in ihrem Büro an
ihrem neuesten Buch zu schreiben. Sie sollte auf Tour gehen und
in mehreren Ländern Bücher signieren.

An den Abenden, an denen sie fort war, fand Adeline ihren Vater
oft in ihrem Arbeitszimmer sitzend, wo er auf die Regale mit den
Büchern ihrer Mutter starrte. Einmal hatte er sie auf den Schoß genommen, an sich gezogen und gemurmelt: »Ich war nicht genug.«

Sie wusste nicht, was das bedeutete, ahnte aber, dass es nichts
Gutes war.

Und dann hatte ihre Mutter die Villa auf Korfu gekauft.

Als Adeline sie das erste Mal zu Gesicht bekam, war es ihr vorgekommen, als träte sie in ein anderes Leben.

Die Villa lag an einem steilen Berghang, der sich bis hinunter zum Meer erstreckte. Sie war aus lokalem Stein erbaut und wirkte auf den ersten Blick rustikal, doch der Eindruck verschwand, sobald man die Schwelle überschritt. Von dem schön geschwungenen Wohnzimmer, das sich zur Terrasse öffnete, über den Infinity-Pool bis zu den ruhigen Schlafzimmern mit jeweils eigener Terrasse – die Villa bot puren Luxus. Sie war in Creme- und Pastelltönen eingerichtet, mit blauen und violetten Akzenten, die die Farben des Meeres und des Himmels aufnahmen. Weiße Marmorböden reflektierten das Licht. An der Wand hingen riesige Gemälde, doch die meisten Besucher konzentrierten sich nicht auf die Kunst, sondern auf den Ausblick.

Adeline war sowohl beeindruckt als auch eingeschüchtert. Die meiste Zeit aber hatte sie Heimweh nach London und nach dem Stadthaus mit ihrem gemütlichen Dachzimmer voller Spielzeug und Bücher. Ihr Vater schien ebenfalls unsicher zu sein, obwohl sie allmählich spürte, dass zwischen den beiden Erwachsenen in ihrem Leben etwas Komplizierteres vorging. Ihre Mutter schwebte in bunten Kaftanen herum und starrte sehnsüchtig aufs Meer wie eine Heldin aus einem ihrer Romane. Ihr Vater betrachtete ihre Mutter, als versuche er, sie wiederzuerkennen und diesen Menschen zu verstehen, den er geheiratet hatte. Das Lachen wich scharfen Worten und erhobenen Stimmen.

Das war der erste Hinweis gewesen, dass Beziehungen nicht immer gleich blieben. Dass Liebe nichts Konstantes war. Dass sie ebenso leicht entzogen werden konnte, wie sie gegeben worden war.

Mit einem Seufzer wandte sich Adeline vom Fenster ab und trat unter die Regendusche. Sie sollte jetzt nicht darüber nachdenken. Es gab genug Probleme in der Gegenwart, auch ohne in die Vergangenheit zurückzugehen.

In der Ruhe ihres Londoner Apartments war sie überzeugt gewesen, dass sie damit umgehen konnte, dass sie das Alte überwunden hatte. Sie war ausgebildet für solche Angelegenheiten.

In der Realität war es nicht so einfach.

Es war verstörend, dass ein so schöner, so perfekter Ort ihr Inneres dermaßen durchrütteln konnte.

Sie schloss die Augen und ließ das Wasser über sich fließen, spürte die Wärme auf ihrer Haut. Allmählich entspannten sich ihre Muskeln, und als sie die Dusche verließ, fühlte sie sich gefestigter.

Sie wickelte eines der großen weichen Handtücher um sich. Ihre Kleidung befand sich noch in ihrem Koffer, und der stand aufgeklappt neben der Tür. Ihn auszupacken wäre das ärgerliche Eingeständnis gewesen, dass diese Version der Familienhölle nicht so bald vorbei wäre. Also hatte sie es gelassen und sich gesagt, dass sie jederzeit den Koffer nehmen und abreisen könnte. In wenigen Stunden könnte sie in London sein und das alles hinter sich lassen. Es gab nichts, was sie hier hielt. Sie musste nicht bis zur Hochzeit bleiben.

Und dann hatte sie erfahren, dass der Bräutigam ihr Vater war.

Wie konnte sie jetzt abreisen?

Sie zog einen Badeanzug an, weil sie sich ihren Stress im Pool abarbeiten wollte.

»Adeline?«

Sie hörte Cassies Stimme durch die Tür ihres Schlafzimmers und spürte, wie sich in ihr etwas zusammenzog.

Sie musste nicht nur an ihren Vater denken. Wenn sie ging, wäre Cassie ganz allein mit dem Ganzen.

Mark würde sagen, dass das nicht ihr Problem sei. Er würde darauf hinweisen, dass sie und Cassie keine Beziehung hatten. Dass sie ihr nichts schuldete.

Doch so fühlte es sich nicht an. Sie konnte den Anblick ihrer Schwester am Strand nicht vergessen.

Cassie hatte sich zurückgestoßen gefühlt. Allein. Adeline wusste, wie das war.

Sie ignorierte den Schmerz in ihrer Brust und zog sich Shorts und ein Leinentop über.

Ihr noch feuchtes Haar band sie zu einem Pferdeschwanz zusammen und öffnete die Tür.

»Guten Morgen.«

Cassie stand mit zwei großen Bechern heißem Kaffee vor der Tür. Sie trug ein weites T-Shirt in einem hellen Korallenrot über abgeschnittenen Jeans. Ihre Wangen waren pink von der Sonne und übersät mit Sommersprossen. Ihre Augen blickten müde, und das Haar war nachlässig mit einem Gummi zusammengebunden. Sie sah jung und verletzlich aus.

»Hast du schon gepackt?« Sie blickte zu dem geöffneten Koffer. »Du musst nicht fahren. Wenn jemand fährt, sollte ich das sein, damit du eine gute Zeit mit deinen Eltern verbringen kannst.« Sie klang beiläufig, doch Adeline wusste, dass nichts Beiläufiges dabei war.

Ihre Halbschwester war ebenso verletzt und verwirrt wie sie selbst, vielleicht noch mehr. Cassie schien sich auszumalen, wie Catherine, Andrew und Adeline die Vergangenheit hinter sich ließen und sich zu einer netten kleinen Familie zusammenschlossen, bei der sie am Rand stand.

Adeline konnte sich das nicht ansatzweise vorstellen, und das würde auch nicht geschehen. Sie hatten ihre Chance gehabt, eine gute Familie zu sein, und versagt. Warum also sollte es diesmal anders sein?

»Ich habe nicht gepackt. Ich habe mir nicht die Mühe gemacht auszupacken.«

»Ich weiß nicht, ob es das schlimmer oder besser macht.« Cassie lächelte schief. »Ich wollte mich bedanken für letzte Nacht. Dass du nach mir gesucht hast. Dass du zugehört hast. Ich fühlte mich furchtbar, und du hast es besser gemacht. Tut mir leid, dass ich so erbärmlich war.«

»Du warst nicht erbärmlich. Deine Reaktion war berechtigt und verständlich.« Sie fing Cassies ängstlichen Blick auf, und eine lang verschüttete Emotion in ihr erwachte zum Leben. Eine Verbindung, die sie immer abgelehnt hatte. »Hast du geschlafen?« Sie hätte vermutlich nicht fragen sollen. Sie kam kaum mit ihren eigenen Gefühlen klar, konnte nicht auch noch die von jemand anderem aufnehmen.

»Nicht viel. Du?«

Adeline schüttelte den Kopf. »Nein.« Sie blickte zu ihrem Koffer. Die Schachtel, die Maya geschickt hatte, war noch immer ungeöffnet. Da sie ebenso gut jetzt wie irgendwann anders nachsehen konnte, was ihre Freundin für sie ausgesucht hatte, schob sie einen Finger unter die Banderole und öffnete den Karton.

Sie blinzelte, als sie die Regenbogenfarben sah.

»Verdammt, Maya«, murmelte sie. »Mark hatte recht. Ich hätte nachsehen sollen.«

Sie nahm ein Sommerkleid in hellem Zitronengelb heraus und dann ein weiteres in einem leuchtenden Korallenrot und mit so dünnen Trägern, dass sie aussahen, als würden sie beim kleinsten Zug reißen.

»Wow. Das ist toll!« Cassie stand noch im Türrahmen und starrte auf das Kleid, das Adeline hochhielt. »Es wird großartig an dir aussehen. Tut mir leid, ich wollte dich nicht stören, aber hast du Schmerztabletten? Ich glaube nicht, dass ich die nächsten Stunden ohne medizinische Unterstützung überlebe.«

Adeline griff in ihren Koffer und holte eine kleine Schachtel heraus. »Nimm sie. Ich habe noch mehr.«

»Danke.« Cassie stellte die Kaffeebecher auf den Tisch und steckte sich die Schachtel Tabletten in die Tasche ihrer Shorts. Sie betrachtete noch immer das Kleid. »Warum siehst du es so misstrauisch an?«

»Weil ich solche Kleider nicht trage.«

»Warum hast du es dann gekauft?«

»Habe ich nicht. Ich habe eine Freundin, die für ein Modemagazin arbeitet, und sie hat mir ein Paket mit Kleidung als Geschenk geschickt. Ich hätte wohl besser zu Hause erst hineingesehen.«

»Das ist ein unglaubliches Geschenk.« Cassie trat näher, um den Inhalt der Schachtel zu betrachten. »Da sind einige fantastische Sachen drin. Ich muss meine Freundinnen überdenken. Keine von ihnen würde mir so etwas schicken.« Sie hob ein fließendes, fast durchsichtiges Strandwickelkleid in einem Türkiston hoch. »Ich verstehe das Problem nicht.«

»Das Problem ist, dass sie Kleidung ausgewählt hat, die zu ihrem Leben passt, nicht zu meinem.«

Cassie legte das Wickelkleid zurück und grinste. »Als deine Schwester muss ich dir sagen, dass du dein Leben ändern solltest, wenn es nicht zu diesen Kleidern passt.«

Adeline zog die Kleider auf Bügel. »Maya würde dir zustimmen.« Sie wusste nicht, warum sie sich die Mühe machte, sie aufzuhängen, doch Cassie sollte nicht denken, dass sie weggehen würde, sobald sie ihr den Rücken kehrte. Sie aufzuhängen signalisierte hoffentlich, dass sie noch blieb.

»Ich weiß nicht, ob du Kaffeetrinkerin bist.« Cassie nahm einen Becher und reichte ihn ihr. »Er ist stark.«

»Ich bin Kaffeetrinkerin und stark ist gut. Danke.«

Adeline schob den leeren Koffer unter das Bett und nahm den Becher. »Mein Kopf bringt mich um. Dir geht es offenbar genauso.«

Cassie lächelte kurz. »Was meinst du, warum ich dich um Schmerztabletten gebeten habe? Wenn es dir lieber ist, lass ich dich allein.«

Es wäre ihr lieber. Sie musste über so vieles nachdenken, und das konnte sie am besten, wenn sie allein war. Außerdem war sie nicht sicher, ob sie mit Cassies Emotionen so gut umgehen konnte wie mit ihren eigenen.

Dann sah sie ihre Schwester und den Ausdruck in ihren Augen. Unsicherheit.

Ihre Lippen bewegten sich und formten die Worte, die sie nicht hatte sagen wollen: »Lass uns den Kaffee auf der Terrasse trinken.«

Cassies Miene erhellte sich. »Wirklich? Bist du sicher?«

Adeline spürte einen Schmerz in sich aufsteigen. Sie kannte dieses Gefühl. Unsicherheit. Nicht zu wissen, ob man erwünscht war.

»Ja. Wir stecken hier gemeinsam drin, Cassie.« Sie betonte das Wort gemeinsam und bemerkte das Glänzen in den Augen ihrer Schwester, bevor sie blinzelte.

»Richtig. Gut.« Cassie reichte Adeline ihren Becher, um die Tür zu öffnen, die vom Schlafzimmer zur Terrasse führte.

Sie setzten sich auf die Liegen. Direkt unter ihnen glänzte in einladendem Türkis das Meer.

»Es ist merkwürdig, nicht wahr, sich hier an diesem wundervollen Ort zu befinden und so gestresst zu sein.« Cassie streckte sich auf der Liege aus. Der Kaffee schwappte bei der Bewegung über und hinterließ kleine Flecken auf ihrem T-Shirt. Sie fluchte und stellte den Becher auf dem Boden ab. »Mein Kopf wummert. Ich hätte wohl den Champagner nicht trinken sollen, aber zu unserer Verteidigung: Es war ein Tiefpunkt in unserem Leben.«

»Ich weiß. Obwohl ich mich normalerweise zu zügeln weiß, wenn ich an Tiefpunkten bin. Ich glaube nicht an Drogen als Stimmungsregulator.« Doch gestern Abend hatte sie es nicht gewusst. Gestern Abend hatte sie Dinge getan, die sie sonst nicht getan hätte, und alles Mögliche gesagt, das sie sonst nicht gesagt hätte. Sie hatte sogar mit Cassie über Mark geredet. Was war nur mit ihr los?

Cassie sah sie an. »Du bist nie zügellos?«

»Nein. Ich finde es wichtig, seine Gefühle anzuerkennen und mit ihnen umzugehen, nicht, sie zu betäuben.«

»Ich sehe es mehr als ein Betäuben, bis man in der Lage ist, mit ihnen umzugehen.« Cassie nahm einen Schluck Kaffee. »Und ich finde, es ist etwas Gutes, zügellos zu sein.«

»Ich nicht.« Ihr Kopf hämmerte. Sie setzte sich eine Sonnen-brille auf. »Das Schlimmste, was du an einem Tiefpunkt machen kannst, ist, dich Alkohol, Zucker oder sogar Drogen hinzugeben.«

Cassie zuckte mit den Schultern. »Na ja, wir haben keine Dro-gen genommen, das ist dann wohl ein Gewinn.«

»Ich hätte nicht kommen sollen. Mark hatte recht.«

»Mark ist der Typ, der meint, du solltest deine Prioritäten über-denken? Ich finde, er klingt nicht sympathisch.«

Was sagte es über ihre Beziehung aus, dass sie nicht einmal den Drang verspürte, ihn zu verteidigen?

Sie fragte sich allmählich, warum sie so lange bei ihm geblieben war.

»Warum hältst du es für etwas Gutes, dass ich zügellos war?«

»Für mich war es gut. Du hast dadurch weniger einschüchternd gewirkt. Menschlicher.«

Adeline hätte nicht überraschter sein können. »Du findest mich einschüchternd?«

»Ein bisschen. Du bist sehr gefasst und kontrolliert. Aber ges-tern Abend warst du ein bisschen aus dem Gleichgewicht und außerdem sehr ehrlich. Das war erfrischend. Und es führte dazu, dass ich mich viel besser fühlte, weil ich ausgeflippt war. Hast du etwas gegen deine Kopfschmerzen genommen?«

»Nein, aber ich trinke viel Wasser.« Adeline war noch erschüt-tert von der Eröffnung, dass sie einschüchternd war.

»Wenn du normalerweise nicht trinkst und dich nicht mit Zu-cker vollstopfst, wie gehst du dann mit Stress um?«

»Meditation. Kontrolliertes Atmen. Yoga. Training, wenn es passt und sicher ist.«

»Und funktioniert das?« Cassie starrte sie an. »Als jemand, die dazu neigt, als Erstes zur Schokolade zu greifen, finde ich das be-eindruckend. Und ein bisschen beängstigend, wenn ich ehrlich bin.«

»Je nachdem, wie groß der Stress ist, funktioniert es.« Adeline setzte ihren Kaffee ab. Vielleicht war Koffein doch keine so gute Idee. »Liegt es an mir oder leuchten diese Blumen wirklich?«

»Die Bougainvilleen? Sie leuchten, und nach einer Flasche Champagner noch intensiver. Schade, dass man sie nicht dimmen kann, bis wir uns erholt haben.« Mit ihrem zerzausten Haar und den schläfrigen Augen erinnerte Cassie Adeline an eine flauschige kuschelige Katze.

»Du bist gern hier, oder?«

»Ja. Vor allem im Cottage. Mein Zimmer ist so friedvoll. Ich liebe den kleinen Schreibtisch unter dem Fenster. Ich habe an dem Platz so viele Stunden mit Schreiben verbracht. Allerdings auch voller Ablenkung mit dem Meer und dem Garten und den Vögeln.«

»Schreiben?«

»Essays. Hausarbeiten. So was.« Röte schlich sich in Cassies Wangen. Sie schien etwas sagen zu wollen und verkniff es sich. »Langweiliger Kram.«

Nicht langweilig, dachte Adeline, aber etwas, das sie nicht preisgeben wollte.

Sie begriff, wie wenig sie über ihre Schwester wusste. »Bist du nicht versucht, im Wissenschaftsbetrieb zu bleiben?«

»Nein. Ich warte, ob sich etwas entwickelt.« Ihr Handy klingelte, sie holte es hervor und sah aufs Display.

»Oliver?«

Cassie schüttelte den Kopf. »Unterdrückte Nummer. Was bedeutet, dass es vermutlich ein Schwindel oder ein Verkaufsgespräch ist. Jemand, der mich unvorbereitet erwischen und mich beschwatzen will, ihm mein ganzes Geld zu überweisen.« Sie legte das Handy beiseite. »Was ist mit dir? Wann hast du dich entschieden, Psychologin werden zu wollen?«

»Ich war zehn.«

»Was ist passiert, als du zehn warst? Lag es an der Scheidung? Nein, du müsstest acht gewesen sein, als die kam.« Cassie wurde rot. »Vermutlich möchtest du nicht darüber reden. Es ist nur, dass ich einen großen Teil meines Lebens vermisse, den, in dem du hättest sein sollen. Unsere Mutter redet nicht viel über diese Zeit.«

Adeline redete auch nicht darüber.

Sie wusste nicht, ob sie ausgerechnet jetzt darüber reden wollte, so emotional durchgeschüttelt, wie sie war.

Doch Cassie sah sie voller Hoffnung und Erwartung an, und Erinnerungen tauchten in ihr auf. Cassie mit achtzehn Monaten, wie sie ihre pummeligen Ärmchen nach Adeline ausstreckte, damit die sie hochhob. Cassie, die auf ihrem Schoß lag, während Adeline ihr vorlas. Cassie, die ihr nicht von der Seite wich.

Sie schluckte. »Mit zehn wurde ich fortgeschickt, um bei meinem Vater zu leben.«

»Oh.« Cassie runzelte die Stirn. »Das klingt, als hättest du keine Wahl gehabt.«

Sie hatte keine Wahl gehabt.

Man sagte, dass Erinnerungen irgendwann verblassen, doch diese war nicht verblasst. Sie erinnerte sich noch an das qualvolle und herzzerreißende Gefühl von Verlust, als sich ihre Welt erneut veränderte. Zu diesem Zeitpunkt begriff sie, dass Emotionen so viel mehr waren als nur starke Gefühle, die aufstiegen und sich wieder zurückzogen wie das Meer am Strand. Sie waren so viel mehr als Liebe, Freude, Aufregung und Furcht. Emotionen hatten Macht. Emotionen konnten einen verändern. Tief innen, von innen nach außen, konnten sie die Persönlichkeit verändern.

»Adeline?« Cassies sanfte Nachfrage brachte sie zurück in die Gegenwart.

Und nun runzelte sie die Stirn. Glaubte Cassie wirklich, dass sie sich damals entschieden hatte zu gehen?

»Hat sie dir das erzählt? Dass ich gehen wollte? Das ist nicht wahr.«

Offensichtlich war diese Information neu für Cassie. »Würdest du mir alles darüber erzählen? Aus deiner Perspektive? Falls lieber nicht, verstehe ich das. Dann lassen wir das Thema fallen und sprechen nie wieder darüber.«

Ihre Schwester war so liebenswürdig und warmherzig, wie sie es schon als Kleinkind gewesen war, und Adeline dachte erleichtert, dass das Leben daran nichts geändert hatte. Dass Erfahrungen und Emotionen ihr diese Weichheit nicht genommen hatten.

Doch was würde geschehen, wenn sie die Geschichte hörte?

»Das liegt in der Vergangenheit«, sagte sie schließlich. »Wir sollten es vermutlich dort lassen.«

»Wenn du es dort lassen willst, dann tun wir das. Aber falls du dir Sorgen um mich machst, dann bitte nicht. Ich würde es gern wissen. Bis gestern Abend hatte ich ein ziemlich klares Bild von meiner Vergangenheit, doch das wird mit jeder Minute trüber. Es gibt so viel, das ich nicht verstehe. Ich möchte nur die Wahrheit erfahren.«

Adeline verspürte Mitgefühl, denn ihr ging es genauso. Es gab so vieles, das sie beide an den aktuellen Geschehnissen nicht verstanden. Sie konnte zumindest die Teile erklären, die sie sicher wusste.

»Du hast recht, dass ich acht war, als sie sich scheiden ließen. Wie den meisten Kindern war mir nie in den Sinn gekommen, dass sich mein Leben ohne Vorwarnung so grundlegend verändern könnte. In diesem Alter ist man sehr mit sich selbst beschäftigt. Wenn ich älter gewesen wäre, hätte ich die Zeichen vielleicht gesehen, doch das tat ich nicht.«

Cassie hörte aufmerksam zu. »Das muss ein furchtbarer Schock gewesen sein.«

»Das war es. Ich erspare dir die Einzelheiten, denn sie sind nicht wichtig. Am Anfang lebte ich weiterhin hier und verbrachte die Ferien bei meinem Vater. Das war fast zwei Jahre lang das Arrangement. Dann änderte sich von einem Tag auf den anderen alles, und sie schickte mich fort, ich sollte bei meinem Dad leben.« Es fiel ihr leichter, darüber zu sprechen, als sie gedacht hatte. Vielleicht lag es daran, dass ihr Gefühlsausbruch am Abend zuvor etwas in ihr geöffnet hatte. Oder vielleicht war ihre Schwester einfach ein Mensch, mit dem man überraschend gut sprechen konnte. »Sie sagte, es wäre das Beste für mich. Tatsächlich meinte sie, dass es das Beste für sie war. Sie hatte einen neuen Ehemann und ein neues Baby, und ich war im Weg.« Sie konnte unmöglich in Worte fassen, wie sie sich damals gefühlt hatte, doch vielleicht war das auch gar nicht nötig, denn Cassie gab einen mitfühlenden Laut von sich.

»Ich kapiere es nicht. Mir hat sie immer erzählt, dass du bei deinem Vater wohnen wolltest. Sie sagte, dass du dir das so gewünscht hast. Ich erinnere mich, dass sie bei einem deiner Besuche, als du älter warst, nach deiner Abreise weinte. Ich meine, wirklich weinte. Sie schluchzte so sehr, wie ich es nie zuvor erlebte hatte. Und als ich sie fragte, was los sei, sagte sie mir, dass das Leben manchmal sehr kompliziert sein könne. Dass sie dich vermisse.«

Adeline dachte nach. »Das kann nicht stimmen.«

»Tut es aber. Ich erinnere mich gut daran, weil ich so durcheinander war. Sie tat mir leid, ich glaubte ja, du hättest dich entschieden wegzugehen. Und ich fühlte mich schuldig, weil ich dachte, dass ich der Grund dafür war.« Cassie zuckte verlegen die Schultern. »Ich dachte, dass du nicht in meiner Nähe sein wolltest.«

»Du könntest nicht falscher liegen.« Adeline hatte eigentlich das Gespräch beenden wollen, nachdem sie die Fakten genannt hatte, doch das konnte sie nun nicht mehr tun. »Du warst der beste Teil von meinem neuen Leben. Von der Sekunde an, als ich dich zum ersten Mal sah, hab ich dich geliebt.«

Cassie straffte sich. »Tatsächlich?«

»Ja. Und niemand war überraschter als ich. Bevor du auf die Welt kamst, lehnte ich dich ab.« Es fühlte sich merkwürdig an, Dinge auszusprechen, die sie so lange für sich behalten hatte. »Ich glaubte, dass du und dein Dad der Grund wären, dass meine Familie zerbrochen war. Dass meine Eltern noch zusammen wären, wenn sie dich nicht bekommen hätte. Das stimmt natürlich nicht, aber Achtjährige haben noch keine komplexe Vorstellung von den Beziehungen der Erwachsenen. Ich war entschlossen, dich zu hassen, doch dann lagst du da mit deinem flaumigen Haar und den großen Augen.« Sie lächelte bei der Erinnerung. »Du warst so ein süßes kleines Ding.«

»Du fandest mich süß?«

»Du warst süß.« Adeline sah sie an. »Ich schwöre, dass du mit einem Lächeln auf die Welt kamst. Statt dich umzubringen, wollte ich dich viel lieber halten und mit dir kuscheln. Was ich auch gemacht habe. Deinetwegen konnte ich anfangen, dieses neue Leben und die Scheidung meiner Eltern zu akzeptieren. Du hast viel dazu beigetragen, meinen Stresslevel runterzufahren.«

Cassie atmete tief aus. »Und ich habe immer gedacht, dass du mir die Schuld gibst.«

»Wie hätte ich dir die Schuld geben können? Du warst ein Baby. Selbst mein achtjähriges Ich wusste, dass du nichts dafür konntest. Bevor du auf die Welt kamst, war ich dir nicht besonders wohlgesinnt, das stimmt. Aber danach? Die Welt schien mit dir ein besserer Ort zu sein.« Sie erlaubte sich selten, an jene Zeit zu denken, doch jetzt tat sie es und spürte, wie die Gefühle sich zu einem Knoten in ihrer Brust verdichteten. »Als du angefangen hast zu krabbeln, bin ich dir kaum von der Seite gewichen. Ich passte auf, dass du nicht irgendwohin kamst, wo du nicht hinsolltest. Als du deine ersten Schritte gemacht hast, war ich da. Drei hast du geschafft und bist mir dann in den Schoß gefallen. Dein erstes Wort war Adda.«

»Was sollte das heißen?«

Adeline lächelte. »Adeline, aber du konntest nur Adda herausbringen.«

»Adda.« Cassie wiederholte es lächelnd. »Das gefällt mir.«

»Unserer Mutter gefiel es nicht. Sie versuchte, dich dazu zu bringen, stattdessen Dadda zu sagen. Ich schätze, sie glaubte, es würde deinem Vater gefallen. Und du hast Bücher geliebt, auch wenn du damals vor allem auf ihnen herumgekaut hast. Mein

Lieblingsbuch war *Matilda*. Ich habe es immer noch. Es hat Zahnabdrücke an einer Ecke.«

Cassie lachte. »Tut mir leid.«

»Muss es nicht. Das ist eine gute Erinnerung.« Aber zugleich eine schmerzhafte. Adeline drehte sich zu Cassie. »Ich habe mir vorgestellt, dass wir zusammen aufwachsen. Du hast mich bedingungslos geliebt und ich dich ebenso. Ich wollte dir alles beibringen. Ich wollte dich trösten, wenn die Welt schrecklich war.« Damals hatte sie sich dieses Gefühl zum letzten Mal erlaubt. Hatte sie zum letzten Mal ohne Bedingungen geliebt.

»Das wusste ich nicht.« Cassies Augen schimmerten. »Ich wusste nichts davon.«

»Das kannst du auch nicht, du warst damals viel zu klein. Und dann aßen wir eines Morgens gemeinsam unser Frühstück, du und ich …« Sie atmete tief durch, als sie die Erinnerung an jenen Morgen an sich heranließ. »Maria hatte dir Eier gemacht. Ich brachte dir gerade bei, wie man den Toast in die Eier stippt. Plötzlich tauchte unsere Mutter auf, völlig aufgelöst, und sagte mir, dass Kostas mich zum Flughafen fahren und ich bei meinem Vater bleiben würde. Ich fragte die ganze Zeit: *Für wie lange? Wie lange werde ich da sein?* Ich wollte nicht weg, stritt mit ihr. Ich bettelte sie an. Aber sie sagte, ich müsse ihr vertrauen und dass sie das täte, was richtig für mich sei.« An jenem Tag war ihre Mutter sehr merkwürdig gewesen. Eine Erinnerung tauchte in ihr auf. »Ich habe geweint, aber es hat sie nicht gekümmert.«

»Ach Adeline …«

»Ich habe erst nach einer Weile verstanden, dass es für immer war, dass ich nicht mehr bei euch wohnen würde. Und das bedeutete, dass ich auch nicht mehr mit dir zusammen wäre. Der Teil verstörte mich am meisten.«

Und sie hatte erwachsen sein wollen, um ihre eigenen Entscheidungen zu treffen, damit ihr Leben nicht auf den Kopf gestellt wurde aus Gründen, die keinen Sinn für sie ergaben.

»Ich weiß das nicht mehr.« Cassie putzte sich die Nase. »Ich erinnere mich nur an diese späteren Jahre, wenn du kamst und distanziert und unnahbar warst. Ich wollte mit dir spielen, doch du
hattest kein Interesse.«

»Das war nicht der Grund. Ich habe dich vermisst.« Diese vier
einfachen Worte *Ich habe dich vermisst* beschrieben nicht ansatzweise das Trauma, das sie erlitten hatte. »Ich war völlig durcheinander. Ich konnte nicht glauben, dass sie mich fortgeschickt hatte.
Ich war so wütend auf sie. Ich hatte keine Ahnung, womit ich das
verdient hatte. Es ergab keinen Sinn für mich. Danach zog ich
mich emotional zurück, auch wenn ich mir dessen damals nicht
bewusst war. Es war natürlich Angst.« Das mächtigste aller Gefühle. »Ich hatte Angst, dir wieder nahzukommen. Ich schätze, ich
ging davon aus, dass ich mir mein Leben leichter machen würde,
wenn ich nicht so starke Bindungen aufbauen würde. Erst nach
Jahren habe ich verstanden, dass ich Verlassensängste hatte und
alles, was damit einhergeht. Wut, Missstimmungen, Bindungs-
probleme.« Adeline hielt inne und räusperte sich. Sie verstand
ihre Probleme besser als die meisten, doch das machte es nicht
einfacher, mit ihnen umzugehen. Wenn überhaupt, war es noch
frustrierender, weil sie das alles so herausfordernd fand. »Es war
eine furchtbare Zeit. Dass mein Vater nicht wusste, wie er mit mir
umgehen sollte, war auch nicht hilfreich, und er quälte sich ebenfalls. Er war am Boden zerstört, als sie sich von ihm scheiden ließ.
Niedergeschmettert. Er konnte kaum mit seinen eigenen Gefühlen umgehen, geschweige denn mit meinen. Also tat er das, was
er immer tut, wenn er nicht weiß, was er tun soll. Er suchte sich
einen Experten. Zu meinem Glück war die Expertin Tanya.«

»Tanya?«

»Sie war eine Kinderpsychologin. Die Frau von jemandem, mit
dem mein Vater arbeitete. Ich nehme an, er hat mal darüber gesprochen, wie schwer es mit mir sei. Ich war damals einfach zutiefst verängstigt. Ich erlaubte mir nicht, zur Ruhe zu kommen,

weil ich wusste, dass sich alles jederzeit ändern könnte. Und darauf musste ich vorbereitet sein. Wenn Dad das Haus verließ, ging ich davon aus, dass er nicht wiederkam. Wenn ich einen Teller zerbrach oder eine rote Socke mit seinen weißen Hemden gewaschen hatte, nahm ich an, dass er mich wegschicken würde. Ich wollte nicht zur Schule gehen, weil ich fürchtete, dass er in meiner Abwesenheit das Haus ausräumen und abhauen würde.« Es war Jahre her, dass sie sich erlaubt hatte, an diese Zeit zurückzudenken, und es fiel ihr nicht leicht. Sie fühlte den Schmerz von damals und hatte zugleich ein schlechtes Gewissen, was ihr Vater mit ihr hatte durchmachen müssen. »Zu sagen, dass ich anhänglich war, wäre eine Untertreibung. Ich hatte solche Angst, dass er mich verlässt.«

»Aber warum hast du gedacht, dass er das tun würde? Er liebt dich.«

»Aber meine Mutter liebte mich auch und hat mich weggeschickt.« Adeline starrte vor sich hin. »Mit zehn Jahren schien das eine logische Schlussfolgerung zu sein. Tanya half mir einzusehen, dass es nicht an mir lag. Dass ich nichts falsch gemacht hatte. Sie sprach auch mit meinem Vater und half uns, miteinander zu reden. Wir beide hatten schwierige Gespräche immer vermieden, doch wir merkten bald, dass sie die Dinge einfacher machten. Auf eine gewisse Art hat sie mich gerettet. Also habe ich beschlossen, den gleichen Beruf zu ergreifen wie Tanya. Ich wollte einen Unterschied im Leben anderer bewirken.«

»Und deshalb hast du Psychologie studiert.« Cassie erhob sich und zog ihre Liege weiter in den Schatten. »Ich wusste nichts davon. Ich habe die Leerstellen mit meinen Vorstellungen gefüllt und lag damit falsch. Was ist mit meinem Vater? Erinnerst du dich an ihn?«

Es war offensichtlich, dass ihre Schwester sich nach einer lebhaften Erinnerung sehnte, und sei es auch nur ein Krümel an Information, den sie dem hinzufügen konnte, was sie über ihren Vater wusste.

Adeline bedauerte, dass sie ihr nicht geben konnte, was sie sich wünschte. »Kaum. Ein paar verschwommene Bilder. Unbedeutende. Ich weiß noch, dass er mal die Lieblingsvase unserer Mutter zerbrochen hat und ich erleichtert war, dass ihm das passiert war und nicht mir. Es tat ihm entsetzlich leid, und er hat sich tausend Mal entschuldigt. Und ich erinnere mich, dass unsere Mutter gestürzt war und er sehr fürsorglich war. Sehr aufmerksam. Er ließ uns nicht in ihr Zimmer, weil sie sich ausruhen sollte.«

»Wie ist sie gestürzt?«

»Das weiß ich nicht mehr. Nur, dass sie eine hässliche Wunde am Kopf und einen blauen Fleck hatte. Du wolltest sie umarmen, doch er ließ dich nicht auf ihren Schoß klettern, weil du ihr wehtun könntest. Er bat mich, dich mitzunehmen und mit dir zu spielen.«

»Er hat sie so geliebt. Er wollte sie beschützen.«

»Ja.« Adeline hatte seit Jahren nicht mehr an den Vorfall gedacht.

»Erinnerst du dich noch an etwas anderes? Ich habe eine Million Fragen. Soll ich noch einen Kaffee machen? Toast?«

Adeline schüttelte gerade bedauernd den Kopf, als sie Schritte hörte und ihr Vater auftauchte.

Die Schwestern unterbrachen ihr Gespräch. Der Fokus wanderte von der Vergangenheit zur Gegenwart.

»Dad.« Sie stand auf, und sofort war das Gefühl von Beklemmung wieder da.

»Hallo, Mädchen.« Ihr Vater wirkte unsicherer, als sie ihn jemals erlebt hatte. Er wirkte auch verändert. Jünger. Erst jetzt fiel ihr auf, dass er einen anderen Haarschnitt hatte. Dass seine Kleidung modischer war. Nichts mehr zu sehen von dem fleckigen Shirt und den alten Jeans, die er normalerweise trug, wenn sie in seinem Haus in Cape Cod war. Vermutlich war das dem Einfluss ihrer Mutter zuzuschreiben.

Wieder stiegen die Gefühle vom Vorabend in ihr auf, die Kränkung, dass er ihr nichts gesagt hatte, doch sie schob sie beiseite.

Das konnte warten. Jetzt hatte er Priorität. Sie musste ihn verstehen. Musste ihm helfen einzusehen, welch schlechte Idee das Ganze war.

»Ich gehe duschen«, sagte Cassie und verschwand, bevor Adeline sie aufhalten konnte.

Und vielleicht hätte sie sie auch gar nicht aufgehalten.

Sie musste ihrem Vater ein paar Dinge sagen, und das am besten unter vier Augen.

»Setz dich, Dad.«

Gestern Abend hatte sie ihre Emotionen nicht unter Kontrolle gehabt. Sie war in ihre Kindheit katapultiert worden und sie hatte es zugelassen, doch heute wollte sie es besser machen. Sie wollte verstehen. Sie musste verstehen. Und egal was geschah, sie würde ruhig bleiben.

Statt sich zu setzen, streckte er die Hand nach ihr aus. »Der Morgen ist so schön. Wollen wir spazieren gehen?«

Es gab einen Weg, der der Biegung des Strandes bis zum Dorf folgte. Der abgelegene Pfad war beliebt bei Einheimischen und bei solchen Touristen, die dem Trubel der Hotspots von Korfu entgehen wollten.

Vielleicht würde ein Spaziergang das Gespräch einfacher machen. Wenn sie in Cape Cod war, gingen sie oft zusammen raus. Sie schlenderten herum und sprachen über alles und jeden, bis die Sonne über dem Meer versank und der Himmel dunkel wurde.

»In Ordnung. Lass mich einen Hut und Schuhe holen.« Sie ging zurück in ihr Zimmer, setzte einen breitkrempigen Hut auf und schlüpfte in ihre Sandalen.

Ihr Herz klopfte, und sie rieb sich die Hände. Sie war nervös. Das Glück ihres Vaters stand hier auf dem Spiel. Nie war es wichtiger gewesen, dass sie das Richtige sagte. Sie musste ihm helfen zu erkennen, was für einen schrecklichen Fehler er beging. Und sie musste so geschickt vorgehen, dass er selbst zu diesem Schluss kam.

Sie griff nach ihrer Tasche, atmete tief durch und ging zu ihrem Vater.

»Also, wie geht's meinem Mädchen?« Ihr Vater hakte sie unter, und sie brachen auf. »Es ist schön, dich zu sehen.«

Mein Mädchen.

Die Gefühle schnürten ihr fast den Hals zu. Sie liebte ihn so sehr. Sie würde sich ins Meer werfen, um ihn vor Schmerz zu bewahren.

»Wie du siehst, sorge ich mich um dich.«

Er ging etwas langsamer, damit sie das gleiche Tempo hatten.

»Du glaubst, ich mache einen Fehler.«

»Ja.«

»Du klingst sehr sicher.« Er wirkte fast belustigt. »Glaubst du nicht, dass ich alt und weise genug bin, um zu wissen, was ich will?«

Sie schluckte unbehaglich. »Dad …«

»Lass mich dir die Mühe ersparen, das zu sagen, was du sagen willst.« Er blieb stehen. »Du wirst ungefähr einhundert Gründe aufzählen, warum das eine schlechte Idee ist. Du wirst mir sagen, dass deine Mutter und ich schon zuvor nicht miteinander leben konnten, also werden wir auch jetzt nicht miteinander leben können. Du wirst mir sagen, dass sie mir wieder das Herz brechen und ich diese Heirat bereuen werde. Ist das richtig?«

Sie hatte sich gescheut, genau das zu sagen, und er hatte es ihr abgenommen. Das war eine Erleichterung. »Das ist richtig.«

Obwohl es noch früh war, spürte sie die drückende Hitze und die stechende Sonne an ihren Beinen.

Hier, dicht am Strand, vermischte sich der salzige Hauch des Meeres mit dem Geruch von Sonnencreme.

Er schob die Krempe ihres Hutes zurück, um ihr ins Gesicht zu sehen. »Die eine Sache, die du vermutlich nicht erwähnst, ist der wichtigste Faktor. Der Grund, warum wir das tun.«

»Dad …«

»Liebe.« Er sprach das Wort ruhig, aber mit Nachdruck aus, als wäre er nicht sicher, ob sie es kannte. »Wir tun das, weil wir uns lieben. Ich habe mich in deine Mutter verliebt, als sie achtzehn Jahre alt war, und habe sie seitdem jeden einzelnen Tag geliebt. Und ich liebe sie noch immer.«

Sie hätte am liebsten geschrien vor Frustration.

Liebe, dachte sie, muss für die Menschheit die häufigste Ursache für schlechte Entscheidungen und Elend sein. Es war ihr ein Rätsel, wie Menschen glauben konnten, sie wäre genug. Wo blieb da die Logik?

Sie atmete tief ein und lieferte ihm Logik. Fakten, um ihn wieder auf die Erde zu holen. »Dad, sie hatte eine Affäre und hat dich verlassen. Ihr seid seit zwanzig Jahren getrennt.«

»Das stimmt. Und ich habe nie gesagt, dass es einfach wäre, sie zu lieben, oder dass unsere Beziehung ein Märchen wäre, doch kaum etwas, was wirklich wertvoll ist, ist einfach. Ich weiß, dass du ihr die Schuld an der Scheidung gibst, doch ich habe auch meinen Teil dazu beigetragen.«

Sie seufzte. »Ich glaube nicht ...«

»Es ist wahr. Ein Kind bekommt niemals die Innenansicht der elterlichen Beziehung zu sehen, und das ist vermutlich gut so, denn es würde erkennen, dass die Eltern genauso menschlich sind wie alle anderen. Wir können Fehler machen. Große Fehler. Deine Mutter und ich haben uns im Laufe unserer Ehe beide sehr verändert.«

»Du meinst, sie hat den großen Wurf gelandet und hatte dann für dich keinen Platz mehr im Leben.«

»Sie hatte Erfolg, das ist richtig. Doch ich bin nicht gut damit umgegangen. Ich habe mich nicht mehr gebraucht gefühlt, weißt du.« Er lächelte schief, halb verzweifelt und halb amüsiert angesichts seines damaligen Ichs. »Ich habe deine Mutter in diesen frühen Jahren unterstützt. Ich war der Grund, warum sie zu Hause bleiben und schreiben konnte, und das gab mir ein gutes Gefühl. Wir waren ein Team. Dann startete die Karriere deiner Mutter durch. Sie musste jetzt lange arbeiten. Sie war gefragt, flog in der ganzen Welt herum. Ihre Bücher waren überall. Filmstudios kämpften um die Rechte an ihren Büchern. Das Geld strömte herein. Ich hätte dankbar sein sollen dafür, doch stattdessen fühlte ich mich überflüssig.«

Sie sah ihn fragend an. »Überflüssig?«

»Ich denke, dass passiert manchmal, wenn man klare Rollen in einer Ehe hat und diese Rollen sich ändern.« Er tätschelte ihr sanft den Arm. »Du wirst natürlich mehr darüber wissen als ich. Ich bin da kein Experte.«

Sie fühlte sich ebenfalls nicht als Expertin.

Sie erwiderte nichts, doch das brauchte sie auch nicht, denn ihr Vater redete weiter.

»Wenn sie mich nicht wegen meines Geldes brauchte, brauchte sie mich vielleicht gar nicht, so sah ich es. Was war meine Rolle? Die Dinge verändern sich in einer Beziehung, und wir veränderten uns nicht gemeinsam. Ich bin nicht gut damit umgegangen, nicht zuletzt, weil ich meinen Job nicht sehr mochte. Aber das Wissen, dass er deiner Mutter kreative Freiheit verschaffte, gab ihm einen Sinn.« Er hielt inne. »Deine Mutter ging ebenfalls nicht gut damit um. Wir redeten nicht ehrlich miteinander. Wenn ich die Zeit zurückdrehen könnte, würde ich vermutlich sagen: *So fühle ich mich.* Doch damals war ich es nicht gewöhnt, über meine Gefühle zu reden. Das tat ich einfach nicht. Ich ging davon aus, dass Catherine sie kannte. Ich glaubte, sie wären offensichtlich, doch das waren sie nicht. Wenn wir besser miteinander kommuniziert hätten, wäre sie an jenem Abend, als sie Rob kennenlernte, vielleicht direkt wieder aus der Bar hinausgegangen, ohne mit ihm zu reden.«

Gab er tatsächlich sich selbst die Schuld?

Sie biss sich auf die Lippen und zwang sich, ihm weiter zuzuhören.

»Diese Jahre nach der Scheidung waren hart«, fuhr er fort. »Aber wir blieben in Kontakt, wie du weißt. Und vielleicht hatte es auch etwas Gutes, denn ich fand für mich eine neue Richtung. Eine, die mich glücklich machte. Und jetzt sind wir hier. Irgendwie haben wir unseren Weg zurück zu uns gefunden. Wir haben viel über das gesprochen, was damals geschehen ist. Wir wissen beide, wo wir uns geirrt haben und falsch abgebogen sind. Ich kann kaum glauben, dass wir diesen Punkt wieder erreicht haben.«

Sie konnte es ebenfalls nicht glauben. »Ich wünschte, du würdest es noch einmal überdenken.«

»Das habe ich. Das Leben gibt einem nicht immer eine zweite Chance, Addy, aber wenn es das tut ...« Sein Gesicht glühte vor Glück und Zufriedenheit. »... nun, dann wende ihm nicht den Rücken zu. Greif zu. Und das tue ich. Ich wähle das Glück.« Der träumerische Ausdruck in seinen Augen beunruhigte sie fast so sehr wie seine Worte.

Sie hätte ihn am liebsten geschüttelt, um ihn aufzuwecken.

»Du wählst Elend und Herzschmerz, Dad. So wie du es schon einmal getan hast. Jetzt erscheint alles großartig, doch wie lange dauert es, bis es zusammenbricht?«

»Es gibt keine Sicherheiten im Leben.«

»Ich glaube, dies ist eine Sicherheit. Sie ist mit niemandem verheiratet geblieben, Dad.« Auch wenn Cassies Vater gestorben war und man ihre Mutter dafür nicht auch noch verantwortlich machen konnte.

»Diese Beziehungen waren nicht richtig. Es ist kompliziert.«

»Aber eine dieser Beziehungen warst du.« Was musste sie denn noch sagen, um ihn zur Vernunft zu bringen? Das war ja unerträglich! Schon jetzt sah sie die Zukunft vor sich – ihr Vater wieder mit Liebeskummer und sie, die sein gebrochenes Herz zu kitten versuchte und es sich verkniff zu sagen: *Ich habe dich gewarnt.* »Du bittest mich, zu bleiben und zuzusehen, wie du wieder verletzt wirst, und das kann ich nicht. Ich verstehe nicht, wie du überhaupt daran denken kannst, dich dem noch einmal auszusetzen. Es wird genauso schiefgehen wie zuvor.«

»Das glaube ich nicht. Ich hoffe, dass es das nicht tut, aber falls doch, werde ich es genauso überleben, wie ich es beim ersten Mal überlebt habe.«

Beim Gedanken an die erste Zeit nach der Scheidung zog sich etwas in ihrer Brust zusammen. Panik stieg in ihr auf und drohte sie zu verschlingen.

Vielleicht hatte er es vergessen. Oder verdrängt. Menschen taten das mit einem Trauma, oder?

»Es gab Tage, an denen du nicht aufstehen wolltest. Du warst in einem schrecklichen Zustand.« Sie kam sich grausam vor, dass sie ihn daran erinnerte, doch es war eine furchtbare Zeit gewesen.

»Ja.« Er ging wieder weiter, langsam und der Hitze angepasst. »Und das bedaure ich am meisten daran. Dass du das miterleben musstest.«

»Mach dir keine Gedanken um mich, mir geht es gut. Wir reden nicht über mich.«

»Dir geht es nicht gut. Und vielleicht sollten wir über dich reden«, sagte er. »Ich weiß, dass du dir Sorgen um mich machst, aber ich sorge mich auch um dich, denn ich weiß, dass das, was du gesehen und erlebt hast, große Auswirkungen auf dich hatte.«

Sie hatten die Straße erreicht, die ins Dorf führte. Rechts von ihnen befand sich der Strand, der schon mit Menschen übersät war. Eine Mutter rieb ein sich windendes Kleinkind mit Sonnencreme ein, während ein Mann mit dem Sonnenschirm kämpfte. Zwei junge Frauen planschten im Wasser und kreischten, wenn sie sich in das verführerisch schimmernde türkise Wasser warfen.

Sie verspürte einen Stich Neid angesichts ihrer Freude am Augenblick. Wie auch immer ihr Leben jenseits des Strandes aussah, in diesem Moment war ihre Welt leicht und sorglos. »Warum solltest du dir Sorgen um mich machen? Mein Leben verläuft gleichmäßig und berechenbar.«

»Ich weiß. Deshalb sorge ich mich ja.« Ihr Vater sah sie an. »Wann hast du das letzte Mal etwas getan, obwohl du nicht wusstest, wie es ausgeht?«

Sie sah zu, wie die Mutter ihr Kind auf den Arm nahm. »Es gibt keine Gewissheit im Leben.«

»Stimmt. Aber du tust dein Bestes, um Ungewissheit zu vermeiden. Vor allem emotionale Ungewissheit. Bist du immer noch mit dem Typen zusammen, der mich nicht kennenlernen will?«

Sie sah ihn an. »Er heißt Mark. Und es war nicht so, dass er dich nicht kennenlernen wollte. Du hast dich immer so kurzfristig angekündigt, und das Timing stimmte einfach nicht.« Tatsächlich hatte Mark sich quasi geweigert, ihren Vater kennenzulernen, doch das würde sie nicht zugeben.

Sie hätte ihrem Vater sagen sollen, dass sie und Mark ihre Beziehung beendet hatten, doch ihr gefiel nicht, in welche Richtung sich das Gespräch bewegte.

Unglücklicherweise war ihr Vater nicht bereit, das Thema fallen zu lassen. »Macht Mark dich glücklich?«

In diesem Gespräch sollte es nicht um ihre Beziehung gehen. Es sollte um seine gehen.

»Können wir uns auf die Hochzeit fokussieren? Ich wusste nicht mal, dass du und Mom euch wieder trefft. Du hast es nicht erwähnt.« Und das gehörte zu den größten Kränkungen. Sie war so verletzt. »Wann hat es angefangen? Wie?«

»Schwer zu sagen. Wir sind ja immer Freunde geblieben, das weißt du.«

Speziell diesen Teil hatte sie nie richtig verstanden. Eigentlich hatte sie die ganze Geschichte ihrer Beziehung nie richtig verstanden.

»Es gibt einen großen Unterschied zwischen Freundschaft und einer romantischen Beziehung.«

»Es passierte schleichend. Wir trafen uns öfter. Ich glaube, die Veränderung begann letzten Winter. Deine Mutter war auf einer ihrer Lesetouren in den Staaten, und als sie fertig war, blieb sie eine Woche bei mir auf Cape Cod.«

Ihre Mutter war bei ihm gewesen? Das hörte sie zum ersten Mal.

Sie dachte zurück, verfolgte die Zeitangabe. »Ich habe dich nach ihrer Lesetour gesehen. Du hast es nie erwähnt.«

»Zu dem Zeitpunkt gab es nichts zu erzählen.« Er hielt neben einer hübschen Taverne mit Blick aufs Meer an. »Frühstück?«

»Ich – ja, ich denke schon.« Sie war nicht besonders hungrig, doch froh über die Möglichkeit, mehr Zeit mit ihm allein verbringen zu können. Also setzte sie sich und wartete, während er für sie beide bestellte.

»Wahrscheinlich hätte ich es erzählen sollen, aber ich wusste, dass du verärgert und besorgt wärst, und zu der Zeit ahnte ich noch nicht, wohin das führen würde. Nachdem sie abgereist war, bemerkten wir, dass wir einander vermissten. Wir gewöhnten uns an, jeden Abend miteinander zu sprechen.«

»Du hasst es zu telefonieren.«

»Ich lernte die Kunst des Videocalls.« Er sah verlegen aus, und Adeline verdaute den Umstand, dass ihr Vater für Catherine Swift willens gewesen war, sich einer neuen Technologie zu öffnen.

»Hast du jetzt ein Smartphone?«

»Habe ich. Deine Mutter hat mich überzeugt, dass es eine gute Idee wäre. Und ich bin froh darüber.« Er griff in seine Gesäßtasche und legte es auf den Tisch. Auf dem Homescreen erschien das Bild ihrer Mutter. Sie stand am Strand von Cape Cod und sah zerzaust und glücklich aus.

Ihr Vater hatte ein Bild von ihrer Mutter auf seinem Handy.

Sie versuchte es zu ignorieren, damit sie das Gespräch weiterführen konnte. »Doch als du wusstest, dass es irgendwohin führt, warum hast du nichts gesagt?«

Ihr Vater lehnte sich zurück. »Das war ein wichtiges Anliegen deiner Mutter. Sie wollte es im persönlichen Gespräch machen, und ich habe ihren Wunsch respektiert. Außerdem war ich ebenfalls der Meinung, dass es besser wäre, es dir nicht am Telefon zu sagen. Ich wollte, dass wir dieses Gespräch hier führen können.«

Sie versuchte, sich nicht daran zu stören, dass er ihrer Mutter den Vorrang gegeben hatte.

Sie versuchte ruhig zu bleiben und sich von ihren Emotionen nicht zu etwas hinreißen zu lassen, das sie später bereuen würde.

Ihr Frühstück kam. Stücke saftiger Wassermelone, Schalen mit cremigem Joghurt, goldener Honig und starker schwarzer Kaffee.

Adeline rührte Honig in ihren Joghurt, bis er goldene Streifen hatte. »Kann nichts, was ich tue oder sage, deine Meinung ändern?«

»Ich will meine Meinung nicht ändern.«

Ein Anflug tiefer Verzweiflung erfasste sie. Er würde es tun. Egal was sie sagte, er würde es durchziehen und ihre Mutter heiraten. Sie konnte es nicht ertragen. Sie konnte es nicht ertragen zuzusehen, wie er wieder verletzt wurde. Allein der Gedanke daran katapultierte sie zurück in jene Zeit. Ihr Herz schlug schneller. Ihre Finger, die den Löffel hielten, waren schweißig.

Sie kannte ihn besser als irgendeinen anderen Menschen, doch im Moment hatte sie das Gefühl, ihn überhaupt nicht zu kennen.

Sie legte den Löffel zur Seite. »Hast du gar keine Angst?«

»Ein bisschen. Aber ich fokussiere mich nicht darauf.«

Sie wünschte, er täte genau das. »Wie kannst du nach allem, was war, das Risiko eingehen, dass es wieder geschieht?«

»Hoffnung und Mut. Diese beiden Qualitäten helfen uns Menschen, ein erfülltes Leben zu führen. Beide Qualitäten benötigt man für wahre Liebe, denn Liebe ist immer ein Risiko. Meiner Meinung nach eines, das es wert ist. Ein Leben ohne Liebe ist wie ein Salat ohne Dressing.« Er errötete und spießte mit der Gabel ein Stück Wassermelone auf. »Tut mir leid. Deine Mutter ist die Sprachkünstlerin, nicht ich. Und sie ist das beste Beispiel für Hoffnung und Mut, das ich je getroffen habe. Trotz allem, was geschehen ist, hatte sie nie Angst zu lieben und ihr Leben voll auszukosten.«

Sie konnte nicht glauben, was sie da hörte. Seine Bewunderung für ihre Mutter. Seine Überzeugung, dass er sie liebte. Er schien nicht erkennen zu können, dass es in einer Katastrophe enden würde.

»Ich wünschte, du würdest dich schützen.«

»Mich vor der Liebe schützen? Vor dem Leben?« Er legte die Gabel nieder. »Wie soll das aussehen? Schließe ich mich im Zimmer ein und gehe niemals hinaus für den Fall, dass ich dort verletzt werde? Die Decke könnte einstürzen. Ich könnte stolpern und die Treppe hinunterfallen.«

Sie rutschte unbehaglich auf ihrem Stuhl hin und her, denn genau das war Cassies Vater passiert. Er war nachts aufgestanden, um ins Badezimmer zu gehen, und über einen Schuh ihrer Mutter gestolpert. Ein unglücklicher Unfall, eine Laune des Schicksals, und sein Leben war vorbei. Catherine war ohne Mann und Cassie ohne Vater zurückgeblieben.

»Was ist mit Cassie? Habt ihr mal überlegt, wie sie sich bei all dem fühlt?«

»Mir war klar, dass es auch für sie ein Schock sein würde. Sie muss sich erst daran gewöhnen, aber ich bin zuversichtlich, dass wir eine starke Beziehung aufbauen«, sagte er. »Deine Mutter spricht gerade mit ihr, zumindest war das der Plan. Und wenn wir die Konflikte aus dem Weg geräumt haben, finden wir einen Weg, um als Familie neu zu starten. Wir unternehmen diese Reise gemeinsam.«

Aber nicht freiwillig. Niemals hätte sie ein Ticket für diese spezielle Reise gekauft.

»Dad …«

Er griff nach seinem Kaffee. »Stell dir all die Erfahrungen vor, die dir entgehen, wenn du dich immer schützt, wenn du immer den sicheren Weg nimmst.«

»Und stell dir all das Elend vor, dem du entgehst.«

Er nahm einen Schluck Kaffee und stellte nachdenklich die Tasse ab. »Würde es dir helfen, wenn ich dir sage, dass ich all den Schmerz wieder durchleben würde, um einen weiteren Tag mit deiner Mutter zu genießen?«

Aber es ging nicht nur um ihn, oder?

Er würde sie bitten, den Schmerz ebenfalls zu durchleben. Er würde sie bitten, zu leiden und ihm beim Leiden zuzusehen. Und sie fand ganz und gar nicht, dass es das wert war.

Offensichtlich stimmt etwas nicht mit ihm. Oder vielleicht stimmte mit ihr etwas nicht, weil sie es einfach nicht verstand. Die ganze Sache war rätselhaft.

Er sprach von Hoffnung und Mut, doch seit wann bedeutete Hoffnung Naivität? Seit wann bedeutete Mut Dummheit?

»Dann war's das? Du hast deine Entscheidung getroffen?«

Er streckte den Arm aus und nahm ihre Hand. »Manchmal muss man einfach ein Risiko eingehen, Adeline.« Er hielt ihrem Blick stand, und sie verlagerte unbehaglich ihr Gewicht.

Warum sah er sie auf diese Weise an?

Worauf genau spielte er an? Dass das Leben an ihr vorbeiging, weil sie vorsichtig und vernünftig war?

Es war beunruhigend, dass er zu glauben schien, sie wäre diejenige mit dem Problem.

Wie frustrierend das alles war. Wenn sie sich so gereizt fühlte, machte sie normalerweise etwas Praktisches. Ging schwimmen. Oder zum Boxkurs. Oder sie öffnete eine Meditations-App.

Vermutlich sollte sie alles drei machen, denn eins war ihr klar: Ihr Vater war entschlossen, ihre Mutter zu heiraten, und nichts, was sie sagte oder tat, würde ihn davon abhalten.

14

Cassie

Fünf Minuten nachdem Adeline mit ihrem Vater Richtung Dorf verschwunden war, erreichte sie die Textnachricht ihrer Mutter auf dem Handy.

Komm zu mir zum Yoga auf der Terrasse. Bitte!

Cassie starrte auf ihr Handy.

Nicht mal heute, nachdem sie ihre Töchter kopfüber in ein emotionales Chaos gestürzt hatte, ließ ihre Mutter ihr Yoga ausfallen. Was allerdings nicht wirklich überraschend war. Catherine Swift hatte sich völlig der Routine und der Disziplin verschrieben. Über diese Seite ihres Lebens sprach sie in Interviews. *Was glauben Sie, wie ich sonst so viele Bücher hätte schreiben können?*

Cassie hatte das an ihrer Mutter immer bewundert. Disziplin war, das wusste sie, der Schlüssel zum Erfolg. Inspiration, Talent und Ehrgeiz waren nichts ohne harte Arbeit und Einsatz, das hatte sie von ihr gelernt.

Cassie machte oft mit ihr Yoga, wenn sie auf der Insel war, doch heute war sie nicht in der Stimmung. Sie war unruhig. Müde und verletzt. Auch verwirrt. Ihr Kopf war in Aufruhr. Nach den Geschehnissen des gestrigen Abends und dem Gespräch mit ihrer Schwester wirbelten ihre Gedanken durcheinander. Sie hatte bislang eine sehr klare Vorstellung von ihrer Kindheit gehabt, doch nun war dieses Bild unscharf und verschwommen.

Sie hatte so viele Fragen. Nichts ergab Sinn für sie, und in

Anbetracht dessen, dass ihre Mutter der einzige Mensch war, der ihr helfen konnte, Antworten zu finden, sollte sie das Gespräch hinter sich bringen. Ein wenig wünschte sie sich, Adeline wäre dabei und sie könnten das Gespräch gemeinsam führen. Von ihr hatte sie einiges über ihre Kindheit erfahren, von dem sie nichts gewusst hatte. Und sie hatte einiges über Adeline erfahren.

Sie fühlte sich schuldig, weil sie wusste, dass ihr Leben einfacher gewesen war als das ihrer Schwester. Natürlich hatte sie ihren Vater verloren, doch sie erinnerte sich nicht an ihn, und so war dieser Verlust für sie immer abstrakt geblieben. Sie vermisste ihn nicht als Person, weil sie ihn als solche nie gekannt hatte. Sie vermisste eher die Idee von ihm. Wenn sie die Väter von Freundinnen kennenlernte, verspürte sie manchmal einen Stich Neid und fragte sich, wie es sich wohl anfühlte zu sagen: *Das ist mein Dad.* Bei ihrer Abschlussfeier hatte sie in das stolze Gesicht ihrer Mutter gesehen und überlegt, wie es gewesen wäre, wenn ihr Vater auch dabei gewesen wäre.

Doch meist vermisste man nicht, was man nie gehabt hatte. Vielleicht wäre es anders gewesen, wenn sie und ihre Mutter sich nicht so nah wären, doch das waren sie. Sie waren eine glückliche Familie, und sie hatte sich niemals anders als geliebt und geborgen gefühlt. Familien gab es in allen Größen und Formen, und nur weil ihre kleiner war als viele andere, bedeutete das nicht, das sie nicht gut funktionierte. Sie waren eine Einheit. Ein Team. Ein Paar.

Sie hatte Glück gehabt. Im Vergleich zu ihrer Schwester hatte sie ein glattes, einfaches Leben gehabt. Nie hatte sie Zurückweisung erleben müssen. Selbst die unglückliche Ehe ihrer Mutter mit Gordon Pelling hatte die Verbindung zwischen ihnen nicht erschüttert.

Niemals hatte sie den tiefen nagenden Kummer erlebt, den Adeline verspürt hatte, als ihre Familie zerbrochen war. Man musste nicht Psychologie studiert haben, um zu verstehen, welche Auswirkungen das auf jemanden haben konnte.

Ein Kloß stieg in ihrem Hals auf. Wie hätte ihr Leben ausgesehen, wenn Adeline nicht zu ihrem Vater gegangen wäre? Sie wäre mit einer Schwester aufgewachsen. Sicher, der Altersunterschied wäre immer da gewesen, und Adeline hätte das Haus lange vor Cassie verlassen, doch sie wären in Kontakt geblieben. Vielleicht wären sie weiter zusammengewachsen, und der Altersunterschied hätte an Bedeutung verloren.

In ihrer Vorstellung entfaltete sich eine Welt, in der sie Adeline angerufen hätte, wenn etwas Besonderes passiert war. *Ich bin durch die Prüfung gerasselt, ich habe einen Jungen kennengelernt …* Und Adeline wäre immer ruhig und weise und unterstützend gewesen. In so vielen Situationen wäre es tröstlich gewesen, jemand Älteres und Klügeres an der Seite zu haben. Sie hatte ihrer Mutter immer nahgestanden (zumindest hatte sie das geglaubt), doch es gab eine Menge Dinge, die sie im Traum nicht mit ihr besprechen würde. Und vielleicht hätte sie Adeline ebenfalls eine Stütze sein können. Vielleicht hätte Adeline sich ihr anvertraut, als Cassie älter wurde.

Wenn sie vorher verwirrt gewesen war, war sie jetzt vollkommen durcheinander, und diese Emotion wurde von Ärger begleitet.

Warum hatte ihre Mutter ihr nichts erzählt?

Sie hatte so viele Fragen, und da Adeline und ihr Vater gerade ihr vertrauliches Gespräch führten, war dies der passende Zeitpunkt, sie zu stellen.

Sie gab ihrer Mutter Zeit, um ihre Yogasitzung zu beenden, und ging dann den Weg zur Villa hinauf.

Ihre Mutter rollte gerade auf der Terrasse die Yogamatte zusammen. Sie trug blaue Yogahosen und hatte das Haar zu einem Pferdeschwanz zusammengefasst. Aus der Entfernung konnte sie als deutlich jüngere Frau durchgehen.

Als sie aufsah, erblickte sie Cassie und lächelte. »Da bist du ja. Du hättest mit mir Yoga machen sollen. Es ist großartig im Schatten und mit der Brise, die vom Meer herüberweht. Ein perfekter Start in den Tag.«

Cassie war enttäuscht. Ihre Mutter benahm sich, als wäre nichts gewesen. »Ich war nicht in der Stimmung.«

»Ich frage mich nicht, ob ich in der Stimmung bin. Ich tue es einfach. Hat Adeline sich entschuldigt? Ich weiß, dass sie dich verärgert hat.« Ihre Mutter legte die Yogamatte zur Seite und streckte die Arme aus. »Schenk mir eine Umarmung.«

Cassie, die normalerweise sofort zu ihr gegangen wäre, rührte sich nicht.

Glaubte ihre Mutter wirklich, dass sie wegen Adeline verärgert war?

»Adeline hat nur die Fakten benannt. Du hattest eine Affäre und wurdest schwanger. Ich bin das Baby.« Cassie schluckte. Welche ihrer vielen Fragen sollte sie zuerst stellen? Es fühlte sich falsch an, ihre Mutter einem Verhör zu unterziehen, doch sie brauchte Antworten.

Ihre Mutter machte eine einladende Handbewegung Richtung Tisch. »Ich dachte, wir könnten vielleicht frühstücken, bevor wir …«

»Nein. Ich möchte jetzt darüber reden. Du hast mir gesagt, dass du und Andrew nicht richtig füreinander wart. Du sagtest immer, mein Dad sei der Eine gewesen. Dass du ihn geliebt hast. Das habe ich immer geglaubt.«

»Ach Liebling …« Ihre Mutter ging auf sie zu, doch Cassie trat einen Schritt zurück.

»Gordon war etwas anderes. Du warst einsam. Verletzlich. Er war ein Fehler, das sagtest du. Aber du hast mir immer gesagt, dass Andrew auch nicht der Richtige gewesen sei. Warum also solltest du ihn wieder heiraten?«

»Du bist durcheinander, und das kann ich dir nicht verdenken. Ich hätte dir vorher von Andrew erzählen sollen. So war es ein furchtbarer Schock, und das tut mir leid. Ich habe alles falsch eingeschätzt, das erkenne ich jetzt.«

Ärger wallte in Cassie auf.

»Warum hast du es uns nicht gesagt? Es ist ja nicht so, dass du einen Fremden heiratest. Es ist komplizierter.«

»Deshalb dachte ich, es wäre besser, es euch im persönlichen Gespräch zu sagen. Und um ehrlich zu sein, war ich überzeugt, dass Adeline begeistert wäre. Sie liebt ihren Vater und war entsetzt, als wir uns trennten. Aber ich sehe, dass ich da wohl zu optimistisch war.«

Cassie dachte an das, was Adeline gesagt hatte. *Sie dreht sich die Dinge so, wie sie sie haben möchte.* »Sie ist besorgt.« Das war eine Untertreibung, doch sie wollte kein Öl ins Feuer gießen, indem sie wie üblich ihren Emotionen freien Lauf ließ. Sie wollte mehr wie ihre Schwester sein. Ruhig. Gelassen. Kontrolliert.

»Sie hat keinen Grund, besorgt zu sein, und ihr Vater wird sie heute Vormittag hoffentlich beruhigen können. Sie sind spazieren gegangen. Es wird ihnen guttun, miteinander zu reden.« Catherine setzte sich an den Tisch. Cassie zögerte einen Moment und setzte sich dann dazu, denn nach einer schlaflosen Nacht in der heißen Sonne zu stehen schien keine gute Idee zu sein.

»Ist es wirklich überraschend, dass sie sich Sorgen macht? Du und Andrew seid seit zwanzig Jahren geschieden.« Aus der Nähe sah sie jetzt, was ihr aus der Entfernung nicht aufgefallen war. Schatten unter ihren Augen, Stress, Müdigkeit. Vielleicht nahm sie die Sache doch nicht so leicht, wie es den Anschein hatte.

»Das stimmt«, sagte ihre Mutter. »Die Menschen neigen dazu, Beziehungen nur aus einer Perspektive zu sehen. Weil unsere Beziehung beim ersten Mal nicht funktionierte, versteht Adeline nicht, warum wir es noch einmal versuchen.«

»Ich verstehe es ebenfalls nicht«, sagte sie und wollte damit nicht nur ihre Schwester verteidigen. »Du hast immer gesagt, dass deine Ehe mit Andrew schon fast vorbei war, als du meinen Dad kennengelernt hast. Du sagtest, dass euer Zusammentreffen nichts zerstört hätte, was nicht schon zerstört gewesen wäre.«

»Das ist wahr.«

»Du sagtest, dass Dad deine große Liebe gewesen sei und dass er immer die Geschichte eures Kennenlernens erzählte. *Ich ging auf einen Drink in eine Bar und verließ sie mit der Liebe meines Lebens.* Du sagtest, du hättest erst bei eurem Kennenlernen begriffen, was Liebe wirklich ist, ihr zwei hättet etwas so Machtvolles geteilt, dass es mit nichts vergleichbar sei, das du zuvor erlebt hattest.« Die Geschichten von ihrer Mutter waren alle noch in ihrem Kopf. Cassie hatte sich ein Bild daraus erschaffen. Allein durch die Worte ihrer Mutter hatte sie die Liebe fühlen können, die sie und ihren Vater verbunden hatte. Ihr Ziel war es gewesen, eines Tages eine Beziehung wie ihre zu haben. Wegen ihrer Eltern glaubte sie an die Liebe.

»Das stimmt. Ich hatte so etwas nie zuvor erlebt. Es war – überwältigend.« Ihre Mutter löffelte Obstsalat in eine Schüssel und reichte sie Cassie. »Iss. Ich weiß, wie ihr Studenten seid. Euer Essen besteht zum größten Teil aus Kohlenhydraten und Zucker.«

Es war ihr völlig egal, was sie aß. Ihre Welt hatte sich verändert, und sie wollte diese Veränderung begreifen. »Du hast gesagt, du hättest erkannt, dass du und Andrew nicht richtig füreinander wärt. Dass ihr euch auseinandergelebt hättet. Dass ihr euch nicht mehr lieben würdet.«

»Das stimmt ebenfalls. So fühlte ich damals.«

»Und trotzdem bereitest du dich jetzt darauf vor, ihn noch mal zu heiraten?« Erkannte ihre Mutter nicht, wie unlogisch das war? »Was hat sich verändert?« Es ergab einfach keinen Sinn. Irgendetwas Entscheidendes entging ihr hier offenbar. Es war, als würde man ein Buch lesen und bemerken, dass man etwas übersprungen hatte und ein großer Teil des Plots fehlte.

»Wir haben uns verändert«, sagte ihre Mutter. »Ich war sehr jung, als ich Andrew heiratete. Unsere Leben waren damals unterschiedlich. Ich denke, man kann sagen, dass wir zusammen erwachsen wurden, und während wir erwachsen wurden, lebten wir uns auseinander. Wir hatten unterschiedliche Ziele. Plötzlich gingen wir beide in verschiedene Richtungen, und unsere Beziehung funktionierte nicht mehr. So was geschieht ständig. Doch nur weil eine Beziehung zerbricht, heißt das nicht, dass sie falsch war. Ich habe es nie bedauert, Andrew geheiratet zu haben. Und er und ich lebten schon getrennt, als ich deinen Vater kennenlernte.«

Achilles kam auf die Terrasse und zuckte mit dem Schwanz, als er zu Cassie stolzierte und ihr auf den Schoß sprang.

Cassie streichelte ihn und fühlte die tröstliche Wärme seines Körpers durch ihre Shorts.

»Also hast du ihn geliebt?«

»Katzen dürfen beim Essen nicht am Tisch sein. Das weißt du.«

»Lenk nicht vom Thema ab.« Cassie streichelte das Tier weiter und vergrub ihre Finger in dem tröstlich weichen Fell.

»Was? Ach ja, du fragtest nach deinem Vater.« Ihre Mutter rührte langsam ihren Kaffee um. »Der Mann konnte die Vögel vom Baum locken. Er hatte das unwiderstehlichste Lächeln. Mit ihm zusammenzusein war das intensivste, schwindelerregendste, alles verzehrende Gefühl – ich kann es nicht einmal beschreiben.« Sie legte den Löffel beiseite. »Er gab mir das Gefühl, verehrt zu werden.«

Sie hatte diesen Teil so oft gehört. Sie hatte darüber geschrieben.

Er gab mir das Gefühl, verehrt zu werden.

Genau diesen Satz hatte sie in ihrem Buch verwendet.

Und dennoch …

»Glaubst du, ihr wärt heute noch zusammen, wenn er nicht gestorben wäre?«

Hitze und Spannung waberten in der Luft.

Oder vielleicht spürte nur sie die Spannung. Sie befürchtete, dass ihr die Antwort auf die Frage nicht gefallen könnte.

Ihre Mutter deutete auf Cassies Schüssel. »Iss etwas. Der Orangensaft ist frisch gepresst aus den Orangen von unseren Bäumen, und der Honig stammt von unseren Bienenstöcken. Maria hält ihn für den besten, den wir je hatten.«

Entweder hatte ihre Mutter die Frage nicht gehört, oder sie zog es vor, sie zu ignorieren. »Wärt du und Dad heute noch zusammen?«

»Meine Güte, stellst du schwierige Fragen. Ich bin sicher, dass wir noch zusammen wären. Natürlich kann man das nicht mit Gewissheit sagen.« Ihre Mutter schenkte sich ein Glas Saft ein, der wie flüssige Sonne um die Eiswürfel floss. »Der ist köstlich. Du musst ihn probieren.«

»Hast du es je bereut, Andrew verlassen zu haben?«

Ihre Mutter nahm einen Schluck Saft. »Warum sollte ich das bereuen? Ich war mit deinem Vater zusammen. Ich bekam dich.«

»Hättest du meinen Vater geheiratet, wenn du nicht schwanger gewesen wärst, oder wäre die Affäre ausgelaufen?«

»Cassie …«

»Hat sich mein Dad gefreut, als du ihm sagtest, dass du schwanger bist?«

Ihre Mutter stellte mit abwesendem Lächeln das Glas ab. »Das klingt allmählich nach einem Verhör.«

Sie waren sich selten uneins gewesen im Leben. Ihre Gespräche verliefen oft lebhaft, doch sie waren fast immer einer Meinung. Nun gab es einen Hauch von Gegnerschaft. Ihre Mutter versuchte, ihre Geheimnisse zu bewahren, und Cassie versuchte sie aufzudecken.

»Sicher habe ich das Recht auf ein paar Antworten.«

»Natürlich hast du das. Wie war noch mal die Frage? Ob dein Vater sich gefreut hat, dass ich schwanger war?« Ihre Mutter tropfte Honig auf eine Schale mit cremigem Joghurt und griff nach dem Löffel. »Ja. Ich kann sagen, dass er begeistert war.«

Sie spürte eine gewisse Erleichterung. »Dann mochte er Kinder.«

»Er hat dich sehr geliebt, Cassie. Du warst sein Stolz und seine Freude.«

»Warum hast du Adeline fortgeschickt, wenn er Kinder mochte?«

Der Löffel entglitt ihrer Mutter und fiel klappernd zu Boden. Erschrocken sprang Achilles von Cassies Schoss, wobei seine Krallen Abdrücke auf ihrem Oberschenkel hinterließen.

»Ach herrje. Wie ungeschickt.« Catherine bückte sich, um den Löffel aufzuheben. Als sie sich wieder aufrichtete, waren ihre Wangen gerötet. »Ich habe sie nicht fortgeschickt. Wie alles andere war es sehr kompliziert. Adeline vermisste ihren Vater. Ich verbrachte damals die meiste Zeit auf Korfu, und wir dachten, es ginge ihr besser in London, in dem Haus, das sie kannte, und mit ihren Freundinnen. Wir mussten an ihre Schulbildung denken. Wir hielten es für das Beste.«

Adeline hatte es nicht für das Beste gehalten, doch sie schien niemand gefragt zu haben.

Ihre Mutter griff nach einem frischen Löffel.

»Ich weiß nicht, warum du so mit der Vergangenheit beschäftigt bist. Die Gegenwart zählt. Lass uns darüber sprechen.«

Cassie war hin- und hergerissen. Offenbar war es schmerzhaft für ihre Mutter, über Cassies Vater zu sprechen, was vermutlich bedeutete, dass ihre Liebe tief und echt gewesen war.

Dennoch ergab etwas an dieser ganzen Situation keinen Sinn.

Ihre Mutter sah sie an. »Andrew ist ein wunderbarer Mann. Ich denke, du wirst ihn lieben, wenn du dir die Zeit nimmst, mit ihm zu sprechen und ihn kennenzulernen.«

Darum ging es nicht wirklich, oder?

»Und wie steht er zu mir?« Begriff ihre Mutter nicht, wie schwierig die Situation für sie war?

»Er freut sich darauf, Zeit mit dir zu verbringen. Er ist ein warmherziger, humorvoller und großzügiger Mann, Cassie. Einen besseren gibt es nicht.«

Warum hast du ihn dann verlassen?

»Wenn mein Vater nicht gestorben wäre, hättest du dich dann scheiden lassen und Andrew erneut geheiratet?«

»Du machst diese ganze Sache komplizierter als nötig.« Ihre

Mutter blieb stur, doch Cassie konnte ebenfalls stur sein, wenn es um etwas Wichtiges ging.

»Ich versuche es zu verstehen.«

»Man kann unmöglich sagen, was geschehen wäre. Niemand sieht das Ende der Straße, auf der wir gehen.« Ihre Mutter legte den Löffel beiseite. »Beziehungen sind kompliziert. Deshalb habe ich es geschafft, unseren Lebensunterhalt mit dem Schreiben über Beziehungen zu verdienen. Wenn sie einfach und vorhersehbar wären und immer gleichbleibend, gäbe es nur eine einzige Geschichte zu erzählen, und ich hätte nicht diese Karriere gehabt. Dass ich ein Buch nach dem anderen schreiben kann, liegt daran, dass keine zwei Menschen gleich sind und – das ist das Wichtige –«, ihre Mutter beugte sich vor, »dass keine zwei Beziehungen gleich sind, selbst wenn sie zwischen denselben Menschen stattfinden. Niemand bleibt sein Leben lang der gleiche Mensch. Wir alle werden geformt und geprägt durch die Erfahrungen, die wir durchleben. Ich bin nicht mehr die Person, die ich war, als ich Andrew zum ersten Mal geheiratet habe. Und er ist auch nicht mehr die Person von damals.«

Cassie dachte an Adeline und wie sie ihr Leben gestaltete. Sicher. Geschützt. Ihre Kindheitserfahrungen hatten sie zu der Person geformt, die sie war.

Der Gedanke an ihre Schwester versetzte ihr einen Stich.

»Dann war die Ehe mit meinem Vater kein Fehler?« Sie musste es wissen. Sie musste es glauben, denn was sagte es sonst über sie aus? *Dass sie auch ein Fehler war.*

»Wie kann sie ein Fehler gewesen sein? Ich bekam dich. Und du und deine Schwester seid die beiden wichtigsten Menschen in meinem Leben. Jetzt lass uns etwas essen, oder wir laufen Gefahr, Maria zum zweiten Mal innerhalb von vierundzwanzig Stunden vor den Kopf zu stoßen, und das wollen wir nicht.«

Cassie schenkte sich ein Glas Saft ein. Sie hatte ihre Fragen gestellt, und ihre Mutter hatte sie beantwortet. Jedenfalls die meisten. Ihre Antworten ergaben Sinn. Natürlich veränderten sich die Menschen. Natürlich war es theoretisch möglich, die Liebe zu einem Menschen zu verlieren und sie dann wiederzugewinnen. Kompliziert, aber möglich.

Cassie sollte sich jetzt besser fühlen. Beruhigt.

Warum also konnte sie den Eindruck nicht abschütteln, dass ihre Mutter ihr etwas verschwieg?

15

Adeline

Adeline ging bis ans Ende des Anlegers, vorbei an dem Boot ihrer Mutter, das ruhig auf dem kristallklaren Wasser schaukelte und mit seinem blaugrünen Anstrich in der Sonne glänzte.

Sie atmete tief und langsam ein. *Ruhig, ruhig, ruhig.*

Die Sonne brannte, und ihre Leinenshorts, die in der Villa schön kühl gewesen waren, klebten an ihren Oberschenkeln. Ihr weites T-Shirt fühlte sich wie ein Pelzmantel an.

Sie nahm den Hut ab und hob das Haar an, das ihr schwer im Nacken lag. Hier, direkt am Wasser, wehte eine leichte Brise in der ansonsten drückenden Hitze.

Ihr Vater war zur Villa zurückgekehrt, da er offenbar nicht imstande war, mehr als eine Stunde von Catherine getrennt zu sein. Er hatte sie gedrängt mitzukommen, doch sie hatte geantwortet, dass sie ihre E-Mails prüfen und die Antworten für ihre Kolumne wegschicken müsse. Was alles der Wahrheit entsprach.

Doch sie brauchte auch Zeit, um ihre Gedanken zu ordnen.

Das Gespräch war nicht so gelaufen, wie sie gehofft hatte. Nichts, was sie gesagt hatte, hatte ihren Vater dazu gebracht, sein Vorhaben infrage zu stellen. Er glaubte, dass das Leben ihm eine zweite Chance bot, und war entschlossen, sie zu ergreifen. Die Hochzeit würde stattfinden.

Er machte einen Fehler, das war offensichtlich, und doch schien er zu glauben, dass sie diejenige mit einem Problem war.

Sie entspannte die Schultern und schloss die Augen.

»Ich werde nicht schreien.«

»Schrei ruhig, wenn du willst. Macht mir nichts aus.« Ein Mann tauchte auf dem Boot auf. Er hatte dunkles Haar, das die Brise zerzauste, und wischte sich die Hände an einem ölverschmierten Lappen ab. Auf seiner Wange prangte ein Ölfleck und auch auf seinem T-Shirt. In langen Boardshorts stand er breitbeinig auf dem Deck, um das Schaukeln des Bootes abzufangen. Er wirkte wie jemand, der auf dem Wasser zu Hause war.

Adeline schämte sich, dass er ihren privat geglaubten Moment beobachtet hatte. »Ich wusste nicht, dass jemand auf dem Boot ist.«

»Du warst in Gedanken. Schlechter Tag?«

Sofort gingen ihre Schutzwälle hoch. Sie würde nicht mit einem Fremden über ihre tiefsten Gefühle sprechen.

»Alles in Ordnung. Der Tag ist gut.«

»Du schreist an deinen guten Tagen?« Er verließ mit einem großen Schritt das Boot, und sie trat unwillkürlich zurück.

Sie wollte keine Gesellschaft. Sie wünschte, er würde auf dem Boot bleiben und mit dem weitermachen, was er da tat, und sie weitermachen lassen mit …

Womit?

»Ich habe nicht geschrien.«

»Aber du wolltest schreien. Wegen mir brauchst du dich nicht zurückzuhalten. Ich sehe dich nicht zum ersten Mal so frustriert.« Er stopfte den Lappen in die Taschen seiner Shorts, und sie starrte ihn an.

»Ich habe keine Ahnung, was …« Sie musterte sein Gesicht, das rabenschwarze Haar, die hohen Wangenknochen und das Lächeln, das vom Mund bis zu den Augenwinkeln reichte. Etwas an diesem Lächeln kam ihr bekannt vor. Eine Erinnerung tauchte langsam auf. »Stefanos?«

Sein Lächeln wurde noch breiter. »Ich weiß nicht, ob ich gekränkt oder geschmeichelt sein soll, dass du mich nicht erkannt hast. Ich entscheide mich mal für geschmeichelt, denn niemand will aussehen wie mit zwölf. Du hast dich übrigens auch verändert.«

»Ich habe nicht erwartet – es ist schön, dich zu sehen.« Sie machte einen Schritt auf ihn zu und bremste sich dann rechtzeitig. Was dachte sie sich? Sie hätte ihn beinahe umarmt! Sie war offenbar doch noch sehr durcheinander. »Meine Mutter erwähnte, dass du hier wärst, aber ich habe nicht …«

»Du hattest andere Dinge im Kopf.« Er hielt kurz inne. »Du bist wegen der Hochzeit hier. Das muss unter den Umständen ein bisschen merkwürdig sein. Wie geht es dir damit?«

Schlecht. Gestresst. Panisch.

Sie ballte die Hände. »Es ist aufregend«, sagte sie. »Ich freue mich für sie.«

»Ach ja?« Sein Blick traf ihren, und sie las das Mitgefühl darin. »Deshalb gehst du den Anleger auf und ab und suchst nach einem Platz, an dem du schreien kannst?«

Vermutlich war es nicht überraschend, dass er ihr nicht glaubte, schließlich hatte er ihre Reaktion auf die Scheidung ihrer Eltern miterlebt. Damals hatte sie zum ersten Mal die Macht wahrer Freundschaft erfahren. Den mit nichts zu vergleichenden Trost, dass jemand auf deiner Seite ist. Jemand, der einen liebt und versteht.

»Es war ein Schock.« So viel war sie bereit zuzugeben. »Ich verarbeite es noch.«

»Ein Schock?« Er sah sie fragend an. »Du hast es nicht gewusst? Sie haben es dir nicht gesagt?«

»Erst gestern Abend. Offenbar hielten es meine Eltern für das Beste, zu warten und es uns persönlich zu sagen.«

Er murmelte etwas auf Griechisch, und sie lächelte, weil sie trotz ihrer begrenzten Griechischkenntnisse verstand, was er gesagt hatte.

»Genau. Wir trafen uns zum Abendessen auf der Terrasse, und dann präsentierte meine Mutter meinen Vater wie eine Art Zaubertrick. Die große Enthüllung. Wir sollten vermutlich applaudieren, doch das hat nicht funktioniert.«

Er warf ihr einen mitfühlenden Blick zu.

»So langsam verstehe ich, warum du das Bedürfnis hast zu schreien.«

Sie war verlegen. »Ich weiß nicht, warum ich dir das erzähle.«

»Vielleicht weil wir einmal gut befreundet waren und uns alles erzählt haben. Wir sind keine Fremden, Addy.« Die Wärme in seinen Augen und der Spitzname aus ihrer Kindheit rührten etwas in ihr an.

Die Welt schien sich zu bewegen.

Es war, als hätte sie kurz die Balance verloren.

»Was ist mit dir? Meine Mutter erwähnte, dass du für immer hierhergezogen bist.«

»Ich bin letzten Sommer zurückgekommen, nachdem mein Vater gestorben war.« Ein Schatten lag in seinem Blick, ein Hauch von Schmerz in seinem Lächeln.

»Es tat mir leid, das von deinem Vater zu hören.« Und jetzt hatte sie einen weiteren Grund, verlegen zu sein. »Ich hätte mich bei dir melden sollen.«

»Wie? Wir haben uns aus den Augen verloren, auch wenn ich nicht genau weiß, warum.« Sein Blick ruhte auf ihr, und ihr Atem ging schneller.

»Wir waren Kinder. Ich war acht, als wir uns kennenlernten. Du warst zehn.«

»Aber zwei Jahre lang waren wir die besten Freunde.«

Die besten Freunde.

Mit acht hatte sie Turbulenzen erleben müssen, und er war da gewesen. Sie waren zusammen über Felsen geklettert. Waren zusammen im seichten Wasser am Strand unterhalb des Hauses ihrer Mutter schwimmen gegangen. Er hatte ihr ein paar Worte Griechisch beigebracht und ihre Hand gehalten, als sie einige der schönen Küstenpfade erkundeten. Er war die einzige verlässliche Größe in ihrer sich schnell ändernden Welt gewesen.

Sie schob die Erinnerung beiseite. Es war sinnlos, wegen etwas, das schon so lange her war, sentimental zu werden.

»Wie geht es deiner Mutter? Ich habe sie noch nicht gesehen.«
Sie bekam kurz ein schlechtes Gewissen, als sie an die Zeit und die Arbeit dachte, die Maria in die Zubereitung des Essens gesteckt hatte, das sie dann nicht anrührten. Obwohl sie und Cassie am Ende ja doch etwas davon gegessen hatten. Nicht an einem Tisch mit Silberbesteck und frisch gebügeltem Leinentischtuch, sondern am Strand sitzend wie zwei Kinder, die sich für ein mitternächtliches Gelage hinausgeschlichen hatten.

»Sie erträgt es. Es ist schwer für sie. Meine Eltern waren mehr als dreißig Jahre zusammen, gingen Seite an Seite durch das Leben. Ihn zu verlieren hat ihr ganzes Leben erschüttert. Das ist eine große Umstellung.« Er hielt inne. »Catherine war eine wunderbare Unterstützung. Die Verbindung zwischen ihnen ist außergewöhnlich. Sie war die ganze Zeit für meine Mutter da. Sie rief mich an, als mein Vater ins Krankenhaus gebracht wurde. Sie hielt mich auf dem Laufenden, während ich von Kanada nach Hause reiste, und sie blieb bei meiner Mutter, bis ich da war.«

»Das wusste ich nicht.«
Sie dachte an die Nachricht, die ihre Mutter ihr geschickt hatte.
Kostas ist dieses Wochenende plötzlich gestorben.

Sie war traurig gewesen, denn sie hatte gute Erinnerungen an Kostas. Dann hatte sie an Stefanos gedacht und sich gefragt, was ihr alter Freund wohl machte. Doch Kontakt hatte sie nicht aufgenommen. Es lag alles so lange zurück. Sie hatte sich eingeredet, dass ihre Worte wohl kaum tröstlich wären, und damit sich selbst belogen. In Wahrheit katapultierte sie der Gedanke an Stefanos zurück in jene Zeit, und das wollte sie auf keinen Fall.

Jetzt wünschte sie, sie hätte ihn angerufen oder ihm wenigstens geschrieben, statt ihr Beileid über ihre Mutter ausrichten zu lassen.

Stefanos betrachtete sie. »Warum setzen wir uns nicht?« Er deutete zu der Bank am Ende des Anlegers, wo ihre Mutter manchmal mit einem Notebook saß, um ungestört zu schreiben.

Sie hatte gedacht, sie wolle allein sein, doch jetzt stellte sie fest, dass dem nicht so war, und ging zu der Bank.

Stefanos holte eine Flasche Wasser vom Boot und folgte ihr. »Wusstest du, dass Catherine eine Lesereise abgesagt hat, um bei meiner Mutter zu bleiben? Sie weigerte sich, ihr von der Seite zu weichen.«

Das klang nicht nach ihrer Mutter. Catherine Swift ließ nie etwas zwischen sich und die Arbeit kommen. Wenn es um ihr Schreiben ging und alles, was damit zusammenhing, war sie eine Maschine.

Erinnerungen stiegen in ihr auf, klar und schmerzlich.

Wie viele Male hatte sie sie als Kind angebettelt? *Bitte geh nicht. Bitte bleib.* Und ihre Mutter hatte geantwortet: *Das ist mein Job. Liebling, und ich habe Verpflichtungen. Wir wollen die Menschen nicht enttäuschen, oder?*

Als Adeline in der Woche vor einer Tour durch die USA die Windpocken bekam, hatte ihre Mutter sich von ihr ferngehalten, um sich vor der Reise nicht anzustecken. Es war Aufgabe ihres Vaters gewesen, sie in ihrem juckenden Elend zu trösten. Und dann war Cassie auf die Welt gekommen, und ihre Mutter hatte *sie* nicht allein gelassen. Mit einem Baby könne sie unmöglich auf Lesereise gehen, hatte sie gesagt. Adeline hatte sich gefragt, warum ihre Mutter sie so leicht verlassen konnte und warum es bei ihrer kleinen Schwester unmöglich war.

Was machte sie falsch?

Erst nach dem Tod von Cassies Vater war sie wieder auf Tour gegangen und hatte dann keinerlei Probleme mehr, sie in der Obhut von Maria zurückzulassen. Adeline war das merkwürdig vorgekommen, doch zu dem Zeitpunkt hatte sie es schon lange aufgegeben, die Erwachsenen verstehen zu wollen.

Und jetzt erzählte ihr Stefanos, dass ihre Mutter für Maria eine Tour abgesagt hatte. Er musste da was verwechseln.

»Du meinst, sie hat eine Signierstunde abgesagt.«

»Nein. Die ganze Buch-Tour«, erwiderte er. »Und sie durfte erst neu geplant werden, nachdem ich ihr versichert hatte, dass ich endgültig bleiben würde. Ihre Loyalität meiner Mutter gegenüber ist außergewöhnlich. Ihre Freundschaft ist inspirierend.«

Seine Wärme und Dankbarkeit passten nicht zu den Gefühlen, die sie ihrer Mutter momentan entgegenbrachte.

Wie es schien, war ihre Mutter für alle anderen da. Sie holte Cassie vom Flughafen ab, sie unterstützte Maria ...

Doch sie sollte nicht gekränkt oder neidisch sein, schließlich brauchte sie keinen Trost und keine Aufmerksamkeit mehr von ihrer Mutter. Immerhin war es gut zu wissen, dass ihre Mutter zumindest grundsätzlich in der Lage war, Trost zu spenden.

»Ich bin froh, dass sie geholfen hat. Und es tut mir wirklich leid, dass du deinen Vater verloren hast. Er war ein sehr netter Mann.« Sie hatte Stefanos um sein stabiles Familienleben und die enge Beziehung seiner Eltern beneidet. »Also bist du nach Hause gekommen und geblieben, statt nach Kanada zurückzukehren.«

Hier unten am Meer war die Luft angenehm. Sie sah hinunter und erblickte einen Schwarm winziger Fische, die durch das kristallklare Wasser schossen.

Allmählich entspannte sie sich ein wenig, auch wenn sie nicht wusste, ob das dem beruhigenden Effekt des wolkenlosen Himmels und des endlos schimmernden Meeres zuzuschreiben war oder der Gesellschaft von Stefanos.

Sie war immer gern mit ihm zusammen gewesen.

»Es gab so viel, um das ich mich kümmern musste.« Er streckte die Beine aus. »Wenn ich mich nicht um Formalitäten kümmern oder nach meiner Mutter sehen musste, habe ich die Boote inspiziert und hergerichtet, weil ich sie verkaufen wollte. Um zu testen, ob sie in Ordnung waren, fuhr ich hinaus aufs Meer, und das war's.«

»Das war was?« Sie spürte die Sonne auf ihren Wangen und zog die Hutkrempe zurecht.

»Das war der Moment, in dem ich entschied, dass ich gar nichts verkaufen, sondern das Geschäft weiterführen wollte. Das hat niemanden mehr überrascht als mich selbst.« Er blickte über das Wasser. »In meiner Jugend konnte ich es nicht abwarten, diesen Ort zu verlassen. Ich dachte an all die Dinge da draußen, die ich verpasse. Ich war begierig auf alles, was ich nicht hatte.«

»Es gehört zur menschlichen Natur, die Welt entdecken zu wollen.«

»Vielleicht. Und ich bereue es nicht, dass ich gegangen bin. Erst indem man Verschiedenes ausprobiert, erkennt man, was einem wichtig ist und was man wirklich möchte. Doch die Menschen verändern sich, oder? Man macht seine Erfahrungen im Leben – gute und schlechte – und entdeckt, dass die Dinge, die einem wichtig waren, tatsächlich gar keine Rolle spielen oder dass der Ort, an dem man ist, nicht der Ort ist, an dem man sein möchte. Man fängt an, etwas wertzuschätzen, was man zuvor nicht wertgeschätzt hat.« Er warf ihr einen entschuldigenden Blick zu. »Und das war ein viel zu langer Vortrag für jemanden, den ich seit zwanzig Jahren nicht gesehen habe. Ich weiß nicht, warum ich dir das alles erzählt habe.«

»Weil wir mal beste Freunde waren«, erwiderte sie, »und weil ich es verstehe. Ich bin froh, dass du es mir erzählt hast.«

»Nun, dann …« Er schraubte den Deckel der Wasserflasche auf. »Mir dir zu reden war immer leicht. Das hat sich nicht geändert.« Er bot ihr Wasser an, doch sie schüttelte den Kopf.

»Nein, danke. Du hast das Meer immer geliebt. Auch das hat sich nicht geändert. Insofern überrascht es nicht, dass du wieder hier bist.« Sie erinnerte sich, wie er sich barfuß und braun gebrannt ohne zu zögern ins Meer stürzte. Wie er auf dem Boot seines Vaters arbeitete oder einen schweren Anker über Bord hievte. »Fast jede meiner Erinnerungen an dich hat mit dem Meer zu tun.«

»Ich wusste nicht, wie sehr ich es vermisst habe, bis ich zurückkam. Wenn du mich gefragt hättest, ob ich glücklich wäre mit meinem Leben in Kanada, hätte ich das bejaht. Ich hatte ein tolles Apartment, einen gut bezahlten Job, in dem ich erfolgreich war.

Ich fuhr in die Firma, arbeitete, traf mich mit Freunden. Es war berechenbar.«

»Und du magst keine Berechenbarkeit?«

Sie dachte an ihr eigenes Leben und wie hart sie dafür gearbeitet hatte, genau das zu schaffen. Sie hatte sich für ein berechenbares Leben entschieden.

»Ich glaube, ich habe mir diese Frage nicht gestellt, bis ich meinen Vater verlor«, sagte er. »Dann begriff ich, dass man sein Leben manchmal eher aus Gewohnheit als aus Bedürfnis so lebt, wie man es lebt. Man hält selten inne und fragt sich, ob man seine Zeit wirklich so verbringen möchte. Und wenn man es doch tut, verscheucht man den Gedanken, weil man gerade Karriere macht und die Menschen Sicherheit bevorzugen, und warum sollte man diese für etwas Unsicheres aufgeben?«

Warum sollte man das? Sie spürte, wie ihr Herz schneller schlug.

»Aber du hast es getan.«

»Ja, aber nur, weil ich dazu gezwungen war. Wenn mein Vater nicht gestorben wäre, würde ich zweifellos noch in Kanada an meinem Schreibtisch sitzen oder in ein weiteres Meeting hetzen. Und das ist beängstigend, denn ich habe endlich das Gefühl, genau dort zu sein, wo ich sein möchte. Mir gefällt der Gedanke nicht, dass ich hier zufällig angekommen bin.«

Sie spürte einen Stich, der fast Neid sein konnte.

»Keine Pläne zurückzugehen?«

»Keine. Ich bin jetzt der offizielle Eigentümer des Geschäfts meines Vaters.«

»Was gehört alles dazu? Du fährst Touristen hinaus? Du machst den Skipper?«

»Manchmal, wenn sie das möchten.« Er schraubte die Wasserflasche wieder zu. »Meistens wollen sie allein mit dem Boot raufahren. Unter der Bedingung, dass sie meinen Sicherheitsregeln folgen und keine wilden Partys feiern, bei denen sie untergehen, lasse ich sie das tun. Ich habe eine Yacht und fünf Schnellboote zu vermieten. Und mein eigenes Boot, das ich als Rettungsboot nutze.« Sein Blick traf den ihren. »Weißt du noch, wie wir damals zusammen mit dem Boot meines Vaters rausgefahren sind?«

Das alte Schuldgefühl flackerte in ihr auf. »Er war so wütend!« Sie hatte seit Jahren nicht mehr daran gedacht. »Du hattest eine Woche Hausarrest, mein Dad schrie dich an, und ich fühlte mich schrecklich, weil du es für mich getan hattest.«

»Sie hatten Angst um uns«, sagte er. »Du warst erst acht. Wenn ich dein Dad gewesen wäre, hätte ich mich auch angeschrien. Doch damals schien es das Richtige zu sein. Ich wusste nur, dass sich das Leben besser anfühlte, wenn ich auf dem Wasser war. Du warst durcheinander, und ich dachte, dass es auch dir dann besser gehen würde.«

»Es ging mir tatsächlich besser.«

Sie dachte an jenen Nachmittag zurück. Ihre Eltern hatten ihr eröffnet, dass sie nicht länger zusammenwohnen würden. Dass ihre Mutter jemand anderen heiraten würde. Dass sie ein Geschwisterchen bekommen würde.

Um dieser Veränderung ihres Lebens zu entkommen, war sie fortgelaufen. Sie war direkt zu Stefanos gerannt, der das Deck des väterlichen Bootes schrubbte, um sich Taschengeld zu verdienen.

Die Idee, hinaus aufs Meer zu fahren, war von ihr ausgegangen. Sie wollte sich Zeit zum Nachdenken verschaffen, ohne dass ein Erwachsener kam und versuchte, ihr gut zuzureden. Er hatte zugestimmt, ohne eine Frage zu stellen.

Während Stefanos das Boot die Küste entlangsteuerte, hatte sie zitternd in dem Dinghi gesessen. Adeline erinnerte sich an seinen konzentrierten Gesichtsausdruck und seine dünnen Arme und Beine, die er anspannen musste, um das Boot ruhig zu halten. Er hatte es in eine der vielen Höhlen an der Küstenlinie gesteuert und dann den Motor ausgeschaltet.

Ihre Augen hatten gejuckt vom Weinen, und eine kühle Brise hatte ihre heiße Haut gekühlt. Sie erinnerte sich, wie er ihr zugehört und ihre Hand in wortlosem Trost gedrückt hatte. Sie konnte sich fragen, warum sie sich so detailliert an etwas erinnerte, das so lange zurücklag, doch sie wusste, dass sich große Freundlichkeit einem Menschen einprägte, und Stefanos hatte große Freundlichkeit gezeigt.

Er sah sie nachdenklich an. »Was hast du den restlichen Vormittag vor?«

»Wie bitte?«

»Ich bin ein besserer Seemann, als ich mit zehn war, doch manches andere hat sich nicht verändert. Das Leben scheint auf dem Wasser immer noch besser zu sein. Wenn ich den Drang verspüre zu schreien, fahre ich normalerweise mit dem Boot hinaus. Ich finde, es beruhigt den Geist, wenn man den Dingen für ein paar Stunden entflieht, die Sonne im Gesicht und den Wind in den Haaren spürt.«

Segeln? Jetzt?

Das konnte sie nicht tun. Es würde sich wie weglaufen anfühlen, und sie war keine acht mehr. »Ich kann nicht, aber danke.«

»Warum nicht?«

»Ich muss mit meiner Mutter sprechen.« Und so wie das Gespräch mit ihrem Vater gelaufen war, drehte sich ihr beim Gedanken an eine Wiederholung mit ihrer Mutter der Magen um.

»Wenn man aufgewühlt ist, halte ich es immer für das Beste, sich ein bisschen Zeit zu nehmen, bevor man ein schwieriges Gespräch führt.«

»Das stimmt. Aber ich muss auch arbeiten. Du sicherlich auch.«

»Meine Arbeit besteht darin, mit dem Boot hinauszufahren, um zu prüfen, ob alles in Ordnung ist.« Er sah zum Boot und dann wieder zu ihr. »Es wäre schön, Gesellschaft zu haben.«

Das klang verlockend, aber sie war fest entschlossen, die Versuchung zu ignorieren. Ihre Gefühle waren zu unbeständig. Sie hatte ihm schon viel zu viel erzählt. Wie eine offene Geldbörse, aus der alles herauspurzelte. Was würde bei so einem Ausflug noch alles herausfallen? Sie brauchte Zeit, um sich zu beruhigen.

»Ich habe einen Abgabetermin.«

»Bestimmt können die Leute sich ein paar Stunden selbst um ihre Probleme kümmern, Dr. Swift.«

Ihre Neugier war geweckt. »Du weißt, was ich tue?«

»Deine Mutter hat es mir gesagt. Sie ist stolz auf dich und alles, was du erreicht hast.«

»Sie spricht über mich?«

»Ständig. Sie hat verschiedene Ordner, gefüllt mit allem, was du geschrieben hast. Sie druckt die Seiten aus, damit sie sie lesen kann, wann immer sie möchte. Und sie gibt sie meiner Mutter, die sie dann mir gibt.« Ihre Reaktion schien ihn zu überraschen. »Wusstest du das nicht?«

»Nein.« Für Adeline war es eine Offenbarung. Ihre Mutter hatte einen Ordner mit ihren Texten. Sie sprach über sie. War stolz auf sie.

»Es ist immer peinlich, wenn Eltern mit einem prahlen. Meine Mutter macht das. Ihre Standardeinführung ist im Moment: *Das ist mein Sohn, er hat ein eigenes Haus, und er ist Single.*«

Zum ersten Mal seit ihrer Ankunft auf der Insel lachte Adeline herzlich. »Autsch.«

»Genau …« Er spreizte die Hände. »Laut meiner Mutter ist alles, was du im Leben erreicht hast, nichts wert, wenn du keine Familie hast. Du siehst einen Versager vor dir.« Er wirkte entspannt, zufrieden und ganz und gar nicht wie ein Versager.

Die Sonne brannte, und sie setzte den Hut ab, damit die Brise ihren Kopf kühlen konnte. Sie dachte an das Gespräch mit ihrem Vater zurück und seine Bemerkungen über Mark. »Es ist lustig, dass unabhängig von dem, was wir tun, unsere Eltern uns an dem Erfolg unserer romantischen Beziehungen messen.«

»Dich auch?« Er lächelte mitfühlend. »Wie auch immer die Grenzen meines romantischen Lebens aussehen, ich kann gut mit Booten umgehen. Fahr für ein paar Stunden mit mir raus. Die Arbeit kann warten. Wann ist dein Abgabetermin?«

»Vier Uhr.« Sie blickte ihn an und dann zu dem Boot, das auf dem Wasser schaukelte. Im hellen Sonnenlicht glänzte es in frischem Aquamarinblau.

Das Wasser glitzerte, und hinter dem Dock erstreckte sich verlockend die Küstenlinie. Sie dachte an die Strände und die versteckten Buchten, den Wind und salzige Wasserspritzer auf ihrer Haut.

Er sah auf die Uhr. »Ich verspreche, dass ich dich bis zwei Uhr zurückbringe. Welches Problem auch immer du für sie löst, ich bin sicher, du schaffst das in zwei Stunden. Wir können deine Antworten gemeinsam auf der Fahrt entwerfen, wenn du möchtest.«

Sie musste lächeln. »Du möchtest anderen Menschen Ratschläge für ihre Probleme geben?«

»Warum nicht? Niemand muss sie annehmen. Vermutlich sage ich nur: Komm nach Griechenland, und all deine Probleme werden sich in Luft auflösen.«

Wenn es nur so einfach wäre.

In dem Moment poppte auf ihrem Handy eine Nachricht von ihrer Mutter auf.

Komm zu mir auf die Terrasse.

Der Moment der Leichtigkeit war vorbei. Es war, als würde die Welt sie auf die Probe stellen, indem sie sie zu einer Entscheidung zwang. Zwischen dem, was sie tun wollte, und dem, was sie tun sollte.

Sie starrte auf das Handy und wünschte, die Nachricht würde verschwinden, damit sie nichts tun musste.

»Meine Mutter möchte mit mir sprechen.«

»Aber du bist nicht bereit, mit ihr zu sprechen.«

»Ich weiß nicht, ob ich je bereit sein werde.« Sie steckte das Handy zurück in die Tasche und stand bedrückt auf. »Es war schön, dich getroffen zu haben, Stefanos.«

»Warte.« Er erhob sich ebenfalls. »Wirst du wirklich ein ruhiges und konstruktives Gespräch führen können, wenn du dich so fühlst wie im Moment? Vielleicht musst du dieses Gespräch führen, doch du kannst entscheiden, wann.«

Ihre Entscheidung.

Sie musste an Mark denken und spürte die Anspannung in sich.

»Du hältst mich vermutlich für töricht, dass ich überhaupt hergekommen bin.«

Er runzelte die Stirn. »Warum sollte ich? Das ist deine Familie. Natürlich musst du hier sein. Familie kann ärgerlich sein und nervig und verwirrend – auch fehlgeleitet –, doch das bedeutet nicht, dass man sie verlässt. Nicht dass meine Meinung dich kümmern sollte, doch ich halte es für richtig, dass du hier bist. Dies sind die Menschen, die du liebst. Dass die Situation schwer zu verkraften ist, ändert nichts daran. Aber das heißt nicht, dass du dich nicht gleichzeitig um dich kümmern darfst.«

Er hielt sie nicht für töricht, weil sie hier war. Er fand nicht, dass sie schlechte Entscheidungen traf.

Sie sah ihn an und dann in Richtung Villa.

Sie stellte sich vor, wie ihre Mutter an ihrem Lieblingstisch auf der Terrasse saß und auf sie wartete.

Stefanos hatte recht. Das Gespräch würde besser laufen, wenn sie vorher die Gelegenheit hatte, sich zu beruhigen.

Sie holte ihr Handy aus der Tasche und antwortete auf die Nachricht.

Ich komme um vier zum Tee zu dir.

Sie drückte auf Senden, steckte das Handy zurück in die Tasche und atmete tief durch.

»Lass uns losfahren, bevor ich es mir anders überlege.«

Sie ging zum Boot, kletterte an Bord und sah zu, wie er das Tau löste.

»Ich nehme an, dass du normalerweise nicht spontan bist.« Er trat aufs Boot, wodurch es leicht schaukelte.

»Nie.« Sie hielt sich fest. »Ich bin eine Planerin.«

Er hob eine Augenbraue. »Was ist aus dem Mädchen geworden, das mich überredet hat, das Boot meines Vaters zu stehlen?«

»Zu leihen«, verbesserte sie ihn. »Nicht zu stehlen. Wir wollten es immer zurückbringen.« Doch die Frage war interessant. Was war aus jenem Mädchen geworden? »Ich glaube, es erlebte ein bisschen zu viel Unvorhersehbares.«

Er nickte. »Also versuchst du jetzt alles zu kontrollieren.«

»Soweit man das Leben kontrollieren kann, ja. Laut meinem Vater ist das eine Eigenschaft, die mein Leben ruiniert. Offenbar verhalten nicht meine Eltern sich rücksichtslos und unlogisch. Trotz der unleugbaren Tatsache, dass sie vor langer Zeit entschieden haben, nicht miteinander leben zu können, liegt es alles an mir.« Sie setzte sich und hielt ihren Hut fest. Das Boot schaukelte auf dem Wasser, und der Himmel erstreckte sich in strahlendem Blau bis in die Ferne. »Heute Morgen eröffnete mir mein Vater, dass ich meine Prioritäten falsch setze und mein Leben überdenken solle.«

Statt den Motor zu starten, ließ sich Stefanos ihr gegenüber nieder und widmete ihr seine volle Aufmerksamkeit. »Ich verstehe immer besser, warum du das Bedürfnis hast zu schreien.«

»Genau. Aber ich habe mehr als genug gesagt. Ich sollte nicht darüber sprechen.«

»Warum nicht? Es gab eine Zeit, in der wir uns alles erzählt haben.«

Der Wind zerrte an ihrem Hut, und sie hielt ihn fest, damit er nicht ins Wasser flog. »Wir waren Kinder. Das ist nicht das Gleiche.«

»Glaub das mal nicht. Ich weiß einiges über Sie, Dr. Swift.« Er ließ den Motor an, und sie entfernten sich langsam vom Anleger. »Große Dinge. Kleine Dinge. Ich könnte Sie zu Fall bringen.«

»Tatsächlich?« Sie musste lächeln. »Was glaubst du, mit welchem Insiderwissen du meine Karriere am ehesten zerstören könntest?«

Er fuhr schneller und lenkte das Boot aufs offene Meer.

»Schwer zu sagen.« Er ließ die Hände am Steuer und blickte geradeaus. »Das war dieses eine Mal, als du die Uhr deines Vaters kaputt gemacht und sie im Sand vergraben hast, damit er es nicht herausfindet.«

»Er hat sie wieder ausgegraben.«

»Oder als du die Streunerkatze in deinem Zimmer hast schlafen lassen, weil sie dir leidtat.«

»Sie machte alles kaputt.« Sie stöhnte auf bei der Erinnerung. »Das war furchtbar. Meiner Mutter erzählte ich, dass sie durchs Fenster gekommen sein musste, während ich schlief.« Tatsächlich hatte sie den Trost gebraucht. Sie hatte sich ebenso allein und verlassen gefühlt wie das Kätzchen. »Meinst du, ich sollte das in meinem Lebenslauf unter Lebenserfahrung vermerken?«

»Ich glaube, das könnte dir einen Vorteil verschaffen. Nicht erwähnen solltest du allerdings, dass du schreist, wenn du gestresst bist.«

»Ich habe nicht geschrien.«

»Du warst kurz davor. Du hattest schon Luft in die Lungen gesogen. Hier wird nicht viel geschrien«, sagte er. »Auch wenn ich dafür bekannt bin, gelegentlich zu jaulen, wenn das Wasser wirklich kalt ist. Vermutlich habe ich dich vor einem aufdringlichen Verhör durch die griechische Polizei gerettet. Gern geschehen.«

Seine Neckerei war wie Balsam, und sie spürte, wie ihre Anspannung wich.

»Bei dem Gespräch mit meinem Vater heute Morgen ging es mir nur darum, ihn zu verstehen.« Das stimmte nicht ganz. Tatsächlich war es ihr darum gegangen, dass er seine Meinung änderte. Dass er sie ansah und sagte: *Es tut mir leid, Addy, das war ein Moment der Verirrung, doch jetzt ist er vorbei. Du hast recht. Das kann niemals funktionieren.* »Ich hoffte auf eine rationale Erklärung, wie etwas, das beim ersten Mal nicht funktioniert hat, dieses Mal funktionieren soll.«

Stefanos blickte sie an. »Und hat er sie dir gegeben?«

»Nein.« Sie runzelte die Stirn. »Na ja, er sagte, es sei Liebe. Als ob das alles erklären würde. Als ob das reichen würde, sie haben sich ja vermutlich auch damals geliebt, und da reichte diese Liebe aber nicht, um zusammenzubleiben. Er scheint zu glauben, dass ich diejenige bin, die sich merkwürdig benimmt, weil ich nicht an die alles heilende und übermächtige Macht der Liebe glaube.«

Er steuerte das Boot die Küste entlang, wobei sie eine silbern glitzernde Bugwelle hinter sich ließen.

Nach ein paar Minuten drosselte er die Geschwindigkeit und fuhr in eine kleine Grotte, die nur vom Wasser aus erreichbar war.

Auf beiden Seiten stiegen die Felswände steil hinauf und bildeten ein Hufeisen. Am Ende der Höhle befand sich ein Streifen mit weißgoldenem Sand. Das Wasser glitzerte wie Juwelen im Sonnenschein.

Stefanos schaltete den Motor aus, sodass nur noch das leichte Plätschern der Wellen gegen das Boot zu hören war.

»Ich hatte vergessen, wie schön es hier ist.« Sie beugte sich vor und ließ ihre Finger durch das kristallklare Wasser gleiten. Tief unter sich sah sie winzige Fische zwischen den Steinen hin und her flitzen. Die Luft war salzig und frisch, und sie spürte, wie eine kühle Brise über ihre erhitzte Haut fuhr.

»Es ist einer meiner Lieblingsplätze. Und es ist immer ruhig hier. Es gibt keinen Zugang über den Felsen oder die Straße, und die Navigation ist schwierig, sodass nur die Einheimischen herkommen.« Er holte den Anker aus dem Bug und warf ihn über Bord. »Dann glaubst du nicht, dass deine Eltern einander lieben?«

Sie zog die Hand aus dem Wasser. »Ich weiß es nicht, aber ich glaube, dass Bauchgefühl und Emotionen kein vertrauenswürdiger Ansatz sind, wenn es um eine der wichtigsten Entscheidungen deines Lebens geht. Wenn sich mehr Menschen bei ihrer Partnerwahl an Logik halten würden, gäbe es weniger Scheidungen.«

»Logik?«

»Die Menschen fokussieren sich zu sehr auf Romantik und nicht genug auf praktische Aspekte. Es ist wichtig, seine Kernwerte zu kennen. Wenn dir Ehrlichkeit wichtig ist, such dir niemanden, der es mit der Wahrheit nicht so genau nimmt. Wenn dir Familie wichtig ist, dann such dir niemanden, der keine familiären Bindungen pflegt.« *Wie Mark.* Wie hatte sie je glauben können, dass das funktionieren könnte? »Mein Vater schätzt Loyalität, und dennoch will er wieder mit meiner Mutter zusammen sein, obwohl dies ihre vierte Ehe sein wird.« Sie bemerkte, wie sich seine Miene veränderte. »Meinst du, ich liege falsch?«

»Ich finde die Theorie gut, aber ich glaube nicht, dass man Menschen so einfach einordnen kann, wie du es nahelegst. Zum Beispiel war deine Mutter deinem Vater gegenüber vielleicht nicht loyal, doch meiner Mutter gegenüber hat sie große Loyalität gezeigt.«

»Das stimmt.«

»Und auch wenn ich dir bei vielem zustimme, was die Gefahren von gefühlsbetonten Entscheidungen angeht«, sagte er, »kenne ich doch viele Menschen, die meine Werte teilen, mit denen ich aber um nichts in der Welt den Rest meines Lebens verbringen möchte.«

»Richtig, es geht nicht nur um Kompatibilität. Da gibt es noch einen anderen Faktor, der nicht so einfach zu definieren ist.« Sie sah ihn an. »Du willst mir sagen, dass dieser Faktor Liebe ist.«

»Ich sage dir gar nichts.« Er griff in die Kühltasche zu seinen Füßen und holte zwei Flaschen Wasser heraus. »Aber ich glaube, dass es viele Beweise dafür gibt, wie Gefühle Menschen zusammenschweißen können. Nimm meine Eltern als Beispiel. Sie waren über dreißig Jahre verheiratet. Über einen so langen Zeitraum muss es herausfordernde Zeiten für eine Partnerschaft geben. Krankheit. Verlust. So vieles kann schiefgehen. Zeiten, in denen die Logik allein einem raten würde fortzugehen. Und doch tun die Menschen es nicht.« Er beugte sich vor und gab ihr eine der

Flaschen. »Ich will sagen, dass Liebe die Menschen zusammenhalten kann. Und ich schätze, dass für eine Planerin wie dich die Liebe ein beängstigendes Konzept ist, weil sie schwer zu definieren und unmöglich zu kontrollieren ist.«

Sie nahm das Wasser und setzte den Hut ab. Die Sonne brannte, und ihr Haar war feucht von Schweiß. Plötzlich verspürte sie das Bedürfnis, einfach über Bord zu springen und tief ins Wasser einzutauchen.

»Dann soll ich also Logik und Vernunft vergessen und akzeptieren, dass Liebe eine ausreichende Erklärung ist für diese zweifelhafte Entscheidung meines Vaters?« Sie schraubte den Deckel der Flasche ab und trank. Das Wasser befeuchtete ihre trockene Kehle. »Nicht dass ihm etwas an meiner Meinung liegt. Ich soll seine Neuigkeit mit freudiger Akzeptanz begrüßen, und ich gestehe, dass ich damit zu kämpfen habe. Ich liebe ihn und möchte nicht, dass er verletzt wird.«

Er ließ die Flasche sinken. »Bist du sicher, dass es dir nur um ihn geht?«

Sie stellte ihr Wasser für später zurück in die Kühlbox. »Was meinst du?«

»Die Scheidung deiner Eltern hatte tiefgreifende Auswirkungen auf dich. Ich kann das bezeugen. Deine Welt war plötzlich nicht mehr sicher und berechenbar, und das in einem Alter, in dem das jedes Kind braucht. Ich schätze – nach dem, was du sagst –, dass du seitdem versuchst, das zu überwinden. Deine Welt so sicher wie möglich zu gestalten.«

»Du stellst dich auf die Seite meines Vaters und sagst mir, dass ich mein Leben überdenken soll? Ich könnte dich über Bord stoßen.«

»Das sage ich nicht. Ich sage nur, dass es kein Wunder ist, dass du fühlst, was du fühlst. Er liegt in der menschlichen Natur, Schmerz zu vermeiden, und du hast Angst, dass sich die Geschehnisse vom letzten Mal wiederholen«, sagte er. »Und selbst wenn ihre Ehe dieses Mal funktioniert, ist es eine große Veränderung für dich. So lange Zeit waren es nur dein Vater und du, doch jetzt sind die Dinge anders.«

Getroffen von seinen Worten, starrte sie ihn an.

Sie war Psychologin. Sie war stolz auf ihre Selbstreflexion und dass sie unangenehmen Wahrheiten nicht auswich. Doch sie hatte nicht bemerkt, dass sie nicht nur Angst um ihren Vater, sondern auch um sich selbst hatte. Dass sie sich nicht nur um sein Leben, sondern auch um ihr Leben sorgte. Um ihre Zukunft.

Ihr Vater stand für sie für Sicherheit. Beständigkeit. Ihre Beziehung war die eine konstante sichere Sache in ihrem Leben gewesen, und der Gedanke, dass sich das nun änderte, erschütterte sie mehr, als es sollte.

Sie blickte Richtung Strand. Der Sandstreifen glühte in blassem Gelb. Zwischen dem Boot und dem Strand erstreckte sich tief und einladend das Meer, auf dem die Sonne glitzerte.

»Du hast recht«, sagte sie schließlich. »Alles, was du sagtest, stimmt, und ich habe es nicht gesehen.«

Warum hatte sie es nicht gesehen?

Er zuckte die Achseln. »Den Ursprung seiner Gefühle zu verstehen ändert sie nicht notwendigerweise.«

»Aber das sollte es. Vielleicht bin ich egoistisch.« Der Gedanke, dass sie möglicherweise an die eigenen Bedürfnisse und nicht an die ihres Vaters dachte, plagte sie. »Ich war wirklich überzeugt, dass ich ihn beschütze und seine Interessen verteidige.«

»Hast du auch. Tust du. Man kann mehr als ein Gefühl auf einmal haben. Sich um mehr als eine Sache sorgen. Und du darfst dich auch um dich selbst kümmern. Es kann kaum überraschen, dass dich das alles so mitnimmt. Die Situation ist scheiße. Und du darfst aussprechen, dass sie scheiße ist.«

Er versuchte sie aufzumuntern, doch sie fühlte sich nicht besser. Sie fühlte sich furchtbar.

Das Boot bewegte sich leicht, wurde aber vom Anker festgehalten.

Sie warf ihm ein unsicheres Lächeln zu. »Hast du je daran gedacht, Psychologe zu werden?«

»Ich wäre ein schrecklicher Psychologe. Und ich staune über dich, denn ich bin ziemlich sicher, dass kein vernünftiger Psychologe sich Vorwürfe machen würde, weil er normale menschliche Gefühle hat. Weißt du, was du brauchst?« Er stand auf, und sie sah ihn an, fühlte sich nackt und verletzlich.

»Einen großen Drink? Eine Tracht Prügel?«

»Nein, schwimmen. Das heilt alles.« Er zog sein Shirt aus, und sie registrierte seine Muskeln, bevor sie genervt von sich selbst den Blick abwenden konnte. Sie war keine achtzehn mehr. Sie sollte nicht mehr in dem Alter sein, in dem man die Bauchmuskeln eines Mannes anstarrte.

»Du gehst jetzt schwimmen? Hier?«

»Ja. Und du ebenfalls. Du willst vielleicht auch ein paar Sachen ausziehen, außer du schwimmst lieber voll bekleidet.«

Sie setzte sich auf. »Mir ist nicht danach.«

»Vertrau mir, sobald du einen Zeh im Wasser hast, ist dir danach«, sagte er. »Das hier ist ein großartiger Ort zum Schwimmen. Wenn ich mich recht erinnere, bist du eine gute Schwimmerin. Das Wasser ist perfekt, und wir haben die Grotte für uns allein. Es wäre Verschwendung, sie nicht zu nutzen. Wenn es deiner Entscheidungsfindung dient, kann ich dich hineinwerfen.«

Als Kind hatte sie sich immer wohlgefühlt in seiner Gesellschaft. Unbeschwert. Sie waren in ihrer Freundschaft wie zwei Teile eines Puzzles gewesen, die sich perfekt ineinanderfügten. Das Gefühl war auch jetzt noch so, doch nun mischten sich andere Empfindungen darunter. Während sie ihm zusah, wie er sich bis auf die Badehose auszog, spürte sie, wie sich etwas in ihr regte und Wärme in ihrem Bauch aufstieg.

»Ich bin seit Jahren nicht im Meer geschwommen. Mach du nur.« Sie fühlte sich etwas schwindlig und merkwürdig, und er sah sie eindringlich an.

»Du willst im Boot sitzen bleiben und zusehen?«

»Ja.«

Er versuchte nicht, sie umzustimmen. Stattdessen trat er auf die Seite des Bootes, stand einen Moment konzentriert da und sprang dann kopfüber ins Wasser. Zu spät erinnerte sie sich daran, dass er sie immer gern vollgespritzt und untergetaucht hatte. Das war eines ihrer Spiele gewesen.

Als das Wasser über ihr Haar spritzte und ihr Shirt durchnässte, keuchte sie auf. Sie wischte sich mit der Hand über die Augen.

Stefanos tauchte mit dem gleichen schalkhaften Lächeln auf, das er schon als Junge hatte.

»Danke«, murmelte sie, und er grinste.

»Bitte schön.« Sein Haar klebte am Kopf, und Wassertropfen hingen an seinen Wangen und den breiten Schultern. »Du hast recht. Es ist schrecklich hier drin. Gute Entscheidung, im Boot zu bleiben. Fahr nicht ohne mich weg.«

Er verschwand wieder unter Wasser, bevor er sich umdrehte und in kräftigen, gleichmäßigen Kraulzügen Richtung Strand schwamm.

Sie tauchte ihre Finger ins Wasser. Die Oberfläche war warm, erhitzt von der Sonne, doch als sie ihre Hand tiefer gleiten ließ, spürte sie die Kühle. Es erinnerte sie daran, dass die Dinge selten so waren, wie sie an der Oberfläche zu sein schienen.

Hatte Stefanos recht? Stand sie dem Glück ihres Vaters im Weg, weil sie sich selbst beschützen wollte? Vielleicht machte sie das nicht unbedingt zu einem schrecklichen Menschen (sie versuchte immer, solche extremen Blickwinkel infrage zu stellen), doch es machte sie sicher nicht zu dem Menschen, der sie sein wollte.

Sie blickte zu Stefanos hinüber und sah, dass er das Ufer fast erreicht hatte.

Schützte sie sich in diesem Moment, indem sie ihm nicht folgte?

Am Strand angekommen, richtete er sich auf und wischte sich das Wasser aus dem Gesicht.

Er hob die Hand und winkte ihr zu, und Bedauern überkam sie.

Warum war sie ihm nicht gefolgt? Worin genau bestand das Risiko, mit einem alten Freund in diesem kristallklaren Wasser schwimmen zu gehen?

Ohne in ihrer Selbstbefragung innezuhalten, stand sie auf und zog sich die Leinenshorts und ihr Oberteil aus, dankbar, dass sie daran gedacht hatte, darunter einen Badeanzug anzuziehen.

Bevor sie es sich anders überlegen konnte, hielt sie den Atem an und stürzte sich ins Wasser.

16

Cassie

Cassie klappte ihren Laptop zu (sie hatte viertausend Wörter geschrieben! Ein großartiger Morgen, zumal wenn man berücksichtigte, welch emotionaler Aufruhr sie ablenkte) und blickte hoch, als sie ein Motorboot in der Bucht unter der Villa hörte.

Vermutlich Stefanos. Ihre Mutter hatte erwähnt, dass er auf dem Boot arbeiten wollte.

Sie beobachtete, wie er den Motor abstellte und das Boot dann gekonnt am Steg entlangsteuerte.

Sie hatte Stefanos bei ihren Besuchen der letzten Jahre ein paarmal getroffen und immer gedacht, dass er einen perfekten romantischen Helden abgeben würde. Oder war er körperlich vielleicht zu perfekt? Es war nicht gut, seine Charaktere zu perfekt zu gestalten, und Stefanos erfüllte die Beschreibung »groß, dunkel, attraktiv« ein bisschen zu sehr. Wenn sie nicht aufpasste, könnten die Leserinnen ihn als Klischee abtun. Außerdem wussten sehr attraktive Männer ihrer Erfahrung nach oft, dass sie sehr attraktiv waren, und das machte sie meist sehr lästig.

Außerdem war das Aussehen für sie nicht der eigentliche Reiz an einem Mann. Die Eigenschaft, die sie am reizvollsten fand, war Kompetenz. Sie hatte lieber einen Mann, der in einem Notfall handelte, als einen, der mit seinem Äußeren beschäftigt war. Oliver zum Beispiel. Sie war einmal in den Fluss gefallen, als sie versuchte hatte, Entenküken zu fotografieren (nicht ihre Schuld – es hatte geregnet und das Ufer war aufgeweicht). Das Wasser war tiefer gewesen als gedacht, und Oliver war hineingesprungen und hatte sie herausgezogen, ohne auch nur einen Gedanken daran zu verschwenden, wie seine Jeans hinterher aussehen würde. Und er war bemerkenswert fröhlich gewesen, als er Laichkraut aus seinem und ihrem Haar entfernte, und beruhigend, als er ihr versicherte, dass sie nicht an irgendeiner schrecklichen durch Wasser übertragbaren Krankheit sterben würden. Und einmal hatte sie sich aus ihrem Collegezimmer ausgesperrt, und er hatte sich draußen auf dem Sims die Wand entlanggeschoben, um sich durch ihr geöffnetes Fenster zu zwängen, wobei er noch sein Lieblings-T-Shirt zerrissen hatte. Der Punkt war: Bei Oliver konnte man sich darauf verlassen, dass er einem in einer Krise zur Seite stand, auch in einer schlimmen. Ihrer Meinung nach war das die wahre Definition eines Helden und schlug ausgeprägte Wangenknochen und breite Schultern, auch wenn breite Schultern nützlich waren. Das hatte sie bei einem Sommerfestival entdeckt, bei dem ihre Lieblingsband spielte und sie auf Olivers Schultern gesessen hatte, weil sie sonst nichts hätte sehen können.

Tatsächlich hatte Oliver also breite Schultern, doch sie waren nicht der Grund, warum sie ihn mochte.

Sie beobachtete, wie Stefanos das Boot vertäute, und bemerkte erst dann, dass er nicht allein war. Eine zweite Person befand sich im Boot. Eine Frau.

Interessant.

Sie beugte sich vor und verdrehte den Hals, um besser sehen zu können, und redete sich dabei ein, dass es zu ihrem Autorinnenjob gehörte, Menschen zu beobachten.

Stefanos trat ans Boot und reichte der Frau seine Hand. Sie nahm sie und trat mit vorsichtiger Eleganz auf den Anleger.

Sie war groß, wenn auch nicht so groß wie Stefanos. Ein roter Badeanzug klebte an ihrem schlanken Körper, und ihr dunkles Haar fiel ihr in feuchten Wellen über die Schulter bis zum Rücken. Ihr Sonnenhut verdeckte halb ihr Gesicht. In ihrer anderen Hand schien sie ein Bündel Kleidung zu halten.

Sie ist schön, dachte Cassie. Tatsächlich könnte genau diese Szene perfekt in ihr aktuelles Buch passen. Stefanos beugte sich vor, um etwas zu sagen, und die Frau lachte und war offenbar amüsiert von dem, was er ihr ins Ohr gemurmelt hatte.

Cassie spürte einen Stich Neid. Das war Intimität. Sie konnte die tiefe Verbindung geradezu spüren. Wie sie einander verstanden und mit einem Blick oder einer Handbewegung kommunizierten. Genau so etwas versuchte sie in ihrem aktuellen Roman zu beschreiben, doch es war schwer in Worte zu fassen, was sie hier sah.

Sie fragte sich, warum ihre Mutter nicht erwähnt hatte, dass Stefanos sich mit jemandem traf und wer die Frau sein könnte, da drehte diese ihren Kopf.

Cassie zuckte zusammen vor Überraschung. *Adeline?*

Adeline war mit Stefanos mit dem Boot hinausgefahren? Noch überraschender: Adeline trug einen todschicken roten Badeanzug? Und ihrem feuchten zerzausten Haar nach zu urteilen, war sie schwimmen gewesen.

Wie viele Überraschungen mochte diese Reise wohl noch bereithalten?

Eigentlich gehörte sich das nicht, doch sie konnte nicht wegsehen und tröstete sich mit dem Wissen, dass es Teil ihres Jobs war, Leute zu beobachten. Und menschliches Verhalten zu verstehen, auch wenn sie bei diesem Teil oft versagte, wie sie zugeben musste.

Als sie und ihre Schwester sich am Morgen getrennt hatten, waren beide besorgt gewesen. Angesichts der Umstände hätte Cassie nicht erwartet, dass sie wieder so rasch zur Normalität übergehen würde, und doch lächelte Adeline und sprach mit Stefanos, als wären sie ein Paar im Urlaub.

Gebannt von der Szene, die sich vor ihr abspielte, sah sie hinunter, bis Adeline sich umdrehte und den Weg hinauf zum Gästehaus einschlug. Cassie nahm ihren Laptop und tat so, als wäre sie in etwas Wichtiges vertieft.

»Hallo.« Sie klappte den Laptop wie beiläufig zu, als Adeline auf der Terrasse auftauchte. »Warst du schwimmen?«

»Ja.« Adeline setzte sich auf die Liege neben ihr. »Ganz spontan. Ich traf zufällig Stefanos. Er hat mich auf eine Spritztour mit dem Boot eingeladen. So wie der Morgen lief, dachte ich, dass ein bisschen Raum zum Atmen nicht schaden könnte vor dem nächsten schwierigen Gespräch.«

Cassie interessierte sich nicht für die schwierigen Gespräche, aber sehr wohl für das, was zwischen Adeline und Stefanos passiert war. Zum ersten Mal sah sie ihre Schwester anders als makellos. Und es stand ihr. So zerzaust und leger sah sie sogar fast noch besser aus. »Ich wusste nicht, dass ihr euch so gut kennt.«

»Wir haben uns seit zwanzig Jahren nicht gesehen. Aber ich stand heute Morgen am Anleger …«, sie hielt inne und lächelte dann kurz, »… und genoss die Aussicht. Und er war auf dem Boot. Ich wusste nicht, dass er dort war. Wir kamen ins Gespräch.«

Cassie musterte sie. »Du hast nicht wirklich die Aussicht genossen, oder?«

»Nein«, sagte Adeline. »Ich habe versucht, mich zu entscheiden zwischen schreien und ins Meer springen.«

Cassie nickte. Das wurde immer interessanter. »Und er hat deine Stimmbänder gerettet?«

»So in der Art.«

»Also seid ihr mit dem Boot rausgefahren, und dann hat er sein Shirt ausgezogen und du hast dein Shirt ausgezogen, und plötzlich schien das Leben viel besser«, sagte Cassie. »Und jetzt lebt ihr glücklich bis an euer Lebensende.«

Adeline warf ihr einen strafenden Blick zu. »Wir waren schwimmen.«

»Das muss ein Vergnügen gewesen sein. Zumindest ein optisches. Er hat einen unglaublichen Body.«

»Hat er? Ist mir nicht aufgefallen.«

Cassie grinste und legte ihren Laptop beiseite. »Hattest du die Augen zu im Wasser? Er ist ein toller Schwimmer, nicht wahr?«

»Bist du schon mal mit ihm geschwommen?«

»Er hat es mir beigebracht. Er war siebzehn oder vielleicht achtzehn – ich weiß es nicht mehr. Kurz bevor er die Insel verließ, um aufs College zu gehen. Ich war damals acht, also brauchst du nicht eifersüchtig zu sein.«

»Warum sollte ich eifersüchtig sein?«

»Solltest du nicht. Ich habe dich aufgezogen. Aber ihr zwei scheint eine gute Zeit miteinander gehabt zu haben.« Sie bemerkte Adelines verschlossenen Blick und verspürte kurz Panik. »Es tut mir leid. Ich höre auf, dich aufzuziehen. Bitte mach das nicht.«

»Was machen?«

»Mich ausschließen. Ich hasse es, wenn du dich hinter dieser Schutzmauer versteckst.«

»Ich habe eine Schutzmauer?«

»Ja. Sie ist direkt zwischen dir und der Welt, aber du hattest gerade angefangen, mich mal durchzulassen.«

Belustigung flackerte in den Augen ihrer Schwester. »Du hast eine Tür in meiner Schutzmauer gefunden?«

»Ich weiß nicht.« Sie dachte daran, wie Adeline Stefanos angelächelt hatte. »Vielleicht ist deine Schutzmauer nicht so dick, wie du dachtest. Doch bitte verstärke sie nicht. Ich hatte einen grässlichen Vormittag und muss ihn mit fröhlichen und schönen Dingen ausgleichen.«

Adeline stellte ihre Tasche neben sie und zog ihr Oberteil über ihren Badeanzug. »Ich schätze, das bedeutet, du hast mit unserer Mutter gesprochen, und es lief nicht gut. Du konntest sie wohl nicht zur Vernunft bringen?«

»Nein. Sie sagte immer wieder, dass sie und dein Vater sich in den letzten zwanzig Jahren verändert hätten und dies eine völlig neue Beziehung sei.«

»Hoffen wir das mal angesichts der Tatsache, dass die alte kein großer Erfolg war.« Adeline zog ihr Haar hinten aus dem Oberteil. »Hast du alle Fragen gestellt, die du stellen wolltest? Hat sie über deinen Dad gesprochen?«

»Ja.« Cassie zögerte. »Sie hat all das gesagt, was ich erwartet habe.«

Ihre Schwester sah sie an. »Aber?«

Was sollte sie sagen? Dass irgendetwas an dem Gespräch mit ihrer Mutter merkwürdig gewesen war? Vermutlich war da nichts. Sie war nur überempfindlich und witterte Geheimnisse, wo keine waren. Grübelte zu viel. Das tat sie oft.

»Kein Aber.« Cassie zog die Beine unter sich. »Wie lief das Gespräch mit deinem Vater?«

»Ungefähr so wie deines mit unserer Mutter, wie es scheint. Wir haben offen gesprochen, aber weder mit Logik noch mit einem Appell an seine Vernunft konnte ich ihn dazu bringen, seine Meinung zu ändern. Offenbar liegt der Fehler bei mir, dass ich es nicht verstehe, und nicht bei ihm, dass er sich alarmierend unlogisch verhält.«

Cassie spürte einen Stich Beklommenheit. »Ich schätze, die Hochzeit findet also statt.«

»Scheint so.«

Was würde das für sie bedeuten? Keine langen faulen Wochen mehr, in denen nur sie und ihre Mutter in der Villa waren und über alles redeten. Keine Chats spät am Abend. Der Rahmen ihres Lebens würde sich verändern, und sie wusste nicht, wo sie da hineinpasste. Und welche Gefühle hegte Andrew tatsächlich ihr gegenüber? Ihre Mutter erwartete, dass alle glücklich miteinander lebten, aber war das möglich, wenn man bedachte, wer sie war?

Adeline stand auf. »Ich gehe duschen, schreibe meine Dr.-Swift-Kolumne und werde dann mit unserer Mutter sprechen.«

Ihr Tonfall zeigte, dass sie sich darauf nicht freute.

»Soll ich mitkommen? Als moralische Unterstützung?«

Adelines Miene wurde weich. »Nein, aber danke für das Angebot. Sie hat mich angetextet, dass wir heute wieder alle gemeinsam zu Abend essen würden. Ein zweiter Feierversuch.«

»Richtig. Und ich werde nicht fortlaufen oder auf Achilles treten oder auch nur eine Sekunde Drama machen. Wir werden einen friedlichen, zivilisierten Abend haben, und egal, was sie sagen, ich werde mich nicht aufregen.« Cassie verscheuchte ein Insekt, das über ihr summte. »Ich werde Wasser trinken, damit ich nichts sage, was ich später bereuen könnte.«

»Wasser ist gut«, sagte Adeline. »Klingt nach einem guten Plan.«

So schwierig die Situation auch war – Cassie fand, dass sie auch etwas Gutes hatte. Sie und ihre Schwester waren auf eine Weise verbunden wie nie zuvor.

»Ich bin froh, dass du hier bist.« Sofort war es ihr peinlich, so überschwänglich zu sein. »Geh und schreib deine Kolumne. Irgendjemand ist irgendwo vermutlich verzweifelt und hofft, dass du seine oder ihre Frage auswählst. Und zieh heute Abend ein Kleid von deiner Freundin an, denn es wäre eine Grausamkeit, Kleider dieser Qualität im Schrank zu lassen. Sie sollten ein aufregendes Leben führen.«

»Du klingst genau wie Mia.« Kopfschüttelnd ging Adeline hinein ins Gästehaus, und Cassie nahm ihr Handy, um Oliver eine Nachricht zu schicken.

Hoffe, du hast jede Menge großartigen Sex mit jemandem, der dich verdient. X

Seine Antwort kam Sekunden später.

Arbeite viel. Zu müde für Sex.

Sie grinste und textete zurück.

Weichei.

Sie wartete auf seine Antwort, als ihr Handy klingelte.

Die Nummer auf dem Display verwies auf New York.

New York? Sie kannte niemanden in New York.

Es klingelte zum dritten Mal, als sie begriff, dass sie doch jemanden in New York kannte. Ihre Agentin.

Vermutlich rief sie an, um zu sagen, dass sie Cassies Buch nicht hatte verkaufen können. Dass alle es für Müll hielten. Dass sie nicht länger Cassies Agentin sein wolle und ihr raten würde, eine andere Tätigkeit in Erwägung zu ziehen.

Aber hätte sie nicht einfach eine E-Mail geschrieben, wenn das der Fall wäre? Vielleicht fand sie, dass schlechte Nachrichten lieber telefonisch als per Mail überbracht werden sollten.

Mit zitternden Händen meldete Cassie sich.

»Hallo?«

»Cassie?« Madeleine (»Nennen Sie mich Maddy«) war forsch und geschäftlich. »Ich hoffe, Sie sitzen.«

»Ich sitze. Ich bin auf Korfu bei meiner Mutter und habe gerade eine traumhafte Aussicht vor meinen Augen.«

»Das ist perfekt, denn Sie werden sich an diesen Augenblick immer erinnern.«

Cassies Herz klopfte. »Werde ich das?«

»Ja. Und dass Sie bei Ihrer Mutter sind, ist ebenfalls gut, denn Sie werden gemeinsam feiern können.«

»Feiern?« Jetzt zitterten nicht nur Cassies Hände, sondern auch ihre Beine. »Habe ich etwas zu feiern? Wollen Sie sagen, ein Verlag interessiert sich für mein Buch?«

»Es ist nicht nur Interesse.«

Cassie hörte dem restlichen Gespräch wie betäubt zu.

Sie hatte nicht nur ein Angebot, sondern mehrere bekommen. Verlage hatten sich wegen ihres Buches überboten. Das geschah so selten.

Ihr war schwindlig. Sie wollte Oliver texten, doch sie hatte Angst, dass sie aus Versehen den Anruf abbrechen würde.

Ihre Agentin redete immer noch, doch Cassie hörte nur hier und da ein paar Satzfetzen. *Aufregende neue Stimme … Romantik-Markt boomt im Moment … Sie glauben, Sie könnten der nächste große Wurf sein … Haupttitel im nächsten Jahr … Vertrag über zwei Bücher …*

Und dann nannte sie eine Summe, bei der Cassie fast von der Liege fiel.

»Wie viel?«

Ihre Agentin wiederholte sie. »Der Topbieter freut sich. Sie wollen Ihr Buch und sind bereit zu zahlen. Wenn Sie zustimmen, sollten wir ein Meeting ansetzen, um die Details zu besprechen. Und ich möchte mehr über ihre Pläne mit dem Buch erfahren, bevor wir ihr Angebot offiziell annehmen. Aber Sie sollen wissen, wo wir im Moment stehen. Es ist aufregend, und Sie verdienen es, Teil dieser Aufregung zu sein.«

»Ich weiß nicht, was ich sagen soll.« Cassie spürte Tränen in den Augen. Die Leute sagten, dass Träume sich nicht erfüllen, doch ihrer hatte sich gerade erfüllt. Sie war eine Schriftstellerin. Eine richtige Schriftstellerin. Ihr Buch würde in den Buchhandlungen liegen.

Und wie könnte sie die Liebesgeschichte ihrer Eltern besser würdigen, als sie mit einem Roman unsterblich zu machen?

Sie konnte es kaum erwarten, es ihrer Mutter zu sagen. Sie würde begeistert sein.

»Sie planen bereits eine große Kampagne, um das Buch auf den Markt zu bringen«, sagte Maddy. »Sie wollen Sie natürlich dabeihaben. Vermutlich sollen Sie auf Tour gehen.«

»Auf Tour?«

»Ja. Um Kontakt mit Leserinnen, Buchhandlungen und Bibliotheken aufzunehmen. Alle sind hingerissen, dass dieses Buch von der Liebesgeschichte Ihrer Eltern inspiriert wurde. Die Leser lieben diese Authentizität und den persönlichen Touch. Sie werden mehr darüber hören wollen.«

In Cassie tauchte ein Anflug von Zweifel auf. Ihre Mutter würde heiraten. Es wäre nicht gerade sehr taktvoll von Cassie, mit Fremden über eine ihrer anderen Ehen zu sprechen.

Auf der anderen Seite war Cassie keine Swift, wer würde es also erfahren?

»Noch eine Sache, bevor ich Sie den Champagner öffnen lasse«, sagte Maddy. »Sie mögen Ihren Namen nicht.«

»Wie bitte?« Cassie blinzelte. »Es ist mein Name.«

»Ja, aber Cassie Dunn funktioniert einfach nicht. Er hat nicht den richtigen Klang. Es ist schwer, genauer zu sein. Eine dieser intuitiven Sachen. Sie fragen sich, was Sie davon halten, den Namen Cassie Swift zu verwenden.«

Ein kalter Schauer überlief sie. »Sie wissen, wer meine Mutter ist?«

»Catherine Swift ist berühmt. Jeder weiß, dass sie zwei Töchter hat. Das werden Sie nie geheim halten können, Cassie. Und warum sollten Sie?«

Es gab viele Gründe.

Ein winziges stecknadelgroßes Loch erschien in ihrer Blase aus Glück.

»Aber ich bin nicht Cassie Swift.«

»Das spielt keine Rolle. Wir reden über einen Namen – nennen Sie es ein Pseudonym, wenn Ihnen das lieber ist. Niemand verlangt, dass Sie Ihren Namen wirklich ändern.«

Vielleicht nicht, und dennoch …

»Wollen Sie sagen, dass Sie mir diesen Vertrag nur wegen meiner Mutter geben?«

»Nein. Sie bieten Ihnen den Vertrag an, weil das Buch brillant ist. Aber wir müssen hier ehrlich sein: Wenn es um die Vermarktung geht, wird es nicht schaden, dass Catherine Swift Ihre Mutter ist. Das werden sie verwenden wollen.«

Es war, als schwömme man in kristallklarem Wasser und entdecke plötzlich einen Ölteppich.

»Aber was, wenn ich nicht möchte, dass er verwendet wird? Ich möchte das allein schaffen, zu meinen Bedingungen. Ich möchte wissen, dass der Erfolg, den ich habe, nur an mir liegt.«

»Natürlich, Cassie, aber dies ist das reale Leben und Bücher zu verkaufen ist ein hartes Geschäft. Lassen Sie sich nicht täuschen von einem gelegentlichen Märchen-Moment. Dies ist ein Geschäft, und es ist knallhart. Wenn Sie ein Alleinstellungsmerkmal haben – und die Tochter von Catherine Swift zu sein ist ein Alleinstellungsmerkmal –, dann muss man es nutzen.«

Cassie Swift.

Sie schluckte. Es gefiel ihr nicht. Sie war ziemlich sicher, dass es Andrew auch nicht gefallen würde (schließlich gehörte der Name ihm). Und was würde ihre Mutter dazu sagen?

Was, wenn sie dies alles für Cassies Idee hielt? Wenn sie glaubte, dass Cassie sich den Erfolg ihrer Mutter zunutze machte, ohne den Anstand zu haben, es überhaupt zu erwähnen?

Es war beschämend.

»Es fühlt sich nicht richtig an.«

»Denken Sie darüber nach.« Ihre Agentin sagte das in einem forschen Ton, der nahelegte, dass Cassie nicht nur nachdenken, sondern die Entscheidung treffen solle, die der Verlag sich wünschte.

»Wollen Sie sagen, ich muss mich Cassie Swift nennen, wenn ich diesen Vertrag haben möchte?«

Eine Pause entstand.

»Nicht unbedingt. Ich sage, es würde Ihnen einen Schub geben. Das ist der Vertrag Ihres Lebens«, sagte ihre Agentin. »Bedenken Sie das.«

Das Gespräch war beendet, und Cassie starrte auf ihre Hände, während ihre Gedanken und Gefühle in Aufruhr waren.

Sie würde eine veröffentlichte Autorin sein.

Was auch immer geschah, wie auch immer sie sich selbst am Ende nannte, nichts würde das ändern. Und ihre Agentin hatte nicht gesagt, dass sie sich Cassie Swift nennen müsste, nur dass es helfen würde. Also konnte sie es ablehnen. Wenn Cassie Dunn nicht funktionierte, würde sie sich einen anderen Namen ausdenken.

Es war wirklich keine große Sache. Sie würde diesen speziellen Moment nicht dadurch ruinieren, dass sie überreagierte.

Sie war begeistert. Und sie war sicher, dass ihre Mutter trotz des Umstands, dass sie das Namensproblem lösen mussten, ebenfalls begeistert sein würde.

Tiefe Freude durchströmte Cassie.

Das Beste daran war, dass die ganze Welt die Liebesgeschichte ihrer Eltern hören würde.

Wie wundervoll war das?

17

Catherine

»Beim zweiten Mal haben wir hoffentlich mehr Glück. Ich möchte, dass dieser Abend perfekt wird.« Catherine kontrollierte den Tisch. Silberbesteck glänzte auf schneeweißem Leinen, und die hohen Gläser reflektierten die letzten bernsteinfarbenen Sonnenstrahlen. Ein einfacher Strauß weißer Gänseblümchen bildete das Zentrum des Tisches. Es wäre ein perfektes Bild für ihre Social-Media-Kanäle – *#AbendessenmitderFamilie* –, doch sie hatte nicht die Absicht, diesen Moment mit jemandem zu teilen. Sie teilte Ausschnitte aus ihrem Leben (heutzutage war das eine Notwendigkeit, und manchmal sehnte sie sich nach den ersten Jahren ihrer Karriere, in denen sie nur das Buch hatte schreiben müssen), wählte aber die Ausschnitte sorgfältig aus. Es gab eine große Kluft zwischen Realität und der Wahrheit, doch heutzutage wussten alle, dass Social-Media-Bilder sorgfältig inszeniert wurden. Und auch wenn ihr Verlag immer sagte, dass die Leserinnen Einblicke in ihr reales Leben haben wollten, war Catherine ziemlich sicher, dass dem nicht so war. Sie behandelte die dunkleren Teile ihres Lebens so wie ihre Schmutzwäsche. Sie verstaute sie im Korb und präsentierte sie nicht der Öffentlichkeit.

Zufrieden blickte sie Andrew an. »Keine Wiederholung von gestern Abend, hoffe ich.«

Sie tauschten ein verständnisinniges Lächeln.

Es waren vierundzwanzig anstrengende Stunden gewesen. Sie fühlte sich emotional erschöpft. In der Vergangenheit herumzuwühlen hatte diesen Effekt auf sie, weshalb sie es nach Möglichkeit vermied. Sie hatte das, was sie mit den Mädchen teilen konnte, ausgewählt und den Rest vergraben. Wenn sie jetzt darüber nachdachte, entsprach das genau ihrem Vorgehen mit ihren Social-Media-Kanälen.

»Es wird keine Wiederholung geben.« Er zog sie an sich und küsste sie auf den Kopf. »Wir haben beide mit Adeline gesprochen, und du hast mit Cassie gesprochen. Mehr gibt es nicht zu sagen. Nichts, was schiefgehen kann.«

»Ich hoffe, du hast recht.«

»Warum die Zweifel? Ich dachte, dein Gespräch mit Adeline lief gut?«

»Es war ausgesprochen zivilisiert.« Sie konnte schwer erklären, was in ihr vorging, vielleicht weil sie es selbst nicht richtig verstand. »Ich hatte mir mehr erhofft.« Sie wollte die Beziehung zu ihrer älteren Tochter neu aufbauen. Sie wollte nicht, dass sie wie zwei Fremde höflichen Small Talk machen. Sie hatte sie vor Jahren verloren, doch nun wollte sie sie zurück.

Andrew nahm ihr Gesicht zwischen seine Hände. »Vielleicht solltest du den Mädchen die Wahrheit sagen, Catherine. Die ganze Geschichte. Wenn sie verstehen …«

»Nein.« Sie trat einen Schritt zurück. »Das tue ich Cassie nicht an.« Sie würde nicht das Risiko eingehen, die Beziehung zur einen Tochter zu zerstören, um die zur anderen wiederaufzubauen.

»Das ist natürlich deine Entscheidung«, sagte er, »aber du wirst das nicht in ein paar Tagen lösen, Catherine. Adeline war sehr jung. Das alles hat sie sehr mitgenommen. Du musst ihr Zeit geben. Das Vertrauen wiederaufbauen. Das wird schon, da bin ich sicher.«

Seine Zuversicht beruhigte sie.

»Ja, du hast recht.«

Endlich lag die Vergangenheit hinter ihr. Sie konnte neu anfangen.

Es gab keine Gelegenheit, mehr dazu zu sagen, weil in diesem Moment Adeline und Cassie auftauchten.

Cassie trug ein Schlauchkleid in einem Pinkton, der zu den Bougainvilleen passte, die die Wege zur Villa säumten. Es hatte zwei dünne Träger und reichte ihr bis über die Oberschenkel.

Sie lächelte breit. Das Lächeln half Catherine, sich zu entspannen. Nach ihrem Gespräch am Vormittag war sie besorgt gewesen. Sie hatte das unangenehme Gefühl gehabt, dass Cassie ahnte, dass sie etwas verbarg. Und so war es ja auch. Aber hielten Eltern nicht immer Dinge von ihren Kindern fern? Wie oft am Tag sagte eine Mutter: *Es geht mir gut, Liebling,* wenn die Wahrheit lautete: *Mein Leben bricht zusammen, aber ich bin die Erwachsene und es ist meine Aufgabe, dich zu beschützen und so zu tun, als hätte ich alles im Griff.*

Und genau das tat Catherine. Sie beschützte Cassie, so wie sie Adeline beschützt hatte. Und sie hatte ihr Bestes gegeben, auch wenn ihr Bestes nicht ansatzweise das gewesen war, was sie sich gewünscht hatte.

Kinder brauchten nicht zu wissen, dass ihre Eltern auch nicht alle Antworten kannten.

Manche Menschen verstanden nicht, dass man seine Kinder zutiefst lieben konnte und trotzdem Fehler machte. Dass man manchmal erst hinterher wusste, dass man eine schlechte Entscheidung getroffen hatte. Dass man, auch wenn man sich bemühte, alles unter Kontrolle zu halten, letztlich sehr wenig unter Kontrolle hatte.

Nachdem Cassie am Vormittag gegangen war, hatte sie sich Sorgen gemacht, dass ihre Antworten nicht gut genug waren und die Fragen beim Abendessen wieder von vorn losgehen würden. Doch nach dem Lächeln auf ihrem Gesicht zu schließen, schien Cassie alles, was ihre Mutter gesagt hatte, zu akzeptieren und die Welt war wieder in Ordnung. Sie hatte darauf geachtet, Adeline genau dieselben Einzelheiten zu erzählen.

Sie spürte, wie die Verkrampfung in ihren Schultern nachließ.

Vielleicht hatte Andrew recht. Vielleicht würde alles gut werden.

Der steinige Teil lag hinter ihnen. Jetzt brauchten sie nur noch Zeit und Geduld.

Sie umarmte Cassie und lächelte Adeline zu. »Ihr seht beide wundervoll aus.«

Adeline trug ein Kleid in blassem Zitronengelb, das perfekt zu ihrem Teint passte. Ihr Gesicht und ihre Schultern waren leicht gebräunt. Heute Abend trug sie ihr Haar offen, es fiel ihr in weichen Wellen über die Schultern. Sie wirkte jünger, entspannter, und Catherine entspannte sich allmählich ebenfalls.

Dieser Abend würde hoffentlich schön werden.

Im ersten Moment herrschte Verlegenheit, weil sich alle erinnerten, was an genau diesem Ort vor vierundzwanzig Stunden geschehen war.

Es war Andrew, der die Atmosphäre auflockerte. Andrew, der Cassie warmherzig begrüßte und damit deutlich machte, dass er – unabhängig von ihren Vorbehalten – kein Problem damit hatte, dass sie eine Familie wurden.

Sie sprachen über dies und das, während Andrew ihre Gläser füllte. Sie bewunderten den Garten und den Ausblick aufs Meer.

Der Duft von Thymian und Knoblauch drang aus der Küche und vermischte sich mit dem süßen Duft der Blumen. Der Infinity Pool schien direkt mit dem Meer im Hintergrund zu verschmelzen, Blau in Blau, eine Aussicht ins Unendliche.

Mein Ort, dachte Catherine. *Mein besonderer Ort.*

Als es kühler wurde, setzten sie sich und aßen frisch gegrillten Fisch mit Zitrone und Kräutern, die auf den Bergen um sie herum wild wuchsen. Es gab winzige Kartoffeln dazu, mit Salz kross gebraten, und Salat aus dem Garten.

Die Mädchen begrüßten Maria mit einer Umarmung und aufrichtiger Wärme. Sie gesellte sich ein bisschen zu ihnen, um Neuigkeiten auszutauschen. Maria wusste, wie viel ihre Gegenwart für Catherine bedeutete. Sie strahlte und lächelte und schob ihre eigene Traurigkeit beiseite, während sie den Moment feierten.

Danach kehrte sie in die Küche zurück, um sich dem komplizierten Dessert zu widmen, das sie schon den ganzen Tag vorbereitete.

»Und wie habt ihr Mädchen den Nachmittag verbracht?« Catherine reichte Adeline einen Korb mit frisch gebackenem Brot. »Was auch immer es war, du hast Farbe bekommen.«

Adeline hielt inne, während ihr Vater ihr nachschenkte. »Ich bin mit Stefanos mit dem Boot rausgefahren.«

Catherine horchte interessiert auf, war aber zu klug, es zu zeigen. Wenn sie einen solchen Vorschlag gemacht hätte, wäre er abgelehnt worden, das wusste sie. »Es war ein schöner Tag dafür. Heiß, aber nicht zu heiß. Seid ihr schwimmen gegangen? Du bist immer gern geschwommen.«

»Ja, ich war schwimmen.« Adeline sah von ihrem Essen auf. »Wir fuhren zu dieser hübschen Grotte die Küste hinaus. Ich erinnere mich nicht mehr an den Namen.«

»Ich weiß, welche du meinst, sie gehört zu meinen Lieblingsorten. Sie hat einen griechischen Namen, aber ich nenne sie immer die Hufeisenbucht. Und das Boot hat funktioniert? Letzte Woche ist bei Andrew der Motor ausgefallen, und Stefanos musste ihn abschleppen.«

»Es ist praktisch, ihn in der Nähe zu haben.« Andrew nahm sich noch von den Kartoffeln. »Er textete mir vorher, dass er den Motor repariert hätte, Catherine. Ich hatte vergessen, es dir zu sagen.«

»Wunderbar. Warst du auch dabei, Cassie?«

»Nein. Ich war …« Cassie hielt inne. »Ich habe was anderes gemacht.«

Was anderes?

Es sah Cassie nicht ähnlich, sich so vage auszudrücken. Normalerweise erzählte sie Catherine alles, was sie so tat.

»Etwas Entspannendes, hoffe ich.« Sie neckte sie freundlich. »Keine Jobsuche.«

»Keine Jobsuche. Zumindest nicht richtig.« Cassie zögerte und legte die Gabel beiseite. In der Hoffnung, vielleicht gefüttert zu werden, sprang Achilles ihr auf den Schoß. »Tatsächlich habe ich eigene Neuigkeiten zu verkünden. Etwas, worüber ich mich sehr freue.«

Catherine wurde das Herz weit. Plötzlich fühlte sich der Abend fast normal an. Neuigkeiten wurden ausgetauscht, sie teilten ihr Leben. »Wunderbar! Wir können zusammen feiern. Der Abend ist perfekt dafür. Sag uns, was es ist.«

Cassies Wangen waren hochrot. »Ich habe es aus verschiedenen Gründen nie erwähnt, aber ich schreibe. Romane.«

Zuerst war Catherine überrascht und dann entzückt und stolz. »Cassie! Warum hast du mir das nie erzählt?«

»Weil du brillant bist in deinem Job, die Beste, und ich hatte Angst, dass dir nicht gefallen würde, was ich schreibe, und du mein Selbstvertrauen zerstörst.«

Catherine war beleidigt. So eine schlechte Mutter war sie doch nun wirklich nicht, oder? »Ich bin sicher, dass ich alles mag, was du schreibst. Das wäre das Letzte, was ich tun würde, dein Selbstvertrauen zu zerstören.«

Doch andere würden es tun.

Sie spürte Sorge in sich aufsteigen. Eine gute Mutter würde Cassie vermutlich ermutigen, alles andere als Autorin zu werden. Cassie war sanft, gutmütig und eine Optimistin. Das Verlagsgeschäft war eine brutale Branche. Catherine konnte die Vorstellung nicht ertragen, dass ihrer Tochter mit der Zeit all ihr Enthusiasmus und ihr Schwung abhandenkamen.

Die Leute dachten, es sei glamourös. Alle wollten Schriftsteller sein. Wenn sie einen Euro für jedes Mal bekäme, dass jemand zu ihr sagte: *Ich werde eines Tages ein Buch schreiben,* dann hätte sie ganz Griechenland kaufen können, nicht nur dieses idyllische Fleckchen auf Korfu. Die meisten Menschen hatten keine Ahnung, was es wirklich bedeutete, Schriftstellerin zu sein. Sie malten sich romantische Szenarien aus, wie sie endlose Tage in einem herrlichen Rausch von Kreativität verbrachten und es genossen, selbstbestimmt zu arbeiten, während sie gleichzeitig ein kleines Vermögen verdienten. In der Realität konnten die meisten Schriftsteller von ihrer Arbeit kaum leben. Falls sie überhaupt veröffentlicht wurde, würde Cassie von Kritiken und Ablehnung gekränkt werden, die Verkaufszahlen und die zunehmende Konkurrenz (Miranda! Alles lief auf Miranda hinaus!) würden sie demoralisieren, und sie würde erfahren müssen, dass sie fast keine Kontrolle mehr über das Schicksal ihres Buches hatte, wenn es erst einmal in anderen Händen war.

Die Leute nahmen an, dass es leichter wurde, je erfolgreicher man war, doch es war nie leicht.

Eine Autorenkarriere war wie die zwölf Aufgaben des Herkules.

Cassie beugte sich mit ungedämpfter Begeisterung vor, denn zum Glück konnte sie die Gedanken ihrer Mutter nicht lesen. »Genau! Du bist meine Mutter. Du hättest gesagt, dass es dir gefällt, auch wenn es nicht so wäre. Ich brauchte eine ehrliche Meinung.«

Sollte sie darauf hinweisen, dass Meinungen genau das waren? Meinungen. Sie waren subjektiv. Was der eine Verlag ablehnte, wurde beim anderen zum Haupttitel. Was für den einen *das beste Buch überhaupt* war, war für den anderen *das Schlechteste, was ich je gelesen habe*. Es gab Starautoren, deren Buch mehrere Male abgelehnt worden war, bevor sie endlich einen Vertrag ergatterten und einen Weltbestseller landeten. Bücher zu veröffentlichen war oft wie eine Lotterie. Wie würfeln oder eine Münze werfen. Wer konnte vorhersagen, was das Publikum als Nächstes wollte?

Sie dachte oft, dass eine Autorenkarriere ein bisschen wie Boxen war. Es ging nicht nur um den Schlag, sondern auch darum, wie oft man wieder auf die Beine kam, wenn man auf dem Boden landete.

Doch sie würde den Traum ihrer Tochter nicht zerstören. Wenn man am Anfang nicht begeistert sein konnte, wann dann?

Catherine malte sich eine Zukunft aus, in der sie ihrer Tochter bei all ihren Tiefpunkten beistand (Andrew hatte ihr beigestanden, doch er war kein Schriftsteller, sodass er diesen undefinierbaren und omnipräsenten Druck, jederzeit kreativ sein zu müssen, nicht verstand). Sie könnte Cassie an ihren Einsichten teilhaben lassen und ihrer Karriere vielleicht einen Schub geben. Warum nicht? Vielleicht war es unfair, doch das Leben war unfair. Wenn einem ein Seil zugeworfen wurde, sollte man es ergreifen.

»Du kannst es Daphne zuschicken. Sie wäre entzückt, es zu lesen, da bin ich sicher.« Innerlich entschuldigte sie sich bei Daphne, die es selbstverständlich lesen würde, um ihrer erfolgreichsten und profitabelsten Klientin einen Gefallen zu tun. Und die dann einen taktvollen Weg finden würde, um ihr zu sagen, dass Cassies Arbeit noch nicht reif zur Veröffentlichung sei. Vielleicht sollte sie zumindest einen Funken Realität einfügen. »Selbst wenn es abgelehnt wird – und das geschieht so oft, auch bei den erfolgreichsten Autoren, sodass du dich dafür wappnen solltest –, wird sie dir ein hervorragendes und nützliches Feedback geben. Daphne hat immer wertvolle Einsichten.«

»Ich muss es nicht Daphne schicken.« Cassie fummelte mit ihrem Glas herum. Ihre Augen funkelten. Sie sprühte geradezu vor Begeisterung. »Ich habe schon eine Agentin.«

»Du hast eine Agentin? Seit wann? Wen?«

»Madeleine Ellwood.« Sie erklärte nicht, wer Madeleine Ellwood war. Das brauchte sie nicht. Jede Schriftstellerin kannte sie oder hatte von ihr gehört. In Literaturkreisen war sie ebenso berühmt wie die Autoren, die sie vertrat. Ihr Spitzname war Mighty Madeleine.

In Catherine stieg ein Gefühl auf, das sie nicht sofort identifizieren konnte.

Madeleine Ellwood war Miranda Pattersons Agentin. Madeleine war in der ganzen Branche als scharfsinnige, versierte Agentin bekannt und im Moment ebenso angesagt wie Miranda selbst.

Jeder wollte von Madeleine vertreten werden. Wenn Catherine nicht bei Daphne wäre, hätte sie bei Madeleine sein wollen.

Und Cassie, ihre Tochter, war jetzt bei Madeleine.

Jetzt erkannte sie das Gefühl. Es war Neid. Neid, dass ihre Tochter am Anfang von etwas stand, das so aufregend und voller Möglichkeiten schien. Sie sah eine strahlende Zukunft voller Sonnenschein und ohne dunkle Wolken am Horizont. Sie war voller Träume, Hoffnung und Erwartung.

Ach, wie gern Catherine wieder an jenem Punkt gewesen wäre, am Anfang einer Reise nach oben, ohne Unsicherheiten.

Wann hatte sie die Freude verloren? Die pure Freude daran, eine Geschichte zu erfinden und jeden Tag mit diesen erdachten Menschen zu verbringen? Seit wann ging es um Verkaufszahlen, um Chartpositionen und darum, »auf der Liste zu sein«, um Konkurrenz, Erfolg und Versagen?

Nummer drei.

Sie fuhr sich mit der Zunge über die trockenen Lippen. Sie sehnte sich nach dieser früheren Begeisterung zurück.

Keiner ihrer Gedanken spiegelte sich in ihrer Miene, dafür sorgte sie. Das hier war Cassies großer Moment. Sie würde ihn nicht trüben oder kleiner machen.

»Wann ist das passiert?« Warum hatte Cassie nicht erwähnt, dass sie eine Agentin hatte? Oder vielleicht war ihr nicht klar, wie bedeutsam das war. Vielleicht dachte sie, eine Agentin für sich zu finden sei leicht. Vielleicht war sie sich nicht bewusst, wie oft die meisten Autoren ihr Werk einreichten und abgelehnt wurden, bis es irgendwann gedruckt wurde.

»Ich hatte es ihr vor Monaten geschickt, hörte aber nichts. Ich hatte schon aufgegeben. Dann rief sie mich letzte Woche an, dass sie mein Buch in einem Rutsch gelesen hätte und es ihr gefiele. Sie bot mir an, mich zu vertreten, und natürlich sagte ich Ja.«

Natürlich, dachte Catherine. Denn wer würde die Gelegenheit ausschlagen, von Mighty Madeleine vertreten zu werden?

Hatte Madeleine sie angenommen, weil sie wusste, dass Cassie Catherine Swifts Tochter war? War es zynisch, diesen Gedanken überhaupt zuzulassen?

Ob es stimmte oder nicht, sie hatte nicht vor, die Frage zu stellen.

»Hat sie dir gesagt, an welche Verlage sie es schicken will?«

»Sie hat es letzte Woche an ein paar Leute geschickt.«

»Letzte Woche erst?« Catherine warf ihr einen mitfühlenden Blick zu. »Dann solltest du dich auf eine weitere lange Wartezeit vorbereiten.«

»Das dachte ich auch, doch dann rief sie vor einer Stunde an.« Cassie straffte sich. »Sie hat drei Angebote.«

»Drei?«

Was war das nur mit der Zahl drei?

»Ja. Und man hat mir einen Vertrag über zwei Bücher angeboten.« Atemlos vor Aufregung und Stolz berichtete Cassie, was ihre Agentin gesagt hatte, und nannte einen der größten Verlage im Buchgeschäft. »Sie halten mich für eine aufregende neue Stimme. Sie glauben, dass ich eine Starautorin sein werde. Ich kann es kaum glauben!«

Catherine konnte es ebenfalls kaum glauben. Stolz erfüllte sie, bis sie dachte, fast zu platzen. Ihr Baby! Ein großer Buchvertrag. Eine Autorin, die bald veröffentlicht sein würde. Wer hätte das gedacht?

Sie sprang auf und umarmte ihre Tochter.

»Herzlichen Glückwunsch. Das sind tolle Neuigkeiten.«

»Ich weiß! Ich kann es kaum glauben.« Cassie erwiderte die Umarmung. »Danke.«

Einen Augenblick stand Catherine da, sog den süßen Duft vom Haar ihrer Tochter ein und badete in ihrem Glück. Es umhüllte sie wie eine Welle und hob ihre Stimmung. Es war ein Schock gewesen festzustellen, dass sie als Mutter untrennbar verbunden war mit der Stimmung ihrer Kinder. Vielleicht war es nicht für alle Mütter so, aber für sie jedenfalls.

Cassies Freude war ihre Freude.

Adelines Schmerz war ihr Schmerz.

Sie drückte ihre Tochter ein letztes Mal und kehrte zu ihrem Stuhl zurück. Der Abend verlief besser, als sie überhaupt hatte hoffen können. Und sie sprachen noch nicht einmal über die Hochzeit. Sie waren eine normale Familie, die den Erfolg eines ihrer Mitglieder feierte. »Hast du eine Ahnung, was für eine Leistung das ist? Andrew, wir müssen noch einen Champagner aufmachen.«

Er war schon aufgestanden und lächelte. »Das müssen wir. Ich kümmere mich darum. Herzlichen Glückwunsch, Cassie.« Er ging Richtung Küche über den Pfad, der von winzigen Lichtern und Blumen gesäumt war.

Adeline beugte sich vor und stieß mit ihrem halb vollen Glas gegen das ihrer Schwester.

»Auf dich! Warum hast es nicht früher erzählt?«

»Weil ich nicht geglaubt habe, dass es passiert«, sagte Cassie. »Ich dachte, es würde Unglück bringen. Und wenn es um etwas geht, das du dir ausgedacht hast, fühlt sich eine Ablehnung sehr persönlich an. Ich wollte es nicht erzählen für den Fall, dass ich nur Müll geschrieben hätte. Es ist schwer genug, an sich selbst zu glauben, ohne dass jemand anders zweifelt.«

Willkommen in meiner Welt, dachte Catherine.

»Das erklärt, warum du immer so ausweichend warst, wenn ich dich gefragt habe, was du als Nächstes machen willst«, sagte Adeline. »Vermutlich wirst du dies als Nächstes tun.«

»Ja.« Cassie wirkte ein bisschen benommen, als könnte sie es selbst noch nicht glauben. »Ja, es scheint so, als ob ich im Hauptberuf Schriftstellerin sein werde.«

»Deinen Job im Café kannst du aufgeben«, sagte Catherine. »Und vielleicht kann ich dir ein eigenes Apartment ermöglichen, damit du die Wohnung nicht weiter mit Oliver teilen musst.«

Cassie runzelte die Stirn. »Ich dachte nicht …« Sie hielt inne. »Das ist großzügig von dir, aber es eilt nicht, darüber nachzudenken. Ich mag meinen Job im Café. Und ich mag, wie und wo ich wohne.«

Die Lebensumstände ihrer Tochter waren für Catherine ein Quell der Sorge.

Sie hatte Oliver bei einer ihrer Reisen nach Oxford kennengelernt und mochte ihn sehr. Er war attraktiv, klug und freundlich. Eine solcher Mann würde vermutlich nicht lange Single bleiben.

Was würde passieren, wenn Oliver eine ernsthafte Beziehung einging? Sicherlich würde er dann nicht wollen, dass Cassie bei ihm wohnte.

»Erzähl uns von dem Buch«, sagte Adeline. »Ich möchte alles darüber hören.«

Andrew kam zurück mit einer neuen Flasche in der Hand.

»Ich möchte auch alles darüber hören.« Catherine lächelte dankend, als Andrew ihre Gläser auffüllte. Liebe und Dankbarkeit wallten in ihr auf. Cassie war nicht seine Tochter und doch behandelte er sie, als wäre sie es. Er war ein gütiger, großzügiger Mann. »Doch zuerst einen Toast. Darauf, dass wir eine weitere Schriftstellerin in der Familie haben.« Sie hob das Glas und alle folgten.

Es ist schon komisch, dachte Catherine, dass Cassies Erfolg uns auf eine Art zusammenschmiedet, wie die Hochzeit es nicht getan hat. Es kam unerwartet.

Sogar Adeline lächelte und war entspannt.

Cassie nahm einen Schluck Champagner und setzte dann das Glas ab. »Ich werde jeden Rat brauchen, den du mir geben kannst.«

»Mein bester Rat?« *Lass dir zehn dicke Häute wachsen, eine davon aus Stahl.* »Genieß jeden Moment! Jetzt erzähl von dem Buch.«

»Es ist eine Liebesgeschichte.«

»Das überrascht mich nicht«, sagte Catherine. »Du mochtest Liebesgeschichten schon immer.«

Adeline ließ sich in ihrem Stuhl zurücksinken. »Damit folgst du der Familientradition. Küssen, nicht killen.«

Catherine dachte an ihr aktuelles Manuskript voller grausamer Details und schwieg. Es gab darin nur einen einzigen Kuss, und zwar in der Szene, in der sich ihre Heldin von dem Mann verabschiedete, der sie gequält hatte, und das zwei Sekunden bevor sie ihm mit dem Messer in ihrer Hand eine Arterie aufschlitzte. Sie hatte zwei Tage nach Blutspritzern recherchiert, was sich als ein komplexes und überraschend faszinierendes Thema erwies. Wer hätte gedacht, dass das Muster von Blutspritzern so viele Informationen lieferte?

Doch das war nicht der richtige Zeitpunkt, um ihre eigene Richtungsänderung bekannt zu geben.

»Ich folge der Familientradition nicht ganz«, sagte Cassie. »Das ist keine Romanze als solche. Romanzen haben immer ein Happy End, nicht wahr? Meine hat das nicht. Aber es ist eindeutig eine Liebesgeschichte.«

Catherine war fasziniert. »Held und Heldin kommen nicht zusammen?«

»Oh doch, sie sind sehr viel zusammen. Doch dann stirbt er. Er war ihre große Liebe, doch sie rappelt sich wieder auf und überlebt. Es ist romantisch, obwohl es keine Romanze ist. Und das Ende ist hoffnungsvoll.«

»Ach ja?« Sie spürte ein warnendes Kribbeln im Nacken. Die instinktive Reaktion auf eine Bedrohung, die noch zu identifizieren war. »Der Markt für Liebesgeschichten ist gerade gut. Hast du das Manuskript dabei? Ich würde es zu gern lesen. Und da es jetzt schon angenommen ist und du Karriere machst, bist du hoffentlich nicht zu schüchtern, es deiner Mutter zu zeigen.«

»Ich kann es dir gleich mailen.« Cassie holte ihr Handy hervor.

»Schick es mir auch«, sagte Adeline. »Ich würde es gern lesen.«

Cassie sah sie an. »Ich weiß nicht, ob es dir gefallen wird. Was liest du normalerweise?«

»Ganz Verschiedenes. Bitte …« Adeline beugte sich vor. »Ich möchte es gern lesen, wenn du einverstanden bist.«

»Okay. Das ist nervenzerreißend.« Cassies Finger flogen über ihr Handy, und dann drückte sie auf Senden. »Mein Buch, das im Moment den Titel *Bis in alle Ewigkeit* trägt, sollte jetzt in eurem Posteingang sein.«

»Ich drucke es aus und lese auf die altmodische Weise«, sagte Catherine. »Ich starre viel zu viel auf Bildschirme. Wo spielt es?«

»Hier auf Korfu.« Cassie legte das Handy zur Seite und griff nach der Hand ihrer Mutter. »Ich widme es dir. Ich hoffe, es wird dir gefallen.«

»Ich bin sicher, dass es das wird.« Und falls nicht, würde sie es nie zugeben. »Ich bin gerührt, dass du es mir widmest.«

»Ich habe geschrieben: Für meine Mutter und dafür, dass sie mir alles über die Liebe beigebracht hat.«

Catherine behielt ihr Lächeln, obwohl der Gedanke, als Expertin in Liebesdingen zu gelten, fast schon lächerlich war. Dennoch, die Wahrheit würde nicht funktionieren: *Für meine Mutter, die die Liebe bei jeder Gelegenheit vermasselt hat.*

Das Buch war Fiktion, warum also sollte die Widmung nicht ebenfalls Fiktion sein?

»Perfekt.« Sie drückte Cassies Hand. »Danke.«

»Es schien mir angemessen. Wenn ich dich in meiner Jugend nicht hätte schreiben sehen, hätte ich vielleicht nie daran gedacht, dass es ein Beruf sein könnte.«

Es war ein gutes Gefühl, ihre Tochter inspiriert zu haben. »Dann ist es eine Liebesgeschichte, die von einer Tragödie begleitet wird.«

»Nicht irgendeine Liebesgeschichte. Es ist deine Liebesgeschichte.«

Catherines Lächeln gefror. Die Welt um sie herum schien langsamer zu werden. Aus dem warnenden Prickeln in ihrem Nacken wurde ein kalter Schauder. »Meine?«

»Na ja, die von dir und meinem Dad. Das ist unter den Umständen ein bisschen unangenehm.« Cassie warf Andrew einen entschuldigenden Blick zu. »Ich hatte natürlich keine Ahnung, dass ihr zwei wieder zusammen seid, als ich es schrieb. Ich wollte nicht unsensibel sein. Ich hoffe, du verstehst das, Andrew. Das war natürlich alles in der Vergangenheit.«

Natürlich, dachte Catherine, *schließlich ist Rob tot.*

Andrews Lächeln erlosch nicht, doch es lag Vorsicht darin. »Ich bin stolz auf dich. Ich weiß, dass deine Mutter es ebenfalls ist. Ich habe kein Problem damit, Cassie.«

Cassie wandte sich an Catherine. »Mum?«

Sie hatte ein Problem damit. *Sie hatte ein riesengroßes Problem.*

Cassie hatte eine Liebesgeschichte geschrieben, die von ihrer Beziehung mit Rob Dunn inspiriert war?

Eine *Liebesgeschichte.*

Sie legte die Hand vor den Mund, um ein hysterisches Lachen zu unterdrücken. Wenn es je eine Beziehung gegeben hatte, die man nicht in romantischer Fiktion verewigen sollte, dann war es ihre.

Cassies Augen glänzten. »Du scheinst wirklich gerührt. Das freut mich.«

Gerührt?

Panik stieg in ihr auf. An den Rändern ihres Blickfelds schien es dunkler zu werden, und sie hatte das Gefühl, keine Luft mehr zu bekommen. Sie rang nach Atem, als sie spürte, wie Andrews Hand sich um ihre schloss. Er drückte sie, und sie erwiderte den Druck.

Er wusste es. Er verstand es. Und er sagte ihr, dass alles gut werden würde. In ihrer Vorstellung hörte sie es ihn schon sagen: *Es ist nur ein Buch. Fiktion. Niemand wird vermuten, dass die Geschichte selbst auf deiner Beziehung mit Rob basiert.*

Und er hatte recht. Sie sollte sich entspannen.

»Ich weiß nicht, was ich sagen soll.«

Cassie lächelte. »Du musst nichts sagen. Ich sehe, dass du ein bisschen überwältigt bist. Ich kann mir keine bessere Würdigung meiner Eltern vorstellen. Was ihr geteilt habt, wird für die Ewigkeit in Worte gefasst und gedruckt sein. Mit Glück lesen es Millionen.«

Millionen.

Für die Ewigkeit.

Schwindel erfasste sie. Sie durchlebte wieder jene furchtbare Nacht, sah Robs verrenkten Körper am Fuße der Treppe.

Schluchzend hatte sie oben auf der Treppe gesessen, sich am Geländer festgeklammert und gedacht: *Das ist das Ende. Es ist vorbei.*

Und nun hatte Cassie in ihrer Unschuld alles wieder hervorgeholt.

Gerade als sie glaubte, Rob Dunn für immer hinter sich gelassen zu haben, schlich er sich wieder in ihr Leben.

Was sollte sie tun?

Sie hatte keine Ahnung. Doch als Erstes würde sie das Buch lesen, um zu sehen, wie viel Schaden es anrichten würde.

18

Adeline

»Könntest du aufhören, hin und her zu laufen?« Adeline packte Sonnencreme in eine Strandtasche, dazu ein Handtuch, eine Flasche gekühltes Wasser und ihren E-Reader. »Die ständige Bewegung macht mich seekrank.«

Cassie hielt an und stand auf den Zehenspitzen, wie eine Tänzerin. »Meinst du, sie hat es schon gelesen?«

»Seit du mich das vor fünf Minuten gefragt hast? Ich bezweifle es. Du hast es uns erst gestern Abend geschickt, und wir waren gegen Mitternacht mit dem Essen fertig. Vermutlich ging sie gleich schlafen und hat nicht einmal die erste Seite gelesen. Entspann dich.«

»Ich kann mich nicht entspannen.« Cassie schlang die Arme um sich. »Weißt du, wie stressig es ist, darauf zu warten, dass deine Mutter dir ein Feedback auf dein Buch gibt? Vor allem, wenn diese Mutter eine erfolgreiche Autorin ist?«

»Nein. Aber ich kann es mir vorstellen.«

»Es ist furchtbar. Ich dachte, es sei schwer, auf die Antwort von meiner Agentin und einem Verlag zu warten, doch das hier ist doppelt so schwierig. Was, wenn sie es schlecht findet?«

Adeline vermutete, dass Catherine das niemals sagen würde, selbst wenn es so wäre. »Ich weiß nicht viel übers Buchgeschäft, doch wenn eine wichtige Agentin und ein wichtiger Verlag es wollen, spielt es wohl kaum eine Rolle, was deine Familie denkt.«

»Doch, das tut es. Es ist wichtiger als alles andere.« Cassie begann wieder nervös im Schlafzimmer auf und ab zu gehen. »Vielleicht liegt es daran, dass es eine persönliche Geschichte ist. Ich hoffe, ich habe die Einzelheiten richtig aufgeschrieben.«

»Warum sind Einzelheiten wichtig? Ich denke, es soll eine fiktive Geschichte sein.«

»Das ist sie, doch sie ist stark angelehnt an all die Geschichten, die Mum mir erzählt hat. Ich möchte das würdigen, was sie teilten. Ihre Geschichte verewigen.« Cassie blieb stehen. »Das ist meine Ehrung für meinen Vater. Meine Art, ihn ein bisschen lebendig zu halten.«

»Ja, das verstehe ich.« Adeline dachte daran, wie schwer es für Cassie gewesen sein musste, ohne Vater aufzuwachsen. Und sie dachte an ihren eigenen Vater und wie sehr sie ihn liebte und bewunderte (auch wenn er fragwürdige Entscheidungen traf).

»Ist dir aufgefallen, wie emotional sie wurde?«

»Ja.«

Zweifellos hatte Cassies unerwartete Ankündigung den Ton des Abends verändert. Auf gewisse Weise war das hilfreich gewesen, weil es den Fokus von der bevorstehenden Hochzeit abgelenkt hatte. Statt des angespannten Untertons war die Stimmung gut gewesen.

Und tatsächlich war ihre Mutter emotional geworden, doch da war noch etwas gewesen. Ein Anflug von Panik? Hatte ihre Schwester das bemerkt?

Vielleicht war ihre Mutter verärgert, dass ausgerechnet diese Zeit ihres Lebens ins Scheinwerferlicht gerückt wurde, wo sie doch gerade ihren ersten Mann zum zweiten Mal heiratete. Ihr Vater hatte in der ganzen Sache bemerkenswert entspannt gewirkt (was typisch für ihn war), doch die Situation konnte nicht wirklich angenehm für ihn sein, oder? Auch nicht für ihre Mutter. Wenn sie wieder heirateten, wollten sie vermutlich diesen Teil des Lebens ihrer Mutter hinter sich lassen.

Oder vielleicht sorgte sich ihre Mutter, dass jemand die Geschichte erkannte und ahnte, dass es um sie ging. Außer den gelegentlichen Bildern von Korfu, die sie auf ihren Social-Media-Accounts veröffentlichte, hielt sie ihr Privatleben streng von der Öffentlichkeit abgeschirmt. Adeline war dankbar dafür. Es erleichterte sie, dass die meisten Menschen keine Ahnung hatten, dass Dr. Adeline Swift mit der Romanautorin Catherine Swift verwandt war. Sie zog es vor, ihr Leben unter dem Radar zu leben.

Cassie sah sie an. »Hast du es gelesen?«

»Cassie, du hast es uns erst vor acht Stunden geschickt! Du musst dich entspannen.« Sie sagte nicht, dass sie wach gelegen und ihren Laptop angestarrt hatte, um sich zu überwinden, das Dokument zu öffnen. Sie war wirklich begierig gewesen, es zu lesen – bis zu Cassies Eröffnung, dass es inspiriert war von der Beziehung ihrer Mutter mit Rob Dunn.

Diese Beziehung hatte Adelines Leben zerstört. Wollte sie wirklich darüber lesen? Am Ende hatte sie entschieden, dass ihre Gefühle für einen Tag genug verletzt worden waren, den Laptop zugeklappt und sich vorgenommen, es am Morgen zu lesen, wenn sie sich nach einem hoffentlich guten Schlaf stärker fühlen würde. Stattdessen hatte sie über das Gespräch mit ihrer Mutter nachgedacht. Nach ihrem Bootsausflug und dem Schwimmen mit Stefanos hatte sie sich ruhig genug gefühlt, um ihrer Mutter zu begegnen. Und dieses Mal hörte sie einfach zu, als ihre Mutter all die Dinge sagte, die ihr Vater auch gesagt hatte. Für Adeline ergaben sie noch immer keinen Sinn, doch sie hatte weder versucht zu argumentieren noch ihre Meinung zu ändern.

Sie lächelte ihrer Schwester zu. »Ich habe dein Buch auf meinen E-Reader hochgeladen und werde es am Strand lesen. Wie viel von der Story ist wahr?«, fragte sie wie beiläufig, und Cassie zuckte kaum merklich mit den Schultern.

»Man könnte sagen, sie ist fiktionalisierte Wahrheit.«

»Gibt es eine Sexszene?«

»Ja. Aber natürlich habe ich dabei nicht an unsere Mutter gedacht. Niemand will daran denken, wie die Eltern Sex haben, nicht einmal fiktiven Sex.« Cassie war puterrot. »Meinst du, sie ist deswegen beunruhigt? Jetzt würde ich mich am liebsten unter dem Bett verstecken.«

»Der Boden ist hart und unter dem Bett wenig Platz, insofern schlage ich vor, du bleibst, wo du bist.« Adeline schob ihr Unbehagen beiseite und umarmte ihre Schwester. »Entspann dich. Dies ist dein großer Moment. Du solltest ihn genießen. Alles wird gut werden.«

»Bist du sicher?« Cassie klammerte sich an sie, ein Häufchen Wärme und Nervosität und Unsicherheit.

»Ich bin sicher.« Adeline ließ sie los und griff nach ihrer Tasche. »Liest du es wirklich heute? Ich hoffe, du findest es nicht mies. Ich habe mich nicht lange mit dem Affärenteil aufgehalten, sondern mich auf die Liebe zwischen ihnen konzentriert.«

Adeline verspürte einen Stich. »Cassie, es ist gut.« Es war nicht gut, doch sie wollte ihre Schwester unterstützen. Es war nur ein Buch, das war alles. Wie viel Schmerz konnte ein Buch verursachen? »Bist du sicher, dass du nicht mit mir zum Strand kommen möchtest?«

»Nein. Ich habe eine Videokonferenz mit meiner Agentin und meiner neuen Lektorin, und dann muss ich einen biografischen Abriss über mich schreiben. Der wird kurz. *Cassie Swift wurde geboren, ging aufs College und schrieb dann ein Buch.* Das muss ich ausschmücken. Damit es interessanter klingt.«

»Cassie Swift?« Adeline griff nach ihrer Sonnenbrille. »Du benutzt Mums Namen?«

»Der Verlag möchte das. Ich sagte ihnen, dass ich nicht sicher wäre. Zunächst mal bin ich keine Swift. Aber sie meinten, dass es nicht anders wäre, als ein Pseudonym zu benutzen. Dass Cassie Dunn einfach nicht den richtigen Klang habe.«

Oder sie wollten sich den Namen Swift zunutze machen. Adeline schob die Tasche über die Schulter. Sie musste aufhören, so zynisch zu sein. Sie wusste nichts über das Verlagsgeschäft.

»Mach dir jetzt keine Sorgen darüber. Genieß den Moment.« Sie nahm ihren Hut und prüfte sich im Spiegel.

Cassie musterte sie. »Du siehst fantastisch aus. Dieses Strandkleid ist umwerfend, und dein Badeanzug sieht super darunter aus. Türkis steht dir gut.«

»Meinst du nicht, ich sehe zu … nackt aus?«

»Nein, finde ich nicht. Du bist am Strand, Adeline. Wann triffst du dich mit ihm?«

Adeline spürte, wie ihre Wangen heiß wurden. »Mit wem?«

»Stefanos.« Cassie wackelte vielsagend mit den Augenbrauen. »Du siehst extrem scharf aus und trägst einen Hauch Lipgloss.«

War es so offensichtlich? »Das ist Lippen-Sonnenschutz.«

»Natürlich ist es das. Das ist romantisch. Ihr habt euch zwanzig Jahre nicht gesehen, und dann – wums – begegnet ihr euch, und das war's.«

»Du hast wirklich ein Talent, aus der Realität Fiktion zu machen.«

Cassie zuckte amüsiert die Achseln. »Nenn es, wie du willst, aber die Tatsache, dass du ihn heute triffst, weniger als vierundzwanzig Stunden seit eurem letzten Treffen, sagt mir etwas.«

»Es sollte dir sagen, dass ich mich beschäftige. Du hast den größten Teil des Tages zu arbeiten, und unsere Mutter hat einen Termin mit einer Hochzeitsplanerin, auch wenn ich keine Ahnung habe, warum man eine Hochzeitsplanerin braucht, wenn nur ein paar Gäste da sein werden.« Sie bemühte sich, die Dinge zu akzeptieren, wie sie waren, doch der Gedanke an die Hochzeit gefiel ihr immer noch nicht. Sie hoffte, sie würde einen angemessen fröhlichen Gesichtsausdruck aufsetzen können.

»Du brauchst keine Ausflüchte zu machen. Es gibt viele Möglichkeiten, sich auf der Insel zu beschäftigen, und du hast dich für einen Tag mit Stefanos entschieden. Aber keine Sorge …« Cassie hob beide Hände. »Ich versteh das! Vermutlich hast du Angst, mir Einzelheiten zu erzählen, für den Fall, dass du in meinem nächsten Buch auftauchen solltest. Aber es bleibt die Ausnahme, reale Ereignisse als Grundlage zu nehmen, versprochen. Von jetzt an schreibe ich nur noch Fiktion. In meinem aktuellen Buch ist die Hauptfigur achtzig Jahre alt und macht unfassbare Dinge, und sie ist ausschließlich das Produkt meiner Einbildungskraft.« Sie zuckte zusammen, als ihr Handy klingelte. »Das ist Oliver. Ich hab ihm versprochen anzurufen, um ihm vor meinem Meeting alles zu erzählen.«

Adeline ging zur Tür. »Wir sehen uns heute Abend. Viel Spaß beim Entwerfen deines nächsten Bestsellers.« Während sie durch den Innenhof in Richtung des Weges lief, der zum Dorf führte, hörte sie die atemlose Stimme ihrer Schwester.

»Olly? Kannst du dir das vorstellen? Es ist wirklich passiert!«

Adeline lächelte und ging weiter. Die Begeisterung ihrer Schwester war ansteckend und aufbauend. Sie erinnerte sie daran, dass im Leben auch gute Dinge passierten und dass man jeden Moment auskosten musste, wenn es so weit war.

Sie hatte bereits entschieden, dass unabhängig davon, wie sie das Buch fand, sie in jedem Fall sagen würde, dass es ihr gefiel.

Heute Morgen fühlte sie sich mit allem besser. Vielleicht lag es daran, dass sie gut geschlafen hatte, oder vielleicht daran, dass sie morgens eine Nachricht von Stefanos auf ihrem Handy vorgefunden hatte.

Kommst du mit auf einen Bootsausflug mit Lunch?

Instinktiv hatte sie ablehnen wollen und dann gedacht: *Warum nicht?*

Sie würde mitgehen, und sei es nur, um ihrem Vater zu beweisen, dass er sich in ihr geirrt hatte.

Der Strand war belebt, und sie folgte dem Weg, bis sie das Ende der Bucht erreichte, wo sich Kostas Bootsverleih befand. Ein Gefühl von Nostalgie stieg in ihr auf, als sie sich an ihn erinnerte.

Stefanos stand am Strand und half einer Familie in eines der Boote hinein.

Als er sie sah, winkte er und bedeutete ihr mit einer Geste, dass er in fünf Minuten bei ihr sei.

Sie wartete, während er zu der Familie ins Boot stieg und ihr alles erklärte. Dann sprang er heraus ins Wasser und watete zurück an den Strand.

»Ich war nicht sicher, ob du kommen würdest.« Er beugte sich vor und küsste sie erst auf die eine und dann auf die andere Wange. Sie spürte seine Bartstoppeln auf ihrer Haut und roch den frischen Duft von Zitrone und Meersalz. Sie fasst ihn an den Schultern, ein leichter Druck auf harten Muskeln.

Sie spürte, wie sich etwas in ihr regte, und trat beunruhigt zurück. »Ich war auch nicht sicher.«

»Was hat dich überzeugt? Mein gutes Aussehen, meine fabelhafte Konversation oder meine legendären Kochkünste, die ich von meiner Mutter geerbt habe?«

»Nichts davon. Ich bin ausschließlich wegen deines Boots gekommen.«

Er lachte. »Das klingt gut. Und ich koche nicht. Wir nehmen den Lunch bei einem Freund. Wenn du den Fisch in seinem Restaurant gegessen hast, willst du nie wieder irgendwo anders essen.«

Sie blickte an sich hinunter. »Ich bin nicht für ein elegantes Essen angezogen. Ich dachte, wir hätten ein einfaches Picknick und würden vielleicht schwimmen gehen.«

»An meinen Picknicks ist nichts einfach, aber du hast noch viel Zeit, das festzustellen. Und du siehst großartig aus.« Er musterte sie kurz von oben bis unten. »Wie war es gestern Abend? Hast du es überlebt?«

»Es war interessant. Besser als erwartet.« Dank Cassies Neuigkeiten, die den Fokus und die Stimmung verändert hatten.

»Ich kann es kaum erwarten, alles zu hören.« Er deutete in Richtung des Bootes, das nahe dem Ufer auf und ab schaukelte. »Das ist meins. Macht es dir was aus, nass zu werden? Musst du zu einer bestimmten Zeit zurück sein?«

»Nein zu beiden Fragen.«

In ihrem Leben gab es für ihren Geschmack derzeit zu viel Drama, und sie war überglücklich, dem wieder entfliehen zu können.

Siehst du, Dad? Ich bin durchaus in der Lage, spontan zu sein, wenn ich das will.

Doch sie fragte sich, ob es an Stefanos lag. Mit ihm erinnerte sie sich an den Menschen, der sie gewesen war, bevor das Leben sie gelehrt hatte, vorsichtig zu sein. Es war, als sähe man auf der gegenüberliegenden Straßenseite ein vertrautes Gesicht und wisse nicht genau, woher man es kennt.

Sie schob sich die Tasche weiter die Schulter hinauf, raffte das Strandkleid bis zu den Oberschenkeln und watete durch das kühle Wasser.

»Gib sie mir.« Er nahm ihr die Tasche ab, damit sie die Leiter mit beiden Händen fassen konnte. Sie kletterte an Bord, drehte sich dann um und nahm ihre Tasche wieder entgegen.

Er folgte ihr, holte den Anker ein und steuerte hinaus in die Bucht. Das Boot wippte über die Wasseroberfläche, und sie legte den Kopf zurück, um die Sonne auf ihrem Gesicht und die kühle Gischt auf ihrer Haut zu genießen.

»Wo fahren wir hin?«

»Ich zeige dir mein Haus.«

Interessiert setzte sie sich auf. »Ist es weit?«

»Mit dem Auto ungefähr zehn Minuten. Mit dem Boot genauso.«

Sie bemerkte sein Lächeln und hatte das unbestimmte Gefühl, dass ihr etwas entging, doch sie wusste nicht, was. Es überraschte sie noch immer, dass er hier ein Haus gekauft und sich damit an einem Ort niedergelassen hatte, den er damals unbedingt hatte verlassen wollen. Sie freute sich auf das Haus, nicht weil sie an dem Gebäude selbst interessiert war, sondern an ihm.

Wie versprochen dauerte es etwa zehn Minuten, bis er das Boot um eine Landzunge fuhr und in eine versteckte Bucht einbog.

Die Uferfelsen fielen steil ins Wasser. Der weiße Kieselstrand war von hohen Zypressen und Pinien gesäumt, und ein hölzerner Anlegesteg erstreckte sich in das kristallblaue Wasser. Zwischen den Bäumen versteckten sich vereinzelt Häuser, und sie ließ den Anblick einen Moment auf sich wirken.

Dies war das echte Korfu, weit weg von den schicken Resorts, die die Touristen bevorzugten.

»Hier wohnst du?« Sie war neidisch. Hier jeden Tag aufzuwachen schien eher ein Traum als ein Lebensstil zu sein.

»Home sweet home.« Er steuerte das Boot an den Steg, und irgendetwas kam ihr bekannt vor.

»Ich kenne diesen Ort.«

Er lächelte und machte einen Schritt vom Boot auf den Steg.

»Das hat gedauert.«

»Hier waren wir an dem Tag, an dem du das Boot deines Vaters geklaut hast!«

»Ich dachte, wir hätten uns auf ›ausgeliehen‹ geeinigt, aber ja, das war hier.« Er vertäute das Boot und reichte ihr die Hand, doch sie schüttelte den Kopf.

»Ich möchte schwimmen.«

»Jetzt? Ich wollte dich herumführen, dir eine Tasse meines hervorragenden griechischen Kaffees kredenzen und dann vor dem Essen schwimmen gehen.«

Das war verlockend, aber nicht so verlockend wie das Wasser.

Sie entschied sich spontan.

»Jetzt.« Sie schirmte ihre Augen ab und blickte über die Bucht. Das Wasser glitzerte.

Sie spürte seinen Blick.

»Ich dachte, du wärst nicht spontan?«

»Bin ich normalerweise auch nicht.« Sie strich ihr Haar zurück und band es zusammen.

»Sollte diese plötzliche Verwandlung mit mir zusammenhängen?«

»Vielleicht.« Sie lächelte. »Du hast einen schlechten Einfluss.«

»Genau das sagte dein Dad an dem Tag, an dem ich mit dir rausgefahren bin. Er schrie mich an, weil du hättest ertrinken können.«

»Wir haben ihm Angst eingejagt, aber ich weiß nicht, warum. Ich war immer eine gute Schwimmerin.«

»Das Wasser ist hier tief«, sagte er. »Seine Wut war schon berechtigt, auch wenn ich keine Ahnung habe, wie er von mir erwarten konnte, dich zu kontrollieren. Du hast immer getan, was du tun wolltest.«

»Ich erinnere mich noch, wie sich das Wasser an jenem Tag anfühlte.« Sie drehte sich zu ihm um. »Du hast mich gerettet. Dieser Ort hat mich gerettet. Unglaublich, dass du hier ein Haus gekauft hast.«

»Ich fand immer, dass es ein besonderer Ort ist«, sagte er. »Im Winter, wenn der Wind heult und die Stürme kommen, natürlich nicht so besonders. Ich romantisiere es nicht.«

»Ich mag Stürme.«

»Komm im Dezember wieder her. Du bist willkommen.« Sein Blick traf den ihren, und einen Moment stellte sie sich vor, wie sie im Winter hierher zurückkam. Sie stellte sich ihn vor, voller Zufriedenheit an diesem Ort, den er zu seiner Heimat gemacht hatte.

»Kaum zu glauben, dass dies dein Leben ist.«

»Warum? Kommt dir meine Wahl merkwürdig vor?«

»Nein. Es ist eine gute Wahl. Eine mutige Wahl.« Sie erinnerte sich daran, was er darüber gesagt hatte, sein Leben zu leben, ohne sich zu fragen, ob es da draußen etwas Besseres gäbe. Er war das Risiko eingegangen, ohne Garantien, dass es funktionieren würde. »Ich schätze, ich bin ein bisschen neidisch.«

Sie musste an ihr eigenes Leben und ihre Entscheidungen denken. Hätte sie den Mut zu einer Veränderung wie dieser?

Das Wasser war klar und einladend. Sie spürte ein fast verzweifeltes Verlangen, in seine blauen Tiefen zu gleiten.

Sie löste die Träger ihres Strandkleids und verstaute es in der Tasche.

»Schöner Badeanzug.« Seine Stimme war rau, und sie lachte.

»Es ist der gleiche wie gestern, nur eine andere Farbe.«

»Den gestern fand ich auch schön.« Er streckte die Hand aus. »Ich nehme deine Tasche, während du ans Ufer schwimmst. Wenn du das wirklich tun willst.«

»Das will ich.« Sie reichte ihm ihre Tasche und sprang kopfüber vom Boot ins Wasser. Das kühle Nass schloss sich um ihre heißen Glieder, die Geräusche waren gedämpft, und für ein paar selige Sekunden blieb sie unter Wasser. Dann kam sie an die Oberfläche, wischte sich die Tropfen aus dem Gesicht und sah, dass Stefanos mit ihrer Tasche um die Schulter in Richtung Strand schlenderte.

Sie schloss die Augen und ließ sich einen Moment auf dem Rücken liegend treiben. Sie spürte die Sonne auf ihrem Gesicht und das Wasser, das mit ihrem Haar spielte. Das war der entspannteste Moment, seit sie am Tag zuvor sein Boot verlassen hatte, und am liebsten wäre sie noch eine ganze Weile schwebend im Wasser geblieben. Doch dann fiel ihr ein, dass er in einem Restaurant einen Tisch reserviert hatte. Sie drehte sich um und schwamm langsam ans Ufer.

Er wartete schon auf sie, als sie aus dem Wasser stieg. »Gut?«

»Oh ja.« Sie drückte Wasser aus ihren Haaren und fuhr sich mit der Hand über das Gesicht. »Ich habe deinen Plan durcheinandergebracht. Tut mir leid.«

»Ich habe keinen besonderen Plan. Dich hierherzubringen. Etwas zu essen.« Er zuckte die Achseln, als er ihr die Tasche reichte. »Du kannst länger schwimmen, wenn du möchtest.«

»Nein. Das können wir später machen.« Sie holte ein Handtuch aus der Tasche und trocknete sich das Gesicht ab. »Ich möchte dein Haus sehen.«

Am anderen Ende des Strands sonnte sich ein Paar, doch abgesehen davon hatten sie den Ort für sich.

Sie blickte sich um, sog die Abgeschiedenheit und das endlose Blau ein.

»Warum sind hier so wenig Menschen?«

»Das Wasser fällt tief ab, ist also nichts für Kinder. Außerdem gibt es hier keine Tavernen und keine Läden. Nichts, wo du etwas trinken oder dir einen Snack holen könntest. Touristen wollen der Zivilisation meist ein bisschen näher sein.« Er deutete zu dem Pfad, der steil nach oben führte. »Zu meinem Haus geht es dort entlang. Es ist nicht weit. Hast du es eilig zurückzukommen?«

»Keine Eile. Meine Schwester hat ein Arbeitsmeeting, und meine Eltern treffen sich mit der Hochzeitsplanerin.« Sie zog ihre Flipflops wieder an, entschied aber, den Badeanzug trocknen zu lassen, bevor sie das Strandkleid überwarf.

Er wartete auf sie. »Cassie hat einen Job?«

»Stell dir vor, meine Schwester hat einen Roman geschrieben. Ich erzähle dir alles, aber ich könnte vorher Koffein gebrauchen.« Sie schirmte mit der Hand die Augen ab und blickte den Pfad hinauf. »Ich weiß noch, dass ich mich fragte, wo er hinführt. Kaum zu glauben, dass du hier wohnst. Musstest du viel an dem Haus renovieren?«

»Ein bisschen. Die Arbeit hier hielt mich im Winter beschäftigt. Ich hab in der Zeit bei meiner Mutter gewohnt und konnte so für sie da sein, als sie sich an ein Leben ohne meinen Vater gewöhnen musste. Die Renovierung war eine willkommene Abwechslung. Harte körperliche Arbeit hält einen vom Grübeln ab.«

»Einen Elternteil zu verlieren ist hart.« Obwohl sie gerade erst im Wasser gewesen war, war ihre Haut schon trocken, und sie spürte die Hitze der Sonne. »Entschuldige, das klingt unbedacht und achtlos von jemandem, dessen Eltern noch leben.«

»Es klingt nicht unbedacht. Es ist wahr. Und Verlust gibt es in verschiedenen Formen. Auf eine Weise hast du deine Mutter auch verloren. Was du auf jeden Fall verloren hast, war dein Gefühl von Sicherheit.«

Sie war überrascht, dass er das so klar erkannte.

»Das klingt wie etwas, das Dr. Swift sagen würde.«

Er lächelte. »Sie ist ziemlich klug, diese Dr. Swift.« Er reichte ihr die Hand, und sie nahm sie, spürte seine starken Finger, als er ihr den steilen Pfad hinaufhalf.

»Sie ist nur klug, wenn es um die Probleme anderer geht«, sagte Adeline. »Mit ihren eigenen kommt sie nicht so gut zurecht. Ich wünschte nur, meine Eltern hätten mir gesagt, was los ist, statt mich damit so zu überfallen. Ich verstehe nicht, warum sie es geheim gehalten haben.«

»Ich kann deinen Unmut nachvollziehen.« Er passte seine Schritte den ihren an. »Meine Eltern haben mir auch das ein oder andere verschwiegen.«

»Ach ja?«

»Ja. Wie sich herausstellte, war mein Vater schon eine ganze Weile krank, aber sie haben es mir nicht gesagt. Sie sagten mir auch nicht, dass das Geschäft auf der Kippe stand.«

Sie hielt atemlos vor Hitze an. »Das alles haben sie dir verschwiegen? Warum?«

»Ich weiß es nicht. Stolz? Die sture Entschlossenheit meines Vaters, alles allein zu machen? Elterlicher Instinkt, den Nachwuchs nicht zu beunruhigen?« Sein Achselzucken drückte seine Frustration aus. »Such dir was aus. Jede Woche hab ich zu Hause angerufen, und jede Woche erzählte mir mein Vater, dass alles bestens liefe, und gab das Telefon dann an meine Mutter weiter, weil Small Talk nicht sein Ding war. Als ob Herzprobleme und geschäftliche Sorgen Small Talk wären. Ich muss wohl nicht extra betonen, dass ich mir wie der schlechteste Sohn der Welt vorkam, als ich die Wahrheit erfuhr.«

Sie spürte seinen Schmerz und war voller Mitgefühl. »Du machst dir Vorwürfe, dass du keine Gedanken lesen konntest?«

»Dass ich nicht die richtigen Fragen gestellt habe. Dass ich nicht früher nach Hause gekommen bin. Hätte ich das getan, hätte ich vielleicht gemerkt, dass etwas nicht stimmt. Ich hätte vielleicht gesehen, was sie mir verschwiegen. Aber ich war beschäftigt, habe das Leben gelebt, das ich mir aufgebaut hatte, und nichts gesehen, was sie mir nicht zeigten.«

Bei ihrer Arbeit begegnete ihr das ständig. Reue.

»Du konntest es einfach nicht wissen. Und sie haben die Entscheidung getroffen, Stefanos. Sie wollten es so. Sie haben vermutlich gedacht, dass sie dich schützen.« Sie gingen wieder weiter, langsam, aber stetig.

»Vielleicht. Aber wenn ich gewusst hätte, dass mein Vater Schwierigkeiten hatte, wäre ich nach Hause gekommen und hätte geholfen, und vielleicht wäre dann alles anders gekommen«, sagt er. »Zusätzlich zu der Trauer um meinen Vater war ich wütend und enttäuscht, dass sie mir nicht die Wahrheit gesagt haben. Es war eine schwierige Zeit.« Sie hatten das Ende des Weges erreicht, der nun in ein paar Steinstufen überging, die durch die Gärten zum Haus führten.

»Eltern-Kind-Beziehungen können kompliziert sein.« *Wer wüsste das besser als sie.*

»Ich bin erwachsen.«

Wie oft am Tag sagte sie sich genau das?

Sie dachte an ihre Eltern. »Aber du bist immer noch ihr Kind, und das bestimmt die Art, wie sie dich sehen und sich dir gegenüber verhalten.«

»Ich wünschte, ich hätte ein richtiges Gespräch mit ihnen gehabt«, sagte er. »Erst nach dem Tod meines Vaters habe ich begriffen, dass er mit so vielem recht hatte. Ich bin dem Geld nachgejagt und eine Leiter hinaufgeklettert, von der ich glaubte, ich wolle sie erklimmen. Und immer wenn er mich darauf hinwies, dass die eine Sache, die ich über alles liebe – das Meer –, in meinem Leben fehlte, ging ich darüber hinweg. Ich dachte, ich wüsste es besser.

Was ein Irrtum war. Ich wünschte, ich hätte seinem Blickwinkel mehr Aufmerksamkeit geschenkt. Hätte ich ihm doch nur mehr zugehört.«

Plötzlich spürte Adeline ein nagendes Schuldgefühl. Sie hatte sich nicht allzu sehr bemüht, den Blickwinkel ihrer Eltern nachzuvollziehen, oder? Sondern war einfach davon ausgegangen, dass sie einen Fehler begingen, und hatte versucht, beide zur Einsicht zu bringen.

Entschlossen, sich mehr zu bemühen, folgte sie Stefanos durch die Gärten. Sie waren wilder als die Gärten um die Villa ihrer Mutter, weniger gepflegt, aber nicht weniger schön. Zwei große Zitronenbäume, voll behangen mit Früchten, standen dicht am Weg.

Sie dachte gerade, dass sie körperlich vielleicht doch nicht so fit war wie angenommen, als die Stufen an einer hübschen Terrasse endeten und sie vor dem Haus standen.

Verzaubert hielt sie inne. Die Außenwände bestanden aus hellem Stein, die hölzernen Fensterläden waren in einem leuchtenden Blau gestrichen. Geranien quollen aus Terrakotta-Töpfen, und Wein rankte sich über ein Spalier, das zu einer schattigen Sitzecke mit Blick auf einen Pool und den dahinterliegenden Strand führte. Sie stellte sich vor, an einem Sommerabend hier draußen zu sitzen und über dem Meer die Sonne untergehen zu sehen. »Es ist perfekt.«

»Das finde ich auch. Komm und schau dich drinnen um.« Er hielt noch immer ihre Hand, und sie entzog sie ihm nicht, als er sie ins Haus führte.

Es war einfach eingerichtet und größtenteils weiß gestrichen mit kobaltblauen Details, die die Farbe des Meeres und des Himmels aufnahmen. Sie konnte es sich im Sommer kühl und im Winter gemütlich vorstellen.

Vom Schlafzimmer überblickte man die Terrasse und den tief unten liegenden Strand, außerdem gab es ein zweites, kleineres Schlafzimmer, das er als Arbeitszimmer nutzte.

Sie riss erstaunt die Augen auf. »Du hast drei Bildschirme?«

»Ich komme aus dem Tech-Bereich. Auf einige Dinge kann ich nicht verzichten. Und ich arbeite nebenbei noch freiberuflich, um das Einkommen aus dem Bootsgeschäft aufzubessern. Ich mag die Abwechslung.« Er führte sie wieder nach unten in die Küche und öffnete eine Fenstertür, die direkt auf die Terrasse führte. »Kaffee?«

»Gern.«

Er ging zurück in die Küche, setzte Kaffee auf und legte zwei diamantförmige, mit Honig vollgesogene Baklava-Stücke auf einen Teller. Als der Kaffee fertig war, goss er zwei Tassen ein und trug alles auf einem Tablett nach draußen.

In der Zwischenzeit hatte sich Adeline ihr Strandkleid angezogen und streckte sich nun auf einem der gemütlichen Outdoor-Sofas aus. »Das ist göttlich. Die Lage ist unglaublich.«

»Ja. Es ist interessant zu sehen, wie sich mit den Jahreszeiten alles verändert«, sagte er. »Du solltest es im Frühling sehen. Dann wachsen überall wilde Orchideen.«

Dies war wahrscheinlich so dahingesagt und keine Einladung, doch ein Teil von ihr wünschte sich, es wäre eine.

Was war los mit ihr?

Sie nahm ein Stück Baklava und kostete die blättrige Süße. »Das ist köstlich. Hat deine Mutter es gemacht?«

»Natürlich.« Er griff nach seiner Tasse. »Ich könnte so tun, als hätte ich das Haus wegen seiner Aussicht gekauft, aber der eigentliche Grund ist, dass es hier nachmittags verlässlich anlandigen Wind gibt. Das Segeln ist großartig hier.«

»Ich freue mich, dass du etwas für dich Passendes gefunden hast.« Sie streifte die Sandalen ab und zog die Beine unter sich, die Tasse auf ihrem Schoß.

»Als wir damals zu diesem Strand kamen, muss das Haus schon da gewesen sein.«

»Ja, aber ich hab es erst später entdeckt.« Er stellte die Tasse ab.

»Was ist passiert, nachdem du damals fortgegangen bist? Erzähl mir alles.«

Und so erzählte sie ihm, wie sie nach London zu ihrem Vater gekommen war, wie schwierig es gewesen war, ohne Vorwarnung fortgeschickt zu werden. Wie tief betroffen es sie gemacht hatte, das Elend ihres Vaters mit anzusehen. Und wie die Beziehung zu ihrer Mutter immer angespannter wurde und dass die Verletzung nie richtig heilte.

Er hörte aufmerksam zu. »Damals konnte ich nicht glauben, dass du so plötzlich weg warst. Ich habe meine Mutter ziemlich gelöchert, weil ich so wütend darüber war, meine Freundin verloren zu haben.«

Ein Gefühl von Wärme breitete sich in ihr aus.

»Und was hat sie gesagt?«

»Dass deine Mutter das Einzige getan hat, was unter diesen Umständen möglich war.« Er legte den Arm auf die Sofalehne. »Und dann weigerte sie sich, noch mal darüber zu sprechen. Doch sie fing an, Cassie oft mit zu uns nach Hause zu bringen. Und als ich sie nach dem Grund fragte, sagte sie, Catherine müsse arbeiten. Ich habe nie herausbekommen, warum ihr Vater nicht auf sie aufgepasst hat. Nicht, dass ich die Kleine nicht mochte, aber ich fand das merkwürdig. Rob Dunn arbeitete nicht. Meistens hing er an der Strandbar herum. Dort sah ich ihn immer, wenn ich meinem Vater half.«

Adeline dachte an jene Zeit zurück.

»Ich erinnere mich kaum an ihn. Ich glaube nicht, dass ich Zeit mit ihm verbrachte habe, als er hier wohnte.«

Er sah sie eindringlich an. »Ich habe oft gedacht …« Er hielt inne, und sie sah ihn fragend an.

»Was?«

»Nichts. Noch Kaffee?«

»Nein danke. Was wolltest du sagen?«

»Es ist nicht wichtig.«

»Stefanos ...« Sie beugte sich vor. »Wir haben uns immer alles erzählt.«

Er verzog das Gesicht. »Du selbst hast mich daran erinnert, dass das sehr lange zurückliegt.«

»Mir kommt es vor wie gestern.«

»Ja«, sagte er. »Das stimmt.« Sein Blick traf ihren, und seine Augen verdunkelten sich.

Sie spürte, wie ihr Herz höherschlug, und kam nur mit einiger Mühe auf das Gespräch zurück.

»Ich dachte, ich hätte eine klare Erinnerung an jenen Tag, an dem meine Mutter mir eröffnete, dass ich bei meinem Vater leben würde. Die Insel zu verlassen, Cassie und d...« Sie hätte fast »dich« gesagt und hielt rechtzeitig inne. Zu offenbaren, dass sie ihn vermisst hatte, war zu viel, auch für ihr neues, offeneres Selbst. »Aber die Unterhaltung mit meiner Schwester lässt mich daran zweifeln.«

»Deine Schwester war etwa zwei Jahre alt?«

»Ja. Aber meine Mutter hat mit ihr darüber gesprochen. Und was sie sagte, ergab keinen Sinn.« Verlegen hielt sie inne. »Entschuldige, das muss sehr langweilig für dich sein. Du musstes schon mehr als genug von meinem Familiendrama über dich ergehen lassen.«

»Und ich habe dir mein Familiendrama erzählt, also mach weiter. Was ergab keinen Sinn?«

Adeline stellte den Kaffee ab und änderte ihre Sitzposition. »Cassie erzählte mir, dass meine Mutter nach einem meiner späteren Besuche weinte, nachdem ich gegangen war. Schluchzte. Und als Cassie fragte, was los sei, sagte sie, dass das Leben manchmal sehr kompliziert sein könne. Dass sie mich vermisse.« Adeline hatte seitdem immer wieder darüber nachgedacht. »Wenn sie mich vermisst hat, warum hat sie mich dann fortgeschickt? Ich weiß nicht, was das bedeuten soll.«

»Hast du sie gefragt?«

»Nein.« Einige Fragen stellte man besser nicht. »Das alles ist vorbei, oder? Ich dachte, es wäre am besten, neu anzufangen. Es ist jetzt sowieso nichts mehr zu ändern.«

»Vielleicht nicht, aber manchmal macht das Verstehen die Dinge leichter.«

»Vielleicht.« Verlegen, weil es in dem Gespräch nur um sie gegangen war, stand sie auf. »Du hast mir Lunch und Schwimmen versprochen.«

»Das habe ich.«

Der Nachmittag verging viel zu schnell. Sie aßen in einer kleinen Taverne die Küste hinauf in einer kleinen Bucht, die man nur vom Wasser erreichen konnte. Das Essen war so gut, wie er es versprochen hatte, und sie saßen und redeten lange, bevor sie zum Strand unterhalb seines Hauses zurückkehrten.

Danach gingen sie schwimmen. Zurück am Strand, griff Adeline nach einer Flasche Wasser in ihrer Tasche und sah den E-Reader darin. Cassies Buch wartete auf sie.

Ihre Stimmung sank. Sie musste es lesen. Am besten fing sie gleich damit an, während sie in Stefanos Gesellschaft war und gute Laune hatte.

Sie nahm den Reader, las und vergaß alles um sich herum.

»Was auch immer du liest, es muss gut sein. Seit fünf Minuten versuche ich, deine Aufmerksamkeit zu erregen.« Stefanos schlang sich ein Handtuch um den Hals und setzte sich neben sie. Wassertropfen hingen an seinen Wimpern und den Bartstoppeln.

»Es ist Cassies Buch. Eine Liebesgeschichte, die inspiriert ist von der Beziehung meiner Mutter mit Rob.«

Sein Lächeln erlosch, und er sah sie forschend an. »Und für dich ist es okay, das zu lesen?«

»Ich gebe zu, ich habe mich etwas davor gefürchtet, deshalb habe ich auch jetzt damit angefangen, mit dir in der Nähe. Aber es ist gut.« Sie sah auf die Uhr und war überrascht, wie viel Zeit vergangen war.

Stefanos runzelte die Stirn. »Die Geschichte basiert auf der Affäre deiner Mutter?«

»Ja, obwohl sie offensichtlich fiktiv ist und dieser Teil nicht im Fokus steht. Tatsächlich geht es um ihre Liebesgeschichte.« Und etwas an dem Roman hatte sie gepackt. Sie konnte ihre Liebe fühlen und ihren verzweifelten Drang, zusammen zu sein. »Das klingt jetzt komisch, aber zum ersten Mal überhaupt konnte ich nachvollziehen, wie zwei Menschen trotz aller Hindernisse zusammen sein wollen.«

Er wirkte amüsiert. »Willst du mir sagen, dass du nicht an die Liebe glaubst?«

»Doch, aber ich sehe sie nicht so auf die romantische Art. Wenn man in einem belebten Raum eine spontane Verbindung mit jemandem verspürt, ist das meiner Meinung nach körperliche Anziehung, keine Liebe. Und ich glaube nicht, dass es so etwas wie den Einen oder die Eine gibt. Wie kann das sein? Es gibt acht Milliarden Menschen auf der Erde. Wenn es nur einen Menschen für uns gäbe, wären wir alle Single.«

Er lachte. »Das stimmt.«

»Aber trotz allem liebe ich diese Geschichte. Ich weiß nicht, was das bedeutet.«

Er beugte sich vor und wischte ihr Sand vom Bein. »Es bedeutet, dass Sie zu einer großen Romantikerin werden, Dr. Swift.«

»Okay, das ist ein beängstigender Gedanke.« Lachend schob sie den E-Reader zurück in ihre Tasche. »Um ehrlich zu sein, ich bin erleichtert. Ich hatte Angst, es zu lesen, doch es ist eine herzerwärmende Geschichte, auch wenn ich noch nicht bei dem Teil bin, in dem er stirbt.«

»Der Tod hat die Neigung zu trennen.« Stefanos rubbelte sich das Haar trocken. »Weiß deine Mutter von dem Buch?«

»Ja, aber Cassie hat es uns erst gestern Abend gegeben. Vermutlich liest sie es gerade.«

Er schlang das Handtuch wieder um den Nacken. »Meinst du

nicht, dass es sie verärgert, wo sie jetzt deinen Dad noch einmal heiratet?«

»Das habe ich mich auch gefragt. Cassie sicher auch, obwohl wir ja von nichts wussten, also trifft Cassie keine Schuld. Ich habe mich ein wenig davor gedrückt, es zu lesen, aber es löst in mir nichts Negatives aus.« Es gab nichts Kontroverses in dem Buch. Nichts, was zu persönlich schien. Nur eine schnörkellose Liebesgeschichte, die tragisch endete. Nach dem, was sie bislang gelesen hatte, war sie beruhigt. Und auch erleichtert, denn sie hatte ein bisschen befürchtet, dass dieses Buch einen Keil zwischen sie und ihre Schwester treiben könnte.

»Dann glaubst du, dass es deiner Mutter gefallen wird?«

Sie lächelte ihm zu. »Eines weiß ich über meine Mutter: Sie ist eine unheilbare Romantikerin. Ich kann mit voller Überzeugung sagen, dass sie das Buch lieben wird.«

19

Catherine

Catherine beugte sich über den Toilettenrand und erbrach ihren kompletten Mageninhalt.

»Catherine?« Andrew hämmerte gegen die Badezimmertür. Sie ließ sich zu Boden sinken, lehnte den Kopf an die kühlen Fliesen der Wand und versuchte, ihre Eingeweide unter Kontrolle zu bringen.

Ihr Leben und ihre Lügen hatten sie eingeholt.

Sie kroch zurück zur Toilette und würgte erneut. Andrew rüttelte am Türknauf.

»Catherine? Geht es dir gut?«

Nein, es ging ihr nicht gut.

Die Seiten von Cassies Roman lagen auf dem Boden verstreut, wo sie sie hatte fallen lassen. Seite 96 war auf die andere Seite des Badezimmers gesegelt und Seite 208 irgendwie in die Dusche geraten, wo die Schrift langsam verschwamm durch die Feuchtigkeit, die Andrew vorhin hinterlassen hatte. Die anderen Seiten bildeten ein wirres Durcheinander. Es spielte keine Rolle. Sie wusste, dass sie die Wörter nie wieder lesen würde.

Man sagte, man könne die Vergangenheit hinter sich lassen und neu anfangen, doch das war gelogen. Man konnte so tun, als finge man neu an, man konnte sich sagen: *Es geht mir super.* Doch das, was man vergessen wollte, befand sich immer in der Ecke und lauerte auf die Gelegenheit zum Angriff.

»Verdammt, Cathy.« Andrew schlug gegen die Tür, und sie kam wackelig auf die Beine und hielt sich am Waschbecken fest.

Sie starrte sich im Spiegel an. *Dies ist deine Schuld. Du hast das getan.*

Das passierte, wenn man hauptberuflich Liebesgeschichten schrieb. Es wurde schwieriger, Fakten und Fiktion zu trennen. Man verbrachte so viel Zeit im Land der Happy Ends, dass man vergaß, dass es ein Job war, und es für das Leben hielt. Man begann zu glauben, dass alles möglich sei und der Prinz sein Königreich vielleicht tatsächlich nach der Frau absuchen lassen würde, die dumm genug gewesen war, einen Schuh aus Glas zu tragen (Glas? Ernsthaft?).

Sie drehte den Schlüssel der Badezimmertür um und schaffte es gerade rechtzeitig zurück an die Toilette. Da hörte sie ein Kratzen und wie sich die Tür öffnete.

»Cathy, Liebling?« Andrew kniete sich neben sie, hielt ihre Haare zurück, streichelte ihre Schulter und sagte ihr, dass alles gut werden würde. Was natürlich nicht stimmte, denn alles war eindeutig nicht gut, und sie wusste nicht, wie es das je wieder werden sollte.

Sie hörte Wasser aus dem Hahn rauschen und spürte dann die Kühle eines feuchten Waschlappens an ihrer heißen Stirn.

»Hast du etwas Falsches gegessen? Der Lunch kann es nicht gewesen sein. Wir hatten beide das Lamm, und mir geht es gut.« Er bemerkte die auf dem Boden verstreuten Seiten. »Ist das Cassies Buch? Ist es wegen des Buches?«

Es war genau genommen nicht wegen des Buches. Es war wegen ihres Lebens. Ihrer Entscheidungen. Ihrer Fehler.

»Andrew ...«

»Hat dich das Buch so aufgewühlt?« Er bückte sich und sammelte vorsichtig einige Seiten zusammen. »Ich hatte mich entschieden, es nicht zu lesen.«

»Dann lass es auch. Es ist alles Fiktion. Was machst du?« Sie keuchte auf, als er sie auf seine Arme hob.

»Ich weigere mich, ein solch wichtiges Gespräch auf dem Badezimmerboden zu führen, selbst wenn es italienischer Marmor ist.« Er trug sie ins Schlafzimmer und ließ sie vorsichtig auf das

Bett nieder. »Jetzt erzähl mir genau, was dich aufgeregt hat. Hat sie irgendwie die Wahrheit herausgefunden?«

»Nein, das ist es nicht. Sie hat die Geschichte fast genauso erzählt, wie ich sie ihr erzählt habe. Und sie schreibt wunderbar.« Wenn sie sich nicht so krank und wund fühlen würde, wäre sie beeindruckt. *Ihr Baby hatte ein Buch geschrieben!* »Die Figuren sind so lebendig. Sie hat wirklich Talent.«

»Aber?«

»Aber ich wünschte, sie hätte ihr Talent nicht für diese spezielle Geschichte verwendet.« Tränen stiegen ihr in die Augen. »Sie hält es für einen Weg, ihren Vater unsterblich zu machen.«

Andrew lächelte schief. »Und wenn es je einen Mann gegeben hat, der es nicht verdient hat, unsterblich zu werden, dann ist es Rob Dunn.«

»Genau.« Ihre Stimme war ein Flüstern. »Dieses Buch feiert ihn geradezu, Andrew! In ihrer Geschichte ist er ein Held. Und ich möchte ihn nicht feiern. Ich möchte ihn vergessen, aber jetzt werde ich das nie tun können, weil er in dem Buch ist. Es ist, als verhöhne er mich aus dem Grab heraus.«

»Du zitterst.« Andrew zog die Schuhe aus und legte sich neben sie aufs Bett. Er zog sie in seine Arme. »Liebling, wir feiern nicht ihn. Wir feiern Cassies Buch. Das Fiktion ist. Die Geschichte kann der Wahrheit nicht mal nahekommen, weil du ihr die Wahrheit nicht erzählt hast.«

Ja, es war Fiktion. Sie wusste, dass es Fiktion war, weil im Prinzip sie diejenige war, die es geschrieben hatte. Wirklich ironisch. Cassie hatte die Geschichten, die sie erzählt hatte, als Inspiration genommen, was bedeutete, dass Catherine unbeabsichtigt zum Buch ihrer Tochter beigetragen hatte. Wenn sie in der Lage gewesen wäre, das Ganze mit Humor zu nehmen, hätte sie gelacht.

»Du verstehst es nicht.«

»Dann hilf mir, es zu verstehen.« Er strich ihr sanft übers Haar. »Sag mir, was du denkst.«

»Ich habe versucht, es hinter mir zu lassen. Das macht man mit einem Fehler, oder? Man verzeiht sich selbst und fängt neu an. So sagt man. Ich habe mir nicht verziehen, aber ich habe versucht, neu anzufangen.«

Er hielt sie fest. »Und das hast du.«

»Nein. Und das werde ich auch niemals. Dieses Buch sorgt dafür. Wenn es ein Erfolg wird – und mit Mighty Madeleine und einem so großen Buchvertrag werden sie es mit einer Riesenkampagne auf den Markt bringen, sodass es ein Erfolg *wird* –, werden alle darüber sprechen. Die Leute werden mich dazu befragen.«

»Nur wenn sie wissen, dass ihr verwandt seid, und das brauchen sie nicht zu wissen.«

»Sie hat es ihren Eltern gewidmet.« Sie brachte es nicht über sich, das Wort »uns« zu verwenden. »Uns« meinte ein Team, und Rob und sie waren nie ein Team gewesen. »Natürlich werden sie es erfahren.« Manchmal brachte sie Andrews Optimismus zum Verzweifeln, doch zugleich war sie dankbar dafür. Sie brauchte ihn. Sie hatte das Vertrauen verloren, nicht nur in andere Menschen, sondern auch in ihr Urteilsvermögen. Sie beneidete Menschen, die überzeugt waren, dass alles gut werden würde. Früher mal hatte auch sie zu diesen Menschen gehört. Sie hatte geglaubt, dass denen, die es verdienten, Gutes widerfuhr. Dass die meisten Menschen im Grunde gut waren. Sie hatte geglaubt, in einer Liebesgeschichte zu leben, genau wie in ihren Büchern. Es hatte eine Zeit gebraucht, bis sie begriffen hatte, dass sie in einer Horrorgeschichte lebte und Vertrauen wie Unschuld war – wenn man sie verloren hatte, hatte man sie verloren. Endgültig. Andrew hatte das Vertrauen nicht verloren. Er glaubte noch immer an das Gute im Menschen und dass im Leben höchstwahrscheinlich alles gut wurde. Also hatte sie ihr zerbrechliches zynisches Ego ihm überlassen in der Hoffnung, dass sein Optimismus stark genug war, um sie beide zu tragen. Daran war nichts falsch, oder? Es war, als schiene man ein gebrochenes Bein. Man tat, was man tun musste.

Er zögerte. »Okay. Sagen wir, dass du recht hast, und vielleicht hast du das, weil niemand mehr über das Verlagsgeschäft weiß als du. Aber Cassies Geschichte ist nicht deine Geschichte, oder? Wenn sie inspiriert ist von dem, was du ihr erzählt hast, trifft sie die Wahrheit nicht mal ansatzweise. Sie hat die offizielle Version. Die Version, die du für sie erschaffen hast. Niemand wird erfahren, was wirklich geschah.«

»*Ich* weiß, was geschah.« Ihre Zähne klapperten, so sehr zitterte sie. Sie war wieder in der Vergangenheit und durchlebte wieder jeden langen dunklen Tag, aber vor allem jenen letzten Tag, der der längste und dunkelste gewesen war. Sie hatte das Gefühl, als falle sie zurück in das tiefe dunkle Loch, in dem sie jahrelang gefangen gewesen war.

Andrew versuchte immer noch, es zu verstehen. Sie konnte geradezu sehen, wie es in seinem Gehirn ratterte.

»Dann machst du dir nicht Sorgen wegen deiner Leserinnen? Es liegt nicht an der Vorstellung, dass die Leute einen Blick auf die echte Catherine Swift erhaschen?«

Die echte Catherine Swift. Wer war das? Sie hatte sich so weit von der Person entfernt, die sie mal gewesen war. Sie war wie eines dieser Updates, die man auf dem Handy installieren musste und die dann alles bis zur Unkenntlichkeit veränderten.

Sie tröstete sich mit dem Wissen, dass jeder sich mit der Zeit veränderte. Das Leben nagte an einem, bis man eine andere Form angenommen hatte.

An manchen Tagen kannte sie sich selbst nicht. Und dann gab es die Anteile, die sie kannte, aber vor der Welt verbarg. Doch sie fühlte sich deswegen nicht schuldig. Nicht alles nach außen zu tragen, war keine Täuschung, schließlich machten es alle so. All diese glücklichen, heiteren Bilder auf Social Media? All diese *#gesegnet-*, *#dankbar-*, *#ichliebemeinLeben*-Hashtags zeugten entweder von Naivität (es waren noch keine schlimmen Dinge geschehen) oder von Verschleierung (schlimme Dinge waren geschehen, aber man teilte sie nicht). Jeder zeigte nur eine bestimmte Seite von sich selbst. So funktionierte die Welt.

»Ich will nicht, dass Leserinnen mich nach meinem Privatleben fragen. Ich will nicht, dass Cassie über mein Privatleben spricht. Ich will die Aufmerksamkeit nicht.« Aufmerksamkeit war nie gut, wenn man versuchte, etwas zu verbergen. Doch entscheidend war nicht, was sie vor ihren Leserinnen verbarg oder was sie selbst zu ignorieren versuchte. Wichtig war, was sie vor ihren Kindern verbarg. »Verstehst du? Ich habe die Geschichte nicht nur gesponnen, um mich zu schützen und es hinter mir zu lassen, sondern um meine Kinder zu schützen. Ich dachte, eine Lüge wäre besser als die Wahrheit.«

»Ich weiß.« Er zog sie an sich. Küsste sie auf den Kopf. »Du bist eine wundervolle Mutter, Catherine.«

Sie gab ein ersticktes Lachen von sich. »Wir wissen beide, dass das nicht stimmt. Ich kann mir niemanden vorstellen, der als Mutter mehr versagt hätte als ich, und das ist frustrierend und erschütternd, denn ich habe mich so sehr bemüht. Und einen Moment lang glaubte ich im Gespräch mit Adeline, dass wir uns wirklich versöhnen könnten. Dass dies endlich die Gelegenheit sei, unsere Beziehung zu kitten. Und jetzt? Statt eine kaputte Beziehung mit einer Tochter zu haben, wird jetzt die Beziehung mit beiden Töchtern kaputt sein.«

Andrew seufzte. »Du nimmst an, dass dies deine Beziehung mit Cassie zerstört.«

»Wie denn nicht? Dies ist ihr Traum, Andrew. Und ich werde ihn ihr wegnehmen. Ich bin diejenige, die ihn zerplatzen lässt. Nicht eine Agentin, kein Verlag, nicht einmal die Leserinnen. Ich. Ihre eigene Mutter.«

Er rollte sich auf den Rücken und starrte nach oben an die Decke. »Vielleicht lässt sich das reparieren.«

»Die einzige Möglichkeit ist, Cassie zu bitten, ihr Buch zurückzuziehen. Sie wird noch keinen Vertrag unterzeichnet haben.« Bei dem Gedanken wurde ihr übel. »Wie kann ich das meiner Tochter antun? Dies ist ihr Traum, und ich weiß, wie sich das anfühlt. Wie kann ich diesen Traum zerstören? Und doch muss ich es. Um unser aller willen darf das Buch nicht herauskommen.«

Andrew setzte sich auf. »Es muss eine andere Möglichkeit geben.« Er drehte sich zu ihr um. »Du willst Rob nicht feiern, das bedeutet, wenn du die Widmung verhinderst, gibt es keinen Hinweis auf Rob. Und wer ist Cassie Dunn für die Öffentlichkeit? Du musst dir klar werden, was du willst.«

Am liebsten wäre ihr, dass Cassie das Buch nie geschrieben hätte. Sie blickte auf die Uhr auf dem Nachttisch und stöhnte auf. »Wir haben zehn Minuten, bevor sie zum Essen kommen. Und ich weiß nicht, was ich tun soll.« Sie zwang sich, aufzustehen und ins Badezimmer zu gehen, wo sie sich kaltes Wasser ins Gesicht spritzte.

Andrew hob die verstreuten Seiten von Cassies Buch auf und stopfte sie in den Abfalleimer, als würde er es den Blättern übel nehmen, dass sie Catherine Schmerz zufügten. Das war Andrew, trotz allem immer noch gut. Er sollte ihr Vertrauen in Menschen wiederherstellen, doch das hatte er nicht wirklich. Er hatte nur ihr Vertrauen in ihn wiederhergestellt.

Sie trug Make-up auf, allerdings blieb es bei einem halbherzigen Versuch, sich zu schminken. Dann zog sie ein Kleid an, in dem sie sich normalerweise wohlfühlte, nur nicht heute. Es brauchte mehr als ein Kleid, die Situation zu retten.

Sie ging auf die Terrasse und fand zum ersten Mal in ihrem Leben keinen Trost in der üppigen Blütenpracht zu beiden Seiten des Wegs. Die Hitze des Tages hatte sich bis in den Abend gehalten, feucht und drückend. Kein Lüftchen wehte. Alles an diesem Tag schien sie zum Schwitzen bringen zu wollen.

Adeline und Cassie trafen zusammen ein, beide lachten über etwas. Die Hitze schien ihnen nichts auszumachen.

Catherine war übel, denn sie wusste, dass sie bald nicht mehr lachen würden. Doch sie freute sich, dass ihre Töchter sich verstanden. Das war zumindest eine gute Sache – sie hatten einander. Und hoffentlich würde das so bleiben, egal was geschah. Sie würden nicht allein sein.

Es war Marias freier Abend, und der Tisch war üppig gedeckt mit Salaten und köstlichen kalten Speisen, die sie zubereitet hatte, bevor sie weggefahren war, um eine Freundin im Nachbarort zu besuchen.

Adeline zog einen Stuhl hervor und wedelte mit der Hand vor ihrem Gesicht hin und her. »Es ist heiß heute Abend.« Sie setzte sich, das Haar fiel ihr offen über die Schultern.

Catherine hätte sich vielleicht über ihre Veränderung gewundert, wenn sie nicht andere Dinge im Kopf gehabt hätte.

Adeline warf ihr einen Blick zu. »Geht es dir gut?«

Catherine hatte ihr Bestes gegeben, ihre Gefühle zu verbergen, offenbar ohne Erfolg. Adeline hatte etwas in ihrem Gesicht gesehen. Etwas, das Cassie nicht bemerkt hatte. Vielleicht lag es daran, dass Adeline die Anzeichen emotionaler Traumata eher erkannte. Bei ihrer Arbeit war sie ständig mit Traumata konfrontiert, vor allem am Anfang, als sie Patienten persönlich behandelt hatte. Sie hatte Catherine einmal erzählt, dass sie es bevorzugte, die Probleme der Leute aus der Distanz zu behandeln, und Catherine hatte das verstanden.

Sie wäre froh, wenn sie dem Trauma nie wieder ins Gesicht sehen müsste. Unglücklicherweise hatte sie keine Wahl.

Doch so war das Leben, oder? Das Schlechte schlich sich in das Gute. Wie die Zaunwinde im Garten, die sich um gesunde Pflanzen schlang und sie erstickte. Und wie sehr man sich auch bemühte, sie loszuwerden, sie mit den Wurzeln auszureißen und zu verbannen, sie wuchs immer wieder nach.

Sie schluckte. »Ich hoffe, ihr habt euch heute gut amüsiert.«

»Das haben wir. Du siehst müde aus.« Adeline schien das Thema nicht aufgeben zu wollen. »Hast du gearbeitet?«

»Ja. Ich nähere mich dem Ende. Ich habe schon einen fertigen

Entwurf.« Sie hätte sagen können, dass sie ihren Laptop nicht einmal aufgeklappt hatte, doch dann hätten sie nach einem anderen Grund gesucht, warum sie blass und erschöpft aussah. Es war natürlich nur ein kurzer Aufschub, doch Catherine ergriff ihn begierig.

»Ich habe Cassies Buch gelesen, und es ist fantastisch.« Adeline träufelte Olivenöl über ihren Salat und lächelte ihrer Schwester zu. »Ich komme gar nicht darüber hinweg, wie gut es ist.«

Cassie strahlte ebenfalls, Freude und Stolz hüllten sie geradezu ein.

»Ich war den ganzen Tag so aufgeregt. Ich hatte solche Angst, dass es euch nicht gefällt.«

»Ich liebe es.« In der Mitte des Tischs stand frisches warmes Brot. Adeline beugte sich vor, um sich zu bedienen.

Catherine staunte, dass die Dinge oberflächlich so normal scheinen konnten, während sie tatsächlich dermaßen falsch waren. Sie spürte Andrews Anspannung. Sein Fuß unter dem Tisch bewegte sich – tap, tap, tap. Das tat er nur, wenn er sehr gestresst war. Er wartete darauf, dass sie etwas sagte. Sie wartete ebenfalls, auch wenn sie nicht wusste, worauf eigentlich. Auf den richtigen Moment? Wie würde der aussehen?

»Ich habe heute Morgen mit meiner Agentin gesprochen. Wir haben den Vertrag angenommen.« Cassie sah sie an. »Und ich muss dich um einen Gefallen bitten.«

Catherine hatte auf den richtigen Augenblick gewartet und das Gefühl, dass er jetzt gekommen war.

Sie sollte das Wort ergreifen, bevor Cassie irgendwas anderes sagen konnte. Doch sie wollte den Moment festhalten, in dem alles noch in Ordnung war. Sie wollte diese letzten kostbaren Minuten genießen, bevor sie die Träume ihrer Tochter zerstörte. Wer wusste, was dann in ihren Augen stehen würde? Schmerz. Vorwurf. Leid.

»Es ist mir ein bisschen unangenehm, darum zu bitten.« Cassie hatte es offenbar aufgegeben, darauf zu warten, dass ihre Mutter nachfragte. »Meine Agentin und der Verlag fragten sich, ob ich deinen Namen benutzen könnte. Ich wäre Cassie Swift. Sie finden, dass es gut klingt. Und du kannst selbstverständlich Nein sagen, aber …«

»Nein.« Das Wort kam aus ihr herausgeschossen und erdolchte die fröhliche Stimmung.

Überrascht setzte sich Adeline auf. »Denk zumindest darüber nach.«

»Das muss ich nicht. Du darfst meinen Namen nicht verwenden.«

Das Strahlen verließ Cassies Gesicht. »Natürlich. Das ist kein Problem.« Ihr Lächeln war steif und gezwungen. »Wir können es unter meinem echten Namen herausbringen. Oder ein Pseudonym oder so etwas verwenden.«

»Warte …« Adeline beugte sich vor. »Warum darf sie nicht den Namen Swift verwenden? Vielleicht bedeutet es, mit deinem Erfolg Kasse zu machen, aber da Cassie letztlich die Nutznießerin ist, wen kümmert es?«

»Mich kümmert es.« Cassie runzelte die Stirn. »Ich würde es lieber unter meinem Namen machen.«

»Ich spreche nicht nur von dem Namen«, sagte Catherine. »Du darfst dieses Buch nicht veröffentlichen, Cassie.« Es verursachte ihr körperlichen Schmerz, den Gesichtsausdruck ihrer Tochter zu sehen. Nie hatte sie sich mehr gehasst. »Es tut mir leid. Ich weiß, wie viel es dir bedeutet. Ich weiß, wie aufregend das alles ist. Aber du darfst es nicht tun.«

»Stopp.« Adeline stand auf, wobei das wütende Kratzen des Stuhls über den Boden ihrer sichtlichen Empörung entsprach. »Wie kannst du das sagen? Hier geht es nicht um dich!«

»Es hat keinen Zweck, wütend auf mich zu sein, Adeline, und ich fürchte, es geht um mich. Das ist der Punkt.« Sie hatte es fast geschafft, das Verhältnis zu ihrer älteren Tochter zu erneuern, doch nun würde sie diese zarten neuen Triebe zertreten müssen.

»Ich kann euch versichern: Egal wie wütend ihr auf mich seid, ich bin noch wütender auf mich.«

»Du hast es gelesen und hasst es.« Cassie sah am Boden zerstört aus. »Du hasst mein Buch.«

»Nein. Ich liebe es. Es ist eine wunderbare, gefühlvolle Geschichte, die es geschafft hat, mir das Herz zu brechen und gleichzeitig meine Stimmung zu heben. Das erfordert wahre Fähigkeiten, Cassie. Ich verstehe, warum die Verlage um dein Buch gekämpft haben.«

Cassie wechselte einen fragenden Blick mit ihrer Schwester. »Aber warum sagst du, dass ich es nicht veröffentlichen darf, wenn es dir gefallen hat?«

»Weil das Buch und die Publicity, die es zweifellos bekommen wird, die Aufmerksamkeit auf meine Beziehung mit deinem Vater lenken wird und ich damit nicht umgehen kann. Ich kann das nicht noch einmal durchmachen. Ich kann nicht zurückgehen in jene Zeit.« Ihr Herz klopfte so stark, dass sie glaubte, ihre Rippen würden brechen.

Andrew zog seinen Stuhl näher an sie heran und legte den Arm um sie.

»Habe ich etwas in dir aufgewühlt?« Cassie war erschrocken. »Jetzt fühle ich mich schrecklich. Ich wusste nicht, dass es noch so wund ist. Ich weiß, wie sehr du ihn geliebt hast, und ich dachte, auf diese Weise würde ich diese Liebe feiern.«

»Du verstehst es nicht. Und das ist mein Fehler.« Ihr schnürte sich der Hals zu. »Ich möchte nicht, dass die Leute über meine Beziehung mit deinem Vater reden. Ich möchte keine Art von ... Feier. Ich möchte es lieber vergessen.«

»Du meinst wegen Andrew?« Cassie warf ihrem Stiefvater einen entschuldigenden Blick zu. »Ich wusste nichts von Andrew, als ich es schrieb.«

Und das war ebenfalls ihr Fehler. Nicht mitzuteilen, dass sie und Andrew ihre Beziehung wiederaufleben ließen, war ein weiterer

Fehler gewesen in einer langen Reihe von falschen Entscheidungen.

»Es ist nicht wegen Andrew, auch wenn ich keine Zweifel habe, dass er es bevorzugen würde, wenn dieses spezielle Kapitel in meinem Leben nicht wieder aufgeschlagen wird. Doch das ist nicht der Grund.«

»Warum dann? Wenn ich irgendwas Falsches geschrieben habe, kann ich es verändern«, sagte Cassie. »Es ist eine fiktionalisierte Version der Geschichte. Sie basiert auf allem, was du mir erzählt hast, warum darf ich also nicht darüber reden?«

Eine lange Pause entstand. Es war, als stünde man am Rande einer Klippe und wartete auf den Sprung ins Wasser.

»Weil es nicht wahr ist. Nichts davon ist wahr.« Catherines Mund war so trocken, dass sie die Worte kaum herausbekam. »Der Mann, den ich dir beschrieben habe, war der Mann, den ich mir gewünscht habe. Der Mann, von dem ich dachte, dass er es wäre, als ich ihn heiratete. Der Mann, den du als Vater gehabt haben solltest. Doch so war er nicht. Rob Dunn war kontrollierend, manipulativ und brutal. Gewalttätig. Dein Vater war so weit von einem romantischen Helden entfernt, wie man es nur sein kann.«

20

Cassie

Cassie war wie benebelt. Gewalttätig? Ihr Dad?

Es dauerte einen Moment, bis sie sprechen konnte.

»Du hast immer gesagt, er wäre der perfekteste Mann, dem du je begegnet wärst. Du hättest sofort gewusst, dass er der Richtige war. Dass das, was ihr geteilt habt, besonders gewesen sei.«

»Und so fühlte es sich am Anfang auch an. Doch Menschen können sich verstellen, und Rob war einer dieser Menschen. Ich war vertrauensvoll. Naiv, schätze ich«, sagte ihre Mutter. »Ich habe oft darüber nachgedacht und mich gefragt, weshalb ich es nicht gesehen habe. Glaub mir, ich habe mir lange Zeit Vorwürfe gemacht.«

Andrew sah besorgt aus. »Cathy …«

»Ich weiß.« Sie hob die Hand als Zeichen, dass er nicht weiterzusprechen brauche. »Du willst sagen, dass es nicht mein Fehler war, und ich versuche, das zu glauben. Ich habe nicht gesehen, wer er wirklich war, weil er es mich nicht sehen ließ. Er war schlau und gerissen. Und dennoch ist es schwer, mir keine Vorwürfe zu machen.«

Cassie spürte jeden Herzschlag an ihren Rippen.

»Du willst sagen, dass alles, was du mir über meinen Dad erzählt hast, eine Lüge war?«

Ihre Mutter verzog das Gesicht. »Du musst verstehen, dass ich dich beschützen wollte. Ich dachte, du brauchst die Wahrheit nicht zu erfahren. Er war tot. Welche Rolle spielte es, wie er wirklich war? Es lag in der Vergangenheit und sollte Vergangenheit bleiben.«

Sie hatte ihre Mutter bislang immer nur sicher und selbstbewusst wahrgenommen. Ihre Mutter war eine Siegerin. Ein Superstar. Es gab kein Problem im Leben, mit dem sie nicht umgehen konnte. Zumindest hatte sie das geglaubt, denn nun nahm sie eine andere Seite an ihr wahr. Sie sah Unsicherheit und Verletzlichkeit. Bedauern und Angst.

Angst.

Cassie beobachtete, wie Andrew sie enger umfasste. Sah, wie er ihre Mutter in diesem Leid beruhigte und unterstützte.

Ihr Vater. *Ihr Dad.*

Es ergab keinen Sinn.

Es war, als läse man einen Roman und erwarte eine Liebesgeschichte, nur um zu entdecken, dass es sich um einen Krimi handelte.

»Ich verstehe nicht.« Sie begann zu zittern. Erst ihre Hände, dann ihre Beine. »Du hast mir so viele positive Geschichten über meinen Dad erzählt.«

»Und genau das waren sie. Geschichten.«

Entsetzen erfasste sie und ließ sie nicht wieder los.

»Aber ich habe sie geglaubt.« Vielleicht war sie diejenige, die naiv war. »Ich habe geglaubt, was du mir erzählt hast.«

»Warum auch nicht? Das ist mein Beruf, oder? Das ist mein Talent. Vermutlich mein einziges Talent«, sagte ihre Mutter. »Ich schreibe Fiktion. Und fast alles, was ich dir über Rob Dunn erzählt habe, war Fiktion. Und ich weiß, dass ich mich schuldig fühlen sollte, dir nicht die Wahrheit gesagt zu haben. Aber wie konnte ich das? Wie erzählt man einem kleinen Mädchen von seinem Daddy, wenn die Wahrheit es nachts nicht schlafen lassen würde?« Die Stimme ihrer Mutter brach, und in ihren Augen standen Tränen. »Wie macht man das?«

Cassie fühlte, wie ihr ebenfalls Tränen über die Wangen liefen. Sie wischte sie fort.

Ihr Dad.

Sie hatte ihn nicht gekannt, hatte aber immer das Gefühl gehabt, ihn zu kennen. Sie hatte ihn mithilfe der Geschichten ihrer Mutter in ihrer Vorstellung heraufbeschworen. Sie hatte jemanden erschaffen, der ein Teil ihres Lebens war. Er war ein realer Mensch für sie gewesen, und nun spürte sie ihn verblassen. Sie wollte nach seinem Bild greifen, bevor es für immer verschwand.

»Dann hast du mir Märchen erzählt.« Ihr Mund war trocken. Ihre Lippen waren trocken. »Kannst du mir die Fakten erzählen? Alle. Unzensiert.« Vielleicht würde sie diese Bitte bereuen, doch sie musste die Wahrheit erfahren.

Cassie bemerkte nicht einmal, dass Adeline sich bewegte, bis sie das Kratzen eines zurückgeschobenen Stuhls hörte und spürte, wie ihre Schwester den Arm um sie legte.

Später würde sie darüber nachdenken, dass Adeline an ihre Seite geeilt war, um ihr beizustehen, obwohl diese Offenbarung auch sie überwältigen musste. Doch im Moment war sie einfach dankbar für ihre Unterstützung.

Ihre Mutter wischte sich über die Augen und nahm einen Schluck Wasser.

»Ich traf Rob in einer Bar, so wie ich es dir erzählt habe. Er war charmant. Andrew und ich waren zu diesem Zeitpunkt schon getrennt.« Sie setzte das Glas mit bebender Hand ab, sodass ein bisschen Wasser überschwappte. »Ich befand mich an einem Tiefpunkt in meinem Leben. Ich war verletzlich, und Rob war fürsorglich, aufmerksam und unterhaltsam. Er war genau das, was ich brauchte oder zumindest zu brauchen glaubte. Er erzählte mir, dass er sein eigenes Tech-Unternehmen habe und überall auf der Welt leben und arbeiten könne und sich für Korfu entschieden habe. Das stimmte nicht, doch wenn einem jemand etwas erzählt, geht man nicht automatisch davon aus, dass er lügt, oder? Man überprüft nicht alles, was man hört. Oder vielleicht tut ihr das. Mit Social Media und Dating-Apps, in denen jeder der Welt eine falsche Fassade zeigt, ist das heute vielleicht anders. Wer sagt, was real ist und was nicht? Vielleicht zweifelt ihr alles an, was die Leute euch erzählen, aber ich tat das nicht. Ich glaubte, dass er das war, was er zu sein behauptete. Dass er der war, der er zu sein behauptete.«

Andrew griff nach ihrer Hand. »Du musst das nicht noch einmal durchleben. Ich kann ihnen den Rest erzählen.«

»Nein. Ich muss das tun.« Doch die Art, wie sie sich an seine Hand klammerte, zeigte, welche Qualen sie litt. »Ich glaubte alles, was er mir erzählte, weil ich gar nicht auf die Idee kam, es nicht zu tun. Ich hielt mich für weltgewandt und klug, doch ich war nichts davon. Rob Dunn war ein begabter Betrüger. Ein Manipulator und Meister der Verstellung, der einen Charakter besser spielte, als ich je einen schreiben könnte. Unter anderen Umständen hätte ich seine Kreativität vielleicht bewundert. Er wusste genau, was ich brauchte, und er gab es mir. Er hatte meine Bücher gelesen. Sie regelrecht studiert. Er wusste, wie sich romantische Helden verhielten, und seine Rolle entsprechend aufgebaut. Er köderte mich und fing mich ein wie einen Fisch mit der Angel. Nichts war zu beschwerlich. Er hörte mir zu. Kaufte mir wohlüberlegte Geschenke. Brachte mich zum Lachen. Er behandelte mich, als wäre ich der wichtigste Mensch auf der Welt.«

Cassie saß da, ohne sich zu bewegen. Sie spürte die nahende Dunkelheit. Sie lauerte zwischen den Worten ihrer Mutter, eine unsichtbare Bedrohung. Es war, als blicke man einem Hurrikan ins Auge.

Sie fühlte sich wie außerhalb der Realität, als würde sie dieses Schauspiel aus der Distanz betrachten.

Das Essen stand vor ihnen und war vergessen.

»Ich wurde schwanger«, sagte ihre Mutter. »Wir waren erst zwei Monate zusammen. Ich erwartete, dass er entsetzt wäre, doch er war begeistert. Damals hielt ich das für eine weitere Demonstration seiner Liebe und der wundervollen Romanze, die wir erlebten.«

»Kontrolle«, sagte Adeline sanft. »Er sah es als weiteres Mittel, dich zu kontrollieren.«

»Ja, auch wenn ich traurigerweise nicht deine Weitsicht hatte. Ich brauchte eine Zeit, um es zu sehen. Ich schätze, ich war liebestrunken.« Sie warf Andrew einen beschämten und entschuldigenden Blick zu. »Er war charmant und aufmerksam. Und dann kam Cassie zur Welt, und alles änderte sich.«

»Weil er dich teilen musste«, sagte Adeline, und Catherine lächelte matt.

»Wenn ich gewusst hätte, was du weißt, hätte ich mich vielleicht niemals in dieser Situation wiedergefunden. Doch in den Wochen nach Cassies Geburt erkannte ich es endlich.«

»Aber das ergibt keinen Sinn.« In Cassies Kopf wirbelte alles durcheinander. »Du hattest immer Adeline. Es wart nie nur ihr beide. Er musste dich immer teilen.«

»Adeline war älter. Und du warst immer ein sehr ruhiges, nachdenkliches, eigenständiges Kind.« Catherine blickte mit müdem Lächeln zu Adeline. »Du hast gern gelesen und gemalt, und manchmal hast du einfach nur dagesessen und nachgedacht. Ich glaube, Rob hat dich in dieser ersten Zeit kaum bemerkt. Aber dann wurde Cassie geboren, und alles änderte sich. Babys brauchen viel Aufmerksamkeit.« Sie blickte zu Cassie. »Du hattest in diesen frühen Monaten schreckliche Koliken und hast viel geschrien. Damals sah ich, wie er sich veränderte. Oder besser gesagt: Ich sah, wer er wirklich war.«

Andrew schüttelte den Kopf, auch wenn er die Geschichte nicht zum ersten Mal hören konnte. »Ich wünschte, du hättest es mir gesagt. Gleich am Anfang, als du es erkanntest.«

»Wie?« Catherines Stimme war kaum mehr als ein Flüstern. »Die Tinte war noch nicht trocken auf unseren Scheidungspapieren. Du warst sauer auf mich, weil du gehofft hattest, wir könnten uns versöhnen, und vielleicht hätten wir das auch gekonnt. Wer weiß?« Sie sah ihn gequält an. »Ich konnte es dir nicht sagen.

Ich war zu stolz. Ich hatte einen großen Fehler gemacht, und ich glaubte, ich müsse ihn ausbaden. Ich sah keine Möglichkeit, ihn ungeschehen zu machen. Und ich wusste zu diesem Zeitpunkt nicht, wie schlimm es noch werden würde.«

»Ich wünschte, ich hätte es gewusst.« Adeline war blass geworden. »Ich hätte geholfen.«

»Du hast geholfen. Du warst der Grund, dass wir diese ersten Jahre überstanden. Du hast deine kleine Schwester vergöttert und fast deine ganze Freizeit mit ihr verbracht, sodass ich arbeiten und Rob die Aufmerksamkeit geben konnte, die er brauchte. Doch manchmal lief es schief.«

Adeline zog ihren Arm von Cassie weg. Sie setzte sich auf, die Augen weit geöffnet. »Das eine Mal, als du dir den Arm gebrochen hattest ...«

»Er brach ihn«, sagte Catherine. »Mein Verlag bat mich, auf Buchtour zu gehen, um mein zwanzigstes Buch zu promoten – *Vergessene Wünsche*. Rob wollte nicht, dass ich fuhr. *Finde einen Vorwand*, sagte er. *Sag ab.* Ich versuchte zu erklären, dass es ein Teil meiner Arbeit sei. Er sagte, mit gebrochenem Handgelenk könne ich keine Bücher signieren.«

Adeline war entsetzt. »Warum habe ich es nicht geahnt?«

»Wie solltest du? Du warst ein Kind. Und auch wenn die Scheidung dein Sicherheitsgefühl erschüttert hatte, hattest du keinen Grund, an dem zu zweifeln, was wir dir erzählten. Du hattest keine Gewalt erlebt.« Sie hielt inne, um durchzuatmen. »Und ich wollte auch nicht, dass du das tust.«

»Er ließ uns nicht ins Zimmer.« Adeline runzelte die Stirn, während sie sich zurückerinnerte. »Er sagte uns, du bräuchtest Ruhe. Ich dachte, er wäre fürsorglich.«

»Uns?« Cassie drehte sich zu ihrer Schwester.

»Ja. Du warst auch dabei«, erwiderte Adeline. »Du warst klein. Du wolltest zu deiner Mum. Du hast gequengelt, daran erinnere ich mich. Du wolltest zu ihr, und ich fragte ihn, ob wir unsere

Mutter nicht für eine Minute sehen dürften. Er sagte, ich solle nicht nur an mich denken. Dass du Ruhe bräuchtest.« Sie schluckte. »Er hat uns von dir ferngehalten.«

»Er wollte nicht, dass ihr mich so seht«, sagte Catherine. »Vielleicht hatte er Angst, ich könnte euch etwas sagen. Ich war erleichtert, dass ihr wegbliebt. Er hat mir Angst eingejagt.«

Cassie spürte die Worte tief in ihrem Bauch. Angst eingejagt? Es war ihr Vater, über den sie hier sprachen. Nicht irgendein Fremder. Nicht eine von diesen Geschichten, die man in den Medien las. *Ihr Dad.*

Alles andere als ein Held. Nicht die Liebe des Lebens für ihre Mutter. Nicht der Eine.

Sie hörte Adeline scharf einatmen.

»Die Vase ...«

»Du erinnerst dich daran?« Catherine hielt sich an der Tischkante fest, ihre Fingerknöchel waren weiß. »Ja, er hat sie nach mir geworfen, als ich ihm sagte, dass ich nach New York fliegen sollte, um meine Agentin und den Verlag zu treffen. Er sagte, wenn ich es täte, würde er dich und Cassie mitnehmen, und ich würde euch nie wiedersehen. Hätte er es getan? Ich weiß es nicht. Und ich bemühte mich sehr, euch vor dem zu beschützen, was da geschah.«

Cassie spürte ein Rauschen in ihren Ohren. Sie konnte das, was sie hörte, nicht mit dem echten Leben in Verbindung bringen. Sie konnte es nicht mit ihrem Vater in Verbindung bringen.

»Damals wusste ich nicht, was ich tun sollte«, fuhr ihre Mutter fort. »Ich wusste, dass es nur eine Frage der Zeit war, bis er mich ernsthaft verletzte. Ich hatte Angst um euch Mädchen und vor dem, was er euch antun würde. Was mit euch geschehen würde, wenn ich einen Unfall hätte. Ich schluckte meinen Stolz hinunter. Ich rief Andrew an und bat ihn, Adeline zu nehmen. So musste ich mir um ein Kind weniger Gedanken machen.« Sie griff nach Andrews Hand und murmelte etwas, was Cassie nicht verstand.

Vielleicht lag es daran, dass in ihrem Kopf noch andere Worte nachhallten.

Wenn ich einen Unfall hätte?

Hatte ihre Mutter Angst um ihr Leben gehabt?

»Du hast mich fortgeschickt, um mich zu schützen?« Adelines Stimme war kaum hörbar. »Nicht als Strafe. Nicht, weil du mich satthattest oder mich nicht genug liebtest, sondern um mich zu schützen?«

»Ja. Es war das Härteste, was ich je tun musste, denn mir war klar, dass du mich dafür hassen würdest. Du hast deine Schwester vergöttert, und sie vergötterte dich. Aber ich sah keine Alternative. Und ich konnte dir nicht die Wahrheit sagen, also habe ich nur gesagt, dass dein Vater und ich beschlossen hätten, dass du bei ihm lebst.«

Adeline atmete flach. »Ich dachte, ich wäre im Weg, würde in deinem neuen Leben stören. Ich dachte, du wolltest mich kein Teil der Familie sein lassen.«

»Nein.« Catherine schüttelte den Kopf, überwältigt von Emotionen. »Dich fortzuschicken hat mich fast umgebracht. Aber ich sah keine andere Möglichkeit. Manchmal erfordert Liebe ein scheinbar unmögliches Opfer. Es schien das einzig Richtige zu sein, auch wenn ich das seitdem eine Million Mal angezweifelt habe. Wir waren uns sehr nah, du und ich, und ich habe dein Vertrauen in die Liebe erschüttert. Und in mich. Und ich konnte diesen Graben, den ich zwischen uns geschaffen habe, nie überbrücken. Abgesehen davon, dass ich mich überhaupt mit Rob Dunn eingelassen habe, gehört das zu den Dingen, die ich am meisten bereue in meinem Leben.«

Adeline wirkte angespannt. »Ich wusste das alles nicht.«

»Und ich konnte es dir nicht sagen, ohne Cassie die Wahrheit zu offenbaren, und das konnte ich nicht. Du hattest eine enge Beziehung zu deinem Vater, doch sie hatte keinen Vater. Nur eine Erinnerung, die ich geschaffen habe.« Catherine sah Cassie an. »Als du älter wurdest, dachte ich gelegentlich daran, dir die Wahrheit zu sagen, aber ich habe es nicht über mich gebracht. Du warst so fröhlich und optimistisch. Du hattest solches Vertrauen in die Menschen, und das wollte ich dir nicht wegnehmen. Und wozu auch? Rob war tot.«

Cassie saß bewegungslos da.

Sie hatte sich immer glücklich geschätzt, dass sie solch ein enges Verhältnis zu ihrer Mutter hatte. Ihre Freundinnen hatten sie beneidet. *Deine Mutter ist so cool.* Und wenn sie stöhnten und darüber schimpften, wie ihre Mütter, angefangen von ihrem Haar bis zum Zustand ihrer Zimmer, an allem rumnörgelten und dass sie niemals zuhörten, schwieg sie dazu, weil ihre Mutter immer zuhörte. Als sie überlegte, für welche Colleges sie sich bewerben sollte, hatte ihre Mutter ihr geholfen, eine Wahl zu treffen. Und als sie zugegeben hatte, dass sie nicht wusste, welchen Karriereweg sie einschlagen sollte (weil sie ihre schriftstellerischen Ambitionen nicht erwähnen wollte), hatte ihre Mutter sie nicht in eine bestimmte Richtung gedrängt, sondern einfach gesagt: *Nimm dir die Zeit, die du brauchst.* Vielleicht hatte sie nur einen Elternteil, doch sie hatte den besten. Das hatte sie jedenfalls geglaubt.

Es war schwer zu begreifen, dass ihre Mutter sie ihr ganzes Leben angelogen hatte. Dass ihre Vergangenheit genauso eine Fiktion war wie einer der Romane ihrer Mutter.

Vor ihrem inneren Auge sah sie ihr Leben als Buch mit herausgerissenen Seiten. Ein Teil davon war einfach falsch. Es war, als würde eine Lektorin sagen: *Dieses Kapitel müssen Sie streichen.*

Es stimmte, dass sie ihr Vertrauen nicht verloren hatte. Sie war niemals von einem Mann betrogen worden, und ihre Freunde waren eine eng verbundene Gruppe. Sie konnten gelegentlich nervig sein, aber niemals toxisch. Sicher, einige Menschen waren komplizierter als andere, doch das machte sie interessant. Ihr Leben war bis zu diesem Zeitpunkt einfach gewesen. Sie wusste das und war immer dankbar dafür gewesen. Doch das bedeutete nicht, dass sie naiv war. Sie wusste, dass das Leben hart sein konnte. Sie war davon ausgegangen, dass es auch für sie eines Tages hart sein würde. Dass der Wind sich drehte. Hochs und Tiefs. So lief es eben. Wenn man Glück hatte, erlebte man mehr Hochs als Tiefs.

Doch nie wäre ihr der Gedanke gekommen, dass ihr Leben einfach gewesen war, weil man die schlechten Dinge von ihr ferngehalten hatte. Es war zwar richtig, dass sie durch ihr Nichtwissen nicht wie Adeline das Vertrauen in die Menschen verloren hatte, doch wie viel schwerer wog es, das Vertrauen in die eigene Mutter zu verlieren? Worüber hatte sie noch gelogen?

»Du hättest es mir sagen können«, sagte sie. »Du hättest ehrlich sein können. Du hättest mir die Wahrheit erzählen können, und ich hätte sie verkraftet.« Stimmte das? Sie wusste es nicht, aber sie hoffte es. Im Allgemeinen wurden die Menschen fertig mit dem, was ihnen das Leben vorsetzte. Wenn man sie vorher gefragt hätte, hätten sie vielleicht gesagt: *Das kann ich nicht verkraften.* Aber was bedeutete »verkraften« anderes, als jeden Morgen aufzustehen und weiterzumachen?

Glaubte ihre Mutter nicht, dass sie das geschafft hätte?

»Vielleicht hättest du es verkraften können oder vielleicht hätte ich es immer bereut, dir etwas zu erzählen, das du nicht wissen musstest. Wenn so etwas erst mal ausgesprochen ist, kann man es nicht ungeschehen machen.« Ihre Mutter klang müde. »Oder vielleicht glaubte ich, dass ich mit Robs Tod die Vergangenheit auslöschen könnte. Vielleicht tat ich es auch für mich, damit du keine Fragen stellst, die ich nicht beantworten wollte. Ich wollte das hinter mir lassen. Wenn ich dich und auch mich selbst belog, konnte ich so tun, als wäre es nie geschehen.«

Indem sie das Buch geschrieben und dafür das als Inspiration genommen hatte, was sie für die glückliche Beziehung ihrer Eltern hielt, hatte sie ihre Mutter gezwungen, wieder in jene Zeit zurückzukehren.

»Wenn mein Buch nicht gewesen wäre – hättest du es mir je erzählt?«

Es dauerte einen Augenblick, bis ihre Mutter antwortete.

»Vermutlich nicht.«

Und sie wäre durchs Leben gegangen, ohne die Wahrheit zu kennen. Vielleicht wäre das sogar besser gewesen, denn die Wahrheit war schwer auszuhalten.

»Du sagtest, ich wäre ihm nicht ähnlich. War das auch eine Lüge?«

»Das war keine Lüge. Du bist ihm nicht ähnlich, weder äußerlich noch im Charakter.«

Fragen über Fragen tauchten in ihrem Kopf auf. »Was passierte, nachdem Adeline fort war?«

»Es ging abwärts. Du hast sie vermisst.« Ihre Mutter sah sie noch immer an. »Du wurdest anhänglich, und Rob wurde immer ungeduldiger. Ich konnte dich nicht allein lassen mit ihm, also sagte ich all meine Verpflichtungen ab. Wenn ich die Villa wegen irgendwas verlassen musste, nahm Maria dich mit.«

Cassie fühlte sich wie innerlich taub.

Wie oft hatte sie die Liebesgeschichte ihrer Eltern erzählt? Sie verkörperte alles, was sie über Liebe und Beziehung zu wissen glaubte. Sie hatte sich eine Liebe wie die ihre gewünscht, hatte sie darum beneidet. Und nun sagte ihre Mutter, dass nichts davon real war.

»Wie oft hat er dich geschlagen?« Ihre Lippen waren so steif, dass sie die Frage kaum herausbrachte.

»Manchmal schafften wir es monatelang ohne einen Vorfall, und ich dachte, dass er es vielleicht ernst gemeint hätte, als er sagte, er würde es nie wieder tun. Und dann brachte ihn irgendwas in Rage. Es sei mein Fehler, sagte er. Es war immer mein Fehler und so raffiniert begründet, dass ich ihm glaubte. Und jedes Mal war es ein bisschen schlimmer. Es schien zu eskalieren.«

»Warum hast du ihn nicht verlassen?«

Eine lange, angespannte Pause entstand.

»Wegen dir.« Die Stimme ihrer Mutter war kaum zu hören. »Er

drohte, dich mir wegzunehmen, und ich hatte Angst, dass er dich verletzen würde.«

Cassie zog sich das Herz zusammen. Die Qual ihrer Mutter war offensichtlich.

»Sein Tod …« Sie hatte fast Angst zu fragen. »Ist es so passiert, wie du es erzählt hast?«

»Er fiel die Treppen hinunter. Wir waren am Abend aus gewesen, und er hatte zu viel getrunken. Ich hatte meine Schuhe oben an der Treppe gelassen, und er stolperte darüber.« Ihre Mutter sah ihr ins Gesicht. »Das sind die Fakten. Sie stehen im Polizeibericht.«

Was hatte sie erwartet? Noch ein Geständnis? *Dein Vater ist nicht so gestorben, wie ich es dir erzählt habe.* Sie stellte Dinge infrage, die sie nicht infrage stellen sollte.

»Du musst erleichtert gewesen sein.«

Catherine zögerte. »Es war eine schreckliche Zeit, aber ja, ein Teil von mir war erleichtert. Macht mich das zu einem schlechten Menschen? Vielleicht tut es das. Ich weiß es nicht. Ich dachte immer, dass ich eine zweite Chance bekommen hatte und dass er uns nicht länger wehtun konnte.« Ihre Mutter lächelte schwach. »Aber er tut uns jetzt weh, nicht wahr? Seit fast zwanzig Jahren ist er tot, doch er hat noch immer die Macht, uns zu verletzen. Vielleicht hätte ich es dir sagen sollen, aber ich habe nicht eingesehen, warum du das alles jemals erfahren solltest. Deine ersten Jahre waren überschattet, aber du hast dich nicht daran erinnert. Ich hatte die Gelegenheit, das Schlechte für dich fortzuwischen, und das war mir das Wichtigste. Ich habe das Talent, gute Geschichten zu erzählen, warum sollte ich es also nicht auf diese Weise nutzen? Warum solltest du wegen meiner schlechten Entscheidung leiden? Aber leider hatte ich nicht vorhergesehen, dass es einen Zeitpunkt geben könnte, an dem ich gezwungen sein könnte, es dir zu sagen.« Erschöpft ließ sie sich in ihrem Stuhl zurückfallen. »Vielleicht war es ein Fehler. Vielleicht hätte ich dir die Wahrheit sagen sollen. Mutter zu sein bedeutet manchmal, unmögliche

Entscheidungen zu treffen. Du tust, was du für das Beste hältst, doch das, was für den einen das Beste ist, ist für den anderen das Schlechteste. Du bist sicher verstört. Und wütend auf mich. Ich kann es dir nicht verdenken.«

Verstört, ja. Wütend? Vielleicht ein bisschen. Definitiv verletzt.

Cassie fuhr sich mit den Fingern über die Stirn.

Sie konnte nicht denken. Konnte es nicht verarbeiten. Ihr ganzes Leben hatte sie auf eine Beziehung wie die ihrer Eltern gewartet. Doch die hatte nie existiert.

»Ich brauche ein bisschen Zeit für mich.« Sie stand wackelig auf, wobei sie den Stuhl umwarf. Ihre Mutter erhob sich halb.

»Liebling …«

»Ich bin okay, wirklich.« Sie griff nach ihrem Handy auf dem Tisch und stieß dabei ihr Glas um. Sie stellte es auf und warf eine Serviette auf die Champagnerpfütze. »Das ist viel zu verdauen. Es geht mir gut. Kommt mir nicht hinterher. Ich bin sicher, dass Adeline auch Fragen hat, sodass ihr noch ein bisschen länger reden könnt.« Sie setzte ein Lächeln auf, von dem sie hoffte, dass es die anderen davon abhielt, ihr zu folgen, und verließ eilig die Terrasse.

Ihr Kopf pochte. Sie fühlte sich merkwürdig abgeschnitten von allem. All diese Jahre hatte sie allen Menschen erzählt, dass ihre Eltern die perfekte Beziehung gehabt hätten. Was ihre Mutter am Anfang ja auch tatsächlich geglaubt hatte. Wie konnte man es also jemals wissen? Wie konnte man es überhaupt wissen?

Sie hatte den Verlust ihres Vaters betrauert, doch der Mann aus ihrer Vorstellung hatte nie existiert. Er war ein fiktionaler Charakter und sonst nichts.

Nun hatte sie ein anderes Bild in ihrem Kopf. Ein Bild von dem wutverzerrten Gesicht ihres Vaters, der eine Vase nach ihrer Mutter warf. *Der ihr das Handgelenk brach.*

Sie presste die Finger gegen die Schläfen, als könne sie so das schreckliche Bild löschen.

Als sie das Gästehaus erreicht hatte, zog sie ihre Schuhe aus.

Die Kacheln im Patio waren noch warm unter ihren Füßen, und die Stille des Abends wurde nur unterbrochen von dem fernen Rauschen der Brandung und dem rhythmischen Zirpen der Zikaden. Sie ließ sich auf eine der Liegen fallen und spürte die drückende Hitze. Ihre Notizen vom Meeting mit ihrer Agentin und dem Verlag lagen noch da. Ohne sie anzusehen, stieß sie sie zu Boden. Wenn sie das blöde Buch nicht geschrieben hätte, hätte sie jetzt nicht das Gefühl, dass ihr ganzes Leben eine einzige Lüge war. Und ihre Mutter würde jetzt nicht weinend auf der Terrasse sitzen.

Wie konnten an einem einzigen Tag solche Hochs und Tiefs geschehen?

Sie war durcheinander, verwirrt und unendlich traurig. Und sie tat, was sie immer tat, wenn es ihr schlecht ging.

Sie rief Oliver an.

Er meldete sich sofort.

»Hey, Cass. Ich habe deine Nachricht wegen des Buchvertrags bekommen. Glückwunsch! Ich hoffe, du hast gerade ein Glas Champagner in der Hand.«

Seine Stimme zu hören ließ sie den letzten Rest von Kontrolle verlieren.

Tränen rannen ihr über die sonnenverbrannten Wangen. Große, dicke Tränen. »Nicht wirklich. Bist du beschäftigt? Du hast nicht gerade ein Date, oder?« Bei dem Gedanken daran zog sich ihr Magen zusammen. Sie stellte sich den Tag vor, an dem sie anrief und irgendein lachendes Mädchen sich meldete und sagte: *Hallo, Cassie, Oliver ruft dich zurück, sobald er Zeit hat.* Im Hintergrund würde sie Kichern hören und wissen, dass er irgendwann zurückrief, aber wahrscheinlich erst Tage später, weil sie nicht länger der wichtigste Mensch in seinem Leben war.

Warum konnte ihr bester Freund keine Frau sein? Es hätte die Dinge so viel einfacher gemacht.

»Ich bin hier«, sagte er. »Zu Hause. Was ist los? Ist es deine Schwester?«

»Nein. Sie ist toll.« Wo sollte sie anfangen? »Es ist ein bisschen kompliziert hier. Und ich fühle mich …« Ihre Stimme brach, und sie fing wieder an zu weinen.

»Cassie? Cass?« Olivers Stimme drang aus dem Handy, eindringlich und betroffen. »Erzähl mir, was passiert ist.«

»Es ist alles wegen meines blöden – Buches …« Sie brachte die Worte stockend heraus, konnte den Satz aber nicht beenden.

»Dein Buch? Du sagtest, dass sie es lieben. Haben sie beim Verlag ihre Meinung geändert? Dürfen sie das?«

»Sie haben ihre Meinung nicht geändert.«

»Was ist dann los?«

Sie fuhr sich mit der Hand über das Gesicht und versuchte sich zusammenzureißen. »Ich habe meiner Mutter davon erzählt.«

»Gut. Ich dränge dich seit Ewigkeiten, es ihr zu sagen. Ich wette, sie ist stolz. Gefällt ihr die Widmung?«

Bei dem Gedanken an die Widmung musste sie noch stärker weinen.

»Nein.«

»Cassie …« Olivers Stimme war fest und bestimmt. »Atme tief durch. Was auch immer passiert ist, wir werden das gemeinsam lösen. Erzähl es mir langsam. Und erzähl mir alles.«

Es wurde ein abgehacktes, von Schluchzern unterbrochenes Gespräch, bei dem er sie mehrere Male stoppen und bitten musste, etwas zu wiederholen. Doch sie kämpfte sich durch und berichtete, was ihre Mutter ihr erzählt hatte.

Als sie fertig war, schwieg Oliver einen Moment.

»Ich weiß nicht, was ich sagen soll. Das muss schwer gewesen sein, das zu erfahren«, sagte er. »Wie geht es dir? Was fühlst du?«

»Ich weiß nicht«, hickste sie. »Ich bin wütend, dass sie es mir nicht eher erzählt hat, aber ein Teil von mir wünschte, sie hätte es mir nie erzählt, weil ich diese wunderbaren Illusionen hatte. Ich weiß jetzt, dass sie tatsächlich nur Illusionen waren, aber ich war glücklich und fand mein Leben großartig, und jetzt …«

»Dein Leben ist das gleiche, Cass«, sagte Oliver sanft. »Das hat sich nicht verändert. Wer auch immer dein Vater war, was auch immer er getan hat, ändert nichts daran, wer du bist. Du hast noch immer die gleichen guten Menschen in deinem Leben, die dich lieben. Deine Mutter liebt dich immer noch. Das muss auch für sie sehr schwer gewesen sein. Ich schätze, sie wollte dich beschützen.«

»Ja.«

»Ich beneide sie nicht. Es dir zu sagen oder es dir nicht zu sagen – ich hätte diese Entscheidung nicht treffen wollen.«

»Ich weiß.« Sie begriff, dass sie nicht genug berücksichtigt hatte, wie schwer es für ihre Mutter gewesen sein musste und in was für einem Dilemma sie sich befunden hatte. »Ich denke, sie war vor allem aufs Überleben konzentriert.« Immer wenn sie sich ihre Eltern miteinander vorgestellt hatte, waren sie voller Liebe füreinander gewesen. Umschlungen in einer Umarmung. Sie hatte sich sanfte Berührungen ausgemalt. Freundliche Worte. Aber diese Bilder wurden nun durch andere ersetzt. Ein Schlag, der traf. Worte, die verletzten. Und Angst.

Wie wäre sie damit umgegangen?

Sie begriff, was für ein sicheres, behütetes Leben sie bis heute geführt hatte.

»Ich fühle mich, als würde ich eine Lüge leben, als ob meine ganze Lebensgeschichte gerade umgeschrieben wurde.« Sie schniefte. »Und die frühere Version gefiel mir besser.«

»Das kann ich mir vorstellen. Was ist mit deiner Schwester? Ich schätze, ihre Lebensgeschichte wurde auch gerade umgeschrieben. Sie muss wegen der ganzen Sache auch in Aufruhr sein. Hast du mit ihr gesprochen?«

»Noch nicht. Nicht allein. Ich wollte …« Sie schluckte. »Ich wollte mit dir reden. Ich brauchte …«

Was genau hatte sie gebraucht? Sie hatte ihn gebraucht, so war es.

»Du wolltest es mit jemandem besprechen, der nicht direkt beteiligt ist.« Seine Stimme veränderte sich, und sie wusste, dass er es sich gemütlich gemacht hatte. Sie sah ihn vor sich, wie er auf dem übergroßen Sofa im Wohnzimmer fläzte. Vermutlich trug er sein Lieblingssweatshirt und seine alten Jeans, die an den richtigen Stellen eng saß. Sie mochte es, wie er in diesen Jeans aussah. Attraktiv, aber auf eine entspannte, nicht zu bemühte Art und Weise.

Sie runzelte die Stirn. Attraktiv? Okay, das war merkwürdig, so über ihn zu denken. Oder vielleicht nicht. Sie erkannte, wenn ihre Freundinnen gut aussahen, warum also nicht bei Oliver?

Seine Stimme drang wieder aus dem Handy. »Willst du wissen, was ich denke?«

»Ja. Deshalb rufe ich an. Du bist der Ruhige, Vernünftige in dieser Freundschaft. Ich bin die Drama-Queen.«

Ausnahmsweise lachte er nicht. »Du bist keine Drama-Queen, Cass. Du versteckst nur deine Gefühle nicht, und ich mag das.«

Sie schniefte. »Wirklich?«

»Ja. Das macht es leicht, dich zu verstehen. Und ich denke, dass du dir die Zeit nehmen solltest, diese Sache zu verdauen, und nicht sofort versuchst, sie zu lösen. Du hattest einen Schock. Das musst du wirken lassen. Ihr alle müsst euch neu ausrichten. Es muss erschütternd gewesen sein für deine Mutter, euch das alles zu erzählen und wieder aufzuwühlen. Sprich mit ihr. Und sprich mit deiner Schwester.«

Das war ein guter Rat.

»Ich werde mein Buch zurückziehen müssen.« Angesichts der größeren Problemlage fühlte sie sich schuldig, überhaupt darüber zu klagen, doch es beschäftigte sie. Sie war so stolz gewesen auf die Geschichte und hatte sich so gefreut auf das, was vor ihr lag.

»Ich glaube nicht, dass du im Moment irgendwas tun solltest«, sagte Oliver. »Ich glaube, du solltest ein paar Tage Pause machen. Lass sich das alles setzen, Cass.«

»Ja. Du hast recht. Und danke. Du bist der Beste. Ich liebe dich.«

Sie schlug die Hand vor den Mund. Liebe dich. *Liebe dich?* Woher war das gekommen? Hatte sie das gerade wirklich gesagt? Und meinte sie es überhaupt?

Verblüfft ließ sie die Hand sinken.

Ja, das tat sie. Sie liebte Oliver.

Nicht als Freund. Als so viel mehr.

Sie atmete flach und unregelmäßig. Jahrelang hatte sie auf eine Liebe wie die ihrer Eltern gewartet, und die ganze Zeit war die Liebe vor ihrer Nase gewesen, und sie hatte sie nicht erkannt. Sie hatte etwas anderes erwartet. Etwas anderes gesucht. Und die wahre Liebe verpasst.

Oliver.

Sie dachte daran, wie er sie zum Lachen brachte und wie er abends aufblieb, um zu hören, wie es ihr ging, selbst wenn er am nächsten Morgen früh aufstehen musste.

Und dann dachte sie daran, wie ihr Leben aussehen würde, wenn sie ein kleines Apartment für sich fand, wie ihre Mutter es vorgeschlagen hatte. Keine langen faulen Abende mehr, die sie im Garten mit einer Flasche Wein verbrachten, umgeben von dem süßen Duft des Grases und dem Summen der Bienen. Kein Aufwachen mehr am Morgen mit einem Tee an ihrem Bett, den er ihr hingestellt hatte, bevor er zur Arbeit ging. Keine Diskussion, wer mit Kochen dran war und wer aussuchen durfte, was sie im Fernsehen sahen.

Ein Leben ohne Oliver wäre wie eine Pizza ohne Käse. Ein Swimmingpool ohne Wasser. Es würde sich immer anfühlen, als fehle etwas Wichtiges.

Sie spürte, wie es in ihrem Hirn summte und in ihrer Brust etwas anschwoll, und dann explodierte etwas in ihr, das Panik hätte sein können.

Sie hatte immer gedacht, es wäre Freundschaft. Doch jetzt wusste sie, dass es so viel mehr war als das. Es war Liebe.

Und weil sie so beschäftigt mit ihrer überraschenden Entdeckung war, bemerkte sie erst nach einer Weile, dass er still war.

»Ich meinte natürlich, dass ich dich als Freund liebe.« Sie krächzte die Worte und versuchte zu lachen in der Hoffnung, dass sie nicht alles ruiniert hatte. Erleichtert hörte sie ihn antworten.

»Klar.« Seine Stimme klang fremd. »Ich weiß, was du meinst.«

Sie hatte ihn verschreckt. Und das überraschte nicht. Sie war selbst verschreckt.

Oliver. Die ganze Zeit.

Er räusperte sich. »Soll ich kommen, Cass? Ich kann mich in einen Flieger setzen, wenn du mich brauchst.«

Ein Gefühl von Wärme durchströmte sie. Sie brauchte ihn dringend, und er bot an, zu ihr zu kommen, also warum nicht?

Sie wollte gerade sagen: *Ja, ich brauche dich,* als sie im Hintergrund ein Geräusch hörte.

»Ist jemand bei dir? Hast du Gesellschaft?«

Eine Pause entstand. »Suzy«, sagte er. »Suzy kam rüber.«

Suzy. Suzy mit dem Haar wie Seide und den perfekten Zähnen.

Wenn ihr Herz vorher schon einen Knacks gehabt hatte, war es jetzt gebrochen.

Was sollte sie tun? Was würde passieren, wenn sie wieder zu Hause war? Sie und Oliver teilten sich ein Haus. Sie aßen zusammen, gingen zusammen aus. Er wäre mit Suzy zusammen und sie müsste lächeln, wenn sie Suzy morgens im Badezimmer begegnete, und ihr fröhlich einen guten Morgen wünschen. Und sie dürfte sich nicht daran stören, wenn ihre knappe Unterwäsche auf der Wäscheleine im Garten hing.

»Cass?« Olivers Stimme drang aus dem Handy. »Bist du noch da?«

»Ja.« Ihre Stimme war ein Krächzen. »Ich bin noch da.«

»Du klingst merkwürdig. Hast du eine Biene verschluckt?«

»Nein.«

»Hast du angefangen, fünfzig Zigaretten am Tag zu rauchen?«

»Auch nein.«

»Warum klingst du dann, als hättest du dir gerade bei einem Stadionkonzert die Lunge aus dem Hals gebrüllt?«

Sie hatte geglaubt, so viel über Liebe zu wissen, doch sie hatte nie gewusst, dass sie so wehtun konnte. Beinahe wäre sie mit etwas herausgeplatzt, weil ihre Gefühle stärker waren als ihre Würde und ihre Selbstkontrolle. Aber sie wollte ihn nicht in eine schwierige Lage bringen. Sie wollte nicht, dass es ihm peinlich war und er ihr auf freundliche Art sagen musste, dass sie seine beste Freundin war und immer sein würde, dass er jedoch nicht auf diese Art an sie dachte.

»Zu viel Heulerei«, sagte sie. »Tut mir leid. Ich bin froh, dass Suzy bei dir ist.«

Eine kurze Pause entstand. »Tatsächlich?«

»Ja, natürlich.« Der Gedanke daran brachte sie um, doch sie liebte Oliver. Sie wollte, dass er glücklich war, und wenn das verlangte, dass sie nett zu Suzy war, würde sie nett zu Suzy sein. »Du brauchst nicht zu kommen. Es ist schön, einfach reden zu können, auch wenn ich deinen Abend nicht unterbrechen wollte.«

»Du hast gar nichts unterbrochen. Hältst du mich auf dem Laufenden, wie es dir geht? Ich möchte Updates. Ruf mich an.«

»Sicher. Ich melde mich.« Sie stellte sich vor, wie Suzy sein Handy nahm und auf dem Display sah, wer anrief. *Es ist Cass,* würde sie sagen, und sie würden beide die Augen rollen und überlegen, wie sie sie langsam aus Olivers Leben hinausdrängen konnten.

Sie würde sich nicht melden.

»Cass?« Olivers Ton war schärfer, und sie fragte sich, ob er Gedanken lesen konnte. »Ich bin für dich da, das weißt du, oder?«

»Ja. Es geht mir schon besser, nachdem ich jetzt mit dir gesprochen habe. Ich werde tun, was du sagst, und es sacken lassen. Tschüs.«

Sie beendete das Gespräch so schnell, als wäre er ein Fremder, der ihr Fenster verkaufen wollte, die sie nicht brauchte, oder ihr einen neuen Handy-Vertrag anbot.

Cassie ließ das Handy auf die Liege fallen.

Sie hatte immer gedacht, dass sich Liebe auf eine spezielle Art und Weise zeigte, dass sie sie erkennen würde, wenn sie sie erblickte. Doch jetzt begriff sie, dass Liebe so speziell war wie die jeweilige Person und all das andere, was einen Menschen individuell und einzigartig machte. Das Liebesdesaster des einen Menschen konnte für den anderen sein Lebensglück sein. Warum hatte sie das nicht früher gesehen?

Sie liebte Oliver, und sie hatte es nur deshalb nicht erkannt, weil sie ein festes Bild davon hatte, wie Liebe sein sollte. Doch dieses Bild war eine Fata Morgana gewesen, die jetzt verschwunden war.

Liebe war das, was sie für Oliver empfand.

Sie ließ sich auf die Liege zurückfallen und hatte das Gefühl, als wäre sie um zehn Jahre gealtert. Kam sie sich normalerweise noch eher sehr jung vor, trug sie heute Abend die ganze Last des Erwachsenseins.

Sie hörte Schritte, dann wurde ihr Name gerufen.

»Cass?« Die Dringlichkeit in Adelines Stimme alarmierte sie.

»Was?« Sie saß bereits und griff nach ihren Schuhen, als Adeline atemlos herbeieilte.

»Es ist Mom. Sie ist zusammengebrochen. Brustschmerzen und Atemnot. Sie bringen sie jetzt ins Krankenhaus. Mein Vater begleitet sie im Krankenwagen.«

»Krankenwagen?« Cassie starrte Adeline an. Ihr Hirn arbeitete in Zeitlupe.

»Aber das kann nicht sein. Sie ist super gesund. Sie isst Salat und Meeresfrüchte. Sie schwimmt und macht Yoga.« Sie ignorierte den Umstand, dass jemand dennoch krank werden konnte.

»Dad glaubt, dass es vielleicht am Stress lag. Weil vorhin all die Gefühle von damals und die Gedanken an Rob wieder hochkamen.«

Cassie schlüpfte in die Schuhe, wobei sie sich einen Zeh anstieß. Das war alles ihre Schuld. Sie hatte ihre Mutter gezwungen, sich mit der Vergangenheit auseinanderzusetzen. Sie hatte darauf bestanden, dass ihre Mutter ihr alles erzählte, obwohl es offensichtlich eine traumatische Zeit in ihrem Leben gewesen war.

Und nun wurde sie ins Krankenhaus gefahren. Was, wenn sie starb?

Cassie hätte nicht einmal die Gelegenheit gehabt, ihr zu sagen, dass sie sie liebte. Dass sie sie verstand und an ihrer Stelle vermutlich das Gleiche getan hätte. Stattdessen war sie abweisend und voreingenommen gewesen. Was, wenn es zu spät war und sie nie wieder die Gelegenheit bekam, mit ihr zu sprechen?

Immer wenn man dachte, dass das Leben nicht schlimmer werden konnte, wurde es schlimmer.

21

Adeline

Adeline klammerte sich an den Beifahrersitz und wünschte sich, dass ihre Schwester langsamer fahren würde. Bei dieser Geschwindigkeit würden sie noch als Patienten und nicht als Besucher im Krankenhaus ankommen.

Doch Cassie war in Panik, und zum ersten Mal, seit sie sich erinnern konnte, war Adeline das ebenfalls.

Sie musste ständig an das denken, was ihre Mutter ihnen erzählt hatte. Etwas in ihr rührte sich, und für einen Moment war sie wieder das Kind, das sie gewesen war, bevor ihr Herz verletzt und ihr Vertrauen erschüttert wurde, bevor sie gelernt hatte, sich von ihren Gefühlen fernzuhalten.

Ein Schlagloch sorgte dafür, dass sie abhoben und Adeline sich auf die Zunge biss und den Kopf anschlug.

»Cassie …« Sie fuhr sich mit der Zunge über die Lippen, ob noch alles dran war. »Ich weiß, dass du dir Sorgen machst, aber fahr langsamer.«

Cassies Fingerknöchel am Lenkrad traten weiß hervor. Ihr Blick war auf die Straße gerichtet, die sich vor ihnen entlangschlängelte.

»Tut mir leid. Ich weiß, dass die Straße nicht gut ist, aber sie ist der kürzeste Weg zum Krankenhaus. Ich fahre hier schon mein ganzes Leben, so fühlt es sich zumindest an. Ich könnte mit geschlossenen Augen fahren.«

»Geöffnet wäre mir lieber.« Adeline verkniff sich den Hinweis, dass »mein ganzes Leben« nicht sehr lang war, wenn man erst zweiundzwanzig war.

»Der Krankenwagen kennt diesen Weg vermutlich nicht einmal.«

Oder vielleicht wollen sie ihre Patientin lebend ans Ziel bringen, dachte Adeline.

Es war ein merkwürdiges Gefühl, eine weitere Krise durchzumachen mit einer Schwester, zu der sie seit der Kindheit praktisch keinen Kontakt gehabt hatte. Als wäre das Universum entschlossen, sie mit den schwierigsten Situationen zu konfrontieren. Auf gewisse Weise hatte ihre Schwester noch die gleiche Persönlichkeit wie als Kleinkind. Sie war warmherzig, impulsiv und positiv. Auch wenn von dieser positiven Seite im Moment nicht viel zu sehen war.

Seltsam, wie unterschiedlich Menschen mit Stress umgehen, dachte sie. Cassie zeigte jede Gefühlsregung an der Oberfläche. Sie war der Typ, der in der Achterbahn kreischte und bei traurigen Filmen weinte. Adeline hatte noch nie wegen eines Films geweint oder in der Achterbahn gekreischt.

Sie hatte sich noch nie verliebt.

»Ich habe ihr nicht gesagt, dass ich sie liebe«, sagte Cassie. »Was, wenn wir zu spät sind? Was, wenn ich ihr das niemals mehr sagen kann? Was, wenn ihre letzte Erinnerung die ist, wie ich allein das Dinner verlasse? Ich hätte sie umarmen und sagen sollen, wie leid es mir tut, was sie durchmachen musste. Wie leid es mir tut, dass sie überhaupt die Entscheidung treffen musste, was sie ihren Kindern erzählt.« Cassie trat das Gaspedal durch, und Adelines Kopf schlug gegen die Nackenstütze. Wenn sie jetzt eine Notbremsung machen mussten, würde sie ein Schleudertrauma davontragen.

»Fahr rechts ran, Cass, und beruhige dich. Du bist nicht in der Lage, sicher zu fahren.«

»Bin ich doch. Ich will nur rasch ankommen.« Cassie fuhr sich mit dem Handrücken über die Wangen. »Und ich bin kein ruhiger Mensch, so wie du.«

Adeline fühlte sich alles andere als ruhig, sondern verloren und erschüttert. Sie öffnete den Mund, um etwas zu sagen, ließ es dann aber. Sie würde klarkommen. Schließlich hatte sie gelernt, wie man allein mit den Dingen fertigwurde, was nur gut war, denn ihre Schwester war nicht in der Lage, zusätzlich zu dem eigenen noch ihren Stress zu verkraften. Wenn sie im Krankenhaus ankamen, würde sie sich eine ruhige Ecke suchen, um sich zu sammeln und die Kontrolle wiederzugewinnen. In der Zwischenzeit lag der Fokus auf ihrer Schwester.

»Du wirst ihr das alles sagen können, Cass. Und sie weiß, wie sehr du sie liebst. Ihr zwei wart euch immer nah.« Sie versuchte, etwas Distanz zu dem Problem zu bekommen, und stellte sich vor, jemand hätte ihr wegen dieser Situation geschrieben.

Liebe Ängstliche, es ist immer beunruhigend, wenn wir glauben, wir hätten vielleicht nicht mehr die Gelegenheit, das zu sagen, was wir gern gesagt hätten.

»Woher weißt du, dass sie das weiß? Hat sie was gesagt? Was ist passiert, nachdem ich gegangen bin?«

»Nicht viel. Sie fragte sich, ob sie die falschen Entscheidungen getroffen hat, ob sie eine schlechte Mutter war.«

»Ich habe ihr das Gefühl gegeben. Ich hätte sie niemals zwingen sollen, darüber zu sprechen. Das alles noch einmal zu durchleben. Ich fühle mich schrecklich.«

»Cassie, das ist nicht deine Schuld. Was du gehört hast, war schockierend. Natürlich wolltest du die Wahrheit erfahren. Pass auf, wo du hinfährst!« Adeline deutete in Richtung Straße. »Konzentrier dich. Wenn du uns in den Straßengraben fährst, ist das eindeutig deine Schuld.«

»Ich konzentriere mich. Und es hat dich auch betroffen, aber du hast sie nicht so unter Druck gesetzt wie ich. Und ich habe nicht einmal gefragt, wie es dir damit geht. Sag nicht gut, weil ich weiß, dass das eine Lüge ist und ich mich dann noch mieser fühle, da ich meine Gefühle nicht so unter Kontrolle habe wie du.«

»Es geht mir nicht gut. Und ich habe nie gesagt, dass es leicht wäre.«

Cassie fuhr langsamer und legte kurz eine Hand auf Adelines Knie.

Adeline spürte die Berührung und die Wärme und Liebe hinter der Geste. Ihr Drang, ihre Probleme allein zu lösen, kam ihr plötzlich zweifelhaft vor.

»Tatsächlich bin ich genauso aufgewühlt wie du.« Das Geständnis überwand die Mauern, die sie um sich herum errichtet hatte. »Ich hatte einen klaren Blick auf die Vergangenheit, und das hat sich verändert.«

»Ja. Der Teil ist hart.«

»Für dich härter.« Adeline starrte in die Dunkelheit hinaus, in der nur die Scheinwerfer die Straße beleuchteten. Sie befanden sich jetzt kurz vor der Stadt, in der Ferne glitzerten Lichter. Zivilisation. Das Krankenhaus. Ihre Mutter. »Wie geht es dir damit?«

»Wenn du mich fragst, ob ich mich schon daran gewöhnt habe, dass mein Vater niemals als Vater des Jahres ausgezeichnet worden wäre – nein, sicher nicht. Und ich glaube, das wird auch noch eine Weile dauern. Trotzdem wünschte ich mir, ich hätte mehr Mitgefühl mit ihr gezeigt. Dass ich an sie gedacht hätte statt nur an mich. Ich wünschte, ich hätte ihr gesagt, dass ich sie verstehe. Dass ich sie liebe. Dass es mir leidtut, dass sie all das durchmachen musste. Wie konnte sie einfach zusammenbrechen? Sie war nie krank in ihrem Leben.« Cassies Stimme brach, und Adeline griff nach ihrer Hand und drückte sie kurz.

»Lass uns nicht in Panik verfallen, bis wir Grund dazu haben. Mir tut es auch leid, dass ich mich nie gefragt habe, ob mehr hinter ihrer Geschichte steckte.«

Bedauern, dachte Adeline. Eines der häufigsten Themen in den Briefen, die sie erhielt. Sie fingen alle mit den gleichen Worten an. *Ich wünschte …*

Dinge, die jemand gesagt oder nicht gesagt hatte. Die man getan oder nicht getan hatte. Es war traurig, wie viele Menschen an

Gefühlen und Emotionen festhielten und sie erst losließen, wenn es zu spät war.

Kriegen War es zu spät für sie? Denn sie litt an ihrer eigenen Version von *Ich wünschte.* Das Bedauern schmeckte sauer in ihrem Mund, als hätte sie in eine Zitrone gebissen.

Sie war nie auf die Idee gekommen, dass es einen geheimen Grund hinter dem Verhalten ihrer Mutter geben könnte. Als Kind hatte sie nur die Oberfläche gesehen, und das war vielleicht sogar entschuldbar. Doch was war später, als sie älter wurde? Sie hatte sich erlaubt, das verletzte Kind von damals zu bleiben, und war nie einen Schritt zurückgetreten und hatte die Situation hinterfragt.

Nun, da sie die Einzelheiten kannte, war alles klar.

Die Zeichen der Misshandlung waren da gewesen, doch man hätte nach ihnen suchen müssen, um sie zu sehen, und das hatte sie nicht getan.

»Selbst wenn du gefragt hättest«, sagte Cassie, »hätte sie es dir vermutlich nicht erzählt. Sie wollte nicht darüber sprechen. Wenn mein blödes Buch nicht gewesen wäre und der Umstand, dass ich das Thema in die Öffentlichkeit bringen wollte, hätte sie es niemals tun müssen.«

»Dein Buch ist nicht blöd. Dein Buch ist brillant. Du bist eine sehr talentierte Schriftstellerin.«

Cassie schniefte. »Danke. Das ist jetzt alles Geschichte. Das ist nicht mehr wichtig. Mir ist nur noch wichtig, dass unsere Mutter okay ist. Solange es ihr gut geht, werde ich mich nie wieder über etwas beschweren. Ich bin so froh, dass du hier bist.«

Adeline streckte die Hand aus und drückte sanft das Bein ihrer Schwester. Cassie sah sie an.

»Da gibt es etwas, das ich dir sagen muss. Ich habe dir geschrieben. Also Dr. Swift.«

Adeline lächelte. »Ich weiß.«

»Du wusstest es? Wie?«

»Ich wusste es nicht gleich, aber irgendwas an dem Brief hat mich berührt.« Adeline spürte die Emotionen in sich aufsteigen. »Ich hatte angenommen, du hättest mich vergessen. Du hattest ein ganzes Leben ohne mich. Ich hatte gedacht, dass du mich nicht vermisst.«

Cassie schluckte. »Das beweist, dass du nicht so klug bist, wie du scheinst.«

Sie erreichten das Krankenhaus, parkten den Wagen und eilten hinein. Adeline nahm das Klappern ihrer Absätze auf dem Boden wahr und die leichten Berührungen ihres Kleides, das sie bei jedem Schritt an ihren nackten Beinen kitzelte. Sie bezweifelte, dass jemals jemand unangemessener angezogen gewesen war für einen Krankenhausbesuch, doch es war ihr egal, denn dort stand ihr Vater. Sein Haar stand in alle Richtungen ab, weil er mit der Hand immer wieder durchgefahren war, und seine Augen wirkten müde. Er fuchtelte mit den Armen, während er einer Frau in Uniform langsam und laut Einzelheiten berichtete.

Ein Anflug von Erleichterung huschte über sein Gesicht, als er Adeline und Cassie erblickte. »Sie untersuchen sie jetzt. Sie ließen mich nicht bei ihr bleiben. Sie brauchen ihre Krankengeschichte, aber mein Griechisch reicht dafür nicht.«

Cassie, die fließend Griechisch sprach, übernahm und versorgte das Personal mit den nötigen Informationen. Danach gab es weitere Warterei und noch mehr Selbstanklagen.

»Ich hätte sie die Geschichte nicht erzählen lassen dürfen«, sagte ihr Vater. »Ich hätte es selbst tun müssen, um sie zu schützen.«

Adeline legte ihm die Hand auf den Arm. »Dad …«

»Ich weiß, dass du das nicht verstehst. Du siehst all die Gründe, warum ich nicht mit ihr zusammen sein sollte, aber du siehst nicht die Gründe, warum ich sie liebe. Du glaubst, dass wir beide einen Fehler machen, und wir haben Fehler gemacht, das stimmt – ich habe sie gehen lassen, deine Mutter hat Rob geheiratet und danach diesen nutzlosen Verschwender, der nur an ihr Geld wollte. Aber wir beide? Wir sind kein Fehler. Wir haben uns gerade wiedergefunden, Addy.« Er ließ sich wie ein hilfloses Kind auf einen der Stühle in der Wartezone plumpsen. »Was, wenn ich sie verliere?«

Adeline setzte sich auf den Stuhl neben ihm und legte den Arm um ihn. Sie fühlte sich wund. Ihr Hals war eng vor lauter ungeweinten Tränen. »Lass uns warten und hören, was der Arzt sagt.« Sie versuchte, ruhig und überlegt zu klingen, obwohl sie sich ganz und gar nicht so fühlte.

Ihr Vater starrte auf seine Hände. »Unsere Hochzeit ist in wenigen Tagen.«

»Ich weiß, Dad.«

Die Sorge lastete schwer auf ihr. Es war quälend, den Schmerz ihres Vaters mit anzusehen, und sie erkannte in diesem Moment, dass seine Liebe für ihre Mutter echt war, auch wenn sie das niemals verstehen würde. Doch sie hatte kein Recht, sie anzuzweifeln.

Sie verstand jetzt, dass jede Beziehung eine private Welt war, eine eigene Geschichte, von der ein Außenstehender immer nur einen Ausschnitt zu sehen bekam.

Er vergrub sein Gesicht in den Händen, und sie empfand Mitgefühl und auch Schuld. Im Guten wie im Schlechten – eindeutig betete er ihre Mutter an.

Eine große Uhr an der Wand zeigte, dass fünfzehn Minuten vergangen waren. Es fühlte sich an wie fünfzehn Stunden.

Gab es etwas Quälenderes, als in einem sterilen, unpersönlichen Krankenhausflur auf Neuigkeiten über jemanden, den man liebt, zu warten? Menschen hasteten vorbei, alle mit unterschiedlichen Mienen. Sorge, Zielgerichtetheit, Entschlossenheit. Jedes Mal, wenn jemand Neues auftauchte, hob ihr Vater hoffnungsvoll den Kopf und sank dann wieder in sich zusammen, wenn die Person nicht einmal in seine Richtung sah.

Es fühlte sich seltsam an, in dem fließenden Sommerkleid, das Maya für sie ausgesucht hatte, in diesem seelenlosen Flur zu sitzen. Alle, die vorbeigingen, blickten sie an, und Adeline wünschte, sie hätte sich die Zeit genommen, einen Pullover mitzunehmen oder in Jeans und ein T-Shirt zu schlüpfen. In etwas weniger Festliches. Denn was gab es hier zu feiern?

Die Sorge legte sich wie ein enges Band um ihre Rippen. Es fiel ihr schwer zu atmen. Sie war eine, die immer zurechtkam, doch heute gelang ihr das so gar nicht.

Sie verlagerte ihre Sitzhaltung und spürte das Handy in ihrer Tasche.

Spontan zog sie es heraus und öffnete den Chat mit Stefanos. Sie zögerte, doch ihr Verlangen, mit ihm zu sprechen, war stärker als das Bedürfnis, allein klarzukommen.

Ihre Finger flogen über die Tasten.

Meine Mutter ist zusammengebrochen. Ich bin im Krankenhaus.

Kaum hatte sie die Nachricht abgeschickt, bereute sie es. Warum hatte sie ihm geschrieben? Was erwartete sie von ihm? Sie sollte dies allein durchstehen, so wie sie alles andere allein durchstand.

Sie wollte ihm gerade noch einmal schreiben, dass er ihre Nachricht ignorieren solle, als seine Antwort kam.

Bin auf dem Weg.

Nur vier Worte, doch niemals hatten vier Worte sie so beruhigt.

Er war auf dem Weg. Er kam hierher, zum Krankenhaus.

Der furchtbare Druck auf ihrer Brust ließ nach. Endlich konnte sie wieder atmen.

Sie hätte ihm schreiben können, dass er nicht kommen solle, dass es ihr gut ginge, doch es ging ihr nicht gut und sie konnte seine spezielle Art der Unterstützung gut gebrauchen.

Sie schrieb zurück.

Danke

Stunden schienen vergangen zu sein, als endlich ein Arzt erschien und auf sie zukam.

Andrew stand so schnell auf, dass er schwankte und Adeline ihn festhielt.

»Lass dir Zeit, Dad.«

»Was ist mit ihr? Ist sie …?«

»Es geht ihr gut. Es war eine Panikattacke.« Der Arzt sprach hervorragend Englisch, und Andrew starrte ihn bei jedem Wort an.

»Also nicht ihr Herz?«

»Nein, auch wenn die Symptome überraschend ähnlich sein können. Bei einem Herzinfarkt treten die Schmerzen neben der Brust oft auch in anderen Bereichen auf – dem Kiefer, im Arm, im Hals. Bei einer Panikattacke beschränken sich die Schmerzen normalerweise auf die Brust.«

»Aber ihr Herz schlug so schnell.«

»Das kann als Reaktion auf emotionalen Stress passieren.« Der Doktor hielt inne. »So wie ich sie verstanden habe, hatte sie etwas aufgewühlt, als die Symptome einsetzten. Sie wollte nicht darüber sprechen, was genau passiert ist, aber vielleicht hilft es, darauf einzugehen. Ich möchte sie hierbehalten, solange ich auf einige Untersuchungsergebnisse warte, um auf Nummer sicher zu gehen. Danach sollten Sie sie mit nach Hause nehmen können.«

»Nach Hause?« Ihr Vater atmete erleichtert aus und wandte sich ihr zu. »Sie wird nicht sterben, Addy?«

»Nein, Dad, sie wird nicht sterben.«

Ihre Erleichterung war mindestens ebenso groß wie die ihres Vaters.

Sie umarmten sich, und dann hob ihr Vater den Kopf und streckte den Arm nach Cassie aus, die etwas abseits von ihnen stand.

Sie zögerte und kam dann zu ihnen in die Umarmung.

»Sie wird wieder gesund.« Andrew tätschelte sie ungeschickt. »Sie wird wieder gesund, Liebling.«

»Ja.«

Der Arzt lächelte. »Sie können zu ihr. Das beruhigt Sie vielleicht. Allerdings nur einer nach dem anderen. Ich bringe Sie zu ihr, wenn Sie mir folgen.«

Andrew machte sich von Adeline los. »Macht es dir was aus?«

»Natürlich solltest du als Erster gehen.« Sie versetzte ihm einen kleinen Schubs. »Sag ihr, dass wir sie lieben. Cassie und ich warten hier.«

Sie sah zu, wie ihr Vater den Flur entlangeilte, und erkannte, was sie gleich hätte erkennen sollen.

»Er liebt sie«, murmelte sie, und Cassie nickte.

»Ja.«

»Ich verstehe es nicht. Aber vielleicht ist Liebe etwas, das wir nicht immer verstehen können.«

»Ich verstehe sie eindeutig nicht.« Cassies Stimme klang dünn, und sie schlang die Arme um sich. »Ich glaube, ich könnte in Oliver verliebt sein. Tatsächlich weiß ich, dass ich in Oliver verliebt bin.«

Adeline drehte sich zu ihrer Schwester um. »Dein Freund? Der Typ, mit dem du das Haus teilst?«

Cassie wurde rot und schüttelte entschuldigend den Kopf. »Ich sollte gar nicht drüber reden. Es ist nicht wichtig. Tut mir leid.«

»Machst du Witze? Ich bin dankbar für die Ablenkung. Und jede schöne Geschichte ist im Moment willkommen.«

»Es ist aber keine schöne Geschichte.« Cassie starrte in die Ferne und sah, wie Andrew in dem Krankenzimmer ihrer Mutter verschwand.

»Ist es nicht?«

»Er ist in Suzy verliebt.«

Adeline seufzte.

Liebe war so schrecklich kompliziert.

Sie dachte an das, was Cassie ihr bislang erzählt hatte. »Bist du da sicher?«

»Ja. Und das Nervigste ist, dass ich sie für ihn ausgesucht habe. Wir haben nach einem Glas Wein diese Dating-App durchforstet. Suzy hat tolle Zähne und Haare wie Seide, da kann ich nicht mithalten.«

Adeline fragte sich, ob ihre Schwester kürzlich in den Spiegel gesehen hatte.

»Aber du und Oliver, ihr seid gute Freunde.«

»Beste Freunde. Ich kann mit ihm über alles reden, und er redet mit mir über alles und jeden.«

»Vielleicht solltest du ihm sagen, was du empfindest, damit es kein Missverständnis gibt. Ich möchte nicht, dass du mit neunzig bei mir wohnst und noch immer bereust, dass du ihm nie deine Gefühle gestanden hast. Ich möchte nicht, dass du traurig bist wegen der siebzig Jahre, die ihr hättet zusammen verbringen können.«

Cassie lachte. »Du weißt, dass du hundert sein wirst, wenn ich neunzig bin?«

Adeline rieb sich die bloßen Arme und wünschte, sie hätte einen Pullover mitgebracht. »Ich habe vor, gut zu altern, und zum guten Altern gehört es, auf ein erfülltes Leben zurückzublicken. Wir bedauern die Dinge, die wir nicht gesagt haben, ebenso sehr wie die Dinge, die wir gesagt haben. Wenn du ihn liebst, sag es ihm.«

»Du klingst eher wie die Tochter einer Liebesromanautorin als wie eine kluge Psychologin.«

Adeline dachte an ihre Nachricht an Stefanos. »Ich klinge nicht nach mir selbst, das ist sicher. Ich bin zu dem Schluss gekommen, dass Liebe nicht in mein Kompetenzfeld fällt. Von jetzt an werde ich diese Fragen an jemand anderen weiterreichen. Du scheinst viel über Liebe zu wissen. Vielleicht kannst du dich damit beschäftigen.«

»Ich verstehe auch nichts von Liebe. Ich habe keinen Schimmer«, sagte Cassie. »Doch wenn ich alle Vorsicht fahren lassen und Oliver sagen soll, dass ich ihn liebe, dann solltest du auf jeden Fall Sex mit Stefanos haben.«

Adeline schnappte nach Luft und sah sich um. »Musst du das mit dem ganzen Krankenhaus teilen?«

»Ich sag ja nur.«

»Es wäre gut, wenn du das leiser sagen könntest. Oder besser noch gar nicht.« Adeline hielt inne, als ihr Vater aus dem Krankenzimmer kam und ihnen bedeutete, dass eine von ihnen als Nächste hineingehen könnte. Sie drehte sich zu ihrer Schwester. »Du gehst als Nächste.«

»Bist du sicher? Danke.« Cassie küsste sie auf die Wange und sprintete den Flur entlang.

Adeline setzte sich wieder auf den harten Stuhl, und ihr Vater ließ sich neben ihr nieder. Sein Gang war jetzt leichter, seine Falten weniger tief.

»Wie geht es ihr, Dad?«

»Besser. Sie fühlt sich viel ruhiger.«

»Stefanos ist auf dem Weg hierher«, sagte sie wie beiläufig. »Falls wir etwas brauchen sollten.«

»Ich bin sicher, dass ich nicht der Grund bin, weshalb er kommt. Auch wenn er zweifellos ein großartiger junger Mann ist.« Ihr Vater rührte sich. »Wie läuft es zwischen dir und ihm?«

»Ich weiß nicht, was du meinst.«

»Wenn das stimmt, hast du mich gerade sehr traurig gemacht.« Er legte seine Hand auf ihre und drückte sie. »Danke, dass du hier bist, Addy.«

»Natürlich. Ich bin erleichtert, dass sie wieder gesund wird.« Sie hielt inne. Es gab noch so viel, das sie sagen musste. »Es tut mir leid, wenn ich es dir schwergemacht habe, Dad. Ich liebe dich so sehr, und ich habe das Bedürfnis, dich ebenso sehr zu schützen wie mich selbst. Aber ich verstehe jetzt, dass ich nicht gut damit umgegangen bin. Ich möchte nur, dass du glücklich bist, das weißt du hoffentlich. Verzeihst du mir?«

»Da gibt es nichts zu verzeihen. Du hast es nicht verstanden, und offen gesagt kann ich es dir nicht verdenken. Manche Dinge sind nicht leicht zu erklären oder zu verstehen. Sie sind einfach so.«

»Vielleicht.«

Sie saßen Seite an Seite im Krankenhausflur. Adeline hatte vergessen, dass die Gegenwart eines geliebten Menschen oft reichte, um einen zu trösten. Und wie gut sich das anfühlte.

»Du siehst gut aus in dem Kleid, Addy.«

»Ich sehe vor allem deplatziert aus in diesem Kleid.« Sie zupfte an dem Saum, doch er reichte einfach nicht über ihre Knie. »Für einen Krankenhausbesuch ist es nicht gerade passend.«

»Das sehe ich anders. Ich finde, du solltest öfter so etwas tragen. Es steht dir. Du siehst entspannt aus statt zugeknöpft.«

Sie seufzte. »Ich spüre, dass sich ein Vortrag ankündigt.«

»Kein Vortrag. Ein Rat.«

»Du hast immer gesagt, du würdest mir keine Ratschläge geben, weil du selbst nicht wüsstest, was du tust.«

Er lachte leise. »Das lag daran, dass es mir Angst gemacht hat, Vater zu sein. Ich wollte, dass du deine eigenen Entscheidungen triffst, damit ich nicht verantwortlich bin.«

Sie lächelte. »Du warst ein großartiger Dad. Du bist es immer noch.«

»Da bin ich mir nicht sicher, aber ich versuche es. Und weil ich versuche, ein guter Dad zu sein, gebe ich dir Ratschläge«, sagte er. »Schließlich hast du mir auch Ratschläge gegeben.«

Sie drehte sich zu ihm. »Du hast meinen Rat ignoriert.«

»Und es steht dir frei, meinen zu ignorieren, auch wenn ich hoffe, dass du es nicht tust.« Wieder drückte er ihre Hand. »Lass ihn in dein Leben, Addy. Ich weiß, dass du Angst hast. Ich weiß, dass du dich schützt, aber wenn du das Risiko ausschließt, schließt du auch das Glück aus. Wenn du vor dieser Beziehung fortläufst, werde ich mir das nie verzeihen.«

Es sollte beunruhigend sein, dass er sie so gut kannte, und auf gewisse Weise war es das auch. Doch es war auch tröstlich. Das war Liebe. Jemandem zu erlauben, dein echtes Selbst zu sehen.

»Erstens ist es keine Beziehung. Zweitens: Seit wann bist du für mein Liebesleben verantwortlich?«

»Ich fühle mich verantwortlich«, sagte er. »Vielleicht nicht für dein Liebesleben, aber für die Emotionen, die dich zu deinen sicheren Entscheidungen führen.«

Sie zupfte wieder am Saum ihres Kleides. »Sichere Entscheidungen werden unterschätzt.«

»Nein. Sie entstehen aus Angst, und in deinem Fall sind deine Mutter und ich verantwortlich für diese Angst. Ich bin verantwortlich. Du hast mich in meinem Trennungsschmerz erlebt und hast entschieden, dass du dich niemals in eine solche Situation bringen lässt. Ich hätte es besser machen und meine Gefühle in deiner Gegenwart verbergen sollen. Du warst ein Kind, aber du warst immer so reif und klug, dass ich dich wie eine Erwachsene behandelt habe. Ich entschuldige mich nicht. Ich sage nur, dass ich jetzt einsehe, welch ein schlechter Vater ich für dich war.«

»Halt …« Sie legte ihm die Hand auf den Arm. »Du bist ein wundervoller Vater. Du warst immer für mich da. Und ich habe nicht von dir erwartet, dass du das Leben für mich säuberst. So sieht es nun mal aus. Chaotisch. Unperfekt. Kompliziert.«

»Aber du hast das Elend und den Schmerz gesehen und nicht die Liebe. Den Teil hast du nie verstanden.«

»Mir gefiel es, wie eine Erwachsene behandelt zu werden. Und du hättest deine Gefühle vor mir nicht verbergen können. Ich hätte gemerkt, wenn du dich verstellt hättest, und hätte es gehasst. Mir gefällt es, dass wir immer über alles sprechen konnten. Mir gefällt es, dass wir jetzt miteinander sprechen.«

»Mir gefällt das auch. Und trotzdem bist du meinetwegen mit jemandem wie Mark zusammen.«

Sie sah hinunter auf ihre Beine, die ein bisschen Farbe bekommen hatten. Sie waren nicht unbedingt gebräunt, aber auch nicht mehr weiß. »Tatsächlich bin ich nicht mehr mit Mark zusammen. Wir haben uns gestritten, bevor ich nach Korfu kam. Wir haben uns getrennt.«

»Wirklich?« Seine Miene hellte sich auf. »Das sind die besten Neuigkeiten seit Langem.«

»Meine zerbrochene Beziehung ist eine gute Neuigkeit?«

»Vielleicht ja. Bist du traurig?«

Sie starrte auf den sterilen Krankenhausboden. »Ich – nein. Ich bin nicht traurig.«

»Und das sagt dir nichts?«

»Dad …«

»Natürlich tut es das.« Er tätschelte ihre Hand. »Du bist ein kluges Mädchen. Er war der Falsche für dich. Aber Stefanos …«

»Dad …«

Er ignorierte ihren warnenden Ton. »Stefanos ist der Typ Mann, den du brauchst. Er hat keine Angst vor Gefühlen. Er hat keine Angst vor dem Leben. Er ist perfekt für dich. Habt eine wilde Affäre. Habt Spaß.«

Sie spürte einen Anflug von Genervtheit, war aber auch amüsiert. Dieses Gespräch war eine Erleichterung im Vergleich zu dem, das sie geführt hätten, wenn ihrer Mutter etwas passiert wäre. »Solltest du so etwas wirklich zu deiner Tochter sagen?«

»Wenn du als Erwachsene behandelt werden möchtest, ja.«

»Es geht um Grenzen, Dad. Wenn ich mich nicht in dein Leben einmischen darf, darfst du dich nicht in meines einmischen.«

»Es ist die Pflicht der Eltern, sich einzumischen«, sagte er. »Und auch Fehler wiedergutzumachen. Ich habe einen Fehler bei dir gemacht.«

Sie schwieg einen Moment. »Du meinst das eine Mal, als du mich an der Schule abgesetzt hast und sie geschlossen war?«

Seine Schultern zuckten. »Habe ich das getan?«

»Hast du. Sie hatten den Tag für die Lehrerweiterbildung reserviert. Der Unterricht begann einen Tag später.«

»Woher sollte ich das wissen?«

»Ich schätze, sie haben dir einen Brief geschrieben.«

»Sah er offiziell aus? Ich war noch nie gut darin, etwas zu lesen, das offiziell aussah«, sagte er. »Ich glaube nicht, dass das ein Fehler ist.«

»Was ist mit dem einen Mal, als du mir Zöpfe flechten wolltest und wir zum Friseur gehen mussten, um die Haare zu entwirren?«

»Das war vermutlich ein Fehler«, gab er zu. »Aber ein nicht so großer wie meine anderen. Es ist ein Wunder, dass du keine Narben davongetragen hast, Addy. Aber vielleicht hast du das. Wenn ich dich nicht glücklich erlebe und bereit, dein Herz aufs Spiel zu setzen, dann gehe ich davon aus, dass es so ist. Und ich gebe mir die Schuld dafür. Es ist nur fair, dich zu warnen, dass ich an der Schuld sterben könnte.«

»Autsch, das ist ein bisschen zu stark.« Sie lächelte, wie er es beabsichtigt hatte. »Also soll ich jede Menge romantische Risiken eingehen, nur damit es dir besser geht? Das klingt nicht fair.«

»Das Leben ist nicht fair. Aber es kann schön sein, wenn du es schön sein lässt. Egal was du tust, es wird Tiefs geben, warum also nicht auch ein paar Hochs mitnehmen? Ich liebe dich, Addy. Ich hoffe, das weißt du.«

Ein Kloß bildete sich in ihrem Hals. »Das weiß ich.«

»Gut. Es gibt keine Liebe, die der Liebe eines Vaters zu seiner Tochter gleichkommt.«

Und es gab keine Liebe, die der Liebe einer Tochter zu ihrem Vater gleichkam, vorausgesetzt, sie hatte einen Daddy wie ihn. Sie dachte an Cassie und begriff, wie viel Glück sie hatte.

»Jetzt wirst du sentimental.«

»Ich weiß, aber manchmal müssen diese Dinge gesagt werden.« Er drückte ihre Hand. »Geh nicht nach London zurück, Liebes. Da hast du's. Das ist noch eine Sache, die gesagt werden muss.«

Ihr Herz schlug schneller. »Mein Apartment ist in London. Mein Job ist in London. Mein Leben ist in London.« Sie dachte bereits darüber nach, wie es sich anfühlen würde, zu ihrer durchstrukturierten Routine und ihrem berechenbaren Leben zurückzukehren. Sogar Mark war berechenbar gewesen. Deshalb war sie mit ihm zusammen gewesen.

»Ich höre Ausflüchte, aber keine guten Gründe«, sagte ihr Vater. »So oft im Leben halten wir an Dingen fest, die nicht wichtig sind. Dein Apartment kannst du vermieten. Dein Job ist zum größten Teil von überallher zu erledigen. Dein Leben ist dort, wo du sein möchtest. Warum verbringst du nicht den Rest des Sommers auf Korfu und wartest ab, wohin es dich führt?«

Sie dachte daran, wie es war, im Meer zu schwimmen. Sie dachte an Stefanos und wie er zuhörte und ihre Entscheidungen nie kritisierte. Wie er nach Hause gekommen war, um seine Familie zu unterstützen.

Und sie dachte an sein Haus über der Bucht und das Leben, das er gewählt hatte.

»Den Sommer hier zu verbringen wäre rücksichts- und verantwortungslos.«

»Deshalb ist es genau das, was du brauchst.«

»Du möchtest nur, dass ich Sex mit Stefanos habe, und ein Vater sollte seine Tochter nicht ermutigen, Sex zu haben.«

»Wir hatten ja schon festgestellt, dass ich nicht unbedingt ein vorbildlicher Vater bin.«

»Vielleicht finde ich Stefanos gar nicht attraktiv. Hast du schon mal daran gedacht?«

Dann sah sie auf, und dort war er. Er lief den Flur entlang auf sie zu, und sie spürte Erleichterung und Dankbarkeit, dass er hier war, und noch etwas anderes. Etwas Mächtigeres, das ihr Herz höherschlagen ließ und ihr fast den Atem raubte.

Sie stand unwillkürlich auf und war sich dessen gar nicht bewusst, bis sie ihren Vater leise lachen hörte.

»Nicht attraktiv«, sagte er. »Lass ihn in dein Leben, Addy. Los doch.«

Sie hoffte, dass Stefanos die letzte Bemerkung nicht gehört hatte. Doch sie hatte wenig Gelegenheit, sich darum zu sorgen, denn er zog sie in eine Umarmung, die sich so gut anfühlte, dass sie sich erlaubte, sich an ihn zu lehnen und seinen starken Armen zu überlassen.

»Du hättest nicht kommen müssen.«

»Ich wollte es.« Er zog sie dichter an sich. »Wie geht es ihr? Gibt es Neuigkeiten?«

In dem Moment kam Cassie mit rot geränderten feuchten Augen aus dem Krankenhauszimmer.

»Sie möchte mit dir sprechen, Adeline.«

Adeline löste sich von Stefanos. Sie wünschte fast, er würde mit ihr hineingehen, und der Gedanke erschütterte sie. Sie war viel zu sehr daran gewöhnt, sich allein um die Dinge zu kümmern – und so gar nicht, sich bei jemandem anzulehnen. Doch dieses besondere Gespräch musste sie allein führen.

Sie sah zu ihm auf. »Wartest du?«

Er zögerte nicht. »Ich werde hier sein.«

22

Catherine

Catherine lag in dem Krankenhausbett und fühlte sich gleichermaßen beschämt wie erleichtert.

Als der Schmerz in ihrer Brust explodiert war, hatte sie nur denken können, wie grausam es war, dass sie sterben würde, ohne sich mit ihren Töchtern versöhnt und ohne Andrew ein zweites Mal geheiratet zu haben.

Für sie war Andrew immer der Eine gewesen, auch wenn sie von ihrem Weg abgekommen war.

Während das Personal um sie herum beschäftigt gewesen war, Blut abnahm und ihren Herzschlag überprüfte, hatte sie sich etwas geschworen. Sie hatte sich geschworen, ein besserer Mensch zu werden, wenn sie dies überstand. Sie würde sich die Zeit nehmen, die Beziehung zu Adeline neu aufzubauen. Sie würde Cassies Fragen alle beantworten. Und sie würde echten Menschen den Vorzug geben vor fiktiven Charakteren.

Sie würde aufhören, sich um Dinge zu sorgen, die nicht wichtig waren, wie zum Beispiel, ob sie dieses Mal mehr Bücher verkauft hatte als beim letzten Mal. Wen kümmerte es, wenn sie Nummer drei war? Drei war besser als vier.

Wenn sie sich erholte, würde sie Miranda eine Flasche Champagner mit einer Glückwunschkarte schicken.

Als das medizinische Team ihr schließlich sagte, dass ihr Herz gesund sei und sie eine Panikattacke erlitten hätte, hätte sie ihnen beinahe nicht geglaubt.

Wie war das möglich?

Doch offenbar war es das, und die Erleichterung kannte keine Grenzen. Es war wie ein Wunder.

Sie hatte sich eine zweite Chance gewünscht, und nun hatte sie sie bekommen.

Und dann war Andrew aufgetaucht mit sorgenzerfurchtem Gesicht. Er verstand, welche Anstrengung dieser Abend bedeutet hatte. Während sie sich um Cassie und Adeline gesorgt hatte, hatte er sich um sie gesorgt.

Die meisten Menschen dachten, dass Liebe ein gerader Strich sei, doch oft entsprach sie eher dem, was ein Kleinkind malen würde, eine krakelige Linie mit Ausreißern nach oben und unten.

Sie hatte Glück, jemanden zu haben, der sich so um sie kümmerte, wie er es tat.

Dann war Cassie ins Zimmer gekommen und hatte sie umarmt und ihr gesagt, wie sehr sie sie liebte und dass sie verstand, wie schwer es gewesen sein musste und warum sie sich dafür entschieden hatte, die Wahrheit so lange zu verschweigen.

Und jetzt endlich Adeline. Auf gewisse Weise würde dies das schwierigste Gespräch von allen werden.

Sie wappnete sich, als ihre Tochter zur Tür hereinkam.

»Hallo, Liebling.« Ihre Stimme war unsicher, und dann erkannte sie, dass Adeline offenbar genauso nervös war wie sie selbst.

Adeline setzte sich auf den Stuhl neben Catherines Bett. »Wie geht es dir?«

»Ich komme mir ein bisschen albern vor, wenn ich ehrlich sein soll. Und ich ärgere mich darüber, dass mich etwas, das vor so langer Zeit geschehen ist, so sehr mitnehmen konnte. Und darüber, dass ich es nicht früher geschafft habe, die Kluft zu dir zu überbrücken. Verzeih mir, Addy.« Sie streckte die Hand aus und war erleichtert, als Adeline sie nahm.

»Ich wünschte, du hättest es mir gesagt«, sagte sie, »denn dann hätte alles einen Sinn ergeben. Aber ich verstehe, warum du es nicht getan hast.«

»Tust du das?«

»Ja. Jetzt hast du es erklärt. Jetzt haben wir darüber gesprochen. Trotzdem wünschte ich, wir hätten das früher getan.« Adeline hielt die Hand ihrer Mutter umfasst. »Ich bin überrascht, dass Dad nichts gesagt hat. Wir haben über alles andere gesprochen.«

»Ich hab ihm das Versprechen abgenommen, dass er es nicht tut. Du warst ein so liebevolles Kind. Du hättest darauf bestanden, nach Hause zu kommen, um bei mir zu sein. Du hättest dir jeden Abend Sorgen gemacht.«

»Stattdessen hast du dich dafür entschieden, dass ich wütend auf dich war.«

»Nein. Das war ein Nebeneffekt meiner Entscheidung.« Die Erinnerung daran schnürte ihr fast den Hals zu. »Wenn du eine Krise durchlebst, vor allem eine Situation, in der du körperlich und emotional bedroht bist, denkst du nicht immer klar. Du denkst nicht: *Was wird das für Auswirkungen auf meine Tochter haben?* Du denkst: *Wie kann ich heute überleben?*«

»Ich habe keine Ahnung, was ich an deiner Stelle getan hätte. Ich hoffe, ich muss es niemals herausfinden. Aber ich bin froh, dass du Cassie beschützt hast.«

»Und ich bin froh, dass du das sagst«, erwiderte Catherine. »Ihr wart euch so nah, als ihr klein wart.«

»Ich denke, wir werden uns wieder nah sein. Ich freue mich darüber.«

»Ich mich auch.« Catherine strich über Adelines Haar, wie sie es manchmal getan hatte, als sie klein war. Sie hatte so schönes Haar, ein tiefes Dunkelbraun. Sie sah Andrew so ähnlich, wohingegen Cassie ihr ähnelte. Nicht Rob, Gott sei Dank, da erinnerte nichts an ihn. »Ich wünschte, ich könnte das Geschehene ändern.«

»Besser nicht. Wenn man etwas in der Vergangenheit ändert, ändert sich auch alles, was danach passiert ist. Vielleicht hättest du Cassie nicht bekommen. Vielleicht wäre ich Dad nicht so nah.«

»Das ist eine wunderbar positive Art, es zu betrachten.«

»Es tut mir leid, dass du in dieser Lage warst«, sagte Adeline, »aber es freut mich, dass du jetzt glücklich bist. Und es freut mich, dass du und Dad wieder zusammen seid.«

Die Erleichterung war gewaltig. »Wirklich?«

»Ja. Nicht dass ich erwarte, dass wir die Vergangenheit wiederaufleben lassen. Es wird anders sein. Zunächst einmal ist da Cassie.«

»Das war ein furchtbarer Schock für Cassie. Ich habe ihr all ihre Illusionen über die Liebe genommen.«

»Vielleicht.« Adeline sah nachdenklich aus. »Aber vielleicht ist es nicht schlecht, die Dinge klarer zu sehen. Du könntest ihr einen Gefallen getan haben. Warten wir es ab.«

Catherine hatte den Eindruck, dass Adeline etwas wusste, von dem sie nichts wusste, doch sie forschte nicht nach.

»Was auch immer passiert, sie hat dich zum Reden, und das ist gut.«

Adeline zog ihre Hand fort und lächelte. »Ich glaube nicht, dass ich eine Expertin in Liebesdingen bin. Das überlasse ich dir und Cassie.« Sie stand auf. »Du musst erschöpft sein, und ich weiß, dass Dad dich noch einmal sehen will. Deswegen lasse ich ihn jetzt hereinkommen, und wir können später weiterreden.« Sie zögerte kurz, bevor sie sich vorbeugte und ihre Mutter auf die Wange küsste.

Es war seit langer Zeit die erste spontane Geste der Zuneigung, die sie zeigte, und Catherine spürte etwas in sich aufblühen. *Hoffnung.*

Es war ein Anfang, und hoffentlich würde ihre Beziehung von hier aus weiterwachsen.

Sie streckte die Arme aus und umarmte ihre Tochter fest. »Ich bin stolz auf dich. Ich hoffe, du weißt das. Und ich weiß, dass du keine Mutter brauchst«, sagte sie. »Du bist zu alt dafür. Aber es wäre schön, wenn du einen Platz in deinem Leben hättest für eine Freundin.«

»Ich werde immer eine Mutter brauchen.« Adelines Stimme war heiser, und für einen Augenblick blieben sie so und spürten beide ihren veränderten Empfindungen nach. Dann hörten sie, wie sich die Tür öffnete, und Andrew stand im Türrahmen mit Cassie neben sich.

»Sie sagen, dass du in ein paar Stunden nach Hause kannst«, sagte er zu Catherine. »Cassie und ich wollten kurz einen Kaffee trinken gehen, um ein bisschen Zeit miteinander zu verbringen, danach kommen wir zurück und nehmen dich mit, wenn du bereit bist.«

Catherine spürte Liebe und Dankbarkeit in sich aufwallen. Sie musste sich keine Sorgen machen, ob er eine Beziehung zu Cassie aufbaute, sondern wusste, dass er sich darum kümmerte. Und sie hatte das Gefühl, dass sie gut miteinander klarkommen würden, wenn die erste Verlegenheit erst einmal vorbei war. Vielleicht fand Cassie in ihm sogar den Vater, den sie ihr Leben lang vermisst hatte.

Andrew warf Adeline einen bedeutungsvollen Blick zu. »Stefanos wartet draußen, um dich nach Hause zu bringen, Addy.«

Catherine sah, wie ihre Tochter errötete. *Interessant.*

»Ich dachte, ich warte mit euch«, sagte Adeline.

»Es ist nicht nötig, dass wir alle hier warten, wenn wir jetzt wissen, dass es deiner Mutter gut geht.« Er machte eine wegwerfende Handbewegung. »Cassie wird uns fahren.«

»Wenn du meinst.« Adeline ging zur Tür. »Ich habe mein Handy dabei.«

»Wir rufen nicht an. Entspann dich. Viel Spaß.«

Adeline ging, und Catherine bemerkte, wie Cassie und Andrew einander zugrinsten, als teilten sie ein Geheimnis, von dem niemand sonst wusste.

Catherine veränderte die Position, um bequemer zu sitzen. »Habt ihr beide die Kuppler gespielt?«

»Vielleicht«, sagte Cassie. »Ein bisschen. Ich fürchte, wir waren furchtbar leicht zu durchschauen.«

»Du warst leicht zu durchschauen«, sagte Andrew. »Ich war subtil.«

»Subtil? Du hast ihn gefragt, ob er Adeline nach Hause bringen könnte, und dann vorgeschlagen, dass sein Haus eine nette Ortsveränderung sein könnte.«

Catherine, die den Wortwechsel genoss, lachte. »Hast du das wirklich gesagt?«

»Das hat er.« Cassie ging durch den Raum und hockte sich ans Fußende des Bettes. »Aber Stefanos wirkte überhaupt nicht verlegen, sodass wir ihr hoffentlich nichts vermasselt haben.«

Hoffentlich nicht.

Stefanos und Adeline. Maria wäre erfreut, wenn sich zwischen den beiden etwas entwickeln würde.

Doch Catherine würde es nicht kommentieren. Sie würde sich nicht einmischen.

Sie war nicht in der Position, irgendjemandem Ratschläge zu seinem Liebesleben zu geben.

Sie hatte all die Zeit bis jetzt und eine Menge Fehltritte gebraucht, um endlich zu wissen, was sie wollte. Und jetzt hatte sie es.

Andrew. Und ihre Mädchen.

23

Adeline

Die Autofahrt zurück über die Insel war ruhiger als die mit Cassie. Doch ihre Anspannung war genauso groß, wenn auch aus anderen Gründen.

Sie saß still da, atmete kaum und war sich der Anwesenheit Stefanos' neben ihr fast schmerzlich bewusst.

Sie spürte das Pochen ihres Herzens, die Wärme, die sich tief in ihrem Körper ausbreitete.

An solche Gefühle war sie nicht gewöhnt. Im Zusammensein mit Mark war sie immer kontrolliert gewesen. Rational. Mark hatte Sicherheit bedeutet. Er hatte ihre Emotionen und ihre Selbstbeherrschung nie auch nur ansatzweise herausgefordert. Ihre Gefühle waren wie ein stetiges vorhersehbares Summen ohne besondere Höhen und Tiefen gewesen.

Mit Stefanos war das anders. Nicht nur sein Selbstvertrauen und seine Liebe zum Leben zogen sie zu ihm hin oder die Tatsache, dass er für einen Mann viel zu sexy war. Es ging tiefer als das. Es lag an der Art, wie er die Seite an ihr hervorkitzelte, die sie immer versteckt hatte, daran, wie gut er sie kannte.

Bei ihm machte das Verstecken keinen Sinn.

Seit sie Stefanos wiedergetroffen hatte, war es, als wären all ihre Abwehrmechanismen in sich zusammengefallen.

Liebe Dr. Swift, ich habe diesen Mann getroffen, und er lässt mich daran zweifeln, wie ich mein Leben lebe. Ich war immer vorsichtig und habe mich geschützt, doch nun habe ich das Ge-

fühl, dass ich alles aufs Spiel setzen könnte, was ich mir aufge-
baut habe, wenn ich diese Beziehung fortsetze.
Mit freundlichen Grüßen
Ihre Verunsicherte

Sie fragte sich, wie sie einen solchen Brief beantworten würde.

»Du bist so ruhig. Ist alles in Ordnung?« Stefanos blickte kurz zu ihr hinüber, bevor er sich wieder auf die Straße konzentrierte.

»Ich weiß nicht. Es sind merkwürdige Tage.« Die Ereignisse der letzten Stunden hatten sie verunsichert und verletzlich ge-macht. Sie wandte sich ihm zu, um sich auf das Praktische zu konzentrieren. »Danke, dass du zum Krankenhaus gekommen bist. Du musstest das nicht tun, aber ich bin froh, dass du es ge-tan hast.«

»Das bin ich auch. Und ich freue mich, dass es ihr gut geht. Was ist passiert?« Seine tiefe Stimme klang samtweich. Ich könnte ihm den ganzen Tag zuhören und würde es nie satt bekommen, dachte sie.

Und weil sich das Reden gut anfühlte, berichtete sie ihm von Rob und alle Einzelheiten, die ihre Mutter ihnen erzählt hatte. Er hörte wortlos zu, bis sie fertig war.

»Ich schätze, das erklärt vieles.«

»Ja.« Sie hielt inne und dachte zurück an jene Zeit. »Deshalb hat sie Cassie niemals allein gelassen. Deshalb hat sie sie oft bei Maria gelassen. Du hast das vermutet, nicht wahr?«

»Erst als ich älter war. Und auch da war ich nicht sicher. Meine Mutter hat nie darüber gesprochen. Ich fragte mich nur gelegent-lich, ob Rob wirklich der war, der er zu sein schien.«

Adeline lehnte den Kopf zurück. »Ich bin froh, dass ich endlich die Wahrheit kenne. Das hat die Dinge verändert.«

»Ihr hattet ein gutes Gespräch?«

»Ja. Es fühlt sich jetzt anders an. Sie war anders. Es fühlt sich an, als hätte ich endlich meine Mutter zurück.«

Er nahm ihre Hand. »Das freut mich.«

Sie sah auf ihrer beider verschlungenen Hände und spürte die Wärme seiner Finger an ihren.

»Wenn du möchtest, kannst du mich am Ende der Straße bei der Villa rauslassen. Du musst mich nicht den ganzen Weg fahren.«

Eine lange angespannte Stille entstand. »Ist es das, was du willst?«

Sie wusste nicht, was sie wollte.

Oder vielleicht doch.

Stefanos wartete. »Du hattest einen anstrengenden Abend. Du musst abschalten, bevor du schlafen kannst. Warum kommst du nicht mit zu mir? Wir könnten noch schwimmen gehen und etwas auf der Terrasse trinken. Ich fahre dich später zurück.«

Die Einladung schien zwischen ihnen in der Luft zu schweben.

Die Alternative wäre, zurück zur Villa ihrer Mutter zu gehen, zu duschen und mit einem Buch ins Bett zu gehen. Das wäre zweifellos die sicherere Wahl, und vor ein paar Tagen hätte sie diese Wahl ohne Zögern getroffen. Aber jetzt?

Sie atmete durch. »Das klingt wunderbar.« Und sie meinte damit nicht nur das Schwimmen und den Drink, der nach den Stunden im Krankenhaus willkommen war, sondern vor allem die Möglichkeit, Zeit mit ihm zu verbringen.

Den Rest des Weges schwiegen sie, und sie fragte sich, ob er sich ihrer Präsenz ebenso bewusst war wie sie sich seiner. Hitze stieg in ihr auf, ihr Herz pochte gegen die Rippen. Eine Vorahnung lag in der Luft, schwer und lieblich.

Endlich wurde die Straße schmaler, und sie bogen auf den holperigen Weg ein, der zu seinem Haus führte. Winzige Lichter erhellten die Auffahrt und den Garten, und der Mond warf einen silbrigen Schimmer über das Meer. Sie stieg aus dem Wagen und sog den Duft von wildem Thymian und Oregano ein.

»Ich könnte mich in diesen Ort verlieben.« Vielleicht hatte sie das schon.

»So ging es mir, als ich ihn zum ersten Mal sah.« Er schloss die Autotür. »Geh und setz dich auf die Terrasse. Steck die Füße in den Pool. Ich hole uns was zu trinken.« Er ging ins Haus, und sie folgte dem Pfad zur Terrasse.

Die Luft pulsierte vor Hitze, und der Pool glitzerte einladend in der Dunkelheit, ein erleuchteter Fleck helles Türkis mit einer glatten Oberfläche, die wie Glas wirkte.

Sie spürte das plötzliche Bedürfnis hineinzuspringen und wünschte, sie hätte einen Badeanzug dabei, doch wer packte schon einen Badeanzug für einen Krankenhausbesuch ein?

Sie schlüpfte aus den Schuhen und spürte die Wärme des Bodens unter den Füßen.

Ihre Gedanken überschlugen sich.

Liebe Verunsicherte, jedem Gewinn steht ein Verlust gegenüber. Mit dem, was Sie gewonnen haben, indem Sie Ihr Leben kontrollierten, haben Sie Gelegenheiten für Entdeckungen und Abenteuer verloren. Ab und zu ist es gut, spontan zu sein und seinen Impulsen zu folgen. Lassen Sie das Leben geschehen. Manchmal sind die besten Dinge im Leben diejenigen, die wir nicht geplant haben.

Impulsen folgen? Das Leben geschehen lassen?

War das wirklich der Rat, den sie sich selbst gab? Sie war der Typ Mensch, der niemals einen Strafzettel bekam, der Lebensmittel vor dem Haltbarkeitsdatum verbrauchte, der nie ohne einen Regenschirm rausging und der immer Sonnencreme mit hohem Lichtschutzfaktor auftrug.

Sie blickte einen Augenblick auf den Pool und dann weiter hinaus aufs Meer, das sich im Mondlicht wie dunkler Samt erstreckte. Die Lichter einer Jacht blinkten in der Bucht, und der Himmel war sternenübersät. Sie stellte sich vor, an einem Ort wie diesem zu wohnen, und in diesem kurzen Moment hatte sie eine Vision, wie ihr Leben sein könnte. Langsamer. Mit weniger Druck. Die Dinge, die in London von so großer Wichtigkeit waren, schienen hier keine Rolle zu spielen. Prioritäten verlagerten sich.

Sie hörte Schritte, und dann tauchte Stefanos neben ihr auf.

»Ich kann mich an diesem Blick nie sattsehen.« Er reichte ihr ein Glas Wein, wobei sich ihre Finger kurz berührten. »Ich bewundere übrigens, wie du dich für den Krankenbesuch angezogen hast.«

Sie lachte und blickte an sich hinunter. »Ich habe mich nie deplatzierter gefühlt. Zunächst einmal war ich mir wegen des Kleides sowieso nicht sicher. Es entspricht nicht meinem üblichen Stil. Eine Freundin hat es für mich ausgesucht. Ich glaube, sie wollte mich ermutigen, meine wilde Seite zu entdecken.«

»Und funktioniert es?« Er stellte sein Glas auf den Tisch und sah sie forschend an. Etwas in seinem Blick machte es ihr unmöglich wegzusehen, und sie konnte sich nicht genügend konzentrieren, um die Frage richtig zu beantworten.

»Ich weiß nicht. Ich bin nicht sicher, ob ich eine wilde Seite habe. Oder vielleicht hat jeder mehr als eine Version seiner selbst.« Sie spürte, wie ihr heiß wurde, und sie trank einen Schluck eiskalten Wein, während sie verzweifelt versuchte, zu ihrer üblichen Gelassenheit zurückzufinden.

»Und welche Version bist du heute Abend? Ich schätze, das ist leicht herauszufinden.« Er nahm ihr das Glas ab. »Lust auf Schwimmen?«

Ihr Herz pochte wie wild. »Jetzt?«

»Warum nicht? Ich ermutige dich, spontan zu sein.«

War das nicht genau der Rat, den Dr. Swift ihr gegeben hatte?

»Ich habe keinen Badeanzug dabei.« Sie wusste nicht, wie sie ihr bisheriges Ich ablegen sollte. Wie es ging, statt vorsichtig spontan zu sein.

»Wenn es das leichter macht, gehe ich zuerst.« Er zog sein T-Shirt und seine Shorts aus, und sie erhaschte einen Blick auf gebräunte Haut und harte Muskeln, bevor er ins Wasser sprang.

Sie trat zurück, aber nicht rasch genug, sodass die Wasserspritzer sie trafen. Sie sah zum Pool, wo Stefanos mit kräftigen rhythmischen Zügen durch das Wasser glitt. Am anderen Ende des Pools hielt er sich am Rand fest, sah zu ihr und winkte, dass sie hineinkommen solle.

Sie sah die Wassertropfen auf seinen breiten Schultern und das leichte Lächeln auf seinen Lippen und erkannte endlich, warum sie sich noch zurückhielt.

Es lag nicht daran, dass sie Angst hatte, spontan zu sein. Es lag daran, dass sie instinktiv wusste, dass dieser Mann ihr das Herz brechen konnte. Er hatte die Macht, sie auf eine Art zu verletzen, wie Mark sie nie gehabt hatte.

Doch sie wusste auch, dass sie es immer bereuen würde, wenn sie jetzt nicht zu ihm ging, und wie viel schlimmer wäre es, ihr Leben lang etwas zu bereuen?

Bevor sie es sich anders überlegen konnte, zog sie ihr Kleid aus und ließ sich in den Pool hinab. Das Wasser kühlte ihre Haut, und sie ließ sich weiter hinuntergleiten, bis sie ganz unter Wasser war. Sie tauchte hinunter zum Boden des Pools. Einen Augenblick lang war sie schwerelos, die Geräusche erstarben, und die Zeit stand still. Die letzte Anspannung, die noch in ihr war, löste sich auf.

Als sie endlich an die Oberfläche kam, war Stefanos neben ihr. Wassertropfen hingen an seinen Wimpern und der oberen Lippe.

Ihre Wahrnehmung war aufs Äußerste gesteigert, und dann schlang er den Arm um ihre Taille und zog sie sanft an sich.

Endlose Sekunden blieben sie so, und die Luft knisterte vor Erwartung. Dann hob sie ihm den Mund entgegen und spürte zugleich, wie er sie fester an sich zog. Sie spürte seine harten Muskeln an ihrem weichen Körper, und dann küsste er sie, und sie erwiderte den Kuss. Er umfasste ihr Gesicht mit den Händen und erkundete ihren Mund, während sie sich dichter und dichter an ihn drängte und von einer fast betäubenden Hitze verzehrt wurde.

Kühles Wasser schwappte gegen ihre heiße Haut. Er umfasste ihre Hüften und hob sie in einer geschmeidigen Bewegung aus dem Wasser. Leicht desorientiert saß sie auf der Kante des Pools und fragte sich noch, wie er das ohne sichtbare Anstrengung gemacht hatte, als er sich aus dem Pool stemmte, sie auf seine Arme nahm und sie im nächsten Moment auf dem Outdoor-Sofa lag.

Sie schlang die Arme um ihn, zog ihn enger an sich und spürte sein Gewicht, das sie in die weichen Kissen drückte. Er küsste sich ihren Körper hinunter, erkundete mit seinen warmen Lippen ihren Hals, ihre Schultern, die Rundung ihrer Brüste. Das samtige Kitzeln seiner Zunge schickte Hitzeschauer durch ihren Körper, und die Liebkosungen seiner Finger brachten ihr Herz zum Rasen. Die Empfindungen vermischten sich und steigerten sich in einem Maße, das sie nie zuvor erlebt hatte. Die köstliche und unvertraute Intimität ließen sie ihre letzte Zurückhaltung aufgeben. Sie wollte Dinge von ihm, die sie von niemand anderem gewollt hatte. Nicht mal gewagt hatte, sie zu wollen. Der Genuss steigerte sich, bis ihre verschlungenen Körper einander fanden, sie sich in dem erotischen Rhythmus verlor und die letzten Grenzen sich auflösten, als die Lust sie beide überwältigte.

Hinterher lag sie schweigend da und starrte staunend hinauf in den Sternenhimmel.

Sie hatte geglaubt, sich zu kennen, doch vielleicht tat sie das nicht. Oder sie hatte einen Teil von sich so gründlich unterdrückt, dass sie nicht mehr wusste, wer sie wirklich war. Der Sex war natürlich unglaublich gewesen, doch es war mehr als das Physische, das wusste sie. Es war Intimität. Vertrauen. Sich in einem Maße hinzugeben, wie sie es sich zuvor nie erlaubt hatte.

Sie fühlte sich verletzlich, doch merkwürdigerweise hatte sie keine Angst. Sie spürte keinen Funken Bedauern.

Sie rührte sich, um sich etwas überzuziehen, doch er hielt sie nur fester umschlungen.

»Geh nicht.«

»Ich sollte zurück zur Villa.«

»Ich meine nicht heute Abend, obwohl ich auch nicht möchte, dass du heute Abend gehst. Ich meine grundsätzlich.« Er strich ihr eine Haarsträhne aus dem Gesicht und küsste sie sanft. »Verbring den restlichen Sommer hier in Griechenland mit mir. Ich kann das Extrazimmer in ein Arbeitszimmer für dich umwandeln, oder du gehst mit deinem Laptop einfach hier in den Patio und setzt dich in den Schatten. Morgens können wir zusammen schwimmen gehen und abends bei Sonnenuntergang auf der Terrasse essen.«

Die Versuchung lag wie ein Festessen vor ihr, und dennoch konnte sie nicht gleich zugreifen.

»Ich habe ein Leben in London.«

»Du könntest hier ein besseres haben, mit mir.« Seine Stimme war heiser, als er sich vorbeugte, um sie wieder zu küssen.

Sie erwiderte den Kuss und spürte die Erregung in sich aufflackern.

»Meinst du nicht, dass das alles ein bisschen plötzlich kommt? Vielleicht sollten wir uns die Zeit nehmen und darüber nachdenken.«

Er rollte sich auf die Seite, um sie anzusehen. »Warum sollten wir Zeit brauchen, um darüber nachzudenken? Wir sind beide erwachsen. Außerdem kennen wir uns seit langer Zeit.«

»Aber nicht so.«

»Das sind nur Umstände.«

Hatte er recht? Wären sie an dem gleichen Punkt gelandet, wenn sie sich vor ein paar Jahren begegnet wären?

»Ich bin nicht sicher, ob ich hier liegen würde, wenn wir uns vor ein paar Jahren begegnet wären. Ich bin nicht sicher, ob ich dafür bereit gewesen wäre.«

»Du redest von der anderen Version von dir. Diese Version wäre bereit.«

Er senkte den Kopf und küsste sie, und sie dachte bei sich, dass, wenn es mehr als eine Version von ihr gab, ihr diese am besten gefiel.

Und vielleicht war das die Antwort, die sie brauchte.

24

Catherine

Frühstück am Strand in Griechenland bedeutete gleißendes Licht und kristallblaues Wasser. Menschen, die badeten, Segelboote, die in der Bucht schaukelten, und das Klirren der Segelleinen an den Masten.

Andrew war morgens hinunter zum Dorf gegangen, um einen Tisch am Strand zu reservieren, und nun war die ganze Familie versammelt.

Aller guten Dinge sind drei, dachte Catherine, als sie Adeline und Cassie betrachtete, die gemeinsam durch die Fotos scrollten, die sie seit ihrer Ankunft gemacht hatten. Da all ihre geplanten Feiern zum Scheitern verurteilt schienen, hatten sie sich für ein spontanes Frühstück in ihrer Lieblingstaverne entschieden. Und dieses Mal gab es kein Zeichen von Anspannung, die sie bei ihren letzten Zusammenkünften als unwillkommener Gast begleitet hatte.

Sie hatte sich für ihr weites weißes Lieblingskleid entschieden und einen breitkrempigen Hut, der ihr Gesicht vor der Sonne schützte und zugleich verhinderte, dass irgendwelche Touristen und zufälligen Fans sie erkannten. Sie signierte gern Bücher, wenn sie darum gebeten wurde, doch heute ging es nicht um ihren Job, sondern um ihre Familie.

Andrew neben ihr hatte seinen Stuhl ein bisschen dichter an sie herangerückt, sodass sein Bein unter dem Tisch gelegentlich ihres berührte und sein Arm sie manchmal streifte.

»Wie geht es dir?« Er war zugewandt und liebevoll, und wieder dachte sie, wie viel Glück sie hatte, dass ihr eine zweite Chance gegeben wurde.

Gegenüber am Tisch waren Adeline und ihre Schwester ins Gespräch vertieft, und Catherine lächelte und entschied, dass dies nicht der Moment war, um zu erwähnen, dass sie gesehen hatte, wie Stefano kurz nach dem Morgengrauen Adeline vor der Villa abgesetzt hatte.

Jeder durfte Geheimnisse haben. Es war ja nicht so, dass sie keine hatte.

Im Moment verlangten andere Dinge ihre Konzentration.

Sie wartete auf eine Pause im Gespräch ihrer Töchter.

»Cassie, ich schulde dir eine Entschuldigung.«

Cassie legte den Löffel beiseite. »Wofür?«

»Dafür, dass ich dir gesagt habe, du dürftest das Buch nicht veröffentlichen. Das war unverzeihlich egoistisch von mir. Dein Buch ist etwas Besonderes, du bist eine talentierte Autorin, und natürlich solltest du dein Talent mit der Welt teilen.«

»Tatsächlich habe ich dazu etwas zu sagen.« Cassie straffte sich. »Nachdem wir gestern Abend vom Krankenhaus zurückkamen, habe ich das Manuskript bearbeitet. Ich habe ein paar Sachen verändert. Nur Kleinigkeiten, aber genug, um sicherzustellen, dass niemand die Geschichte mit dir oder mit Korfu verbinden kann. Sie spielt jetzt in Sizilien. Oliver und ich waren letzten Sommer eine Woche dort, und ich habe mir jede Menge Notizen gemacht, sodass die Änderungen leicht waren. Und ich habe die Widmung verändert.«

Bei der Erinnerung an die letzte Widmung spürte Catherine Beklommenheit. »Wie lautet sie?«

Cassie lächelte sanft. »Sie lautet: Für meine Mutter, den stärksten und mutigsten Menschen, den ich kenne.«

Vor Rührung konnte sie kaum sprechen. »Cassie …«

»Es stimmt. Ich weiß nicht, wie du das überlebt hast. Wie du all diese Jahre überstanden hast und immer noch lieben und vertrauen kannst.«

»Na ja, mit Gordon Pelling machte ich noch einen Fehler, insofern glaube ich, dass ich vielleicht keine gute Menschenkennerin bin. Doch dann sehe ich Andrew ...«, sie legte ihre Hand auf seine, »... und dann weiß ich, dass ich gelegentlich richtigliege.«

Und das war das, worauf es ankam, oder? Nicht auf den Weg, den man genommen hatte, sondern wo man ankam.

Sie würde sich nicht länger selbst bestrafen. Sie konnte sich wünschen, dass die Vergangenheit anders wäre, oder sie konnte das Geschehene akzeptieren und ein neues Kapitel aufschlagen, das sie voll und ganz genoss, unbelastet von Schuld oder Bedauern.

Wenn sie einen Roman schreiben würde, würde ihre Heldin genau das tun.

Sie würde Widerstandskraft zeigen.

Es war an der Zeit, dass sie sich an ihren Heldinnen orientierte.

Adeline stellte ihre Kaffeetasse ab. »Ich verstehe nicht, wie du es geschafft hast, weiter Liebesgeschichten zu schreiben. Wie konntest du nach diesen dunklen Jahren mit Rob weiter daran glauben?«

Es war typisch für ihre Tochter, ihr solch eine einfühlsame Frage zu stellen.

»Ich bin eine Schriftstellerin. Ich schreibe eine Geschichte. Sie ist Fiktion und bedeutet nicht, dass ich die Standpunkte meiner Charaktere teile. Jeder hat eine andere Lebenserfahrung, und das ist bei den Menschen, über die ich schreibe, nicht anders.« Sie hielt inne und fragte sich kurz, ob dies ein guter Zeitpunkt war, es ihnen zu sagen. »Aber da du fragst, möchte ich ehrlich zugeben, dass ich in den letzten Jahren damit gekämpft habe. Vielleicht liegt es daran, dass ich nicht mit dem Herzen dabei bin. Vielleicht habe ich zu lange das Gleiche gemacht. Aber ich habe Neuigkeiten in dem Punkt. Ich habe etwas anderes geschrieben. Vor ein paar Tagen habe ich es Daphne geschickt. Sie liebt es.«

»Das ist großartig.« Cassie klatschte die Hände zusammen. »Aber warum auch nicht? Du arbeitest seit Jahrzehnten mit ihr und weißt, dass sie deine Arbeit mag.«

»Das ist nicht mein gewöhnlicher Stil. Oder mein gewöhnliches Genre. Es ist ein Thriller. Oder vielleicht ein Krimi. Ich weiß nicht genau, wie man es einordnen würde.«

»Krimi?« Adeline war fasziniert. »Aber du hast immer gesagt, du möchtest ein Buch mit einem optimistischen Ende.«

»Dies hat ein optimistisches Ende. Außer man ist eines der Opfer, in dem Fall ist es natürlich nicht so optimistisch.« In ihren Jahren als Schriftstellerin hatte sie alle Höhen und Tiefen durchlebt. Sie hatte erfahren, dass Schreiben schwer sein konnte, aber auch leicht, aufregend und frustrierend, doch nie zuvor war es befreiend gewesen. Bis jetzt. Es war, als befände sie sich wieder am Anfang ihrer Karriere, als die Freude am Erschaffen sie getragen hatte wie die Strömung des Meers. Als das Schreiben an sich genug gewesen war. »Hab kein Mitleid mit ihnen. Jeder dieser Männer hat verdient, was sie ereilt hat.«

Cassie lächelte neugierig. »Männer?«

»Ich habe die Bücher satt, in denen Frauen die Opfer sind. Ist euch das je aufgefallen? Die Menge der Bücher mit einer davonlaufenden Frau auf dem Cover? Männer haben so oft die Macht, aber nicht dieses Mal. Nicht in dem Buch, das ich geschrieben habe. Sie verlieren ihre Macht, nach und nach. Es war ziemlich aufregend, wenn ich ehrlich bin.« Sie sah ihre Töchter an und fragte sich, ob sie es aussprechen musste, doch Adeline begegnete ihrem Blick und nickte. Wie Catherine gehofft hatte, verstand sie, dass sie – auch wenn es im echten Leben nicht immer leicht oder überhaupt möglich war, Gerechtigkeit zu erlangen – es in ihrem Buch geschafft hatte, Gerechtigkeit zu üben und ein gewisses Maß an Frieden zu finden.

Adeline lächelte. »Ich freue mich darauf, es zu lesen.«

»Ich auch«, sagte Cassie, und Andrew schnaubte, während er sein noch warmes Brot dick mit Honig bestrich.

»Mein Rat?«, sagte er. »Lies es im Hellen. Am besten während des Tages im hellen Sonnenlicht.« Er nahm einen Bissen, wobei ihm der Honig auf die Finger tropfte.

Cassie grinste. »Was hat Daphne gesagt?«

»Sie spricht gerade mit meinem Verlag, denn auch wenn sie das Buch vergöttert, ist es eindeutig kein Catherine Swift. Treue Leserinnen haben ihre Erwartungen, wie du weißt, und ich fürchte, ich enttäusche diese Erwartungen.« Sie beugte sich vor. »Ich glaube, im Romanzen-Genre könnte es Bedarf für eine neue Swift geben.«

Cassie errötete. »Ich habe mich entschieden, keine Swift zu sein. Das fühlt sich falsch an. Tat es immer. Ich werde einen anderen Namen annehmen. Adeline hilft mir.«

»Wir haben schon zwei Seiten mit Vorschlägen in meinem Notizbuch«, murmelte Adeline. »Erwarte also keine schnelle Entscheidung.«

Mutterschaft ist oft eine Herausforderung, dachte Catherine, aber manchmal kommen die Dinge zusammen und schaffen einen perfekten Moment. So wie jetzt, da ihre Familie um den Tisch herum saß und Adeline und Cassie die Köpfe zusammensteckten und lachten.

Sie beendeten das Frühstück und unternahmen einen Spaziergang am Strand, bevor sie sich auf den Weg zurück zur Villa machten.

Während Adeline mit ihrem Vater voranging, ließ sich Cassie neben ihre Mutter zurückfallen.

»Darf ich dich was fragen?«

Catherine verspürte einen Anflug von Anspannung. »Natürlich. Alles.«

»In der Nacht, als mein Vater starb ...« Cassie hielt inne. »Du sagtest, er sei die Treppe hinuntergefallen. Ist das wirklich so passiert?«

»Ja. Wie ich dir sagte, er hatte getrunken und stolperte über einen Schuh.«

Cassie sah sie unverwandt an. »Hat er dir in jener Nacht wehgetan? Bevor er stürzte?«

Sie hätte vorbereitet sein sollen auf diese Frage. Sie hätte sie kommen sehen und die perfekte Antwort planen sollen.

»Nein, aber er hat es versucht.« Sie sah keinen Grund dafür, nicht ehrlich zu sein. »Er hätte es getan.«

Cassie nahm ihre Hand. »Das dachte ich mir. Du musst die Wahrheit nicht verbergen. Ich habe sie mir schon zusammengereimt.«

Catherine spürte, wie ihr eng um die Brust wurde. »Hast du das?«

»Ja. Du hast immer gesagt, dass du die Schuhe oben an der Treppe ausgezogen hast, weil deine Füße nach dem langen Tanzabend schmerzten. Aber ich habe darüber nachgedacht«, sagte sie leise. »Und ich nehme an, dass du die Schuhe verloren hast, als du vor ihm weggelaufen bist.«

Catherines Herz pochte so sehr, dass sie glaubte, es würde ihr aus der Brust springen.

Sie hatte sich geschworen, dass sie in allem ehrlich sein würde, doch auf diese spezielle Frage war sie nicht vorbereitet gewesen.

»Ja.« Sie brachte das Wort krächzend hervor. »So ist es gewesen. Aber ich möchte lieber nicht darüber sprechen, wenn das okay ist.«

»Wir werden es nie wieder erwähnen. Niemals. Aber ich wollte es wissen, das ist alles. Keine Geheimnisse mehr.« Cassie umarmte sie, und Catherine spürte Wärme und Liebe in sich aufsteigen.

»Du bist nicht entsetzt?«

»Dass er über deine Schuhe stolperte? Nein. Klar, die ganze Sache ist entsetzlich und ich wünschte, die ganze Geschichte wäre anders gewesen, aber ich bin erleichtert, dass sie für dich ein Ende nahm. Kein glückliches Ende, schätze ich, aber das beste Ende in einer schlechten Situation.«

»Ja.«

»Ich liebe dich, Mom.« Cassie drückte ihre Hand und keuchte dann überrascht auf. »Ist das – warte, das kann nicht sein.« Sie schirmte mit der Hand die Augen ab, sah nach vorn, und Catherine erkannte, dass ein Mann sich näherte.

Er hatte in der einen Hand sein Handy und in der anderen eine Reisetasche. Danach zu urteilen, wie er sich umsah, hatte er keine Ahnung, wo er hinwollte.

»Oliver?« Cassie stand einen Moment verwirrt da und lief dann auf ihn zu, um ihn zu begrüßen, wobei ihr langer fließender Rock um ihre Beine flog.

Catherine sah zu, wie sie sich in seine Arme warf und wie er Cassie hochhob und um sich schwang.

»Ich wollte dich anrufen und um eine Wegbeschreibung bitten, denn du weißt, wie schlecht ich darin bin, mich zurechtzufinden.« Er hielt sie fest umfasst, und Catherine dachte, wenn ihre Tochter aufhören würde, ihn ebenfalls zu umarmen, könnte sie den Ausdruck auf seinem Gesicht sehen. Oder vielleicht bildete sie sich das ein. Was wusste sie schon über die Liebe?

Sie blickte zu Adeline und sah, dass ihre andere Tochter lächelte. Vielleicht hatte sie es sich doch nicht eingebildet.

Cassie ließ Oliver endlich los und trat einen Schritt zurück. »Aber was machst du hier?«

»Du klangst merkwürdig am Telefon.«

»Du bist hergeflogen, weil ich merkwürdig klang am Telefon?«

»Ja. Du hast mir nicht gesagt, was los war, und du erzählst mir immer, was los ist.«

Cassie lachte. »Aber du hättest anrufen können.«

»Und dann wärst du wieder ausweichend gewesen. Ich wollte dich persönlich sehen. Ich kann im Hotel bleiben. Oder morgen nach Hause fliegen oder so.«

»Hast du Suzy mitgebracht?«

Wer ist Suzy?, fragte sich Catherine.

»Nein, natürlich habe ich Suzy nicht mitgebracht.« Oliver sah sie fragend an. »Warum sollte ich Suzy mitbringen?«

»Weil ihr wieder zusammen seid.«

»Sind wir nicht. Wie kommst du darauf?«

»Sie war da, als ich dich gestern Abend anrief.«

»Weil ich niedergeschlagen war und sie herüberkam, um mir zuzuhören und mich zu unterstützen. Nicht weil wir wieder zusammen sind.« Er hielt inne. »Warte – warst du deshalb so komisch zu mir? Weil du dachtest, wir wären zusammen?«

»Warum warst du niedergeschlagen? Und warum hast du mir nicht gesagt, dass es dir mies geht, statt mich immer weiter über meine Probleme reden zu lassen?«

Das ist wie in einer schlechten romantischen Komödie, dachte Catherine, wo man die beiden Hauptfiguren schütteln möchte, um sie zur Vernunft zu bringen.

Sie starrten einander an und hatten den Rest von Cassies Familie, die Touristen, das glitzernde Meer und den wolkenlosen Himmel offensichtlich völlig vergessen.

»Wenn ich das schreiben würde«, sagte Catherine zu niemandem speziell, »wäre dies der Moment, wo er sie küsst.«

Und kaum hatte sie den Gedanken ausgesprochen, schlang Cassie die Arme um Olivers Hals und küsste ihn leidenschaftlich. Er legte die Arme um sie und erwiderte ihren Kuss mit Nachdruck. Fast verzweifelt klammerten sie sich aneinander.

Adeline räusperte sich und sah ihre Mutter an. »Da hast du's«, sagte sie. »Scheint so, als hättest du immer noch ein Händchen für Romanzen. Auch wenn sie, genau genommen, ihn zuerst geküsst hat.«

Seite an Seite standen sie da und beobachteten ungeniert, wie Oliver und Cassie einander Dinge zumurmelten, die niemand anders hören konnte.

»Lauter.« Adeline grinste, als sie die Stimme erhob. »Wir wollen den Dialog hören.«

Cassie drehte sich um, die Wangen hochrot und mit glänzenden Augen. »Er liebt mich.« Plötzlich zweifelnd, sah sie wieder Oliver an. »Bist du sicher, dass du mich liebst? Absolut sicher? Sogar die wirklich nervigen Seiten an mir?«

»Cass, ich liebe dich seit Jahren.«

»Aber warum hast du nichts gesagt?«

»Weil du immer sagtest, dass du es sofort erkennen würdest, wenn du dich verliebst. Ich ging davon aus, dass du damit auf deine Art sagen wolltest, dass du nicht in mich verliebt bist.«

»Ach, was ein verworrenes Durcheinander«, sagte Catherine. »Es könnte von Shakespeare sein.«

»Meinst du?« Adeline sah sie an. »Hoffentlich eine Komödie und nicht Tragödie.«

»Hoffen wir's. In einer Minute wissen wir mehr, da bin ich sicher. Wir haben gute Sitze. Hast du Popcorn mitgebracht?«

»Ich versuche zwischen den Mahlzeiten nicht zu snacken.«

»Ich wusste nicht, dass ich dich liebe«, sagte Cassie, »weil ich nicht wusste, wonach ich gesucht habe. Ich dachte, Liebe wäre wie ein Elefant. Ich dachte, ich würde sie erkennen, wenn ich sie sehe. Aber ich habe gemerkt, dass das gar nicht so ist.«

»Liebe kann wie ein Elefant sein«, sagte Catherine, »wenn sie einen erdrückt.«

»Leise«, sagte Adeline. »Wenn dies ein Buch wäre, würde es hier aufhören. Bevor die anstrengenden Sachen kommen.«

Catherine sah zu, wie Oliver und Cassie sich wieder küssten, einander Liebkosungen zuflüsterten und all das nachholten, was sie einander nicht gesagt hatten und doch schon längst hätten sagen sollen. »Sie werden es überstehen. Was auch immer sich ihnen in den Weg stellt, sie werden es überstehen. Sieh sie dir an.«

»Ich sehe sie.« Adeline verlagerte ihr Gewicht. »Und ich verbrenne. Die Sonne ist zu heiß, um hier zu stehen. Wir sollten zurück zur Villa, bevor das Publikum einen Hitzschlag bekommt.«

Letztendlich war es Andrew, der das Kommando übernahm. Er trat vor, stellte sich Oliver vor und schlug vor, dass er sie zur Villa begleiten solle, wo sie reichlich Raum für einen weiteren Gast hätten. Adeline gesellte sich zu ihnen, küsste Oliver auf die Wange und umarmte ihre Schwester.

Catherine folgte ihnen und betrachtete ihre Familie, die lachte und den Moment genoss.

Sie hatte gehofft, dass alles gut werden würde, doch ein derart gutes Ende hatte sie nicht erwartet.

Und endlich war die Wahrheit nach all diesen Jahren ans Tageslicht gekommen. Zumindest die wichtigen Teile.

Selbst wenn sie die ganze Wahrheit erzählen wollte, durfte sie das nicht. Es wäre nicht fair, weil die Geschichte nicht nur sie anging. Und wer wusste, wie Cassie reagiert hätte, wenn sie erfahren hätte, was wirklich geschehen war.

Catherine hatte ihre Schuhe nicht verloren, als sie vor Rob weglief. Maria hatte die Schuhe dorthin gestellt. Hinterher natürlich. Sie war die Haushälterin. Sie hatte nicht die Angewohnheit im Haus herumzulaufen und überall Schuhe zu hinterlassen. Sie hatte gedacht, es könnte nicht schaden, der Polizei etwas zu geben, auf das sie sich fokussieren konnte. Catherine hatte gar nichts gedacht. Sie war nicht in der Lage gewesen. Sie hatte taub oben auf der Treppe gesessen und sich noch immer am Geländer festgehalten, das sie davor bewahrt hatte, mit ihm die Treppen hinunterzufallen.

Dort hatte Maria sie gefunden. Wie lange hatte sie dort gesessen? Hatte Rob geatmet, als er am Boden aufgeschlagen war? Auch das wusste sie nicht.

Die ganze Sache war wie ein Horrorfilm, und sie konnte nicht einmal mit Sicherheit sagen, was geschehen war. Sie hatte ihn von sich gestoßen, das wusste sie, doch sie hatte nicht gewollt, dass er fiel. Und sie hatte ihn definitiv nicht verletzen wollen, auch wenn er sie ständig verletzte. Sie hatte sich verteidigt, das war alles. Hatte versucht, ihn daran zu hindern, sie die Treppe hinunterzuwerfen. Sie hatte an die kleine Cassie gedacht, die aufwachte und ihre Mutter tot vorfand. Cassie, mit Rob als einzigem Elternteil.

Die Vorstellung hatte ihr übermenschliche Kräfte und Entschlossenheit verliehen. Irgendwie hatte sie es geschafft, ihr Bein um einen Geländerpfosten zu haken und ihm gleichzeitig einen heftigen Stoß zu versetzen. Er musste betrunkener gewesen sein, als sie angenommen hatte, denn er war ein kräftiger Mann und ein einzelner Stoß von einer Frau ihrer Größe, auch einer Frau, die um ihr Leben kämpfte, hätte ihn normalerweise nicht aus der Balance gebracht, geschweige denn zu Fall. Was auch immer es war, der Stoß und die Drinks waren schließlich das Ende von Robert Elliot Dunn.

Er war schwer gestürzt, mit dem Kopf an die Wand geknallt und hatte sich auf dem Weg nach unten auf den gefliesten Stufen die Knochen gebrochen, bevor er schließlich unten auf ihren italienischen Fliesen gelandet war.

Sie wusste nicht, wie lange sie dort gesessen hatte, als Maria sie fand. Zum Glück hatte ihre Freundin es sich angewöhnt, nach Robs Saufgelagen nach Catherine zu schauen.

Maria hatte ihre kalten tauben Finger von dem Geländer gelöst. Sie hatte sich über Robs verrenkten Körper gebeugt und nach einem Puls gesucht. Sie hatte mit der örtlichen Polizei gesprochen. Nicht, dass es eine große Untersuchung gegeben hätte. Die Leute hatten Rob an jenem Abend schwer trinken sehen. Es war ziemlich offensichtlich, was geschehen war. Ein tragischer Unfall.

Catherine hatte ihnen nichts anderes gesagt. Zwei Tage lang hatte sie gar nichts sagen können. Ein Schock, hatten sie im Krankenhaus gesagt. Verständlich. So ein schönes Paar. So ein glückliches Paar. Das arme Kind. Jetzt ohne Vater.

Catherine wurde eiskalt bei dem Gedanken, was hätte geschehen können. Wenn sie nicht nach dem Geländer gegriffen hätte, wenn er nicht ganz so betrunken gewesen wäre, hätte sie am Boden der Treppe gelegen, und was wäre dann aus Cassie geworden?

Sie hatte kein schlechtes Gewissen, dass sie Cassie nicht alle Einzelheiten erzählt hatte. Wem würde es nützen?

Dieses spezielle Geheimnis würde zwischen ihr und Maria bleiben, sicher gehütet von ihrer tiefen, unerschütterlichen Freundschaft.

Und in diesem Moment begriff Catherine, dass es Energieverschwendung war, die Vergangenheit ändern zu wollen. Es war nicht wirklich wichtig, was zuvor geschehen war. Wichtig war, wo sie heute standen.

Da war Cassie, die ihr ganzes Leben vor sich hatte und an der Schwelle zu etwas Aufregendem stand, außerdem Adeline, die hoffentlich den Mut fand, ihr Herz aufs Spiel zu setzen. Und Andrew, gütig und verlässlich, der immer für sie da war so wie sie für ihn. Sie konnte die Jahre, die sie verschwendet hatte, bedauern oder die Jahre, die noch kamen, feiern.

Andrew drehte sich um und streckte die Hand nach ihr aus. Sie ging zu ihm und ihrer wartenden Familie.

Wenn sie die Szene schreiben würde, würde sie jetzt ENDE tippen (ihr Lieblingswort), doch natürlich war es nicht wirklich das Ende.

Es war der Anfang.

Epilog

Es war der perfekte Tag für eine Hochzeit. Ein endlos blauer Himmel und das kühle Streicheln einer Brise, um die Hitze abzumildern. Die Gärten erstreckten sich in leuchtenden Farben bis unten zur Küste, wo sie das glitzernde Meer trafen.

Catherine stand mit Maria am Rand der Terrasse.

Ihre Familie wartete auf sie, versammelt um den mit Blumen geschmückten Torbogen, den die Hochzeitsplanerin arrangiert hatte. Oliver, der in der Hitze schwitzte, Hand in Hand mit Cassie, die nicht aufhören konnte, ihn anzulächeln.

Er war im Gästehaus untergekommen, was Adeline einen Vorwand gegeben hatte, ihre Sachen zu packen und die Küste hinauf zu Stefanos zu ziehen. Sie hatte vorgegeben, ihrer Schwester Intimsphäre gewähren zu wollen, doch angesichts der Tatsache, dass es vier Extraschlafzimmer in der Hauptvilla gab, ließ sich niemand davon täuschen.

Und nun stand Adeline dicht neben Stefanos, und Catherine sah, wie seine Finger ihre berührten und wie sie ihn ansah und lächelte.

Und dann war da Daphne, ihre Agentin und Freundin, die von New York hierhergeflogen war, um diesen großen Augenblick mit ihrer Lieblingsautorin zu teilen.

Sie hatte Catherines neues Buch in einem Taumel von Begeisterung und diversen Telefongesprächen bereits an einen Verlag verkauft. Alle waren sich einig, dass es kein Catherine Swift war und sie dieses neue Kapitel in ihrer Karriere unter einem neuen Namen beginnen sollte.

Das passte Catherine gut. Ein Neustart. Ein weiterer Schritt nach vorn in ein neues Leben.

Sie war bereit, die alte Catherine Swift hinter sich zu lassen und die neue Version ihrer Selbst zu umarmen.

Sie hatte bereits die Widmung für ihr neues Buch fertig.

Für Miss Barrett, mit der alles anfing.

Hätte sie eine solch erfolgreiche Karriere gehabt, wenn sie nicht ständig versucht hätte, sich zu beweisen? Vermutlich nicht.

Während sie alle, die dort versammelt waren, ansah, wusste sie, dass sie alles hatte, was sie brauchte.

Das Leben wurde nicht durch materielle Dinge oder persönliche Errungenschaften reicher, sondern durch Menschen. Sie hatte lange gebraucht, um das zu verstehen. Zu lange. Doch sie verstand es jetzt, was es umso schöner machte, dass sie all die Menschen, die ihr am meisten bedeuteten, bei sich hatte.

Sie wandte sich Maria zu und umarmte sie, und Maria erwiderte die Umarmung.

Keine der beiden Frauen sagte etwas. Das brauchten sie nicht. Die Enge ihrer Umarmung sagte alles. Manche Freundschaften kamen und gingen, doch andere wurden tiefer und hielten bis ans Lebensende. Maria und sie würden immer füreinander da sein.

Als Maria sich schließlich losmachte, hatte sie eine Träne im Augenwinkel. Sie drückte Catherine den Blumenstrauß, den sie gehalten hatte, in die Hand.

»Los.«

Sie trat auf die Terrasse, und dort stand Andrew, der schick aussah in seinem Leinenanzug und nicht so viel anders als der Mann, den sie vor all diesen Jahren im Café kennengelernt hatte.

Sie spürte Freude und Erwartung in sich aufsteigen.

Die Leute sagten, man könnte nicht zurück, doch wer wollte zurück, wenn man vorwärtsgehen konnte? Wenn die Zukunft versprach, ein besserer Ort zu sein als die Vergangenheit?

Sie ging auf ihn zu, vorbei an lächelnden Gesichtern, Grüßen, Komplimenten und durch das Gestöber von Rosenblättern hindurch, bis sie vor ihm stand.

Andrew streckte die Hand aus. »Bereit?«

Sie lächelte und nahm seine Hand.

DANKSAGUNG

Dies ist der schwerste Teil beim Schreiben eines Buches, weil das Buch, das Sie lesen, das Resultat harter Arbeit von einer Vielzahl von Menschen ist, die alle einen Dank verdient haben.

Enorm dankbar bin ich Susan Swinwood für ihre Einsicht, Weisheit und Geduld beim Lektorat dieses Buches.

Dank an meine brillanten Verlagsteams in den USA, Kanada und Großbritannien. Ich bin dankbar für das Talent und das Engagement von allen, die an der Veröffentlichung beteiligt sind. Insbesondere danke ich Loriana Sacilotto, Margaret Marbury, Susan Swinwood für euer fortgesetztes Vertrauen in mich. Lisa Milton, Manpreet Grewal und dem großartigen Verlagsteam bei HQ Stories in Großbritannien danke ich für die kreative (und harte!) Arbeit, damit meine Bücher in den Händen von Leserinnen landen. Eure Begeisterung und eure Hingabe sind unglaublich. Ihr seid die Besten, und ich weiß, wie glücklich ich mich schätzen kann.

Ich habe das Glück, Leserinnen auf der ganzen Welt zu haben, und danke daher all den engagierten Teams, die meine Bücher weltweit veröffentlichen. Es ist eine Freude, meine Bücher überall zu sehen, von Island bis Brasilien!

Danke an meine großartige Agentin Susan Ginsburg für ihre unermüdliche Unterstützung und Ermutigung. Auch an die wunderbare Catherine Bradshaw und das restliche Team bei Writers House, die alles so effizient organisieren.

Meine Freunde sind eine stete Quelle der Unterstützung, ebenso meine Familie, die die merkwürdigen Gewohnheiten einer Autorin mit bewundernswerter Geduld erträgt.

Danke an alle Buchhändlerinnen, Bibliothekarinnen, Bloggerinnen und Kritikerinnen, die so viel für das Lesen tun, und an all meine Leserinnen, die meine Bücher weiterhin kaufen und mich ermutigen, weitere zu schreiben.